Elizabeth Enfield

Der Roman

Ivy und Abe – zwei Menschen, die füreinander bestimmt sind. Sie begegnen sich zu verschiedenen Zeiten in ihrem Leben. Doch das perfekte Glück verpassen sie immer. Mal wechseln sie ein paar Worte in einem Café, dann trennen sich ihre Wege wieder. Ein anderes Mal haben sie eine Affäre miteinander. Später sind sie verheiratet, aber ihre Ehe steckt in einer tiefen Krise. Ihr Leben lang tragen Ivy und Abe etwas von dem anderen in sich. Innige Momente, in denen sie ihre Liebe spüren. Wird sie je von Dauer sein?

Die Autorin

Elizabeth Enfield ist sowohl Schriftstellerin als auch freie Journalistin und schreibt für verschiedene englische Zeitungen und Zeitschriften. Sie lebt mit ihrem Mann und ihren drei Kindern in Brighton und unterrichtet kreatives Schreiben und Journalismus an verschiedenen Universitäten. Mit ihrem Roman »Ivy & Abe« erscheint sie erstmals auf Deutsch.

Elizabeth Enfield

Ivy & Abe

Roman

Aus dem Englischen von Babette Schröder

DIANA

MIX
Papier aus verantwortungsvollen Quellen
FSC® C014496

Verlagsgruppe Random House FSC® N001967

Taschenbucherstausgabe 06/2019

Die Originalausgabe erschien 2018 unter dem Titel *Ivy and Abe*
bei Michael Joseph, an imprint of Penguin Random House UK, London

Umschlaggestaltung: t.mutzenbach design, München
Umschlagmotiv: © Allies Interactive, KoQ Creative,
bel_ka, Kues, Elena_Titova/Shutterstock
Satz: Leingärtner, Nabburg
Druck und Bindung: GGP Media GmbH, Pößneck
Printed in Germany

ISBN 978-3-453-36040-2

www.diana-verlag.de
Dieses Buch ist auch als E-Book lieferbar.

Für Mick – in Liebe

Laut der »M-Theorie« ist unser Universum nicht das einzige, das existiert. Stattdessen behauptet die »M-Theorie«, dass aus dem Nichts eine Vielzahl verschiedener Universen entstanden sind.

STEPHEN HAWKING, *DER GROSSE ENTWURF*

LONDON, 2026

Ich weiß, es ist hart. Eines Menschen Leben
hängt mit so vielen anderen zusammen.
Wenn eins davon fehlt, gibt es gleich
eine große Lücke, nicht wahr?

FRANK CAPRA, *IST DAS LEBEN NICHT SCHÖN*

MIR WAR BEWUSST, dass er mich ansah.

Welche Gabe auch immer uns dazu befähigte, Dinge wahrzunehmen, die wir eigentlich nicht wahrnehmen durften – ich spürte sie gerade sehr deutlich.

Ich wurde nervös.

Würde ich seinem Blick begegnen, wenn ich aufsah? Und wenn, würde ich dann einfach nur freundlich lächeln oder unwillkürlich den Blick abwenden? Beschämt?

Er kam mir irgendwie bekannt vor, aber ich wusste nicht, woher. Sein Gesicht war zum Teil von einer Mütze verdeckt, der Art, wie Max sie als Student getragen hatte.

Ich bezeichnete sie damals als griechische Fischermütze, woraufhin Richard mir erklärte, das sei eine Mao-Mütze.

»Ich glaube, unser ältester Sohn möchte wie ein revolutionärer Arbeiter aussehen, nicht wie ein Fischer vom Mittelmeer«, gab er zu bedenken. »Gemischt mit einem Hauch Dylan und einem Spritzer Guthrie.«

Max hatte damals auf geradezu lächerliche Weise auf sein Image geachtet, doch das tun die meisten Jungs in dem Alter.

Connor mit seinen vier Jahren war das genaue Gegenteil: Er achtete überhaupt nicht auf das, was er anzog, selbst wenn er als Tiger verkleidet mit mir auf die Straße ging.

»Oh, wie siehst du denn aus! Bist du ein Tiger?«, fragten wohlmeinende Passanten, woraufhin mein Enkelsohn nur den Kopf schüttelte. Manchmal erklärte er auch, dass er »einfach nur ein Tigerkostüm trage«.

Heute war er ein ganz normaler kleiner Junge mit blauen Shorts und einem gestreiften Pullover, und ich schien diejenige zu sein, die die Aufmerksamkeit auf sich zog. Was eher selten vorkommt, wenn man die siebzig überschritten hat.

Ich fuhr fort, meine Einkäufe an der Kasse zu scannen. Die Unsicherheit, die sich einstellte, weil ich mich beobachtet fühlte, machte mir die routinemäßigen Handgriffe seltsam bewusst – wie ich Brot, Croissants und eine Packung Schokoladentaler, mit denen ich Connor auf dem Rückweg zu meiner Wohnung bestechen würde, durch die Selbstbedienungskasse zog.

Hannah würde sagen: »Hoffentlich hat Grandma dir nicht zu viel ungesundes Zeug gegeben«, wenn sie ihn nach der Arbeit abholte. Aber sie war mir nicht wirklich gram. Oder vielleicht schon, doch sie behielt es für sich. Falls ich mich als Schwiegermutter zu sehr einmischte, zeigte sie es mir jedenfalls nie.

Schließlich wagte ich einen kurzen Seitenblick.

Er erinnerte mich an jemanden, oder vielleicht war es auch nur die Mütze.

Ich kümmerte mich wieder um meine Einkäufe, scannte die restlichen Artikel, bezahlte und nahm die Tasche. Jetzt begegnete ich seinem Blick, lächelte kurz.

Und das wäre es auch schon gewesen, hätte er nicht selbst gerade bezahlt. »Entschuldigen Sie«, sprach er mich an.

»Ja?«

»Sind Sie nicht Ivy?«

»Ja.« Woher kannte ich ihn?

»Ivy Trent«, sagte er, nun war es keine Frage mehr.

»Ja.« Er kam mir sehr bekannt vor, aber woher? War er ein ehemaliger Kollege, jemand aus Lotties und Max' Kindheit? Oder einer von Richards Freunden? Irgendwie konnte ich ihn nirgends einordnen.

»Das ist mein Enkel Connor.« Ich wollte Zeit gewinnen, in der ich hoffentlich einen weiteren Hinweis auf seine Identität entdeckte. »Ich glaube, den kennen Sie noch nicht.«

»Es muss mindestens sechzig Jahre her sein.« Er bemerkte meine Verwirrung und stellte sich vor.

»Ich bin …«, hob er an, doch ich kam ihm zuvor.

»Abe?« Langsam dämmerte mir, woher ich das Gesicht kannte. »Abe? Abe McFadden?«

Er nickte.

Plötzlich überkam mich eine Flut von Gefühlen.

Da stand er. Mein ältester Freund aus Kindertagen. Mein bester Freund.

»Ich kann es nicht fassen.«

Das beschrieb nicht annähernd, was ich empfand.

Ich hatte im Laufe der Jahre oft an ihn gedacht: mich gefragt, wie es ihm ging, und gehofft, dass das Leben es gut mit ihm meinte. Besser als damals, als wir zusammen aufgewachsen waren.

Die Zeit schien sich zurückzudrehen, dann machte sie einen Sprung.

Zu dem Moment, als Abe und ich fünf Jahre alt waren und an unserem ersten Tag in der Grundschule schüchtern auf dem Schulhof standen. Als ich ihn damals sah, wünschte ich mir, er möge mein Freund werden. Und dann wurden wir Freunde. Die Art von Freunden, die im Haus des anderen ein und aus gingen, in die Familien aufgenommen wurden, die Art von Freunden, die die Leute in einem Atemzug nannten: »IvyundAbe.«

Erneut blickte ich ihn an.

Er war gealtert, doch der junge Abe war noch zu erkennen – wie er von einem Fuß auf den anderen trat und nicht wusste, was er sagen sollte. Sein Haar war grau, aber noch immer dicht und etwas widerspenstig. Haar, das man kurz tragen musste, um es zu zähmen, wozu er jedoch zu schüchtern war, weil dann zu viel von seinem ansprechenden Gesicht zum Vorschein gekommen wäre.

Nun lächelte er, und in den Falten, den Furchen, die sich mit den Jahren in sein Gesicht gegraben hatten, las ich Freundlichkeit, sanften Humor und eine Spur Traurigkeit.

Dann sprangen meine Gedanken ein paar Jahre weiter – zu der Tragödie, die das Ende unserer Freundschaft einleitete.

Doch Connor, der an meinem Ärmel zupfte, holte mich in die Gegenwart zurück. »Grandma, ich will Enten füttern.«

»Gleich.« Ich strich ihm über den Kopf, noch immer erstaunt, wie glücklich es mich machte, sein seidiges Haar zu berühren.

Mit Connor, um den ich mich hin und wieder kümmerte, war die Freude in mein Leben zurückgekehrt. Kinder verleihen allem einen Sinn. All dem Schmerz und dem Verlust, den man im Leben erleidet.

Hätte ich keine Kinder gehabt, wie viel schwerer wäre es gewesen, den Tod ihres Vaters zu verkraften? Und hätte Hannah nicht Connor zur Welt gebracht, wäre ich dann über den Tod meines Bruders Jon hinweggekommen, der fast auf den Tag genau ein Jahr später verstarb? Selbst in den dunkelsten Stunden fand ich Hoffnung in Lottie und Max, weil so viel von meinem Mann in ihnen steckte. Ihre Gegenwart erinnerte mich daran, dass das Leben weiter- und die Sonne immer wieder aufging. Dass sich die Teilchen des Universums immer wieder neu formten und die Welt sich weiter um ihre Achse und um die Sonne drehte – neuen Morgenröten und neuen Zeiten entgegen.

Wenn im Frühling die ersten Pflanzen aus dem Boden sprossen, erfüllte mich das mit einer Freude, die mir neu war. Egal wie hart der Winter ist, irgendwann kehrt der Frühling zurück.

»Ich möchte mich einen Moment mit diesem Mann unterhalten.« Erneut blickte ich zu Abe, und Connor wühlte in der Einkaufstasche, die ich ihm zum Tragen gegeben hatte.

»Können die Enten auch Croissants anstatt Brot essen?«

»Nein, die sind für mich!«

»Können sie nicht eins haben? Du brauchst doch keine vier.«

»Ich glaube nicht, dass sie das mögen, Connor.«

Stand dort nicht irgendwo ein Schild im Park, auf dem die Leute gebeten wurden, die Enten nicht mit Croissants zu füttern? Oder hatte ich mir das nur ausgedacht? Ich konnte zunehmend schwerer auseinanderhalten, ob etwas wirklich geschehen oder ob es nur ein Witz oder eine Geschichte war – von mir oder von jemand anderem.

»Sie sollten es probieren«, insistierte Connor. »Woher sollen sie wissen, ob sie etwas mögen oder nicht, wenn sie es gar nicht probiert haben?«

Ich lachte, weil er wie Max klang, der heute so mit ihm sprach wie ich mit Max, als er noch klein gewesen war. Abe lächelte. Hatte er auch Enkelkinder?

»Können wir jetzt gehen?«

»Nur noch eine Minute, Schätzchen. Ich kenne diesen Mann schon sehr lange, seit ich ungefähr so alt war wie du.«

Connor blickte auf diese entgeisterte Weise zu mir auf, auf die Kleinkinder einen ansehen, wenn sie eine völlig unerwartete Seite an einem entdecken. »Aber du bist doch immer alt gewesen«, sagte er im Brustton der Überzeugung.

Abe lachte. »In meiner Vorstellung bist du immer jung gewesen«, bemerkte er. »Was für eine Überraschung, dich wiederzusehen.«

»Können wir jetzt gehen?«

»Es tut mir leid«, entschuldigte ich mich bei Abe. »Wir gehen in den Park, um die Enten zu füttern. Könntest du uns ein Stück begleiten?«

»Ja.«

So wie er das sagte, war es mehr als eine simple Zusage. Es war, als hätte er nur darauf gewartet, dass ich ihn fragte, und bereits beschlossen, all seine Pläne über den Haufen zu werfen.

»Ein Rotschopf, genau wie du einer warst.« Abe sah lächelnd zu Connor, der die Enten mit Brot fütterte. »Hat dein Sohn auch rote Haare?«

»Nein, meine Tochter auch nicht. Es hat eine Generation übersprungen.«

Mein eigenes Haar, das eher heller als grau geworden war, hatte inzwischen einen silbrig weißen Ton.

»Die Glatze meines Vaters hat auch eine Generation übersprungen.« Er nickte, als müsste er sich bestätigen, dass sein Haar noch da war. »Das Haar meines Sohnes wird jetzt schon dünn. Das ist irgendwie ungerecht. Aber Gene erinnern sich auf gemeine Weise an Familientraditionen.«

Er sinnierte vor sich hin, doch der Gedanke weckte Erinnerungen. Das wusste er nicht. Woher auch? Er merkte allerdings, dass er etwas in mir ausgelöst hatte.

»Es tut mir leid.« Er blickte mich an. »Wir haben uns so viel zu erzählen. Ich weiß gar nicht, wo wir anfangen sollen.«

Doch dazu kamen wir nicht. Nicht jetzt.

»Ich habe Hunger.«

»Connor, wir gehen gleich zum Mittagessen in ein Café. Warum guckst du nicht, ob du einen Frosch entdeckst?«

»Aber ich habe Hunger.«

»Möchtest du ein Stück?« Abe fischte in seiner Einkaufstasche, holte eine Clementine heraus und begann, sie zu schälen.

Connor wirkte skeptisch, nahm jedoch ein Stück.

Ich lächelte. »Weißt du noch?«

Abe nickte. »Als wäre es gestern gewesen.«

Es war so schön, ihn wiederzusehen, doch Connor schien weniger begeistert. Es war sein Tag mit mir. Großeltern sollten Erwachsene sein, die nicht ständig von anderen Dingen abgelenkt werden.

»Kommt der Mann etwa auch mit?«, fragte er, als ich vorschlug, mittagessen zu gehen.

»Das ist nicht sehr nett«, hob ich an.

Doch Abe unterbrach mich. »Nein, ich muss nach Hause.«

»Oh.«

Ich hatte bereits herausgefunden, dass er in der Nähe wohnte, dass er als Berater für ein Büro von Landschaftsarchitekten tätig gewesen war, Kinder und Enkelkinder hatte, aber noch nicht, ob zu Hause jemand auf ihn wartete.

Und das wollte ich wissen.

Nach all den Jahren. Lag es an der Traurigkeit, die ich in den Falten seines Gesichts zu erkennen glaubte? War es meine eigene Einsamkeit, die mir jetzt zwar erträglich schien, die ich aber immer noch spürte? Wollte ich herausfinden, ob ich sie im Leben anderer wiederfand, so wie ich als junge Mutter wissen wollte, ob andere Leute auch Kinder hatten? Oder lag es schlichtweg daran, dass ich Abe mein ganzes Leben lang nicht vergessen und mich manchmal gefragt hatte, ob unsere Freundschaft unter anderen Umständen vielleicht gewachsen und sich zu etwas anderem entwickelt hätte?

Gelegentlich las ich solche Dinge, Geschichten über Menschen, die mithilfe sozialer Medien Leute aus ihrer Vergangenheit aufspürten, weil sie meinten, sie würden in ihr heutiges Leben passen – häufig mit desaströsem Ergebnis. Man spürte Verflossene auf und ließ zu, dass sie einem die Ehe zerstörten, grub alte Freunde aus und hoffte, längst vergangene Zeiten heraufzubeschwören. Wenn ich davon las, dachte ich an Abe und fragte mich vergeblich, was aus ihm geworden, zu was für einem Mann er herangewachsen war und welche Menschen wohl heute zu seinem Leben gehörten.

Errötete ich leicht, als ich ihn fragte: »Wartet jemand auf dich? Habe ich dich aufgehalten?«

Ich merkte, dass meine Hand zu meinem Haar glitt, dass ich mir eine Strähne hinters Ohr strich, plötzlich unsicher, wie ich wirkte.

»Nein. Aber hier störe ich jetzt, Ivy. Vielleicht können wir uns ein anderes Mal treffen?«

»Sehr gern.«

Wir tauschten Telefonnummern aus, und er umarmte mich. Dann berührte er flüchtig mein Haar. »Ivy Trent.« Er nickte. »Ivy Trent.«

»Was?«

»Einfach du.«

So wie er das sagte, musste ich lächeln, innerlich, äußerlich und überall.

»Aber du hast ihn doch gerade erst kennengelernt.« Lottie schüttelte ungläubig den Kopf.

Ich saß in ihrer Küche, während sie Tee zubereitete. Obwohl ich eigentlich warten wollte, bis er fertig war und wir ihn im Wohnzimmer trinken konnten, hatte ich ihr schon von Abe und mir erzählt.

»Ich meine, du hast ihn nicht sehr lange gekannt.« Mit derselben ruhigen Zielstrebigkeit, die ihrem Vater zu eigen gewesen war, füllte sie eine gelbe Kanne aus Emaille mit losen Teeblättern.

»Das stimmt nicht«, erinnerte ich sie. »Ich habe ihn kennengelernt, als ich vier war.«

»Aber du hast ihn sechzig Jahre lang nicht gesehen.« Sie zögerte, ehe sie Wasser in die Teekanne füllte, und sah mich an. »Du kannst ihn heute nicht besonders gut kennen. Nicht wirklich.«

Sie war nicht ungehalten oder verärgert, sie verstand es nur nicht, und ich war mir nicht sicher, ob ich es ihr erklären konnte. Es war, als hätte ich Abe immer gekannt. Ich musste nicht Monate und Jahre damit verbringen, mehr über ihn zu erfahren, um die Lücken zu schließen. Ich kannte ihn instinktiv, so wie ich ihn als Kind gekannt hatte.

Es gab ein Spiel, das wir früher bei ihm zu Hause im Wohnzimmer gespielt hatten. Vor dem Kamin standen sich zwei Sessel gegenüber, über der Lehne des einen lag eine Decke.

Ich konnte mich nicht mehr erinnern, wer von uns zuerst auf die Idee gekommen war, aber es wurde unser Lieblingsspiel. Wir besetzten jeder einen Sessel und fassten jeweils ein Ende der Decke, dann saßen wir uns still gegenüber, bis ein Blickwechsel das Startsignal für ein sanftes und verspieltes Tauziehen gab.

Einer von uns zog an der Decke, und der Sessel des anderen bewegte sich ein Stück nach vorn, dann zog der andere. Das Ziehen verstärkte sich, bis die Sessel auf ihren Rollen in einem zunehmend dynamischen Tanz über den Parkettboden rutschten.

Manchmal spielten wir eine der Schallplatten von Abes Dad und zogen zu den Klängen von Little Richard oder Woody

Guthrie. Doch immer war das Spiel von unserem glockenhellen Lachen begleitet. Wie wir wortlos miteinander kommunizierten, uns nur mit Blicken und durch das Ziehen der Decke verständigten, der vorsichtige Kampf um ihren alleinigen Besitz – all das bewirkte, dass wir uns vor Lachen nicht mehr halten konnten.

Irgendwann entriss einer von uns dem anderen die Decke, wodurch beide Sessel ein Stück nach hinten sausten, und erklärte sich selbst zum Sieger. Einer gewann immer, aber es war egal, wer.

»Noch mal«, waren wir uns einig, wenn das Spiel vorüber war, und begannen von Neuem in der stillschweigenden Übereinkunft, dass es diesmal andersherum sein würde. Dass derjenige, der zuletzt gewonnen hatte, nun den anderen triumphieren lassen würde. Nicht sofort, aber wenn ein unausgesprochenes Signal anzeigte, dass es Zeit für einen von uns war, etwas fester zu ziehen.

Manchmal spielten wir das stundenlang.

»Schwachköpfe«, meinten Jackie und Alan, Abes ältere Brüder, wenn sie uns sahen, und wir lachten nur noch mehr über die Vorstellung, dass wir »Schwachköpfe« waren. Ich hatte den Begriff noch nie zuvor gehört.

Manchmal ertappte ich mich dabei, dass ich es zu Connor sagte, wenn er herumalberte oder sich irgendwelche komischen Spiele ausdachte.

»Du hast dich nicht verändert«, stellte Abe fest, als wir uns das erste Mal zum Kaffeetrinken trafen, nur wir zwei, in einem Café in der High Street von Richmond. Der Vorschlag war von ihm gekommen, allerdings war er selbst noch nie dort gewesen, und als wir uns setzten, merkten wir, dass aus einem Lautsprecher Musik plärrte. Laut genug, dass sich eine Unterhaltung für Menschen unseres Alters schwierig gestaltete.

Ich blickte Abe nur an, zog eine Augenbraue nach oben und neigte ganz leicht den Kopf. Er nickte, und wir standen auf, ein wenig zu hastig, weil wir uns davonstehlen wollten, ehe uns jemand die Karte brachte oder sich nach unseren Wünschen erkundigte.

Als wir draußen waren, lachte ich. »Ich komme mir vor, als hätten wir die Zeche geprellt!«

Da sagte er, ich hätte mich nicht verändert.

Und später wiederholte er es noch einmal, als wir in einem anderen Café saßen, in dem es leiser zuging und das Publikum eine Spur älter war. Wir hatten einen Platz am Fenster, waren für jeden sichtbar, der im Vorbeigehen zufällig einen Blick hereinwarf. Da nahm Abe über den Tisch hinweg meine Hand, sah mich voller Gefühl an. »Du hast dich nicht verändert.«

»Ich bin ziemlich gealtert.« Ich drückte seine Hand, ohne mich darum zu scheren, wer uns sah. Ich war glücklich – in einem Lebensabschnitt, in dem ich mein Maß an Glück eigentlich bereits ausgeschöpft zu haben glaubte.

»Das sind wir beide. Aber du hast dich nicht verändert. Du bist noch genauso herzlich, genauso energiegeladen.«

»Danke«, erwiderte ich. »Das ist ...« Ich verstummte, unfähig, die passenden Worte zu finden, und betrachtete die Teekannen auf dem Regal, das den Raum umfing.

»Was?«

»Einfach sehr nett.«

»Das Café?«, fragte er, als die Kellnerin gelangweilt auf uns zuschlappte.

»Nein.« Lächelnd schüttelte ich den Kopf. Er wusste ganz genau, was ich gemeint hatte.

»Haben Sie gewählt?«

Wir bestellten Scones für zwei und erhielten einen Korb mit

diversen Miniaturmarmeladengläsern wie im Hotel, die Abe aus dem Korb nahm und gedankenverloren auf dem Tisch zwischen uns aufstellte.

»Ich habe nachgedacht.«

»Ja?«

»Vor ein paar Jahren. Nein, wahrscheinlich ist es schon zwanzig Jahre her, vielleicht auch länger. Da habe ich mich um einen Auftrag in Kopenhagen beworben.«

»Für einen Brunnen?«

Ich fand es herrlich, dass Abe, von dem ich immer gedacht hatte, dass er Architekt werden würde, Brunnendesigner geworden war. Bis er es mir erzählt hatte, war mir nie der Gedanke gekommen, dass es einen solchen Beruf überhaupt geben könnte. Seit ich es wusste, betrachtete ich die Dinge mit etwas anderen Augen. Natürlich wurde alles von irgendwem entworfen: das Sternenmuster auf den Papierservietten, die ordentlich gefaltet unter den Messern mit Porzellangriffen lagen. Die Messer selbst. Der Korb mit den Marmeladengläschen, sogar der Verschluss des Schiebefensters knapp oberhalb unserer Augen. Wir waren umgeben von Produkten, die Menschen in ihrem Berufsalltag erschufen, fragten uns jedoch kaum jemals, wer darüber befunden hatte, dass sich winzige weiße Sterne auf gelbem Untergrund hervorragend eigneten, um die Krümel eines Scones verblassen zu lassen, oder dass das Messingscharnier an einem Fenster abgeschrägt sein sollte.

»Ja, aber ich habe den Auftrag nicht bekommen«, fuhr Abe fort. »Ich glaube, mein Entwurf war zu ambitioniert. Ich habe versucht, eine Überlegung aus der Quantenphysik zugrunde zu legen, die ich nicht ganz verstanden hatte.«

»Ist das bei der Quantenphysik nicht immer so?«

»Was?«

»Wenn man glaubt, sie verstanden zu haben, hat man sie nicht verstanden?«

Abe lachte. »Wahrscheinlich.«

»Und wie sah dieser Brunnen aus?«

»Er basierte auf einer Uhr.« Er nahm die Marmeladengläschen und ordnete sie kreisförmig auf dem Tisch an. »Kannst du dir vorstellen, dass die Marmeladengläser Düsen sind, aus denen Wasser spritzt?«

Ich nickte, während er einen Salzstreuer vom Nachbartisch nahm und ihn in der Mitte des Marmeladenkreises platzierte.

»Und das auch.« Seine Bewegungen wirkten derart engagiert, dass man sich vorstellen konnte, wie er seine Arbeit geliebt hatte.

»Der Strahl aus dem Salzstreuer stellt den Tag dar, und die Strahlen aus den Marmeladengläsern zeigen die jeweilige Stunde an.«

Ich lächelte.

»Natürlich waren es zwölf, aber die Marmeladen reichen nicht! Und dann ...« Er sah sich nach weiteren Requisiten um, und da er keine fand, bewegte er einfach die Finger über den Tisch. »Um diese Düsen befand sich ein weiterer Ring.«

Ich sah sie dort im Geiste vor mir, wo seine Fingerspitze eine zarte Spur auf der Platte des Holztischs hinterließ.

»Ein weiterer Ring mit kleineren Düsen, die die Minuten darstellten.«

Ich beobachtete, wie er die Hände geschickt über den Tisch bewegte, die Abfolge so weit wie möglich nachstellte und versuchte, mir einen Eindruck seiner Arbeit zu vermitteln. Sie wirkten wie die Hände eines Pianisten: kräftig, aber flink. Ihre Bewegungen waren faszinierend.

Er beendete die virtuelle Darstellung und schob die Marmeladengläser zur Seite, als die Kellnerin mit dem Tee zurückkehrte. Eine Weile rührten wir ihn nicht an, sondern unterhielten uns weiter.

»Hast du deine Entwürfe noch?«

»Schon möglich. Irgendwo. Aber es ist nie über das Planungsstadium hinausgegangen. Ich erwähne es nur deshalb, weil ich mich erinnere, dass ich damals an dich gedacht habe.«

»Wirklich?« Ich freute mich im Stillen. »Warum?«

»Weil ich bei meinen Recherchen auf die Theorie der Quantenverschränkung gestoßen bin. Hast du davon schon einmal gehört?«

»Vielleicht, irgendwann! Aber ich habe keine Ahnung, was das ist.«

»Ich bin mir noch immer nicht sicher, ob ich es ganz verstanden habe, aber eine zuverlässige Quelle hat mir erklärt, dass man die Quantenphysik wahrscheinlich nicht verstanden hat, wenn man glaubt, sie verstanden zu haben.«

Ich lachte. »Dann versuche ich, schlau zu wirken und die Quantenverschränkung nicht zu verstehen!«

»Sie hat mit dem Verhalten von Teilchen zu tun, winzigen Teilchen wie Elektronen, die in der Vergangenheit miteinander interagiert und sich dann voneinander wegbewegt haben.«

»Und wie verhalten sie sich?«

»Nun, merkwürdigerweise hat man herausgefunden, dass sie, auch wenn sie Millionen von Meilen oder Galaxien entfernt voneinander landen, sich immer noch gegenseitig beeinflussen. Wenn man den einen kitzelt, tanzt der andere, um es wissenschaftlich auszudrücken.«

»Das klingt unheimlich.«

»Mit der Einschätzung befindest du dich in bester Gesellschaft«, sagte er. »Das hat Einstein auch so gesehen. Er nannte es ›spukhafte Fernwirkung‹.«

Ich lachte, weil er die Worte so übertrieben betonte.

»Seltsam, wie einem diese Dinge im Kopf bleiben«, überlegte Abe, nahm die Teekanne und schenkte mir ein. »Ich kann mich inzwischen kaum noch an die Bezeichnungen alltäglicher Gegenstände erinnern, aber ›spukhafte Fernwirkung‹ weiß ich noch. Das sitzt in dem Bereich des Gehirns, in dem man unnützes Wissen speichert. Milch?«

Er schob mir das Kännchen zu.

»Und warum, abgesehen von der Tatsache, dass Einstein und ich offensichtlich ähnliche Gedankengänge hatten, hat dich das an mich erinnert?«

»Ich weiß, es klingt seltsam und wahrscheinlich ein wenig wirr. Ich habe auch nicht die ganze Zeit an dich gedacht, aber ab und zu habe ich dich sehr stark gespürt.«

»Inwiefern?«

»Ich kann es nicht richtig erklären. Es war ein bisschen wie ein Déjà-vu, aber eher so, als hätte ich vergessen, dass du jemand aus der Vergangenheit und nicht aus der Gegenwart warst.«

Ich trank einen Schluck von meinem Tee. »Ich weiß nicht, ob ich dich richtig verstehe.«

»Ich habe mich hin und wieder bei dem Gedanken erwischt, dass ich dir etwas erzählen müsste. Weißt du, so wie es einem passiert, wenn jemand erst kürzlich gestorben ist. Eigentlich weiß man, dass derjenige tot ist, dennoch geschieht es. Aus einer Gewohnheit heraus.«

»Ja. Das geht mir noch immer mit Richard so, obwohl er inzwischen zehn Jahre tot ist.«

Es kam zwar seltener vor, aber ich erwischte mich noch oft dabei, dass ich darüber nachdachte, ob Richard gern einen speziellen Film anschauen würde oder am Abend Fisch essen wollte.

Dann fiel mir wieder ein, obwohl ich es natürlich die ganze Zeit über wusste, dass er nicht mehr bei mir war. Außer natürlich in meinen Gedanken.

»Manchmal war das Gefühl so stark, dass es mich verunsicherte. So als würde ich mir einbilden, ein Gespenst zu sehen, wo keines war.«

»Erzähl weiter.«

»Es gab ein spezielles Ereignis, es liegt Jahre zurück, aber ich erinnere mich noch gut daran, weil es ohnehin ziemlich bedeutsam war. Weißt du noch, als in den Docklands eine Bombe hochgegangen ist?«

»Vage.« Das ist noch so eine Sache, wenn man alt wird: Man vergisst sogar Ereignisse, die einen einmal stark beunruhigt haben.

»Ich war damals in der Gegend. Mir ist nichts passiert, aber ich war so nah am Geschehen, dass ich es gesehen habe und ziemlich schockiert war.«

»Das tut mir leid.«

»Ich war damals schon verheiratet, doch ich weiß noch, dass ich direkt danach dachte, ich müsste dir Bescheid geben, dass mir nichts passiert sei.«

»Mir?«

»Ja. Vermutlich war es der Schock. Aber das war mein erster Gedanke. ›Ivy muss wissen, dass mir nichts passiert ist.‹ Ivy, nicht Lynn. Das fand ich damals merkwürdig. Ich hatte jahrelang nicht wirklich an dich gedacht, und plötzlich dachte ich, ich müsste dir sagen, dass es mir gut ginge.«

»Zum Glück ist dir nichts passiert.«

Plötzlich erschien die Kellnerin und sah, dass wir die Scones noch nicht angerührt hatten. »Ist alles in Ordnung?«

»Ja, vielen Dank.« Ich nahm das Messer mit dem Porzellangriff, schnitt meinen Scone auf und strich wie wild Butter darauf, damit sie verschwand.

»Als ich mich für diesen Brunnen in Kopenhagen bewarb, ist es mir wieder passiert. Ich war ein paar Tage dort, und Lynn hat mich begleitet.«

Abe war zu sehr mit der Geschichte beschäftigt, um von seinem Tee zu trinken.

»Ich weiß es noch, weil ich sie eines Abends beim Essen Ivy nannte und sie außer sich vor Wut war. Wir machten eine etwas schwierige Zeit durch, und sie dachte, ich habe eine Affäre. Es hat eine Weile gedauert, sie davon zu überzeugen, dass du eine Freundin aus Kindheitstagen warst, die ich seit Jahren weder gesehen noch gesprochen hatte.«

»Kanntest du irgendwelche anderen Ivys?«

»Nein, ich habe nie eine andere Ivy kennengelernt. Es war nicht so, als hätte ich zu ihr Liz anstatt Lynn gesagt. Es war schon sehr besonders.«

»Ja.« Ich biss in meinen Scone und versuchte, es mir vorzustellen.

»Dass ich dich manchmal gespürt habe – selten zwar, aber dann sehr stark –, habe ich mir damit erklärt, dass ein Teil von dir noch bei mir war.«

»Verstehe.« Die Unterhaltung wühlte mich ein wenig auf. Auch ich hatte von Zeit zu Zeit an Abe gedacht, allerdings nicht auf die Weise, die er beschrieb.

»Was ich vermutlich sagen will, ist: Mir ist klar geworden, dass unsere frühe Freundschaft nicht einfach nur so passiert ist. Sie hat die Grundlage für alle künftigen Beziehungen gebildet. Eine gute Grundlage.«

»Das hast du schön gesagt.« Ich lächelte.

»In diesem Sinn habe ich unsere Freundschaft vermutlich als

Metapher für die Quantenverschränkung benutzt, als ich flüchtig mit ihr in Berührung kam.«

Die ruhige, konzentrierte Art, mit der er die Worte betonte und die so ganz anders war als die Lebendigkeit, mit der er zuvor von dem Brunnen erzählt hatte, weckte das Bedürfnis in mir, mich ihm zu öffnen. Es gab nichts Spezielles, worüber ich mit ihm reden wollte, nicht in diesem Moment, aber ich spürte, wie ich begann, Vertrauen zu ihm zu fassen. Dass er jemand war, dem ich mich anvertrauen, dem ich mich offenbaren konnte, ohne fürchten zu müssen, was er über mich dachte.

Fühlte sich so der Beginn von Liebe an?

»Ich weiß, das ergibt alles nicht viel Sinn.« Abe dehnte seine Finger, als wollte er damit das Ende seines Gedankengangs signalisieren. »Ich versuche nur zu sagen, dass ein Teil von dir bei mir geblieben ist und ich sehr froh bin, dass ich dich wiedergetroffen habe. Ich denke immer wieder darüber nach, was wohl passiert wäre, wenn ich an jenem Tag nicht in den Supermarkt gegangen wäre, wenn du nicht mit deinem Enkel in den Park gegangen wärst.«

Erneut drückte er meine Hand und sah mich an, und da wusste ich mit einer Sicherheit, die mich selbst überraschte, ganz genau, welche Entwicklung der Dinge ich mir erhoffte.

Aber wie sollte ich das meiner Tochter erklären, die die letzten fünf Jahre damit verbracht hatte, so vorsichtig wie möglich herauszufinden, ob sie mit dem liebenswerten, netten Freund, der immer für sie da war, den Rest ihres Lebens verbringen wollte?

Endlich hatte sie sich entschieden, im September würden sie heiraten. Ich fürchtete, sie könnte denken, ich würde ihr die Show stehlen. Das war nicht meine Absicht, aber jetzt, wo ich

Abe wiedergefunden hatte, würde ich ihn nicht wieder gehen lassen.

»Ich weiß, es ist überraschend für dich, und es kommt dir bestimmt komisch vor, als hätte ich es mir nicht lange genug durch den Kopf gehen lassen. Aber das brauche ich auch nicht. Es ist das Richtige.«

»Hast du ihn immer geliebt?«, wollte Lottie plötzlich wissen, und ich wünschte, wir wären nicht in ihrer Wohnung, wo Richard mich aus einem gerahmten Foto vom Kaminsims herab anblickte.

Lottie war damals sechs gewesen. Wir waren am Strand, vermutlich in Greatstone. Dorthin gingen wir damals oft, als sie und Max noch klein waren, und im Hintergrund waren die Umrisse der Dünen zu erahnen. Lottie saß im Badeanzug auf Richards Schultern, sie hielt sich an seinen Haaren fest und lächelte. Richard lächelte ebenfalls, aber mit einem leicht gequälten Blick, vielleicht, weil er in die Sonne blinzelte oder weil Lottie an seinen Haaren zog.

»Nein. Ich habe ihn seit Jahren nicht gesehen«, sagte ich und wandte den Blick von Richard und von den Dingen ab, die Lottie mit der Vergangenheit unserer Familie verbanden.

Ein Stück Berliner Mauer, das Richard von einer Geschäftsreise mitgebracht hatte. Er war zufällig dort gewesen, als die Mauer fiel. Ein winziges Gemälde von einem Stand am Ufer der Seine, das Max ihr geschenkt hatte, als er von einem Schüleraustausch aus Frankreich zurückgekommen war. Und am Kamin lehnte eine bemalte Holzleiste, das Seitenteil eines Regals, das in unserem alten Haus unter der Treppe gestanden hatte. Daran hatten wir zu verschiedenen Gelegenheiten die Größen der Kinder markiert. Ich hatte überlegt, das Brett zu übermalen, bevor ich das Haus verkaufte, doch Lottie wollte die Leiste behalten.

»Wir haben uns nur als Kinder gekannt«, erzählte ich ihr.

»Und nachdem er weggezogen war, haben wir den Kontakt verloren. Aber jetzt liebe ich ihn.«

»Aber wie kannst du dir so sicher sein?« Lottie war vorsichtig, das war sie immer schon.

Erneut blickte ich auf das Foto von ihr und Richard. Sie konnte das Abenteuer nicht ganz genießen, hoch auf seinen Schultern zu sitzen. Ihr fehlte das Vertrauen, dass er sie nicht fallen ließ, deshalb klammerte sie sich an ihn.

Max war stets wagemutiger gewesen. Er hätte mit den Armen in der Luft herumgefuchtelt, es genossen, so hoch über dem Boden zu schweben, hätte noch weiter nach oben gegriffen, noch höher hinaufgewollt.

»Ich weiß es einfach.«

»Hast du so auch bei Dad empfunden?«

»Das war anders.«

»Wie?«

»Ich habe deinen Dad sehr geliebt. Er war ein starker Mann. Als er sich auf mich einließ, hat er viel auf sich genommen, und er war sich des Risikos bewusst, als wir dich und Max bekommen haben. So etwas macht nur ein ganz besonderer Mann.«

Ich folgte Lotties Blick zurück zu der Fotografie und konnte mir ungefähr vorstellen, was sie dachte.

»Lottie, Liebes.« Ich wollte, dass sie mich ansah. »Ich werde deinen Dad immer lieben. Er war ein großer Teil meines Lebens und wird es immer sein. Andere wären meilenweit vor mir und den ganzen Schwierigkeiten davongelaufen, doch Richard war immer bereit, sich der Welt zu stellen, mit allem zurechtzukommen, was das Leben für ihn bereithielt. Er hat all meine Entscheidungen mitgetragen, auch wenn er für sich anders entschieden hätte. Für all das und für so vieles andere habe ich ihn geliebt. Das ist etwas anderes.«

»Warum?«

»Ich kann es nicht richtig erklären. Aber manchmal liebt man jemanden für seine Art, für seine Handlungen, weil er tut, was er tut. Und manchmal liebt man jemanden einfach um seiner selbst willen.«

»Dann hast du Dad wegen der Dinge geliebt, die er getan hat?«

»Nein«, entgegnete ich etwas zu schnell. »Doch, ja, aber das schmälert das, was wir miteinander hatten, kein bisschen. Ganz im Gegenteil. Ehe bedeutet so viel mehr, als sich nur in jemanden zu verlieben. Das allein reicht nicht, damit sie funktioniert. Dazu braucht es mehr.«

»Was?«

»Liebe und die Bereitschaft, sich an jemanden zu binden. Sich zu verlieben ist leicht. Es ist leicht, seinen Seelenverwandten zu finden, aber vielleicht ist ein Seelenverwandter nicht der Mensch, den man heiraten sollte, wenn das ganze Leben noch vor einem liegt.«

»Ihr wirkt so glücklich zusammen, du und Abe.« Lottie sah mich an. »Die Art, wie ihr zusammen herumwerkelt, wirkt irgendwie so unbeschwert.«

»Was?« Ich lachte über die Vorstellung, dass Abe und ich als Alte herumwerkelten. Natürlich, wir waren beide über siebzig, aber ich fühlte mich jünger, so viel jünger, seit ich ihn wiedergetroffen hatte. Vielleicht war ich auch einfach nur zufriedener – mit mir und mit dem Leben.

Dem Leben, das einem, wie ich auf harte Weise erfahren musste, große Verluste zumutete, aber manchmal auch versuchte, diese Verluste wiedergutzumachen, wenn man am wenigsten damit rechnete. Und zwar auf die wundervollste Weise.

»Du wirkst so locker.« Lottie blickte mir nun so forschend in die Augen, dass es mich verunsicherte. »Du wirkst jetzt glücklicher als damals, als Dad noch gelebt hat. Als wärst du endlich mit dem Richtigen zusammen.«

»Vielleicht ist es einfach der richtige Zeitpunkt«, gab ich zu bedenken.

Ich wollte Richards Andenken in keiner Weise beflecken. Er war ein wunderbarer Mann, aber das Leben war für uns nicht immer leicht gewesen. Wer weiß, ob es mit einem anderen Mann einfacher gewesen wäre.

»Abe und ich ...« Ich hielt kurz inne. »Wir haben nichts, um das wir uns sorgen müssen, abgesehen davon, dass wir älter werden. Ich habe deinen Dad sehr geliebt, aber manchmal waren wir zu sehr in unserem Alltag gefangen, um einander zu schätzen. Und unser Alltag ist oft auch sehr schwierig gewesen.«

»Ich weiß, Mum«, entgegnete Lottie. »Das weiß ich. Es ist nur ...«

Ich beobachtete, wie sie uns aus der Teekanne nachschenkte, die in Ermangelung eines Couchtischs auf dem Fußboden stand. Wie sie sorgfältig eingoss und dabei über ihre nächsten Worte nachdachte.

Erneut blickte sie auf das Bild von sich und Richard, als bräuchte sie unser beider Bestätigung. »Glaubst du, dass ich den falschen Mann heirate?«, brach es schließlich aus ihr heraus.

»Nein, Liebes. Natürlich nicht. Ich glaube, dass du einen wunderbaren Mann heiratest, der dich liebt und bereit ist, sich an dich zu binden. Ihr zwei passt perfekt zusammen.«

Allmählich sorgte ich mich, dass ich womöglich das Falsche tat. Dass die Entscheidung, selbst zu heiraten, meine Kinder in einer Weise aufwühlte, mit der ich nicht gerechnet hatte.

»Wenn man noch jung ist, ist das etwas anderes«, erwiderte ich. »Vielleicht sucht man zu sehr nach Dingen, die man niemals haben wird, und sieht nicht immer, was man hat. In meinem Alter stellt man fest, dass man eigentlich immer nur jemanden gesucht hat, der einem die Hand hält. Vor allem am Ende. Vielleicht wusste ich das auch schon, als ich jung war, aber ich glaube nicht, dass es mir bewusst war.«

»Sag das nicht, Mum.«

»Ich wollte nicht, dass es so düster klingt.«

»Aber was, wenn Tim nicht der Richtige ist?«

»Das ist er. Das weißt du.«

»Ich bin mir anscheinend nicht so sicher wie du.«

»Lottie, wahrscheinlich gibt es viele richtige Männer dort draußen. Die kannst du aber nicht alle heiraten. Du wirst auch nicht allen begegnen. Aber du bist Tim begegnet, und ihr wollt heiraten. Das ist richtig.«

»Manchmal macht es mir Angst«, gestand sie leise.

»Du hast es dir doch nicht anders überlegt, oder?«

»Nein. Ich liebe Tim, und ich will ihn heiraten. Ich weiß, es klingt lächerlich, aber …«

»Was?«

»Ich bin ein bisschen eifersüchtig auf dich. Weil du dir bei Abe so sicher bist.«

»Das bin ich mir heute. Vielleicht wäre ich mir weniger sicher gewesen, hätte ich ihn in deinem Alter getroffen. Mir läuft die Zeit davon.«

»Jetzt redest du schon wieder so!«

»Okay. Vielleicht nicht. Vielleicht haben wir beide noch Zeit.«

»Wie meinst du das?«

»Nichts zwingt uns, überstürzt zu handeln. Du musst tun, was jetzt das Richtige für dich ist.«

»Ich habe nicht viel Zeit, falls ich Kinder haben möchte. Und wenn Tim nicht der Richtige ist? Sondern nur zur rechten Zeit zu haben?«

»Dann macht ihn das zum Richtigen …«, wollte ich sie bestärken, doch sie wirkte noch immer nicht vollständig überzeugt.

»Lottie, Liebes. Wenn es dich zu sehr mitnimmt, dass ich heirate, werde ich es nicht tun. Es spielt eigentlich keine Rolle, ob wir heiraten oder nicht, auch wenn wir es gern tun würden. Ich würde so oder so mit Abe zusammen sein. Macht das einen solchen Unterschied für dich?«

»Nein, Mum.« Sie bekam feuchte Augen. »Ich freue mich für dich. Wirklich. Es kommt nur etwas überraschend, und es scheint alles so schnell zu gehen.«

»Ich weiß. Aber ich werde nicht jünger. Keiner von uns. Ich habe im Leben viele Menschen verloren, und nachdem ich Abe jetzt wiedergetroffen habe, will ich die Chance, noch einmal glücklich zu sein, nicht wegwerfen.«

»Oh, Mum …« Etwas in Lotties Stimme ließ mich näher zu ihr rücken.

»Was ist, Liebes?« Ich legte den Arm um sie. »Was ist los? Was bedrückt dich?«

»Nichts.« Sie drehte sich um und umarmte mich. »Wirklich nichts.«

Wir hielten einander einen Moment fest.

»Ich glaube, ich freue mich einfach nur für dich.« Lotties Stimme bebte, als versuchte sie, nicht zu weinen.

Und mir ging es genauso.

So ist das manchmal mit dem Glück. Glück und Traurigkeit liegen viel dichter beieinander, als wir meinen.

Max reagierte weniger emotional, als ich es ihm erzählte. Vielleicht war er ebenso überrascht wie seine Schwester, doch seine Fragen waren eher praktischer Natur.

»Wo werdet ihr leben?« Er schenkte uns beiden ein Glas Wein ein, als verlange die anstehende Unterhaltung nach einem Drink.

»Ich ziehe zu Abe in sein Haus und überschreibe euch die Wohnung. So müsst ihr keine Erbschaftssteuer zahlen.«

Ich dachte, mein Pragmatismus würde ihn beeindrucken, doch stattdessen sorgte er sich. »Es ist besser, wenn du die Wohnung behältst, nur für den Fall ...« Er verstummte und nahm einen Schluck Wein.

»Dass es nicht funktioniert?«

»Man weiß nie, Mum«, gab er zu bedenken. »Vielleicht ist es doch nicht das Richtige für dich.«

»Doch.« Ich wiederholte, was ich vor einigen Stunden bereits meiner Tochter erklärt hatte.

»Wie kannst du dir so sicher sein?«

»Weil ich dafür sorge, dass es funktioniert.«

»Und was ist mit seinen Kindern? Sind die glücklich darüber?«

»Ich glaube schon.«

Abe hatte heute mit Sam und Ruby zu Mittag gegessen und mir anschließend am Telefon berichtet, dass sie »erfreut« seien.

»Obwohl seine Frau noch nicht mal ein Jahr tot ist?«, fragte Max. »Finden sie das nicht ein bisschen früh?«

»Ich weiß, dass das vielleicht so wirkt, aber Lynn ist lange krank gewesen, und ich glaube, er hatte sie in vielerlei Hinsicht schon verloren, bevor sie gestorben ist. Und er wusste schon lange, dass sie sterben würde.«

»Ich will es nicht kompliziert machen, Mum«, lenkte Max ein. »Ich mache mir nur Sorgen um dich.«

»Ich weiß«, erwiderte ich und berührte auf dem Tisch seine Hand.

Er überraschte mich, indem er meine ergriff und sie festhielt.

»Das ist es, was ich mir wünsche, Max.« Ich blickte ihn an. »Was wir uns beide wünschen.«

»Dann trinke ich darauf.« Er hob sein Glas. »Auf dich und Abe McFadden.«

Wer hätte das gedacht? Ich ganz bestimmt nicht. Niemals hatte ich damit gerechnet, mit über siebzig noch einmal in den Genuss von Liebe und von Sex zu kommen. Ich dachte, dieser Teil meines Lebens sei endgültig vorbei. In meinem Alter machte man sich eher Gedanken über den Tod als über Sex.

Natürlich war es anders. Der Körper war nicht mehr so gefügig, nicht mehr so biegsam. Doch wenn der Geist willig ist, findet das Fleisch einen Weg.

Beim ersten Mal war ich nicht so nervös, wie ich gedacht hätte. Abe und ich hatten uns ausreichend oft zum Kaffeetrinken, Mittagessen, Abendessen, zu Theater- und Museumsbesuchen getroffen. Die Lücke seit unserer Kindheit war ausreichend aufgearbeitet. Im Großen und Ganzen wussten wir über das Leben des anderen Bescheid und kannten auch einige Details.

»Alan ist Stand-up-Comedian geworden?« Ich lachte, als er mir die Laufbahn seines älteren Bruders schilderte.

»In den frühen Achtzigern versuchte er eine Zeit lang, davon zu leben. Dann hat er eine Ausbildung zum Buchhalter gemacht.«

»Und Tessa?«

»Sie hat als Lehrerin angefangen, dann ist sie eine große Nummer in irgendeinem Thinktank im Bildungswesen geworden.«

»Und geht es ihnen allen noch gut? Deinen Geschwistern?«

»Ja.« Er berührte meine Wange. »Es tut mir so leid mit Jon. Das muss sehr hart für dich gewesen sein.«

»Du weißt, wie es ist, einen Bruder zu verlieren.«

Er nickte. »Es ist lange her, aber so etwas hinterlässt für immer seine Spuren. Mum ist nie wirklich darüber hinweggekommen.«

»Wie kann man über den Verlust eines Kindes hinwegkommen? Für Dad war es auch schwer, als Jon gestorben ist. Ich glaube sogar, dass ihn eher der Kummer umgebracht hat als die Lungenentzündung.«

Im Laufe der Zeit schienen eine Menge Menschen, die uns etwas bedeutet hatten, gestorben zu sein. Eltern, Geschwister, Partner. Seine Frau Lynn war noch nicht so lange tot wie Richard.

Er beschrieb ihre Ehe als »sehr glücklich«. Sofort fragte ich mich, ob ich eifersüchtig war, stellte jedoch fest, dass das nicht zutraf. Seine glückliche Ehe schien uns den Weg in die Zukunft zu ebnen, eine schlechte hätte Abe vielleicht zögern lassen.

»Hör uns nur an. Wie trübsinnig wir klingen.« Abe schüttelte den Kopf. »Und schwimmst du noch?«

»Ja. Ich gehe ein paarmal in der Woche ins Schwimmbad und im Sommer an den Strand.«

Lachend legte er den Arm um mich und zog mich an sich.

Wir waren wieder dort, wo wir angefangen hatten, als wir uns als Kinder begegnet waren. Wir fühlten uns auf eine Weise zueinander hingezogen, die man nicht in Worte fassen konnte.

Noch immer passten wir zueinander, nach all diesen Jahren. Zumindest unsere Charaktere. Wie es sich mit unseren Körpern verhielt, wussten wir nicht, würden es jedoch früher oder später herausfinden.

»Ich bin kein guter Koch«, setzte Abe an, als wir eines Morgens, nachdem wir uns zum Kaffee getroffen hatten, durch den Park gingen und wie die Kinder mit den Füßen das Herbstlaub aufwirbelten. »Aber ich würde abends gern einmal für dich kochen. Bei mir.«

»Ich bin keine große Feinschmeckerin. Also, was immer du kochst, es ist sicher köstlich. Und ich komme gern.«

»Morgen? Oder sogar schon heute?«

»Ich hole Connor von der Schule ab. Darum muss ich erst nach Hause. Aber ich könnte vorbeikommen, nachdem Max ihn abgeholt hat.«

»Wenn du dann nicht zu müde bist?«

»Nein. Wenn ich den Bus nehme, könnte ich um acht Uhr bei dir sein. Ist das okay?«

»Perfekt.« Abe sah mich noch immer an. »Und ich habe mich gefragt …«

»Ja?«

»Ich möchte nicht, dass du so spät noch mit öffentlichen Verkehrsmitteln nach Hause fährst. Ich könnte dir ein Taxi rufen, das dich nach Hause bringt. Oder …«

»Sehr gern.« Ich merkte, wie ich errötete.

Wir standen noch immer am Eingang zum Park, wo eine Gruppe Teenager auf einer Asphaltbahn Skateboard fuhr.

»Gut.« Abe legte die Arme um mich. »Wir müssen nichts tun. Aber es wäre wundervoll, wenn du bleiben könntest.«

»Danke.« Ich war dankbar für seine beruhigenden Worte und genoss die Aussicht, mit ihm zusammen zu sein.

Dann küsste er mich – ein kleiner Vorgeschmack auf den Abend, der vor uns lag. Er küsste mich, bis die Teenager auf ihren Boards stehen blieben und riefen: »Nimm dir ein Zimmer, Opa!«

»Da ist er!« Noch ehe Abe ihn sah, entdeckte ich Sam. Er hielt ein Schild mit der Aufschrift »Mr. und Mrs. McFadden« hoch, auf das mit Filzstift Herzen und Blumen gemalt waren.

»Das haben die Kinder gemacht.« Er zuckte die Schultern und ließ das Schild sinken, dann küsste er seinen Vater auf beide Wangen und zog ihn an sich, so wie er es immer tat. Sie waren so unbefangen herzlich zueinander.

»War es schön, Ivy?« Sam ließ von seinem Vater ab und gab mir einen trockenen, warmen Kuss auf die Wange.

»Wundervoll. Wirklich wundervoll. Und wie lieb von dir, uns abzuholen.«

Wir hatten beide betont, dass das nicht nötig sei. Sam war eingespannt genug, mit seiner Arbeit und den zwei kleinen Kindern, aber er bestand darauf.

»Dad hat Ruby und mich genug herumgefahren. Und es sind schließlich eure Flitterwochen. Da will man doch nicht zurückkommen und erst mal stundenlang in der U-Bahn sitzen.«

Er hatte auch die Flitterwochen arrangiert – Abe war eingeweiht gewesen, ich nicht. Ein Geschenk von allen vier Kindern gemeinsam. Bevor sie buchten, hatten sie Abe in die Details einbezogen, ihn jedoch angehalten, mir nichts zu verraten.

»Wir fahren ans Meer, und es ist warm, aber nicht heiß«, war alles, was Abe sich entlocken ließ, als ich ihn fragte, was ich einpacken sollte.

»Geht es nach Nordeuropa?« Wollte er mir vielleicht seinen Brunnen am Hamburger Hafen zeigen? »Oder nach Spanien?« Hatte er ein wenig zu interessiert gewirkt, als ich eine Geschäftsreise nach Almería erwähnte und betonte, wie gern ich noch einmal dorthin zurückkehren würde? »Oder nach Nordafrika?« Ich wusste, dass wir nicht lange fliegen würden, aber vielleicht ging es irgendwo nach Marokko.

Er war öfter mit Lynn, Sam und Ruby dort gewesen, als sie noch Kinder waren. »So ein schönes Land. Das Licht, die Farben und die Gastfreundschaft der Menschen machen es zu etwas ganz Besonderem.«

Ich war mir nicht sicher, wie ich es fand, die Flitterwochen an einem Ort zu verbringen, an dem er so oft mit seiner Frau und seiner jungen Familie gewesen war, aber egal wohin wir fuhren – jetzt war es zu spät, noch etwas dagegen einzuwenden.

»Hör auf, so viele Fragen zu stellen!«, mahnte Abe, als ich weiterbohrte.

»Habe ich einen Roman gelesen, der dort spielt?« »Brauche ich Wanderschuhe?« »Soll ich Mittel gegen Mücken einpacken?«

»Ehrlich, du bist wie ein Kind, das schon vor Weihnachten wissen will, was es zu Weihnachten bekommt.«

»Ich will nur vorbereitet sein.«

»Ich habe dir erklärt, was du einpacken sollst, und ich sorge für alles andere, was wir brauchen.«

»Aber was soll ich lesen? Ich lese gern Bücher, die mit dem Ort zu tun haben, an den ich reise.«

»Es ist eine Überraschung, Ivy«, erklärte Abe mit Nachdruck, lächelte jedoch. »Bitte hab Nachsicht mit mir und lass es eine bleiben.«

Die eigentliche Überraschung war jedoch, dass nicht Abe die Reise geplant hatte, sondern die Kinder. Dass es ihr gemeinsames Geschenk war, bedeutete mir weitaus mehr als die Reise selbst. Alle akzeptierten sie unsere Hochzeit, sie freuten sich für uns und waren vereint in dem Bemühen, uns das zu zeigen.

Wir befanden uns in einem italienischen Restaurant in der Nähe des Standesamts, als mir Lottie die Karte überreichte. »Das ist von uns allen«, erklärte sie durch das Geschirrgeklapper, das Stimmengewirr und die Musik aus Sams iPod, den er an die Anlage des Restaurants angeschlossen hatte, um nach seiner Rede ein Lied für uns zu spielen. Es sei immer das Lieblingslied seines Vaters gewesen.

»Und jetzt weiß ich auch, warum!«

Es war *For the Love of Ivy* von *The Mamas and the Papas,* ein Song, den ich oft vor mich hin gesummt hatte, wie man es tut, wenn in einem Song der eigene Name vorkommt.

Es wurde eine laute, ausufernde Feier, obwohl wir nur Familie und ein paar enge Freunde eingeladen hatten. Von beidem besaßen wir mehr, als uns bewusst gewesen war, sodass wir schließlich mit fünfunddreißig Personen in einem Extraraum feierten, der sich zu einem Hinterhof mit terrakottafarbenen Mauern, Töpfen mit Olivenbäumchen und Lorbeer öffnete. Fast hätte man meinen können, wir wären in Italien: Das Wetter war warm, das Essen mediterran und köstlich, und die Kellner bemühten sich reizend um uns.

»Bellissimo?«, erkundigte sich der eine jedes Mal, wenn er mir Prosecco nachschenkte. Er behandelte mich wie eine siebzehnjährige und nicht wie eine einundsiebzigjährige Braut.

Doch auch das familiäre Umfeld trug zu dem italienischen Flair bei: Ruby und Lottie saßen auf einer Bank in der Sonne, steckten die Köpfe zusammen und plauderten vertraulich miteinander, als würden sie sich schon ihr ganzes Leben lang kennen. Ilona, Sams polnische Frau, zeigte Connor und Tomas, wie man aus einer Serviette einen Schwan faltete, während Sam und Max heimlich auf ihren Smartphones die Spielstände beim Cricket verglichen und vorgaben, etwas anderes zu tun, als Hannah sie danach fragte. Um bei der Hochzeit ihrer alten Eltern dabei zu sein, verpassten sie ein Testspiel, aber eben doch nicht ganz!

»Mach auf«, forderte Lottie, als ich auf den Umschlag blickte.

Die Karte zeigte ein Bild von Eric Slater – eine malerische

englische Landschaft, die man nicht gleich zuordnen konnte, wenn man nicht in Sussex aufgewachsen war.

»Die Hütten der Küstenwache. Das war einer meiner Lieblingsorte.« Ich öffnete die Karte.

Sie kauerten gefährlich nah am Rand der Klippen, wo der Cuckmere River sich ins Meer ergoss, auf der anderen Seite die markanten weißen Felsen der Sieben Schwestern.

»Ich weiß«, freute sich Ruby. »Dads auch.«

Sie hatten alle etwas in die Karte geschrieben: Unsere Kinder, ihre Partner und die Enkelkinder adressierten uns auf mancherlei Weise. »Mum und Abe« hieß es da, »Dad und Ivy«, rührend auch »Grandma und Grandpa Abe« oder »Granddad und Nana Ivy«. Sie alle gratulierten uns und wünschten uns viele glückliche Jahre. Und in der Mitte stand in Sams Handschrift: »Wir alle wünschen euch schöne Flitterwochen.«

Ich blickte in ihre erwartungsvollen Gesichter und war unbeschreiblich gerührt.

Es hatte einen bitteren Beigeschmack, dass die Beziehung zwischen Abe und mir, die wir auf eine neue, erwachsene Weise wiederaufleben ließen, mich derart erfüllte, wie ich es mit niemand anderem je zuvor erlebt hatte.

All die Beziehungen meines Erwachsenenlebens waren auf ihre Weise gut und erfüllt gewesen, doch ich hatte mich immer als eine Hälfte gefühlt, nicht als Teil eines Ganzen.

Mit Abe war das anders. Vielleicht lag es an unserem Alter und daran, dass wir uns in einer Phase begegnet waren, in der wir viel Zeit miteinander verbringen konnten: Weder Arbeit, Karriere noch Familie lenkten uns voneinander ab. Das sagte ich mir, weil ich sonst ein wenig traurig wegen der anderen Männer gewesen wäre, die ich geliebt und verloren hatte.

Ich dachte, dass das Getrenntsein, von dem die anderen Beziehungen geprägt gewesen waren, natürlich war. Es war normal, dass man sich als eigenständige Persönlichkeit niemand anderem und dessen Bedürfnissen unterordnen wollte. Doch jetzt wollte ich Ivy und Abe sein.

An dem Tag, an dem es passierte, fuhr ich morgens einkaufen. Nachbarn hatten uns zur Feier ihrer Rubinhochzeit eingeladen. Es war das erste Ereignis seit unserer Trauung, zu dem Abe und ich gemeinsam gingen, die erste Einladung auf dem Kaminsims, auf der handschriftlich »Ivy und Abe« über den gedruckten Details zur Feier stand. Wir waren jetzt seit achtzehn Monaten wieder vereint, und es war etwas über ein halbes Jahr her, dass wir geheiratet hatten und ich zu Abe gezogen war.

Wir waren schon vorher gemeinsam zu Abendessen eingeladen gewesen oder zu Familientreffen, sowohl von meiner als auch von seiner Seite, aber dies fühlte sich mehr nach einem richtigen Ereignis an. Anlass genug, um nach einem neuen Kleid Ausschau zu halten.

»Bist du zum Mittagessen zurück, oder isst du etwas in der Stadt?«, fragte Abe.

»Ich weiß noch nicht. Zu lange will ich nicht wegbleiben, aber rechne lieber nicht mit mir.«

»Wahrscheinlich mache ich mir einfach ein Sandwich, aber sag Bescheid, wenn du wiederkommst.« Dabei sah er auf seine Armbanduhr, als würde er überschlagen, wie viele Stunden er das Haus für sich hatte.

»Ich glaube, ich besorge mir unterwegs etwas«, antwortete ich. Vielleicht brauchte er etwas Zeit für sich.

»Mir ist beides recht«, verabschiedete er mich mit einem Kuss.

Am frühen Nachmittag kehrte ich zurück, und Abe sprang sogleich herbei, um mir die Tür zu öffnen.

»Ist alles in Ordnung?«, fragte ich, etwas verstimmt über die Begrüßung.

Normalerweise nahm Abe Rücksicht darauf, dass ich bei meiner Rückkehr gern erst einmal ankam, mir in Ruhe den Mantel auszog und meine Taschen sortierte.

»Willst du einen Kaffee? Ich wollte mir gerade einen machen.«

»Okay. Ich will nur eben die Taschen loswerden und auf die Toilette.«

»Natürlich.« Er verschwand in der Küche. »Ich bringe den Kaffee ins Wohnzimmer.«

»In Ordnung.« Ich ging nach oben und stellte meine Einkaufstasche mit dem neuen Kleid auf unserem Bett ab.

Vor dem Schlafzimmerfenster sah es jetzt kahler aus als bei meinem Einzug. Unser Garten war klein und pflegeleicht, doch es schloss sich ein größerer daran an. Dort stand ein wundervoller Ahorn, den wir von unserem Bett aus sehen konnten, wenn die Vorhänge offen waren.

Jetzt gab es ihn nicht mehr, von einem Gärtner gefällt, weil er krank war. Abe war hinausgegangen und hatte den Mann angesprochen, als wir die Kettensäge hörten und die Äste fallen sahen.

»Ich vermisse den Baum«, sagte ich mehr als einmal zu Abe. »Es scheinen nicht mehr so viele Vögel da zu sein. Und die Amseln habe ich in letzter Zeit auch nicht mehr gehört.«

Häufig waren wir im Morgengrauen vom Gesang der Amseln aufgewacht, und ein Paar schien regelmäßig auf dem Rasen vor dem Wohnzimmer zu landen.

Abe sprach von ihnen als von »unseren Amseln«, und ich staunte über die Schönheit der Natur und stellte fest, wie viel intensiver ich sie wahrnahm, wenn ich sie mit jemandem gemeinsam beobachtete.

Mit Abe an meiner Seite schien die Welt so viel strahlender, doch die Abwesenheit des Baums betrübte mich dennoch, wenn ich aus dem Schlafzimmerfenster blickte. Ohne ihn wirkte der Garten leblos, als wäre der Winter zu früh gekommen.

Ich versuchte, die leichte Melancholie abzuschütteln, die mich überkam, und ging nach unten.

Abe las im Wohnzimmer die Zeitung.

»Ich habe dir Kaffee gemacht.« Er deutete auf eine Tasse auf dem Tisch am Fenster.

Ich zögerte einen Moment, ehe ich mich setzte, und war völlig zu Unrecht etwas verschnupft, weil Abe auf der Seite des Sofas saß, wo normalerweise mein Platz war. Dadurch, dass er mir den Kaffee woanders servierte, zwang er mich, den Platz zu wechseln.

Mir war klar, dass er sich nichts dabei gedacht hatte, aber mir gefiel es, dass eine gewisse Routine um sich griff, zu der feste Plätze gehörten, auf denen wir »normalerweise« saßen. Es verlieh der Beziehung den Anschein, als bestünde sie schon länger, als es eigentlich der Fall war.

»Danke.« Ich setzte mich, blickte aus dem Fenster und verstand sofort, warum ich woanders sitzen sollte. Weshalb er so erpicht darauf gewesen war, dass ich heute Morgen das Haus verließ. Warum er bei meiner Rückkehr gleich zur Tür gesprungen war.

In der einen Ecke des Rasens, wo wir häufig »unseren« Amseln beim Picken zusahen, lag etwas aufgeworfene Erde, in der Mitte erhob sich anmutig ein Setzling. Bei seinem Anblick brach ich in Tränen aus.

»Es ist ein Apfelbaum.« Abe stand auf und kam zu mir. »Ein

halbhoher, damit er den Garten nicht überschattet. Er wächst aber hoch genug, dass wir ihn von unserem Schlafzimmerfenster aus sehen können und er ein paar Vögel anzieht.«

Es verschlug mir vor Rührung die Sprache, und ich glaube, meine Reaktion verwirrte Abe.

Er redete weiter. »Wahrscheinlich werden im Frühjahr ein paar Blaumeisen dort ihr Nest bauen, und wenn die Blüte vorüber ist, kommen Fliegenfänger und Grasmücken. Und im Herbst und im Winter, wenn die Früchte auf dem Boden liegen, diverse Amseln und Drosseln.«

Er setzte sich, legte den Arm um mich. »Ich dachte, er würde dir gefallen, Liebes.«

»Er ist wundervoll.« Ich kuschelte mich an ihn.

»Warum weinst du dann? Hier hast du ein Taschentuch.«

Ich putzte mir die Nase und versuchte, meine Gefühle in Worte zu fassen. »Weil ich so glücklich bin.« Ich wischte mir die Augen. »Ich habe einen Großteil meines Lebens nicht gewagt, mich auf etwas zu freuen, weil ich Angst vor der Zukunft hatte. Aber jetzt …«

»Das ist sehr viel Gefühl für ein paar Äpfel.« Abe legte mir die Hand aufs Knie.

Uns beiden war klar, dass ich nicht von dem Baum sprach, nicht nur jedenfalls, sondern vor allem davon, wofür er stand: das Leben – unser gemeinsames Leben.

»Hast du schon mal darüber nachgedacht«, Abe nahm meine Hand, als wir später an jenem Abend im Bett lagen, »was wohl passiert wäre, wenn wir uns früher begegnet wären?«

»Das sind wir.«

»Ich meine, später, nicht als wir Kinder waren. Wenn wir uns zum richtigen Zeitpunkt begegnet wären.«

»Darüber habe ich vor gar nicht langer Zeit mit Lottie gesprochen.«

»Über uns?«

»Eigentlich über sie. Gibt es den einen Richtigen oder nur den richtigen Zeitpunkt?«

»Und zu welchem Schluss seid ihr gekommen?«

»Ich glaube, es gibt den Richtigen zum richtigen Zeitpunkt und den Falschen zum richtigen Zeitpunkt – und den Richtigen zum falschen Zeitpunkt. Wer weiß, was passiert wäre, wenn wir uns zu einem anderen Zeitpunkt begegnet wären? Vielleicht wären wir nicht gut füreinander gewesen. Man kann die Uhr nicht zurückdrehen.«

»Es sei denn, du bist Nordkoreaner.« Abe blickte auf die leuchtende LED-Anzeige an seinem Radiowecker neben dem Bett. »Sie stellen ihre Uhren zurück. Es ist eine symbolische Geste, um zu zeigen, dass sie die Jahre unter japanischer Herrschaft hinter sich haben.«

»Das ändert aber nichts an der Vergangenheit«, gab ich zu bedenken. »Wer weiß, was eine andere Vergangenheit gebracht hätte?«

»Wir haben so ein Glück.« Er drehte sich zu mir und legte den Arm um mich. »Dass wir uns zu diesem Zeitpunkt wieder getroffen haben.«

Ich rutschte zu ihm hinüber und küsste ihn, anstatt etwas zu sagen. Es war ein langer Kuss, und unterdessen suchte ich nun schon zum zweiten Mal an diesem Tag nach den richtigen Worten, um auszudrücken, was ich empfand.

Ich wollte ihm erklären, dass ich mich ganz fühlte, auf eine Weise, wie ich es niemals zuvor erlebt hatte. Er sollte wissen, wie glücklich er mich machte, doch da spürte ich, dass er ganz leicht zusammenzuckte, während wir uns küssten, und ich hielt inne. »Ist alles in Ordnung?« Ich kuschelte mich dichter an ihn und genoss die Wärme seines Körpers und das Gefühl seiner Brusthaare an meinen Brüsten.

»Ja. Aber ich werde alt.«

Ich lachte. »Das werden wir beide.«

Abe stieß lautstark die Luft aus. Es klang bekümmert, aber ich wollte nicht noch einmal fragen.

»Irgendwie finde ich nicht die richtigen Worte.«

»Du sagst immer das Richtige.«

Er klang angestrengt, doch ich redete weiter.

»Ich bin immer froh darüber gewesen, dass wir uns begegnet sind, als wir Kinder waren. Es war ein großes Glück, dass wir diese Freundschaft erleben durften. Es war wie ein Maßstab für mich, etwas, auf das ich mich zu anderen Zeiten in meinem Leben beziehen konnte. Zeiten, in denen ich mich ungeliebt und nicht geschätzt fühlte. Unsere Freundschaft hat meinem Leben eine feste Grundlage gegeben.«

Ich sah Abe an. Ich wollte sichergehen, dass er mir zuhörte. »Ist alles in Ordnung mit dir?«, fragte ich noch einmal.

Er schien sich nicht wohlzufühlen. »Ivy«, flüsterte er und verzog beim Sprechen leicht das Gesicht. »So etwas Schönes hat mir nur selten jemand gesagt, aber meine Brust fühlt sich so eng an.« Er japste nach Luft. »Ich glaube, ich habe einen Herzinfarkt.«

Ich schaltete das Licht an und konnte jetzt deutlich sein schmerzverzerrtes Gesicht sehen. Mir war sofort klar, dass ich einen Krankenwagen rufen musste.

»Ich glaube, mein Mann hat einen Herzinfarkt.« Ich stand nackt neben der Nachttischlampe und lauschte den Anweisungen. Er sollte ruhig liegen bleiben und sich entspannen. Ich musste versuchen, ihn zu beruhigen, bis der Krankenwagen kam.

Ich fühlte mich schlecht, als ich mich anzog, während er dort lag. Ob es ihm etwas ausmachte, wenn die Sanitäter ihn nackt im Bett vorfanden, oder überschattete der Schmerz, was mir noch Sorgen bereitete?

Doch der junge Mann und die Frau, denen ich die Tür öffnete, sahen so etwas ganz sicher nicht zum ersten Mal. Sie verhielten sich professionell und mitfühlend.

Das waren sie alle. Das Krankenhauspersonal, als wir schließlich dort eintrafen – die Ärzte, die Schwestern, alle zeigten sich freundlich und fürsorglich. Alle taten, was sie konnten. Doch es reichte nicht.

Kurz nach unserer Ankunft im Krankenhaus erlitt Abe einen Herzstillstand. Man versuchte, ihn wiederzubeleben, aber es war zu spät.

»Es tut mir sehr leid«, sagte der Arzt zu mir.

»Sie können noch einen Moment mit ihm allein sein.« Die Schwester hielt kurz meine Hand, ehe sie mich mit Abe zurückließ, während sich Wärme und Farbe aus seinem Körper schlichen.

Ich legte mich neben ihn aufs Bett, ich konnte ihn mir nicht als Leiche vorstellen. Noch nicht.

Auch wenn sein Herz nicht mehr schlug, auch wenn er nicht mehr atmete, hielt ich ihn. Ich küsste ihn, obwohl seine Lippen steif wurden und sich blau verfärbten.

Und dann konnte ich es nicht länger ertragen. Ich glaube, ich hatte mich noch nie so allein gefühlt, nicht nach Richards oder nach Mums Tod, noch nicht einmal, nachdem Jon und Dad gestorben waren.

Ich hatte mich Abe ganz und gar anvertraut. Ich hatte ihn auf eine Weise an mich herangelassen wie noch niemanden zuvor, und jetzt, nachdem er weg war, klaffte dort ein Loch, das zu groß war, als dass es je wieder von jemandem oder von etwas gefüllt werden konnte.

Es ertönte ein leises Klopfen, dann öffnete die Schwester vorsichtig die Tür. Lächelte sie, als sie sah, dass ich neben Abe im Bett lag? »Brauchen Sie noch etwas mehr Zeit?« Sie schien gar nicht überrascht.

»Nein«, antwortete ich, obwohl es mit das Härteste war, was ich jemals getan hatte – aus dem Bett aufzustehen, mich umzudrehen und zur Tür zu gehen.

»Hallo.« Vor der Tür wartete die Schwester auf mich. »Ich besorge Ihnen eine Tasse Tee, dann rufen wir jemanden für Sie an.«

Sie führte mich zu einem Stuhl. »Sie stehen unter Schock«, stellte sie fest und reichte mir einen Becher mit einer warmen Flüssigkeit.

Doch das stimmte nicht.

Ich blickte sie an, versuchte, ihr Alter zu schätzen. Vermutlich Mitte bis Ende zwanzig.

Ob ihr die Vergänglichkeit allen Lebens berufsbedingt bewusster war als mir in ihrem Alter? Damals hätte mich der Tod schockiert, heute nicht mehr. Er war unvermeidlich. Ich hatte immer gewusst, dass er kommen würde. Nun zwar früher als erwartet, aber ich hatte dennoch mit ihm gerechnet.

Das Leben ist eine Aneinanderreihung von flüchtigen Momenten. Ja, es geht immer weiter, aber nicht glatt und fugenlos. Das Leben springt von einem Moment zum anderen, und schließlich ist es zu Ende. Ich fragte mich nicht zum ersten Mal, wie mein Leben ausgesehen hätte, wenn ich Abe zu einem anderen Zeitpunkt begegnet wäre. Wie hätten sich die Dinge zwischen uns entwickelt? Doch das Einzige, was ich sicher wusste, war, dass wir das Ende erreicht hatten.

»Darf ich Sie etwas fragen?«

Ich nickte, während ich an meinem Tee nippte.

»Wie lange waren Sie verheiratet?«

Ich wusste nicht, was ich ihr antworten sollte. »Nur ein paar Monate.« Ich bemerkte ihre Überraschung. »Aber ich bin ihm zum ersten Mal begegnet, als wir noch Kinder waren.«

Sie lächelte, als würde das einen Sinn ergeben. »Sie schienen sich sehr nah zu sein.«

»Ja, das waren wir.«

LONDON, 2015

In der String-Theorie gibt es die sogenannte Mehrwelten-Theorie, nach der unser Universum nicht das einzige ist. Viele Universen existieren parallel nebeneinander. Diese verschiedenen Universen bezeichnet man in der Mehrwelten-Theorie als Paralleluniversen. Es gibt eine Vielzahl unterschiedlicher Theorien, die diese Sichtweise aufgreifen.

In manchen existieren Doppelgänger von Ihnen, die sich, während Sie hier sitzen und lesen, in einem anderen Universum befinden und dasselbe lesen, und wieder andere Doppelgänger, die in anderen Universen andere Dinge tun.

ANDREW ZIMMERMANN JONES, *STRING-THEORIE FÜR DUMMIES*

»SIE SIND JA EINE VON den ganz Abgehärteten«, meinte Tony. Ich stand am Rand des Pools und richtete meine Schwimmbrille.

Es war Ende September. Die Wassertemperatur sank täglich, doch ich wollte so lange wie möglich draußen schwimmen.

Auf der Tafel am Ende des überdachten Gangs, der den Innen- mit den Außenpools verband, stand »13 °C/56 °F«. Darunter hatte einer der Bademeister geschrieben: »Immer noch wärmer als das Meer in Aberdeen im Sommer!«

»Ach, das weiß ich nicht«, sagte ich zu meinem neuen Bekannten.

Tony war vermutlich Mitte dreißig. Es fiel mir zunehmend schwer, das Alter von Leuten zu schätzen. Meist schwamm er noch draußen in dem großen, rechteckigen Pool, der von bunten Umkleidekabinen und von Bäumen des benachbarten Parks gesäumt war, deren Äste herüberragten.

Vor ein paar Wochen hatte ich ihn auf einen Grünfinken aufmerksam gemacht, der herabstürzte, um aus dem Pool zu trinken, und er bemerkte, der sehe aus wie ein Kanarienvogel.

»Kanarienvögel sind deutlich gelber. Außerdem wäre das hier eher ungewöhnlich.«

Tony war Australier. Daher vermutlich sein spärliches Wissen über britische Vögel.

»Im Richmond Park habe ich einen Papagei gesehen«, behauptete er.

»Ja, ich habe mich um ein paar wilde Papageien gekümmert.

Es heißt, sie seien bei dem Hurrikan 1987 aus einer Voliere geflohen.«

»Ich habe gehört, Jimi Hendrix habe in den Sechzigerjahren ein Paar in der Carnaby Street ausgesetzt«, entgegnete er grinsend und zog sich eine Badekappe über den Kopf. »Ich bin übrigens Tony.«

»Ivy.«

»Nett, Sie kennenzulernen, Ivy. Viel Spaß beim Schwimmen.«

Seither hatten wir uns ein paarmal unterhalten, normalerweise sprachen wir über die Wassertemperatur oder wie lange wir schwammen oder darüber, wie ruhig es im Pool war.

Die Austauschschüler mit ihren winzigen Bikinis und knappen Badehosen, die sich am Pool sonnten, selten mehr als die Zehen ins Wasser steckten und dann ein großes Theater darum machten, wie kalt das Wasser sei, waren verschwunden.

Einmal hatte mich Tony gefragt, ob ich noch mehr exotische Vögel gesehen hätte, und ich hatte ihm den Namen eines ziemlich gewöhnlichen Vogels genannt, um seine Reaktion zu testen.

»Eine Rotdrossel? Echt? Die sind ja wirklich selten, nicht?« Ich konnte nicht einschätzen, ob ihm klar war, dass ich mich über ihn lustig machte. Dass Rotdrosseln genauso verbreitet waren wie Singdrosseln und er sie vermutlich täglich sah, ohne dass es ihm bewusst war.

»Wie ist das Wasser?«, erkundigte ich mich jetzt. Er war bereits im Becken, hatte jedoch zwischen den Bahnen eine Pause eingelegt, als er mich bemerkte.

»Ich glaube, es ist heute kälter.« Er nickte mir zu und setzte seine Bahnen fort.

Ich mochte es gern, wenn es kälter war. Dann war der Pool

leer, nicht überfüllt wie im Hochsommer, und das Schwimmen machte mehr Spaß.

Beim Schwimmen fühlte ich mich durch und durch lebendig, was sonst nicht mehr vorkam, seit Richard gestorben war und fast genau ein Jahr darauf Jon.

Irgendwie nagte ein schlechtes Gewissen an mir, weil ich der Krankheit entkommen war, die in meiner Familie viele Opfer gefordert hatte, und offenbar nicht zu jenen gehörte, deren Leben viel zu früh zu Ende ging. Aber ich wusste, dass sowohl Richard als auch Jon sich wünschten, dass ich ein möglichst erfülltes Leben führte. Ich hatte das Gefühl, es ihnen und auch meiner Mutter schuldig zu sein, die mir noch verbleibende Zeit zu genießen. Vor allem, nachdem ich den schlimmsten Kummer nun überwunden hatte und feststellte, dass die Zeit die Wunden heilte, wenn auch langsam.

Natürlich erlebte ich noch immer schlechte Tage, aber sie kamen seltener vor. Im Großen und Ganzen war das Leben gut. Wenn ich draußen schwamm und die herbstliche Kälte spürte, wenn ich aus dem Pool stieg, fühlte ich mich lebendig und genoss das Gefühl.

»Trainieren Sie für etwas?«, fragte Tony, als ich mich in mein Handtuch hüllte und wir zusammen zu den Umkleidekabinen zurückgingen.

Das tat ich zwar nicht, doch ich kannte Tony zu wenig, um ihm zu erklären, dass das Schwimmen zu einer Routine gehörte, die wichtig für mich war. Lange hatte die Familie meinem Leben einen Rahmen gegeben und es dadurch zusammengehalten. Jetzt, wo die Kinder erwachsen waren und Richard nicht mehr lebte, musste ich meinem Leben auf andere Weise Struktur verleihen. Darum schuf ich tägliche Rituale, an die ich mich klammerte: die morgendliche Tasse Tee im Bett, wenn der

Wecker klingelte, Radiohören beim Frühstück, ein kleiner Spaziergang, bevor ich ein paar Stunden arbeitete, dann Mittagessen und das Schwimmen. Die Tage verliefen nicht immer gleich. Ich traf mich auch mit Freunden und mit meiner Familie, sah Filme und ging ins Theater. Manchmal beherrschte die Arbeit meine Tage, aber auch ohne Arbeit fühlten sie sich nicht mehr lang und leer an, und die Routine, die ich aufrechterhielt, trug ihren Teil dazu bei.

Doch das erzählte ich Tony nicht. Stattdessen sprach ich einen Gedanken aus, der mir vor ein paar Wochen gekommen war. »Ich überlege, ob ich an dieser Reise teilnehme, bei der man von einer griechischen Insel zur anderen schwimmt.«

Vor Jahren hatte ich einen Artikel darüber gelesen, es klang wundervoll. Ein Boot begleitete eine Gruppe von Schwimmern, transportierte ihr Gepäck und bot ihnen einen Ort zum Ausruhen, wenn das Schwimmen zu anstrengend wurde.

Richard hätte dazu keine Lust gehabt. Er war kein großer Schwimmer gewesen, und als er noch lebte, wäre ich nicht auf die Idee gekommen, allein zu verreisen.

Jetzt könnte ich es tun. Ich fragte mich zwar, ob ich dazu nicht zu alt war, doch ich schwamm noch immer ganz ordentliche Distanzen.

»Wow, das hört sich toll an«, sagte Tony und ging in Richtung Männerdusche davon. »Alle Achtung, Ivy. Sie haben Mut.«

Es war lächerlich, sie in Gedanken als »meine« Bank zu bezeichnen, doch mit der Zeit tat ich es. Sie war irgendwie überflüssig, denn ganz in der Nähe befand sich ein Café, und bei gutem Wetter saßen die Leute an den Tischen, die davorstanden. Ich war die Einzige, die ihren Tee knapp fünfhundert Meter weit trug, um ihn am Fluss zu trinken. Hier war es ruhiger – der

Wind rauschte in den umstehenden Eschen und Erlen und dämpfte die Stimmen, die aus dem Café herüberdrangen. Eichhörnchen huschten geräuschlos durch die Zweige einer Rosskastanie.

Zwischen der Bank und dem Fluss verlief ein schmaler Trampelpfad, den Jogger und Radfahrer hinterlassen hatten, von denen die meisten aber inzwischen den asphaltierten Weg bevorzugten, den die Stadt auf der anderen Seite der Bäume angelegt hatte.

Doch heute saß jemand auf »meiner« Bank, und ich hielt inne, um zu überlegen, ob ich mich dazusetzen oder mir einen anderen Platz suchen sollte, an dem ich mit meinen Gedanken allein war. Als er mich bemerkte, blickte der Mann auf und zog das Getränk, das neben ihm stand, etwas dichter zu sich heran, um mir Platz zu machen.

Ich schenkte ihm ein schwaches Lächeln, setzte mich und beschäftigte mich damit, den Deckel von meinem Tee zu entfernen und die Milch aus dem kleinen Beutel hineinzugießen. Doch seine Gegenwart war mir zu bewusst, ich konnte nicht ganz abschalten.

Zum ersten Mal war ich hier vorbeigekommen, als ich die neue Umgebung erforscht hatte. Vor knapp einem Jahr war ich umgezogen, um näher bei den Kindern zu sein, die beide in London arbeiteten. Ich wollte nicht mehr in dem Haus bleiben, wo wir als Familie gelebt hatten. Dort geisterten zu viele Erinnerungen herum. Die Zimmer waren jetzt Archive unserer gemeinsamen Zeit. Die schmalen Regale in der Nische von Lotties Zimmer, die einst ihre Plüschfigurensammlung beherbergten. Das Geländer am Weg, der um das Haus herumführte, an dem wir zu Max' siebtem Geburtstag ein Trapez befestigt hatten. Die nicht ganz passende Spindel im Treppenhaus, die wir austauschen mussten, weil Max sie beim Herumklettern auf dem Geländer kaputt gemacht hatte. Und der schmale Tisch an der rückwärtigen Wand in der Küche, an dem die Kinder als Teenager ihre Hausaufgaben erledigt hatten, wenn sie sich in ihren Zimmern eingeengt fühlten. Alles Erinnerungsstücke unseres gemeinsamen Lebens.

Aber dieses Leben war vorbei. Das Haus war zu groß für eine Person. Die meiste Zeit verbrachte ich in der Wohnküche, saß lieber auf dem kleinen Sofa am Fenster als im Wohnzimmer und arbeitete lieber am Küchentisch als in dem Büro, das Richard eingerichtet hatte, als mein Geschäft zu laufen begann.

Streifte ich durch das Haus, verstärkte sich das Gefühl, einsam zu sein.

In meiner jetzigen Wohnung fühlte ich mich geborgener. Sie war zwar kleiner, doch nachdem ich meine Möbel hineingestellt und sie eingerichtet hatte, wirkte sie überraschend vertraut.

»Es kommt mir vor wie ein Paralleluniversum, in dem alles geschrumpft ist«, bemerkte Max, als wir mit Möbelrücken und Bilderaufhängen fertig waren. »Über dem Kamin hängt dasselbe Bild, und am Fenster steht derselbe Sessel.«

Es stimmte, wobei mir nicht bewusst gewesen war, wie sehr ich bei der Wahl der Farben und dem Aufstellen der Möbel das alte Haus nachempfunden hatte.

»Sogar das Zeug auf dem Küchenregal steht genauso wie früher«, stellte Lottie lachend fest.

Auch das stimmte. Das Exemplar von Mrs. Beetons Buch über Haushaltsführung, das früher einmal meiner Mutter gehört hatte und das ich gern besaß, ohne es jemals zu benutzen, stand direkt an der Wand neben einer Reihe anderer Kochbücher. Sie wurden von drei übereinandergestapelten polnischen Müslischalen gehalten – ein Weihnachtsgeschenk von Max.

»Warst du in Polen?« Er reiste viel.

»Nein, bei John Lewis auf der Oxford Street.« Er zuckte die Schultern.

Der Rest des Regals war mit Porzellan aus anderen Ländern bestückt. Da gab es einen Teller aus einem Griechenlandurlaub mit einem Blumendekor in Petrol- und Blautönen, ein anderer stellte den Stierkampf von Pamplona dar, und ein mit Olivenzweigen verzierter Krug stammte aus Italien. Daneben standen ein gelber, getöpferter Löwe, den Lottie in der Grundschule gemacht hatte, sowie ein windschiefer Stiftehalter von Max aus derselben Zeit.

»Was? Keine Aschenbecher?«, scherzte Richard Jahr für Jahr, wenn sie die Ergebnisse aus dem Werkunterricht in ihren Ranzen nach Hause brachten. »Die haben wir früher in der Schule gebastelt.«

Auch die Fotografien hatte ich fast genauso wie früher auf dem Kaminsims im Wohnzimmer arrangiert – das Bild von meiner Mutter vor ihrer Krankheit neben Richards und meinem Hochzeitsbild, auf dem Richard in seinem Anzug schicker aussah als je zuvor. Der elegante Gesamteindruck litt lediglich etwas unter dem gefalteten Din-A4-Blatt, das sich in seiner Brusttasche wölbte. Ich weiß noch, wie er »Meine Rede« sagte und sich auf die Tasche klopfte, wann immer ihn jemand darauf ansprach.

Ich konnte mir nicht vorstellen, einen anderen Mann kennenzulernen. Nicht jetzt. Ich hatte mich an Richard gewöhnt. Die Vorstellung, dass mir jemand so vertraut werden könnte wie er, ängstigte mich. Obwohl Richard bereits seit zwei Jahren tot war, spürte ich noch immer seine Gegenwart, oder vielleicht eher seine Abwesenheit. Noch immer rechnete ich irgendwie damit, dass er auftauchte: dass er zu mir ins Bett stieg, nach mir rief, wenn ich die Haustür aufschloss, oder sich auf die Bank zwischen den Fremden und mich setzte. Ich konnte ihn praktisch heraufbeschwören. Ich sah vor mir, wie er die Hände aneinanderrieb, als sei es kalt, obwohl es das nicht wirklich war. Wie er es schon kommentierte, wenn nur ein leichtes Lüftchen ging, und ein Taschentuch aus der Hosentasche zog, um sich die Nase zu putzen – schlicht aus Gewohnheit, nicht weil es nötig war.

All die kleinen Dinge, die mich damals gestört hatten, vermisste ich jetzt.

Richard entging das Leben, das ein wenig leichter wurde, nachdem die Kinder aus dem Haus waren und man nicht mehr ganztags arbeiten musste. Es schien mir so ungerecht. Jahrelang hatten wir uns um meine Gesundheit gesorgt, dann galt ich endlich als geheilt, und nur wenige Jahre darauf erkrankte Richard.

Ich dachte damals, er habe Ärger bei der Arbeit. Es musste einen Grund dafür geben, dass er so abwesend wirkte. Wenn ich ihn fragte, ob etwas nicht in Ordnung sei, stritt er es zwar ab, doch die Art, wie er die Antwort hervorstieß, ließ mich anderes vermuten.

Es kam vor, dass ich ihn im Büro anrief und erfuhr, dass er eine Besprechung außer Haus hatte, die er mir gegenüber nicht erwähnt hatte. Sprach ich ihn später darauf an, reagierte er ausweichend. Hinzu kamen die Situationen, in denen er hastig den Laptop zuklappte, wenn ich ins Zimmer trat. Auch unser Liebesleben, das immer gut gewesen war, verkümmerte plötzlich, bis es schließlich so gut wie gar nicht mehr existierte. Dabei hatte uns das immer eng verbunden. Auch wenn uns das Leben mit all seinen Herausforderungen manchmal ziemlich zusetzte, hatten wir nie aufgehört, uns zu lieben, und stets Zeit für diesen Teil unserer Beziehung gefunden. Das hatte ich mit zunehmendem Alter immer mehr zu schätzen gelernt. Es war keineswegs das Einzige, was unsere Ehe ausmachte: Wir waren Freunde, und wir hatten die Kinder, wir interessierten uns für die Arbeit des anderen und waren weltoffen. Aber manchmal kam es mir so vor, als verdichtete sich das alles in einem Moment vor dem Einschlafen: zwei Menschen, die einander hielten, nachdem oder bevor sie sich vereinten.

Gab es eine andere Frau? Wandte sich Richard deshalb so schnell von mir ab, behauptete, müde zu sein, und überließ mich der Schlaflosigkeit, in der ich mir mein wachsendes Misstrauen auszureden versuchte?

Ich wartete auf ein Zeichen, irgendeinen Beweis, dass ich nicht einfach nur paranoid war.

Das Ivy-wir-müssen-reden tauchte also nicht aus dem Nichts auf.

Ich hatte es erwartet, mich zwar davor gefürchtet, aber damit gerechnet.

»Jetzt?«

Er war gerade erst von der Arbeit nach Hause gekommen.

Ich erledigte den Abwasch. Meine Hände steckten tief in der Lauge und scheuerten eine Bratpfanne. Er hatte noch nicht einmal den Mantel ausgezogen oder die Aktentasche abgestellt. Mir schoss durch den Kopf, dass er mich auf der Stelle verlassen würde. Vielleicht glaubte er auch, ich würde ihn hinauswerfen.

Die Kinder waren bereits aus dem Haus, und ich gewöhnte mich nach zweiundzwanzig Jahren Wirbelsturm allmählich an die stille Leere. Es schien, als wären wir zwei, die wir mit Ende fünfzig langsamer und ruhiger waren, nicht mehr imstande, diese Leere jemals wieder ganz zu füllen.

Ehen gerieten häufig ins Straucheln, wenn die Kinder das Nest verließen. Das wusste ich, hatte allerdings nicht damit gerechnet, dass auch wir davon betroffen sein könnten. Richard schien immer so zuverlässig zu sein. Ein Leben ohne ihn konnte ich mir nicht vorstellen.

»Ja, jetzt.« Er zog einen Stuhl unter dem Küchentisch hervor und ließ sich darauf nieder. »Komm her und setz dich.«

»Ich mache nur noch eben die Pfanne sauber.« Ich wollte das erwartete Geständnis ein wenig hinausschieben.

»Lass das. Komm her und setz dich.«

Ich trocknete mir die Hände an einem Geschirrtuch ab. »Willst du etwas trinken?«

»Nein. Aber nimm du dir gern etwas, wenn du willst.«

Er klang zu freundlich. Er würde sehr sanft sein.

Ich ging zum Kühlschrank, holte eine Flasche Weißwein heraus und nahm zwei Gläser aus dem Regal. Vielleicht konnten wir doch beide etwas vertragen.

»Was ist los?« Ich bemühte mich, neutral zu klingen.

»Ich wollte es dir schon länger sagen«, begann er. »Aber ich hatte zu viel Angst. Ich wusste nicht, wie.«

»Erzähl.«

Ich klammerte mich so fest an den Stiel meines Glases, dass ich fürchtete, er werde zerbrechen.

»Ich habe Krebs«, sagte er.

»Krebs?«

Es ist seltsam, Erleichterung zu empfinden, wenn man gerade etwas Schreckliches erfahren hat. Doch einen kurzen Moment, ehe mir die Bedeutung seiner Worte allmählich bewusst wurde, war ich erleichtert. Erleichtert, dass er nicht gesagt hatte, worauf ich vorbereitet gewesen war.

»Darmkrebs«, fuhr er fort. »Ich weiß, ich hätte es dir früher sagen sollen, aber ich hatte Angst, und ich habe gehofft, dass es nichts ist. Ich habe schon eine ganze Weile Bauchschmerzen.«

»Darmkrebs?« Mir war klar, dass das eine ernste Sache war, aber ich hätte nie damit gerechnet, dass Richard achtzehn Monate später tot sein würde. »Seit wann weißt du es?«

»Ich habe schon ziemlich lange Schmerzen«, gestand er. »Zuerst dachte ich, es wäre nur eine Magenverstimmung oder ich hätte beim Sport einen Muskel überanstrengt. Doch vor ein paar Wochen habe ich dann eine Endoskopie machen lassen und heute das Ergebnis erhalten.«

»Warum hast du mir nichts gesagt? Ich hätte dich doch begleiten können.«

»Ich wollte nicht, dass du dir unnötig Sorgen machst, falls nichts ist.«

»Aber es ist etwas. Du hast Krebs.«

»Ich habe einen Tumor, und der muss entfernt werden. Sie müssen mir auch einen Teil des Darms herausnehmen. Und ich werde Chemo bekommen.«

»Aber du wirst doch wieder gesund, oder?« Ich hasste mich dafür, dass ich von ihm Trost erwartete, den er mir nicht geben konnte, denn eigentlich war ich es doch, die ihn jetzt trösten sollte.

»Das hoffe ich, Ivy. Aber ich habe Angst.«

Ich auch, aber das sagte ich ihm nicht, jedenfalls nicht laut.

Ich ließ es ihn spüren, als wir uns noch am selben Abend so leidenschaftlich und so innig liebten, wie ich es selbst nach fünfundzwanzig Jahren Ehe noch nicht kannte. Auch nach all den Fragezeichen, die wegen meiner eigenen Gesundheit so lange über unseren Köpfen geschwebt hatten. Wir klammerten uns an das Leben, das uns genommen zu werden drohte.

Das war das letzte Mal, dass ich mich Richard wirklich nah fühlte. Er entglitt mir zusehends, zog sich zurück, noch bevor er herausfand, dass sich der Krebs ausgebreitet hatte. So als wüsste er, dass das passieren würde, und als müsste er den Schmerz des Verlustes lindern, ehe er überhaupt eingetreten war.

Die Strömung des Flusses, die an dieser Biegung besonders stark war, hatte etwas, das mich faszinierte. Sie war wie ein Sinnbild des dahinfließenden Lebens, wie sie alles Treibgut mit sich trug und ins Meer spülte.

Ich erkannte darin, was mir zunehmend bewusst wurde – dass wir alle unausweichlich in eine Richtung strömen, und je näher wir dem offenen Meer kommen, desto stärker scheint die Strömung zu werden.

Vielleicht hatte ich mir diesen Platz gerade deshalb ausgesucht: Er sollte mich daran erinnern, dass Richards früher Tod nichts anderes war als das, was uns früher oder später alle ereilen würde.

Und dann sah ich ihn.

Zumindest sah ich einen Mann von seiner Größe und Statur, mit wenig Haar, fast kahl, der auf die Bank zukam, als er schnellen Schrittes einem Kleinkind auf einem Fahrrad folgte – es war eines dieser Laufräder. Er ging zwar schnell, um mit dem Jungen Schritt zu halten, musste jedoch nicht laufen. Dann blickte sich der Junge um und sagte: »Granddad, können wir …?« Prompt fiel er vom Rad und landete zu unseren Füßen.

Alle drei sorgten wir uns nun um das weinende Kind.

»Oje«, sagte der Mann neben mir.

»Alles okay?«, fragte ich.

»Steh auf, kleiner Mann«, ermutigte ihn sein Großvater, der mich im ersten Moment an Richard erinnert hatte, hob mit einer Hand das Fahrrad auf und reichte seinem Enkel auf dem Boden die Hand.

Der Kleine hörte auf zu weinen, beruhigte sich und schämte sich ein wenig. »Ich bin hingefallen, weil ich versucht habe, gleichzeitig mit meinem Opa zu reden«, erklärte der Junge, damit wir zwei auf der Bank keine Zweifel an seinen Fahrkünsten hegten.

»Es ist schwierig, geradeaus zu fahren, wenn du dich umdrehst«, erwiderte der Mann neben mir.

Ich schwieg, weil ich einen Kloß im Hals spürte.

»Na los.« Der Großvater setzte das Fahrrad ab und nickte uns beiden kurz zu.

Noch immer hatte ich mich nicht daran gewöhnt, dass sich die Trauer in den seltsamsten und unpassendsten Momenten meldete. Was war diesmal der Auslöser?

War es, weil er eine ähnliche Statur besaß wie Richard? War es, dass er mit seinem Enkel unterwegs war – was mich rührte?

Richard hatte nicht lange genug gelebt, um irgendwelchen Enkeln das Fahrradfahren beizubringen.

Mir war nicht bewusst, dass ich zu weinen begonnen hatte, bis der Mann neben mir fragte, ob alles okay sei.

»Oh, ja, nein. Entschuldigen Sie.« Ich kam mir albern vor. Nachdem ich einmal angefangen hatte, konnte ich jedoch nicht mehr aufhören. »Es ist wegen dieses Mannes. Er hat mich an jemanden erinnert.«

»Hier. Nehmen Sie ein Taschentuch.«

»Danke.« Ich lächelte und fragte mich, ob er bereits beim Hinsetzen eines aus der Packung geholt und sich die Nase geputzt hatte – rein aus Gewohnheit.

»Ich möchte nicht aufdringlich sein«, betonte er, als ich ihm die Taschentücher zurückgab. »Aber vielleicht tut es gut, darüber zu reden.«

»Das ist nett von Ihnen. Aber es geht schon. Danke.« Zum ersten Mal sah ich ihn richtig an. Er war in meinem Alter, hatte volles Haar, das noch nicht ergraut, aber von grauen Strähnen durchzogen war, und dunkle Augen.

»Ich habe nur an meinen verstorbenen Mann gedacht.«

»Das hier ist ein guter Ort, um nachzudenken. Darum komme ich gerne her.«

Seine Stimme klang sanft, und er sprach so freundlich mit mir, dass mir schon wieder die Tränen kamen.

»Es tut mir leid. Ich wollte Sie nicht noch mehr aufregen.«

»Das haben Sie nicht. Das hat nichts mit Ihnen zu tun. Aber danke.«

»Wofür?«

»Dass Sie so nett sind.«

Er lachte und veränderte seine Position, dann verfielen wir in peinliches Schweigen, das erst durchbrochen wurde, als ein kleiner Vogel dort landete, wo der Junge mit dem Fahrrad gestürzt war, und auf dem Boden zu picken begann. »Man könnte fast meinen, man wäre hier auf dem Land«, stellte er fest.

»Es ist friedlich«, stimmte ich zu, doch genau in dem Moment donnerte ein Flugzeug tief über unsere Köpfe hinweg.

»Nun ja, manchmal.« Der Mann lachte.

»Es fühlt sich nicht wie London an«, bemerkte ich, als das Flugzeug zum Landeanflug auf Heathrow ansetzte.

»Haben Sie immer in London gelebt?« Obwohl ich ursprünglich allein sein wollte, stellte ich fest, dass mich seine Fragen nicht störten.

»Den Großteil meines Erwachsenenlebens«, erwiderte ich.

»Allerdings bis vor Kurzem im Südosten. Ich bin erst nach dem Tod meines Mannes hierhergezogen.« Ich schluckte.

»Es tut mir leid. Schon wieder habe ich traurige Erinnerungen geweckt.«

»Nein, das ist nicht Ihre Schuld. Das liegt an meiner heutigen Stimmung. Mir tut es leid.«

»Würde es helfen, wenn ich Ihnen noch einen Tee besorge? Ihrer muss inzwischen kalt sein.«

Ich blickte auf den Becher, der vergessen neben meinen Füßen auf dem Boden stand, und hörte mich »Danke, das wäre nett« sagen.

»Soll ich ihn herbringen, oder würden Sie gern in das Café hinübergehen?«

»Gehen wir ins Café.« Wenn ich mich bewegte, würde ich aus dem Grübeln herauskommen.

»Wollen Sie schon mal den Tisch dort in der Ecke besetzen? Ich sorge für den Tee. Möchten Sie auch etwas essen?«

»Nein danke. Moment, ich gebe Ihnen Geld.«

»Schon okay. Ich übernehme das. Kümmern Sie sich um den Tisch.«

»Danke«, sagte ich noch mal, als er mit einem Tablett zurückkehrte.

»Ich habe auch ein paar Scones bestellt. Falls Sie hungrig sind.« Er setzte sich. »Wenn Sie keinen Hunger haben, bin ich natürlich nicht beleidigt.«

»Doch, ich habe Hunger.« Ich hatte nach dem Schwimmen nichts gegessen, obwohl mich das immer hungrig machte, aber ich hatte gedacht, ich könnte noch durchhalten, bis ich zu Hause wäre.

»Ich bin übrigens Abe.« Er hielt mir die Hand hin.

»Ivy.« Ich ergriff seine Hand und schüttelte sie, dann hob

er den Deckel der Teekanne und rührte – nicht beiläufig, sondern bedacht, als versuche er, genau die richtige Stärke zu erreichen.

Auch seine Kleidung war mit Bedacht gewählt, nicht protzig, aber vorzeigbar. Er trug ein hellgraues Hemd mit einer taupefarbenen Strickjacke und dazu, wie ich bemerkte, frisch geputzte Schuhe, als würde er sich diese Mühe auch für einen Spaziergang im Park machen. Glänzende Schuhe erinnerten mich immer an meinen Vater, der seine sonntagsabends auf einem Stück Zeitungspapier aufreihte, eine Schachtel mit Bürsten danebenstellte und diverse Paare putzte, sodass er sie unter der Woche wechseln konnte. Wenn er fertig war, fragte er meine Mutter, ob er für sie auch welche wienern sollte.

Ich beobachtete Abe, der sich auf den Tee konzentrierte. Er hatte ein nettes Gesicht. Als junger Mann war er bestimmt attraktiv gewesen, vielleicht sogar einschüchternd, doch das Alter hatte seine Gesichtszüge weicher werden lassen. Die Falten um seine Augen deuteten auf ein freundliches Wesen hin und verrieten, dass er gerne lachte.

»Es tut mir leid.« Er blickte auf, als er merkte, dass ich ihn beobachtete. »Ich habe gar nicht gefragt, wie Sie ihn gern trinken.«

»Stark! Machen Sie ruhig weiter.«

»Das hat meine Frau verrückt gemacht.« Jetzt lächelte er mich an. »Ich habe immer vergessen, dass sie ihren Tee so schwach trank, dass er an Spülwasser erinnerte.«

»Sie sind auch verwitwet?«, fragte ich, während er Tee in eine der Tassen goss und sie zu mir herüberschob.

»Nein. Getrennt.«

»Das tut mir leid.«

»Es ist nun sieben Jahre her, ich habe mich daran gewöhnt.«

»Trotzdem.« Er war so fürsorglich zu mir gewesen, so umsichtig – dass er allein war, stimmte mich traurig.

»Es war meine Schuld.« Er schien meine Gedanken lesen zu können. »Ich habe es versaut. Ich habe meine Frau sehr verletzt. Ich glaube, Lynn ist jetzt glücklicher, und wir sind noch immer Freunde, gute Freunde.«

»Vielleicht sehen wir uns ja mal wieder«, sagte er nach unserer ersten Begegnung, und so gingen wir auseinander.

Wir tauschten keine Telefonnummern, nichts. Und dazu gab es schließlich auch keinen Grund. Er hatte sich mir gegenüber nur freundlich und rücksichtsvoll verhalten, als wir zufällig zur selben Zeit am selben Ort gewesen waren. Und dennoch hatte er etwas an sich, das mich ihn wiedersehen lassen wollte.

»Wo bist du, Mum? Es klingt so windig bei dir.« Lottie rief an, als ich ein paar Tage später um dieselbe Zeit zu der Bank zurückgekehrt war.

»Ich trinke am Fluss einen Becher Tee.« Obwohl ich nichts Ungewöhnliches tat, fühlte ich mich irgendwie ertappt.

Wie gesagt, es war »meine« Bank, ich kam oft her. Nur dass es diesmal in der Hoffnung geschehen war, Abe zu treffen. Ich lungerte etwas länger als gewöhnlich dort herum, kaufte mir einen zweiten Becher Tee, obwohl mir allmählich kühl wurde. Und ich war über alle Maßen enttäuscht, dass ich »meine« Bank nicht mit jemandem teilen musste.

»Ist alles in Ordnung, Liebes?«

»Ja, ich bin nur unterwegs zu einem Klienten in deiner Nähe und dachte, ich könnte auf dem Rückweg zum Büro kurz bei dir vorbeischauen. Es ist mein letzter Termin heute, darum bin ich nicht in Eile.«

»Das wäre schön.« Lottie war Sozialarbeiterin geworden, was mich keineswegs überrascht hatte. Sie war immer schon fürsorglich gewesen und ließ sich auch von extremen Situationen nicht aus der Ruhe bringen. Vielleicht lag das an den Erfahrungen, die sie in unserer Familie mit Krankheiten gemacht hatte. Daran, dass sie damals miterleben musste, wie meine Mutter und Jon litten.

Als sie mir ihren Berufswunsch mitteilte, war ich nicht gerade begeistert gewesen, nicht etwa, weil ich meinte, sie würde keine gute Sozialarbeiterin abgeben, sondern weil ich ihr wünschte, sie müsste nicht so belastende Erfahrungen machen. Max arbeitete als Sportpsychologe – ein Beruf, der seinen Intellekt mit seinem sportlichen Talent verband. Er war heilfroh, dass er das Gen nicht in sich trug, das den Körper meiner Mutter und meines Bruders zerstört hatte, bis sie nicht mehr ohne fremde Hilfe zurechtgekommen waren.

Max' Arbeit war Welten von alledem entfernt. Das schien bei Lottie anders zu sein. Wäre sie nicht glücklicher, wenn sie sich ganz davon befreien könnte?

Doch sie war hartnäckig und fühlte sich dazu berufen. Sie kümmerte sich um Familien, die unter schwierigen Lebensumständen alleine nicht mehr weiterwussten. Manche hatten behinderte Kinder, manchmal spielten psychische Probleme eine Rolle, manchmal waren es Flüchtlinge oder kürzlich obdachlos gewordene Familien. Sie sah und hörte eine Menge erschütternder Dinge, doch ihre Kraft, für andere da zu sein, schien nie nachzulassen.

Manchmal überkamen mich Schuldgefühle, weil ich nach London gezogen war, und ich hoffte, meine Kinder fühlten sich nicht verpflichtet, mich in ihr Leben einzubinden.

»Aber wenn du lieber ins Büro zurückwillst, um Feierabend

zu machen, fühl dich nicht verpflichtet vorbeizukommen, nur weil du gerade in der Nähe bist.«

»Nein, das tue ich nicht«, erwiderte Lottie, und ich konnte hören, dass sie lächelte. »Ich möchte dich sehen – es sei denn, du bist beschäftigt?«

»Nein. Ich freue mich.«

Ich stand auf und blickte mich um. Noch immer wünschte ich mir, Abe würde auftauchen, so wie ich das letzte Mal, als ich hier war, versucht hatte, Richard heraufzubeschwören. Also wirklich, Ivy, du benimmst dich wie ein verliebter Teenager, schalt ich mich und ging den Weg am Fluss entlang nach Hause. Ich überlegte, wie der Junge hieß, an dessen Haus ich als Teenager unzählige Male mit dem Fahrrad vorbeigefahren war. Es gab einen Weg, der um ein paar Häuserblocks herum an seinem Haus vorbeiführte. Ich fuhr die Runde wieder und wieder. Jedes Mal hoffte ich, dass er vielleicht aus dem Vorgarten trat und ich so tun könnte, als wäre es eine unabsichtliche Begegnung, als wäre ich ganz zufällig an seinem Haus vorbeigekommen, gerade als er herauskam.

Manchmal kreuzen sich die Wege zweier Menschen, und manchmal muss man das Schicksal erst herausfordern.

Da der Weg nun nach links abbog, drehte ich mich noch einmal um und warf einen letzten Blick zurück zur Bank. Jetzt saß dort jemand. War es Abe? Es wäre möglich, und ich war versucht, umzudrehen und zurückzugehen. Und was dann?, fragte ich mich. Willst du so tun, als wärst du gerade erst aufgetaucht, nachdem du fast eine Stunde dort gesessen hast? Warum? Was genau erhoffst du dir von ihm?

Darauf wusste ich keine Antwort, doch wenn ich zurückging und er da war, würde ich Lottie verpassen.

In jener Woche kehrte ich noch mehrmals zu der Bank zurück und war von Mal zu Mal weniger enttäuscht, dass ich ihn nicht antraf. Als ich mich in der darauffolgenden Woche mit meinem Tee auf die Bank setzte und eine Stimme fragte »Haben Sie etwas dagegen, wenn ich mich zu Ihnen setze?«, war ich deshalb ziemlich überrascht.

Danach tauschten wir unsere E-Mail-Adressen aus und nutzten sie, um uns bewusst zu treffen, nicht mehr bewusst zufällig.

Mir war klar, dass ich mich wieder wie ein Teenager benahm, als ich häufiger in meine E-Mails sah als sonst üblich.

Ich war noch berufstätig, fuhr das Geschäft meiner Reise-PR-Agentur, die ich aufgebaut hatte, als die Kinder Teenager waren, jedoch langsam herunter. Ich arbeitete nur noch für die paar Kunden, die ich hatte, nahm jedoch schon seit einigen Jahren keine neuen mehr an.

In meinem Postfach fanden sich ein paar geschäftliche E-Mails, jedoch keine von Abe. Ich öffnete eine der E-Mails und überflog gerade lustlos die Vorschläge für eine Frühlingskampagne, an der ich arbeitete, da erschien sein Name plötzlich in der Ecke meines Bildschirms, dazu eine Nachricht mit der Überschrift: *Treffen.*

Ich las sie nicht gleich. Stattdessen ging ich in die Küche, erledigte den Abwasch sowie andere unnötige Dinge und genoss die Vorfreude auf den Moment, in dem ich die E-Mail öffnen und die wenigen kurzen Zeilen immer wieder lesen würde.

Liebe Ivy,
wie schön, dass ich Sie heute wieder getroffen habe. Ich habe unsere Gespräche beide Male genossen. Genau wie Sie komme ich regelmäßig in den Park, und ich möchte Ihnen keinesfalls die Zeit stehlen,

aber sollten Sie bei Ihren Spaziergängen Lust auf Gesellschaft haben oder sich bei einer Tasse Tee mit jemandem unterhalten wollen, würde ich mich freuen.

Als ich heute wegging, versammelten sich gerade die Rehe. Ihr Anblick rührt mich jedes Mal.

In der Hoffnung auf ein Wiedersehen

Abe

Die E-Mail war kurz, die Worte wohlüberlegt und taktvoll. Ich fragte mich, wie lange er daran herumgefeilt hatte. Bemühte er sich ganz bewusst, mir zu zeigen, dass er mich wiedersehen wollte, ohne mich dabei zu bedrängen?

Gedankenverloren strich ich durch die Wohnung, zog die Vorhänge im Schlafzimmer zu und das Rollo im Badezimmer herunter, legte die heutige Zeitung ins Altpapier und formulierte währenddessen eine Antwort.

Schließlich kehrte ich an den Computer zurück.

Lieber Abe,

ich habe mich auch gefreut, Sie wiederzusehen, und ich bin Ihnen dankbar, dass Sie sich bei unserer ersten Begegnung so nett um mich gekümmert haben.

Sie Glückspilz, Sie haben die Rehe gesehen! Mein Weg führt mich nicht in diesen Teil des Parks, aber vielleicht könnten wir ja irgendwann einmal gemeinsam dort spazieren gehen.

Herzlich

Ivy

Ich kümmerte mich ums Abendessen, briet mir ein paar Pilze und ein Hähnchenfilet und kochte Reis. Die Ausgabe von *Thérèse Raquin* aufgeschlagen neben mir auf dem Tisch, setzte ich mich zum Essen. Mein Plan, mich von überzähligen Büchern zu trennen, die nicht mehr ins Regal passten und sich auf dem Wohnzimmerboden stapelten, war fehlgeschlagen. Stattdessen hatte mich die Aktion angeregt, sie noch mal zu lesen.

Doch heute zogen mich Thérèse und Laurent nicht in ihren Bann. Ich dachte an Abe McFadden und fragte mich, ob er auf meine E-Mail antworten, wann ich ihn wiedersehen würde.

Nach dem Abendessen schaltete ich wieder den Computer ein und entdeckte eine neue Nachricht in meinem Posteingang.

Freitag habe ich Zeit, und das Wetter soll gut werden. Haben Sie vielleicht Lust, sich mit mir zu einem Spaziergang zu treffen? A.

Sehr gern!, schrieb ich zurück.

Wir verabredeten uns um elf Uhr am Parkeingang.

»Ivy!«

Abe wartete schon auf mich und winkte, als er mich sah. Kaum war ich bei ihm, küsste er mich herzlich auf die Wange.

»Was für ein herrlicher Tag«, freute ich mich. »Ich glaube, der Herbst ist meine liebste Jahreszeit.«

Das Wetter war genauso gut wie vorhergesagt, und die Strahlen der tief stehenden Herbstsonne fielen durch die Blätter der Buchen und sprenkelten Schattenlichter auf den Boden.

»Sie sehen selbst wundervoll herbstlich aus«, stellte Abe fest, trat zurück und musterte mich.

Ich trug einen senffarbenen Schal, ein Geburtstagsgeschenk von Lottie, und einen olivgrünen Tweedmantel, den ich vor Jahren in Dublin erstanden hatte. Vermutlich passten die Kombination und mein leicht rostfarbener Lippenstift zu den herbstlichen Farben.

»Wollen wir gehen?« Abe berührte mich sanft am Arm, als wir uns auf den Weg durch das Farnkraut machten. Wir gingen durch den Wald zu einer Lichtung, auf der ungefähr dreißig Rehe lagen oder standen und ästen. »Sind sie nicht wunderschön?«, sagte Abe leise. Eine Weile standen wir stumm da, beobachteten die Tiere und wurden beobachtet, dann folgten wir weiter dem Weg, der ihre Wiese säumte. »Das erinnert mich an Schottland. Dort habe ich einen Teil meiner Kindheit verbracht.«

»Wirklich? Das hört man Ihnen gar nicht an.«

»Ich weiß. Ich bin ein verdammter Angelsachse«, sagte er mit einem leicht schottischen Akzent. »In meiner frühen Jugend habe ich ein paar Jahre dort gelebt, aber meine Familie ist häufig umgezogen.«

»Dann haben Sie gar keine Heimat?«

»Eigentlich nicht«, erwiderte er. »Und Sie?«

»Ich bin in Sussex aufgewachsen, doch das ist nicht unbedingt eine Gegend, mit der man sich gern identifiziert. Ich jedenfalls nicht.«

Wir gingen weiter und unterhielten uns.

Er erzählte mir ein bisschen von seiner Arbeit als Brunnendesigner, von seinen Kindern Sam und Ruby und von seiner Exfrau Lynn.

Je weiter wir liefen und je mehr wir redeten, desto wohler fühlte ich mich mit Abe. Doch da kribbelte auch noch etwas. Was war das?

Unsere Spaziergänge wurden zur Gewohnheit. Manchmal gingen wir in den Park, an anderen Tagen schlenderten wir am Flussufer entlang. Manchmal setzten wir uns in einträchtigem Schweigen auf die Bank. Ich fühlte mich zu ihm hingezogen, und wenn ich ehrlich war, fand ich ihn enorm attraktiv, war mir aber nicht ganz sicher, was ich davon halten sollte. Wollte ich mehr als einen neuen Freund, mit dem ich mich unterhalten konnte?

»Wie wäre es mal mit einem Mittagessen?«, fragte Abe, als wir ein paar Treffen später am Fluss entlanggingen.

»Grundsätzlich gern.«

»Nächste Woche?«

»Ja, wenn Sie Zeit hätten?«

»Für Sie schon. Haben Sie denn Zeit?«

»Ich bin selbstständig. Ich kann mir Zeit nehmen.«

Eigentlich musste ich nicht mehr arbeiten. Meine Lebenshaltungskosten waren bescheiden, und Richards Lebensversicherung garantierte mir ein regelmäßiges Einkommen, aber ich brauchte die Arbeit, um in Schwung zu bleiben.

»Gut. Etwas Zeit können wir gut gebrauchen.«

Sein Auftreten wirkte sehr sicher, als hätte er bereits entschieden, dass unsere Beziehung nicht auf Verabredungen zu gemeinsamen Spaziergängen und Gesprächen beschränkt bliebe.

Er bedrängte mich nicht, und wenn überhaupt, fühlte es sich ganz natürlich an. Dennoch verunsicherte es mich. Es war so lange her, dass ich mit einem anderen Mann als mit Richard zusammen gewesen war, und Abe war verheiratet.

Auf dem Spaziergang zuvor hatte Abes Telefon geklingelt, woraufhin er es aus der Tasche zog und auf das Display blickte. »Das ist Lynn. Tut mir leid, da muss ich rangehen.«

Dann war er etwas zurückgeblieben, während ich am Fluss herumtrödelte und versuchte, nicht zu lauschen und nicht zu viel in sein Gesicht hineinzuinterpretieren, das sich während des Gesprächs zu entspannen schien. Es wirkte, als spräche er mit jemandem, bei dem er ganz und gar entspannt sein konnte.

»Okay, ich komme nachher vorbei. Ja, bis später dann, Liebes.« Er beendete das Gespräch.

»Bitte entschuldigen Sie, es scheint ein kleines Problem mit dem Haustürschloss zu geben. Der Sicherheitsriegel funktioniert nicht, und Lynn will die Tür nicht unverschlossen lassen. Vor ein paar Jahren ist in dem Haus eingebrochen worden.«

»Ach du meine Güte«, murmelte ich. »Hoffentlich ist nichts Wichtiges weggekommen.«

»Nein. Hauptsächlich Elektrogeräte. Alles ersetzbar. Aber wenn sie jetzt allein ist, ist Lynn etwas unruhig, was ich verstehen kann.«

Ich versuchte, die Bedeutung des »wenn« zu ermitteln. Übernachtete er noch manchmal dort? Gab es einen neuen Mann in ihrem Leben?

Er hatte mir erzählt, sie seien seit Langem getrennt, aber nicht geschieden. Ich wollte mehr über den Grund ihrer Trennung erfahren, doch irgendwie schien nie der passende Moment dafür zu sein.

»Hören Sie. Ich weiß, das muss Ihnen seltsam vorkommen.«

Abe schien meine Gedanken zu lesen.

»Das ist es für mich auch. Sie haben erst kürzlich Ihren Mann verloren, und ich bin praktisch noch verheiratet. Ich will nichts tun oder sagen, was Ihnen unangenehm oder peinlich ist.«

»Aber?«

»Ich bin froh, dass ich Sie getroffen habe. Ich würde Sie gern näher kennenlernen. Aber wenn Sie noch nicht so weit sind …«

»Doch«, unterbrach ich ihn. »Ich würde Sie auch gern näher kennenlernen. Aber …«

»Aber?«

»Ich möchte nichts überstürzen.«

»Darum bitte ich Sie auch nicht. Ich würde nur gern mit Ihnen zu Mittag essen. Essen Sie mit mir zu Mittag?«

»Ich habe doch schon zugesagt.«

»Ja, ich glaube, das haben Sie. Aber ich habe Sorge, dass ich Sie vielleicht verschrecke.«

»Nein. Nein, das tun Sie nicht.«

Als ich Abe nach diversen Mittagessen zu mir nach Hause einlud, war ich nervös. Ich wünschte, ich hätte ihn zum Frühstück anstatt zum Mittagessen zu mir gebeten. Das Warten machte mir zu schaffen. Bei einem Hühnerrisotto gibt es nicht allzu viel vorzubereiten, eine kleine Wohnung, in der man allein lebt, ist schnell aufgeräumt, und man kann auch nicht ständig zum Spiegel rennen, um sein Aussehen zu überprüfen.

Doch ich konnte nicht still sitzen, mich auf nichts konzentrieren, obwohl ich eigentlich arbeiten musste.

Auf der Suche nach irgendetwas, womit ich mich beschäftigen konnte, ging ich in die Küche zurück. Mein Blick fiel auf das Regal über dem einen Schrank. Darauf standen diverse Teller und Schalen, dahinter Fotos, von denen mich die Gesichter verstorbener Freunde und Bekannter anlächelten. Dort bewahrte ich die Beerdigungseinladungen auf, die sich in alarmierendem Tempo zu vermehren schienen. War es morbide, sie dort stecken zu lassen? Würde es Abe abstoßen, wenn er mit meinem verstorbenen Ehemann in der Küche saß? Mit meinem Bruder, einem Arbeitskollegen und einem Freund, die aus ihrem Grab zu uns blickten?

Ich stieg auf einen Stuhl, sammelte sie ein, legte sie in einem Stapel unter mein Tagebuch und hatte leichte Gewissensbisse wegen Richards Foto. Mit dem Finger strich ich über die Konturen seines Gesichts. »Ich habe dich nicht vergessen, mein Liebling.«

Den erfreulichen Gedanken, dass ich mir allmählich vielleicht noch einmal einen anderen Mann in meinem Leben vorstellen konnte, verschwieg ich, fügte jedoch hinzu: »Du hast doch nichts dagegen, oder? Dass ich Abe zum Mittagessen eingeladen habe?«

Ich wusste, dass es ihm recht wäre. Kurz vor seinem Tod hatte er gesagt: »Ich hoffe, du findest jemand anderen, Ivy. Du verdienst es, glücklich zu sein.«

Richard hatte es auch verdient. Und ich hoffte, dass er es gewesen war. Dass ich ihn glücklich machen konnte, dass das, was wir miteinander hatten, ausreichte, um ihm in den letzten Stunden Kraft zu geben.

Warum hatte ich Abe hierher eingeladen? Einerseits wollte ich gern Besuch haben. Es kam nur äußerst selten jemand her. Ich wünschte mir, dass sich die Wohnung mehr wie mein Zuhause anfühlte. Andererseits wollte ich aber auch, dass Abe sah, wie ich wohnte, und ich dachte, es wäre leichter, hier über manches zu sprechen. Ich wollte ihn so einiges fragen, über das sich in einem privaten Umfeld womöglich leichter reden ließ, Dinge, auf die ich ihn in einem vollen Restaurant nicht ansprechen wollte.

Sobald er da war, wurde ich ruhiger.

»Die sind für dich.« Er überreichte mir Blumen, die er mit etwas Zwirn in einem Marmeladenglas arrangiert hatte. »Die sind aus meinem Garten.«

»Die sind wundervoll. Danke. Darf ich dir den Mantel abnehmen? Und die Mütze?«

Er hatte sie abgenommen, hielt die dunkelblaue Wollmütze, die mich an griechische Fischer erinnerte, jedoch noch in der Hand.

»Die hat meinem Vater gehört«, sagte er, als sei die Mütze erklärungsbedürftig. »Es ist ziemlich kühl heute. Jetzt wird es allmählich wirklich herbstlich.«

Ich bemerkte, dass er ein Foto an der Wand betrachtete, während ich Mütze und Mantel an die Haken hinter der Tür hängte.

»Das war vor Jahren in Cornwall.«

»Ihr seht glücklich aus.« Abe studierte das Foto, das uns alle beim Picknick am Fuße der Dünen zeigte. Lottie war damals nicht älter als acht, Max noch winzig.

»Das waren wir.« Ich ließ ihn noch einen Moment länger auf das Bild schauen, ehe ich ihn bat, mir den Flur hinunter zu folgen.

»Wir essen in der Küche.«

»Irgendetwas riecht hier sehr gut.« Abe blickte sich um. »Ich habe Wein mitgebracht. Weil ich nicht wusste, ob du lieber weiß oder rot trinkst, habe ich von beidem eine Flasche besorgt.« Er griff in eine Tüte und stellte zwei Flaschen auf den Küchentisch.

»Das ist aber nett. Das wäre nicht nötig gewesen. Ebenso wenig wie die Blumen.«

»Du hast gekocht«, entgegnete er. »Und die Blumen sind aus meinem Garten. Welchen möchtest du lieber trinken?«

»Das ist mir egal. Was du willst.«

»Rot?«, fragte er. »Soll ich die andere in den Kühlschrank stellen, damit du sie ein anderes Mal trinken kannst?«

Abe trat näher zu mir und legte mir die Hand auf den Arm. Es war eine sanfte, beruhigende Geste, dennoch war ich nervös.

»Rot ist gut«, lachte ich etwas unsicher. »Ich glaube, ich könnte ein Glas vertragen.«

»Ich auch«, stimmte er mir zu. »Ich weiß, dass du mich wahrscheinlich einiges fragen willst. Hast du einen Korkenzieher?«

Ich nahm einen aus der Schublade und reichte ihn ihm.

»Ich werde dich nicht verhören«, sagte ich, während er die Flasche öffnete.

»Aber du willst mehr über mich erfahren.« Er zog den Korken heraus und schenkte den Wein ein. »Ich möchte auch mehr von dir wissen. Hier.« Er reichte mir ein Glas Rotwein.

»Danke. Prost.«

»Prost.«

Wir tranken beide einen Schluck.

»Das Essen ist in zehn Minuten fertig.«

Wir setzten uns an den Küchentisch.

Nach ein wenig Small Talk sagte ich: »Ich will nicht neugierig erscheinen, aber …« Wie formulierte man so etwas, ohne zu dreist zu klingen? »Ich würde gern mehr über deine Frau erfahren. Warum ihr euch getrennt habt und …«

»Das ist nicht neugierig. Du hast ein Recht, mehr zu wissen. Wir haben uns aus verschiedenen Gründen vor einigen Jahren getrennt.« Er trank noch einen Schluck Wein. »Ich glaube, darüber, was schiefgelaufen ist, sind wir unterschiedlicher Ansicht.«

»Wie lautet deine Version?«

»Zum Teil lag es daran, dass die Kinder aus dem Haus gingen. Sie sind der Mittelpunkt unseres gemeinsamen Lebens gewesen, und als sie fort waren, fühlten wir uns ein wenig haltlos.«

»Ein bisschen ging uns das auch so.«

»Es tut mir leid, Ivy. Ich weiß, es muss undankbar klingen, sogar egoistisch, dass ich eine Beziehung beendet habe, die ich hätte fortführen können – du konntest das nicht.«

»Vielleicht hätten Richard und ich das Leben ohne die Kinder auch komplizierter gefunden, wenn er länger gelebt hätte. Durch seine Krebserkrankung hatten wir andere Sorgen.«

»Darum wirkt es ja egoistisch, aber nachdem Ruby und Sam ausgezogen waren, schien nichts mehr von uns übrig zu sein.«

»Ich weiß, dass das vielen so geht.«

»Lynn wurde schwanger, als wir uns gerade erst begegnet waren«, sagte er. »Wir wurden in das Leben als Familie hineingeworfen, bevor wir uns überhaupt richtig kannten.«

»Oh?«

»Es ging alles sehr schnell. Wir lernten uns kennen, und schon bald merkten wir, dass wir Eltern wurden. Ein paar Monate vor Rubys Geburt heirateten wir, und ein paar Jahre später kam Sam. Wir waren glücklich, richtig glücklich. Die Kinder waren fantastisch. Wundervolle Kinder. Wir waren eine glückliche Familie, aber du weißt ja, wie das mit kleinen Kindern ist.«

»Ja.«

»Man hat wenig Zeit für sich als Paar. Lynn arbeitete beim Fernsehen, musste oft Überstunden machen. Mich nahm meine Arbeit ebenfalls sehr in Anspruch, die verbleibende Zeit forderten die Kinder unsere Aufmerksamkeit. Und als sie größer wurden, hatten wir das Gefühl, einander gar nicht wirklich zu kennen oder als wüssten wir nichts miteinander anzufangen.«

»Ich rühre nur eben den Reis um.« Während ich aufstand und zum Herd ging, sprach Abe weiter.

»Ich glaube, damals hätten wir uns mehr Zeit füreinander nehmen müssen, aber ich habe mir nicht die Mühe gemacht. Ich wünschte, das hätte ich getan.«

»Ihr habt euch also auseinandergelebt?« Ich rührte im Risotto und wandte ihm den Rücken zu.

»Nein, ich hatte eine Affäre. Ich weiß, dass ich jetzt in deinem Ansehen sinke, aber es ist passiert, und wie nicht anders zu erwarten, vergrößerte es die Distanz zwischen uns.«

»Was ist passiert?« Ich drehte das Gas herunter und setzte mich wieder. »Ich meine, wie lange ging das, und wie hat Lynn es herausgefunden?«

»Einige Jahre.« Er trank noch einen Schluck Wein und sah mich an, dann wandte er den Blick ab. Schämte er sich? »Ich lernte die andere Frau durch die Arbeit kennen und fühlte mich stark zu ihr hingezogen. Ich würde lügen, wenn ich sagte, dass sie mir nichts bedeutet hat, denn das hat sie. Ich habe sie geliebt. Lynn liebte ich auch, und ich hatte schreckliche Angst, ihr wehzutun. Gleichzeitig schien diese Frau mir etwas anderes zu bieten. Ein anderes Leben.«

»Du wolltest deine Frau verlassen?«

»Ich habe darüber nachgedacht, ja. Ich marterte mich, was ich tun sollte, aber am Ende wurde mir die Entscheidung abgenommen.«

»Wie das?«

»Sie hat es beendet. Die andere Frau. Ich redete davon, Lynn zu verlassen. Ich weiß nicht, ob ich es am Ende wirklich getan hätte, aber ich glaube, das hat ihr Angst eingejagt.«

»Dann hat sie es beendet, bevor sich mehr daraus entwickeln konnte?«

»Ja. Damals war ich am Boden zerstört, aber zugleich erleichtert. Ich musste mir keine Sorgen darüber machen, wie sehr ich Lynn verletzte, wenn ich sie verlassen würde. Ich war dankbar, dass mir das erspart blieb, aber …«

»Sie hat es trotzdem herausgefunden?«

»Die Ironie ist, dass ich fast davongekommen wäre. Ich weiß, dass das schrecklich klingt. Aber ich frage mich auch, ob es vielleicht so kommen musste, ob es seinen Grund hatte, dass sie es herausfand. Vielleicht mussten wir unsere Ehe ohnehin beenden, weil keiner von uns wirklich glücklich war.«

»Erzähl weiter.«

»Die andere Frau lebte nicht in London, hatte aber geschäftlich hier zu tun. Darum sahen wir uns meist hier. Einmal bat sie mich jedoch, sie auf halber Strecke zu treffen. Sie sagte, sie müsse mit mir reden, an jenem Tag aber zu Hause sein. Sie hatte kleinere Kinder. Ich traf mich mit ihr in einem Pub zum Mittagessen, ungefähr fünfzehn Meilen von ihrem Wohnort entfernt und damit anonym genug.«

»Und da hat sie dir gesagt, es sei vorbei?«

»Ja. Ich gehe nicht in die Details. Wir wussten beide, dass es nicht ewig so weitergehen konnte, und sie wollte ihre Familie nicht zerstören. Das verstand ich, auch wenn ich vielleicht bereit gewesen wäre, Lynn für sie zu verlassen.«

»Dann war ihre Entscheidung für dich in Ordnung?«

»Ich habe sie akzeptiert. Natürlich war ich aufgelöst. Sie auch, aber sie hatte sich entschieden. Sie sagte, sie dürfe mich nicht mehr sehen.«

»Was ist dann passiert?«

»Auf dem Rückweg ereignete sich ein Unfall. Einer dieser Lastwagen, die Heuballen transportieren, verlor mitten auf der Straße seine Ladung. Ich fuhr ein paar Wagen hinter ihm. Die Autos vor mir bremsten, eines von ihnen geriet ins Schlingern, und es kam zum Zusammenstoß.«

»Wurde jemand verletzt?«

»Wie durch ein Wunder nicht. Die Straße war zu dem Zeitpunkt nicht sehr stark befahren, sonst wäre das Ganze vermutlich schlimmer ausgegangen. Aber dennoch war es strittig, ob das Heu auf dem Laster ordnungsgemäß befestigt gewesen war. Ich war ein Unfallzeuge. Man nahm meine Personalien auf.«

»Klar.«

»Eine Woche später erhielt Lynn einen Anruf von der Polizei. Zunächst war sie besorgt, dass mir etwas passiert sei. Doch der Beamte erklärte ihr, ich hätte einen Unfall beobachtet, und man wolle meine Aussage aufnehmen. Natürlich hatte ich ihr nichts davon erzählt, zudem hätte ich an jenem Nachmittag im Büro sein müssen.«

»Und so kam alles heraus?«

»Ja. Schlimmer hätte es nicht kommen können. Lynn war fix und fertig. Ich auch. Aber ich hatte kein Recht auf Selbstmitleid. Es war eine schreckliche Zeit.«

»Das kann ich mir vorstellen.«

»Wir waren bei der Paarberatung. Wir versuchten, unsere Ehe zu retten. Eine Zeit lang dachte ich, wir könnten es schaffen. Doch es gab zu viele Risse, die nicht mehr zu kitten waren.«

»Also habt ihr euch getrennt?«

»Wir stritten uns ständig. Wir schafften es irgendwie nicht mehr, aufeinander zuzugehen. Schließlich schlug ich vor auszuziehen, eigentlich nur, um vorübergehend etwas Abstand zu gewinnen.«

»Und das war der Anfang vom Ende?«

»In gewisser Weise ja, oder vielleicht war es auch nur der Beginn einer anderen Art von Beziehung. Seit wir getrennt leben, verstehen wir uns wieder besser. Wir gehen ab und an zusammen ins Theater und treffen uns zum Mittagessen. Wir sind jetzt Freunde.«

»Das ist gut«, sagte ich, doch es beunruhigte mich.

»Natürlich bedauere ich jetzt, dass wir unsere Ehe nicht retten konnten. Ich dachte, Lynn könnte mir mit der Zeit vergeben, mir wieder vertrauen, aber ich glaube, das ist vorbei.«

»Und liebst du sie noch?«

»Ja«, erwiderte er schlicht, was ich einerseits hören wollte, andererseits auch nicht. Was wäre er für ein Mann, wenn er die Frau, mit der er so lange verheiratet war, die Mutter seiner Kinder, nicht mehr lieben würde?

Aber was bedeutete das für mich?

»Sie wird immer die Frau bleiben, mit der ich verheiratet war. Sie wird immer die Mutter meiner Kinder und meine Freundin sein.«

»Danke.« Ich stand auf, um das Essen aufzutun.

»Wofür?«

»Dass du es mir erzählt hast.« Ich nahm den Topf vom Herd und stellte ihn auf einen Untersetzer auf die Arbeitsplatte.

Ich konnte mir nicht vormachen, dass ich glücklich über die Situation war. Ich hätte es leichter gefunden, wenn er und seine Frau sich so heftig entzweit hätten, dass sie nicht mehr miteinander redeten. Natürlich war es gut, dass sie noch Freunde waren, und es überraschte mich nicht. Es sprach mehr für Abe, als wenn sie sich verbittert getrennt hätten.

Und ich kannte ihn noch nicht lange, hatte keine Ahnung, was er über mich dachte oder wohin unsere Verbindung noch führte. Doch ich mochte ihn sehr, und wenn aus uns mehr wurde, würde ich mich damit schwerer tun, als wenn seine Frau gar keine Rolle mehr spielte.

»Möchtest du einen Kaffee?«, fragte ich, als wir mit dem Essen fertig waren.

»Ja, bitte, wenn du welchen machst.«

Ich ging zur Arbeitsplatte und stellte den Wasserkocher an. »Wollen wir ins Wohnzimmer wechseln? Ich bringe den Kaffee mit.«

»Kann ich dir erst mit dem Abwasch helfen?« Abe stand auf und räumte die Teller ab.

»Nein, das erledige ich später.«

»Okay.« Er stellte das Geschirr auf die Arbeitsplatte und blieb dicht neben mir stehen, während ich mit den Tassen hantierte.

»Ivy?«

Ich drehte mich um und stieß beinahe mit ihm zusammen.

»Was?«

»Ich weiß, was ich dir über Lynn erzählt habe, ist nicht einfach oder unkompliziert, und vielleicht verlange ich zu viel von dir, vor allem weil Richard noch nicht lange tot ist, aber …«

»Ja?«

»Ich treffe mich noch mit Lynn. Wir sind Freunde, und ich weiß, dass das womöglich nicht leicht für dich ist, aber seit ich dich kenne …«

»Sprich weiter.«

»Kann ich an nichts anderes mehr denken!« Er lachte. »Ich weiß, das klingt albern, aber es stimmt, ich denke den ganzen Tag nur an dich. Und, na ja, ich würde mich wirklich freuen, wenn wir einfach sehen könnten, wie sich die Dinge zwischen uns entwickeln.«

»Wie meinst du das?«

Eigentlich wusste ich es. Ich wusste, dass er mich küssen wollte, und machte einen Schritt auf ihn zu.

Es ist eigenartig, aber wenn man lange keinen Sex hat, verschwindet diese Seite in einem, bis sie einem eigentlich gar nicht mehr fehlt. Sex verkümmert zu einer schwachen Erinnerung, zu etwas, das man weder braucht noch vermisst. Seit Richards Tod waren zwei Jahre vergangen, und ich wusste nicht mehr, wie erregend die Berührung eines anderen Menschen sein konnte. Doch es erforderte nicht viel, um es mir wieder ins Gedächtnis zu rufen, mein Körper reagierte instinktiv auf Abes Kuss.

»Ist alles in Ordnung?«

»Ja.« Ich versuchte, meine Gedanken in Worte zu fassen.

Ich fürchtete mich davor, nach so langer Zeit mit einem anderen Mann zusammen zu sein. Ich sorgte mich, dass ich noch nicht so weit war. Auch wegen seiner Frau machte ich mir Gedanken und wusste nicht, wie weit ich ihn in mein Leben lassen wollte.

Ich hatte Angst zu leiden, wenn ich diesen Gefühlen nachgab oder sie gar eingestand, wo doch mein Leiden gerade erst zu Ende gegangen war.

»Ich bin mir nicht sicher, ob ich das kann.« Was ich damit eigentlich meinte, wusste ich selbst nicht so genau.

»Es ist nur ein Kuss.« Er strich mir übers Haar.

»Ja. Das stimmt.«

Ich blickte mich in Abes Wohnzimmer um und versuchte, anhand der Einrichtung etwas mehr über ihn zu erfahren. An den Wänden standen Bücherregale mit Klassikern, Reiseführern, zeitgenössischen Romanen und großen Bildbänden über Architektur.

Eine Woche war vergangen, und er hatte mich zum Mittagessen in seine Wohnung eingeladen, in der er allein lebte, seit er bei seiner Frau ausgezogen war. Es fanden sich jedoch genügend Hinweise auf sein Familienleben, dass sie nicht wie eine typische Junggesellenwohnung wirkte: Fotos von kleinen Kindern, ein grell bemaltes Gefäß für Stifte auf seinem Schreibtisch, ähnlich meinem eigenen, eine Pinnwand im Flur, an der Zeichnungen und Notizen aus anderen Zeiten hingen.

»Daddy, mein Zahn ist heute ausgefallen«, las ich in Kinderhandschrift auf einem vergilbten Zettel. »Dad, Lewis Hamilton hat den Grand Prix gewonnen!!!«, stand auf einem anderen in etwas reiferer Schrift. »Ich habe es für dich aufgenommen.«

»All die Dinge, die ich verpasst habe, wenn ich lange gearbeitet habe«, sagte Abe, als er sah, dass ich die Wand studierte.

»Es ist schön, dass du das alles aufgehoben hast.«

»Eigentlich war das Lynn. Sie wirft nie etwas weg. Sie hat alles an das Pinnbrett gehängt, als ich ausgezogen bin.«

Er sagte es beiläufig, als wäre das normal, wenn man sich trennte, nachdem die Kinder erwachsen waren, aber ich kannte Paare, die nach der Trennung diese Phase ihres Lebens hinter sich ließen, als hätte es sie nie gegeben. Es sagte viel über Abe aus, dass er eine gute Beziehung zu Lynn und den Kindern pflegte, aber ich wusste nicht recht, wie ich in ein Leben passte, das bereits so ausgefüllt war.

Auf einer Anlage in der Ecke standen ein Plattenspieler und darunter ein Stapel LPs. Ich sah sie durch, während ich darauf wartete, dass Abe den Kaffee hereinbrachte. Es gab ein paar neuere Alben – Arctic Monkeys, Laura Marling und Rufus Wainwright –, aber die meisten waren älter – Bob Dylan, Little Richard, Hank Williams, Woody Guthrie und The Mamas and the Papas.

Letztere zog ich heraus.

»Willst du sie auflegen?«

Ich schüttelte den Kopf. »Ich wollte nur sehen, ob mein Lied auf der Platte ist.«

»For the Love of Ivy?«

»Du kennst es!«

»Mein Vater hat das früher immer gespielt, als ich noch ein Kind war«, sagte er, und ich fühlte mich, als hätte ich ein Déjà-vu.

Neben dem Plattenspieler standen auf einem niedrigeren Bücherregal einige Familienfotos. »Sind das deine Kinder?« Ich richtete den Blick auf eines der Bilder, als Abe mit einem Tablett zurückkam.

Das Foto zeigte einen kleinen Jungen, der so aussah, wie ich mir Abe als kleinen Jungen vorstellte. Er saß neben einem älteren Mädchen, vermutlich seiner Schwester, auf einer Treppe.

»Ja. Ruby und Sam.«

»Sam sieht aus wie du.« Ich studierte das Foto genauer. Auf der Treppe, zwischen den beiden Kindern, war etwas. »Ist das eine Schildkröte?«

»Ja.«

»Ich dachte, Schildkröten seien als Haustiere verboten.«

»Als ich selbst noch ein Kind war, hat Fred mir gehört«, erklärte er. »Sie lebt immer noch, aber jetzt gehört sie Sam. Als die Kinder größer wurden, ging sie in seinen Besitz über.«

»Das ist rührend. Ein Haustier, das über Generationen in der Familie bleibt. Und ist das Lynn?«

»Ja.« Abe stand neben mir. »Das war vor Jahren im Urlaub.«

Sie musste bereits Mitte fünfzig gewesen sein, war aber noch immer hinreißend schön. Sie hatte schulterlanges aschblondes Haar, strahlend blaue Augen und jenen Körperbau, der es manchen Frauen erlaubte, sich bis ins Alter eine gute Figur zu bewahren.

Dagegen kam ich mir unscheinbar vor, oder vielleicht nicht unscheinbar, denn ich wusste, dass ich gut gealtert war, aber jedenfalls konnte ich nicht mit ihr konkurrieren.

»Sie ist sehr schön.«

»Du auch«, bemerkte Abe und küsste mich ausgiebig. »Wollen wir woanders hingehen?«

Wir standen vor dem Kamin. Meinte er, ob wir uns aufs Sofa setzen wollten? Oder schlug er vor, dass wir in sein Schlafzimmer gingen?

Vorhin hatte ich auf dem Weg ins Bad einen Blick hineingeworfen und das ordentlich gemachte Doppelbett mit dem Bücherstapel auf dem Nachttisch gesehen. Über dem Kopfende hing ein großes abstraktes Gemälde, und vor der einen Wand befand sich eine Kleiderstange, auf der reihenweise Hemden hingen. Darunter standen Kommoden, die vermutlich weitere Kleidung enthielten.

Ich hatte auf das Bett mit der grau karierten Decke geblickt, auf der eine zusammengefaltete Wolldecke lag. Schlief Abe auf einer Seite des Bettes, oder streckte er sich über die gesamte Breite aus? Saß er hier und las bis spät in die Nacht, oder wachte er früh auf und griff nach einem der Bücher? Und konnte ich mir mich mit ihm hier vorstellen? Unwillkürlich fragte ich mich, ob Lynn je hier geschlafen hatte. Übernachtete sie noch manchmal hier?

Ich hatte Freunde, die inmitten der erbittertsten Scheidungsschlachten noch immer Sex mit ihren Partnern hatten. In einer langjährigen Ehe wird Sex ebenso zur Sucht wie zur Gewohnheit, und dass man es nicht länger erträgt, jemandem Abend für Abend am Esstisch gegenüberzusitzen, heißt nicht, dass man bereit ist, auf die Intimität im Schlafzimmer zu verzichten.

»Ja, setzen wir uns«, erwiderte ich auf Abes Frage und ging zum Sofa.

»Ist alles in Ordnung?« Er legte den Arm um mich und zog mich näher zu sich.

»Ja.« Als er mich küsste und ich seinen warmen Körper an meinem spürte, entspannte ich mich, doch als er sich an meiner Bluse zu schaffen machte und den Saum aus der Hose zog, versteifte ich mich. »Noch nicht«, bat ich.

»Entschuldige.« Er schob den Stoff zurück. »Es tut mir leid. Ich wollte nicht … Es ist nur …«

»Was?« Ich wusste genau, was er nicht aussprach.

»Du bist so hinreißend, Ivy.«

»Es tut mir leid«, wiederholte ich seine Worte. Ich hatte ein schlechtes Gewissen, dass ich nicht auf sein Verlangen eingehen, dass ich meinem eigenen Verlangen nicht nachgeben konnte. »Ich bin noch nicht so weit.«

»Wirklich, Ivy, das muss dir nicht leidtun.« Er setzte sich gerade auf. »Aber darf ich dich etwas fragen?« Er nahm meine Hand und streichelte sie zärtlich.

»Was?«

»Erzählst du mir von deiner Mutter?«

Ich hatte vorhin kurz ihre Krankheit und die Folgen für den Rest der Familie erwähnt, war aber nicht ins Detail gegangen.

»Wie alt warst du, als du herausgefunden hast, dass etwas nicht stimmt?«

»Sie zeigte die ersten Symptome, als ich gerade ein Teenager war, aber was es war und wie es sich auf mich auswirken konnte, habe ich erst mit zwanzig herausgefunden.«

»Dann hast du fast dein ganzes Erwachsenenleben mit dem Wissen gelebt.« Er streichelte weiter meine Finger.

»Ja«, bestätigte ich und genoss das Gefühl, hier sitzen und mit diesem Mann reden zu können, von dem ich vor ein paar Monaten noch nicht einmal gewusst hatte, dass es ihn gab.

Ich erzählte ihm einiges von ihrer Krankheit und von dem Risiko, das sie für mich und meine Geschwister bedeutete. Darüber, wie unterschiedlich wir mit der Bedrohung umgegangen waren. Dass ich bei vielen Entscheidungen, die ich im Laufe meines Lebens traf, das Gefühl hatte, dass sie nicht wirklich meine eigenen waren, sondern von dem Wissen um den Gendefekt in der Familie meiner Mutter geprägt.

Ich weiß nicht, wie lange wir dort saßen, Hand in Hand, und redeten und ob er auch, wie ich, anschließend spürte, dass die Worte, die wir einander anvertrauten, mehr als alles andere von uns preisgaben. Dass das, was ich ihm erzählt hatte, und seine Antworten darauf ebenso intim waren und ebenso viel von uns enthüllten, wie Sex es vermocht hätte.

»Ich bin so froh, dass ich dir begegnet bin, Ivy«, sagte Abe ein paar Wochen später am Ende eines gemeinsamen Nachmittags in der Stadt.

Wir waren in der National Gallery gewesen, um uns Maggi Hamblings *Walls of Water* anzusehen – riesige Gemälde, die von gigantischen Wellen inspiriert waren. Abe schien völlig fasziniert von ihnen zu sein, und während er vom Strom der Ölfarben wie gebannt war, nutzte ich die Gelegenheit, um ihn eingehend zu mustern.

Sein markantes Gesicht wirkte energisch, entschieden – ein Eindruck, der jedoch von seinen freundlichen Augen und seinem liebenswerten Wesen gemildert wurde. Obwohl er in die Betrachtung des Gemäldes versunken war, spürte er einen anderen Museumsbesucher neben sich, trat ein Stück zur Seite und machte ihm Platz, ohne dabei den Blick von der Leinwand zu lösen. Ich konnte mir nur schwer vorstellen, dass Abe jemals jemanden wütend machte, jedenfalls nicht absichtlich. Obwohl ich jetzt mehr über seine Ehe wusste und dass er seine Frau sehr verletzt hatte, fiel es mir schwer, ihm das vorzuwerfen. Schließlich bestand sein Vergehen lediglich darin, dass er eine andere Frau geliebt hatte. Manchmal erscheint es mir falsch, dass eine so simple Tatsache so viel Schmerz und so viel Leid verursachen kann.

»Okay?« Er blickte sich um, erwischte mich dabei, wie ich ihn betrachtete, und lächelte. »Die sind sensationell, oder?«

»Ja, unglaublich.«

Wir teilten eine Affinität zu Wasser, wenn auch auf unterschiedliche Weise. Als Brunnendesigner gefiel es Abe, das Wasser zu lenken, es zu manipulieren, mir gefiel es, darin einzutauchen. Doch so oder so schienen wir uns nie weit entfernt vom Wasser aufzuhalten, und als wir das Museum verließen, gerieten wir in ein Meer aus Menschen. Sie waren zusammengekommen, um der Journalisten des Pariser Magazins *Charlie Hebdo* zu gedenken, die einem Anschlag zum Opfer gefallen waren. Wir gingen an der Menge vorbei, über deren Köpfen Schilder mit der Aufschrift *Je suis Charlie* auf und ab wippten, und liefen die St. Martin's Lane hinauf. Zum ersten Mal seit Jahren dachte ich an Nathan, einen Mann, mit dem ich kurz zusammen gewesen war, und an das, was er zu mir gesagt hatte: Ich würde nie erfahren, wie es sich anfühlte, nur für das gehasst zu werden, was man ist.

Ich erschauderte etwas, so wie es einen bewegt, wenn eine lang vergessene Erinnerung in einem aufsteigt, und Abe, der es bemerkte, nahm meine Hand und führte mich zum Brunnen.

»Hier.« Er kramte in seiner Hosentasche und holte ein Fünfzigpencestück heraus. »Wünsch dir was.«

Ich blickte auf die Münze. »Das ist die Münze mit der Schwimmerin von den Olympischen Spielen in London.«

»Dann steht ja dein Name auf deinem Wunsch!« Er holte eine weitere Münze aus seiner Hosentasche und warf sie in den Brunnen.

»Was hast du dir gewünscht?«

»Nichts. Das war eine Dankesmünze.«

»Wem hast du gedankt? Und wofür?«

»Dem Schicksal«, antwortete er und nahm wieder meine Hand. »Weil es dafür gesorgt hat, dass sich unsere Wege kreuzen. Ich bin so froh, dass ich dir begegnet bin, Ivy.«

Da drückte ich seine Hand und warf die Schwimmerin, die durch das eingeprägte Wasser auf der Münze pflügt, ins Wasser zu Füßen des Bronzelöwen.

Ich wünsche mir, dieses Gefühl würde nie vergehen, dachte ich im Stillen. Ich war glücklich, zum ersten Mal richtig glücklich, seit Richard gestorben war – doch ein paar Dinge beunruhigten mich noch.

Eines davon war die Existenz von Abes Frau.

Ich bemühte mich darum, nicht eifersüchtig zu sein, wenn er sagte: »Morgen Abend gehe ich mit Lynn ins Kino« oder »Am Samstag bin ich bei Lynn. Im Haus sind ein paar Dinge zu reparieren.«

»Weiß sie von mir?«, fragte ich ihn einmal, und seine Antwort überraschte mich.

»Ja. Ich habe ihr erzählt, dass ich eine ganz besondere Frau kennengelernt habe.«

»Und stört sie das?«

»Ich glaube nicht.« Er zögerte etwas, als er das sagte, als sei es nur eine Vermutung.

Ich verriet ihm nicht, dass es mir an ihrer Stelle vermutlich etwas ausmachen würde. Ich war mir nicht sicher, ob ich großzügig genug wäre, mich nur für ihn zu freuen. Wenn sie ihm eine Affäre nicht verzeihen konnte, die inzwischen fast ein Jahrzehnt zurücklag, würde sie ihm dann vergeben, dass er sich jetzt mit einer anderen Frau traf? Es wäre womöglich irrational, wenn sie nicht mit ihm zusammen sein wollte, aber auch nicht akzeptieren würde, dass jemand anders mit ihm zusammen war – aber Menschen sind nun einmal irrationale Wesen.

Ungefähr eine Woche später war ich in der Stadt unterwegs. Ich hatte einen Termin mit einem Kunden, der exklusive Reisen zu historisch bedeutsamen Orten für die Zielgruppe »Fünfzig Plus« organisierte. Er wollte die Gegend um das antike Stageira im Norden Griechenlands mit ins Programm aufnehmen, die Heimat von Aristoteles, und ich sollte mich um die PR kümmern.

Das Treffen fand in einem griechischen Reisebüro in der Nähe von Oxford Circus statt. Da ich etwas zu früh dran war, ging ich in ein Computergeschäft, um eine neue Tastatur zu kaufen, auf meiner zu Hause klemmten einige Tasten.

Und da sah ich sie. Abe und eine Frau, die ich aufgrund der Fotos, die ich bei ihm gesehen hatte, als Lynn identifizierte. Sie saß vor einem Bildschirm, Abe beugte sich über ihre Schulter, daneben stand ein Verkäufer. »Können wir ein Firewire-Kabel dazu bekommen, damit ich alles von ihrem jetzigen Computer auf diesen überspielen kann?«, erkundigte sich Abe.

Sie wirkten so vertraut miteinander, wie ein Paar, das seit Jahren verheiratet war und sich gemeinsam nach einem neuen Computer umsah. Ich wollte gerade umdrehen und wieder gehen, doch der Verkäufer hatte mich bereits entdeckt.

»Ja, die verkaufen wir auch«, sagte er zu Abe, blickte dabei jedoch zu mir, woraufhin die beiden ebenfalls in meine Richtung schauten.

»Ivy.« Abe klang überrascht. »Was machst du denn hier?«

»Ich habe gleich einen Termin«, antwortete ich verlegen. »Ich bin etwas zu früh dran und brauche eine neue Tastatur.«

»Ivy?« Lynn blickte zu Abe. »Deine Freundin Ivy?«

»Ja, entschuldige.« Abe schüttelte den Kopf und winkte mich zu sich heran, während Lynn aufstand.

»Ivy, das ist Lynn. Lynn, Ivy.«

»Wie nett, Sie kennenzulernen«, sagte sie und reichte mir eine schlanke, sorgfältig manikürte Hand.

»Das finde ich auch«, erwiderte ich unsicher.

»Ich habe schon so viel von Ihnen gehört.« Sie wirkte freundlich und herzlich. »Abe sagte, Sie seien in der Reisebranche?«

»Ich mache die PR für ein paar Reiseveranstalter. Nicht mehr viel, nur für ein paar Kunden, die mich noch brauchen.«

»Das hört sich nach einer wunderbaren Arbeit an. Und wir versuchen gerade, etwas für Rubys Geburtstag zu finden. Sie wird dreißig, darum wollten wir etwas großzügiger sein.«

Hatten Richard und ich je gemeinsam ein Geburtstagsgeschenk für die Kinder gekauft? Nicht, soweit ich mich erinnern konnte. Wir hatten gemeinsam überlegt, aber normalerweise besorgte ich die Dinge, außer es handelte sich um einen Sportartikel für Max oder etwas Technisches – dann kümmerte sich Richard darum.

»Wann hat sie Geburtstag?«, erkundigte ich mich.

»Nächsten Dienstag«, antwortete Lynn, und ich blickte kurz zu Abe, der etwas verlegen wirkte. »Aber sie muss arbeiten. Darum führen wir sie am Sonntag zum Essen aus, um zu feiern. Bis dahin müssen wir etwas haben.«

»Ja, natürlich.«

Davon hatte Abe nichts erwähnt, als ich ihn gefragt hatte, ob er am Sonntagabend mit mir ins Kino gehen würde. Im Programmkino um die Ecke gab es einen Film, den ich mir gern anschauen wollte.

»Nun, ich sollte euch jetzt weitergucken lassen.« Ich blickte auf meine Armbanduhr. »Ich muss zu meinem Termin.«

»Aber deine Tastatur«, erinnerte Abe.

»Darum kümmere ich mich anschließend. Ich wollte ohnehin nur die Zeit totschlagen«, erwiderte ich. »Es hat mich gefreut, Sie kennenzulernen, Lynn.«

»Mich auch. Ich kenne nur wenige von Abes neuen Freunden.«

»Bis dann«, murmelte ich Abe zu, unsicher, was ich sagen sollte, und etwas verstimmt über Lynns Bemerkung von wegen Abes »neue Freunde«. Hatte er viele neue Freunde, oder wollte sie betonen, dass ich nur eine Freundin war und auch nicht mehr sein würde?

Als ich sie so bei ihrem Computerkauf sah, fühlte ich mich ausgeschlossen. Und ich war mir nicht sicher, ob ich mich jemandem weiter öffnen wollte, der noch ein Leben führte, von dem ich immer ausgeschlossen bleiben würde.

Vielleicht erriet Abe, was ich dachte, denn ein paar Tage später machte er mir einen Vorschlag. Er erklärte mir, seiner Ansicht nach sei es an der Zeit, dass er seinen Kindern von mir erzähle. Er fragte mich, ob ich sie kennenlernen wolle.

Meinen hatte ich noch nichts von ihm berichtet – noch nicht. Ich wollte mir erst sicher sein, dass die Beziehung von Dauer war. Aber wenn Abe wollte, dass ich seine Kinder kennenlernte, musste er glauben, dass es einen Platz für mich in seinem Leben gab – auch wenn ich es mir selbst noch gar nicht richtig vorstellen konnte.

»Und was hat Ihr Ehemann getan?«

Diese Frage war doppelbödig, wie eigentlich fast alles, was Sam zu mir sagte. Er wirkte feindselig.

»Richard war auf Umbauten spezialisiert.«

»Hat er auf dem Bau gearbeitet?«

»Nein, er war Architekt«, korrigierte ich.

»Richards Firma hat die Inneneinrichtungen für einige der Suiten im Shard-Gebäude entworfen«, sprang Abe mir zur Seite. »Und Ivy macht freiberuflich PR für Reiseveranstalter.«

Wir saßen in einem Restaurant in der Nähe der Flam Road, in der Thai-Brasserie.

»Ein Widerspruch in sich«, hatte Abe gescherzt, als wir aufgebrochen waren.

»Ruby ist ziemlich vernünftig«, hatte er erklärt. »Aber bei Sam weiß ich nie, was mich erwartet. Er war schon als Kind sehr sprunghaft. Ich bin mir nie ganz sicher, wie er auf etwas reagiert.«

»Du meinst auf mich?« Ich war ohnehin schon ziemlich nervös.

»Auf die Vorstellung, dass es dich gibt. Ich bin mir sicher, er wird dich mögen. Wie könnte es anders sein?«

Ganz leicht, wie es aussah.

»Und Sie haben Dad auf einer Parkbank kennengelernt?« Erneut klang in Sams Stimme ein aggressiver Unterton an.

»Ja, ich habe ihn am Fluss getroffen. Irgendwie scheinen wir die Stelle beide zu mögen.«

Ich konnte verstehen, warum sich Sam so feindselig verhielt, aber es wäre für uns alle leichter gewesen, wenn er sich bemüht hätte, seine Gefühle weniger offen zu zeigen.

»Dad sagte, er sei dort gewesen, nachdem er Mum besucht hatte«, betonte Ruby.

Das war mir neu. Ich wusste nicht, dass Abe damals gerade von seiner Frau kam. Warum auch? Warum hätte er mir das erzählen sollen? Dafür gab es keinen Grund. Überhaupt keinen. Ich durfte mich davon nicht beunruhigen lassen.

»Das Wasser zu betrachten hilft einem, die Vergänglichkeit des Lebens zu akzeptieren.« Ich wagte es, sie herauszufordern. »Ob es ein Fluss ist oder das Kommen und Gehen der Gezeiten.«

»Das klingt sehr poetisch«, bemerkte Ruby.

»Ich bin mir nicht sicher, ob ich mich richtig ausgedrückt habe.«

Sie wandte den Blick ab.

»Ich gehe dorthin, an diese Stelle, wo ich Ihrem Vater begegnet bin, weil es mir in gewisser Weise hilft, den Tod meines Mannes einzuordnen.«

»Ivy hat es im Leben nicht leicht gehabt.« Abe spielte die Mitleidskarte, obwohl ich keine Einzelheiten meiner Familiengeschichte preisgeben wollte. Das würden sie im Laufe der Zeit noch erfahren, vorausgesetzt, unsere Beziehung dauerte länger. Sie brauchten nicht gleich alles zu wissen.

»Mum hatte es auch nicht gerade leicht«, warf Sam ein.

»Ich weiß.« Ich hoffte, es würde helfen, wenn ich das anerkannte.

»Nicht, seit Dad sie verlassen hat. Und davor auch nicht.«

»Ich weiß.«

»Und seither hat sie gesundheitliche Probleme.«

»Das wusste ich nicht.« Ich blickte zu Abe.

»Sie hatte vor ein paar Jahren einen Schlaganfall«, erklärte Abe. »Einen leichten. Sie war noch nicht einmal sicher, ob es wirklich einer war, und es ist auch nichts zurückgeblieben.«

»Aber es hat ihr Angst gemacht«, beharrte Sam.

»Fairerweise muss man sagen, dass Dad für sie da war«, schaltete sich Ruby ein. »Er hat sie ins Krankenhaus gebracht, als sie all die Tests machen musste. Das weiß ich, weil ich es eigentlich selbst gemacht hätte, wegen der Aschewolke nach diesem Vulkanausbruch aber in Spanien festsaß.«

»Ivy weiß über die Situation zwischen eurer Mutter und mir Bescheid«, erklärte Abe. »Ich werde immer für sie da sein, und für euch.«

»Macht es das etwa besser?«

»Was?« Abe wirkte angespannt.

»Ihr zwei, euer Techtelmechtel, in eurem Alter.«

»Sam.« Abe schlug mit der Hand auf den Tisch, woraufhin ihn alle ansahen, einschließlich der Gäste an den Nachbartischen.

»Was ist?«

»Es reicht.«

»Ist schon okay.« Ich bemühte mich, den Friedensrichter zu spielen.

»Das ist es nicht«, widersprach mir Abe. »Wenn er wütend auf mich ist, ist das in Ordnung, aber er hat kein Recht, sauer auf dich zu sein.«

»Es tut mir leid«, sagte Sam gereizt.

»Möchte jemand einen Nachtisch?«, wechselte Ruby abrupt das Thema.

»Ich nicht«, antwortete ich.

»Sind Sie sicher, Ivy?« Sie schien das Verhalten ihres kleinen Bruders ausgleichen zu wollen. »Sie haben nicht viel gegessen.«

»Vielleicht nehme ich einen Kaffee.«

Alle bestellten Kaffee.

Als dieser serviert wurde, tranken wir ihn in angespanntem Schweigen.

»Ich glaube, ich nehme mir ein Taxi und fahre nach Hause«, sagte ich zu Abe, als wir das Restaurant verließen. Wir gingen ein Stück vor Sam und Ruby her, die beide in unterschiedliche Richtungen mit dem Bus fahren wollten.

»Bist du sicher? Willst du nicht noch mit zu mir kommen?«

»Ich glaube, es ist besser«, ich senkte die Stimme und blickte über meine Schulter zurück, »wenn ich direkt nach Hause fahre.«

»Noch nicht einmal auf einen Kaffee? Ich rufe dir anschließend ein Taxi.«

»Ich dachte, es wäre vielleicht einfacher, wenn ich jetzt gehe und ihr drei noch ein bisschen reden könnt.« Das war nicht alles. War es mir vorher schon schwergefallen, meinen Platz in Abes Leben zu finden, das noch so eng mit dem seiner Frau verwoben war, so machte es mir die kaum verhohlene Feindseligkeit seiner Kinder jetzt noch schwerer.

»Nein. Ich lasse sie nicht gewinnen.«

»Hier geht es nicht ums Gewinnen«, hob ich an, verstummte jedoch, als Ruby uns einholte.

»Das war ein schönes Essen, Dad. Sam und ich dachten, wir könnten vielleicht noch einen Absacker nehmen, bevor wir nach Hause fahren.« Sie deutete mit dem Kopf auf einen Pub am Ende der Straße – *The Cock Inn.* Als wir vorhin daran vorbeigekommen waren, hatte mir Abe erklärt, dass dort früher einmal Hahnenkämpfe ausgetragen worden waren und das farbenprächtige Bild des Federviehs mit dem Kamm sich an diejenigen Zuschauer richtete, die nicht schreiben und lesen konnten.

»Dann sollten wir uns jetzt wohl verabschieden«, meinte Ruby. »Es sei denn, Sie wollen sich uns anschließen?«

»Nein, wir sollten jetzt nach Hause fahren.« Abe betonte das Wir.

»Okay. Es war nett, Sie kennenzulernen, Ivy.«

Sie streckte die Hand aus, und ich ergriff sie, dann wandte sie sich ihrem Vater zu und küsste ihn.

»Gut, jetzt ein Gesicht zu dem Namen zu haben.« Zu mehr konnte sich Sam nicht überwinden.

»Dad« war alles, was er zu seinem Vater sagte, dazu nickte er knapp.

»Ich rufe dich an, Sam.« Abe sah seinen Kindern hinterher.

»Es tut mir leid«, sagte ich zu ihm.

»Nicht nötig.« Er machte sich auf den Weg in Richtung U-Bahn.

Ich lief hinter ihm her. »Willst du nicht warten, bis ich ein Taxi gefunden habe?«

»Bist du sicher, dass du nicht mehr mitkommen willst?«

»Ich kann nicht«, beteuerte ich. »Nicht jetzt, nicht nach alldem.«

Wir standen uns auf dem Bürgersteig gegenüber.

»Normalerweise sind sie nicht so. Normalerweise strahlen sie, sind freundlich und bezaubernd.«

»Das glaube ich dir. Es ist schwierig für sie.«

»Sie werden sich schon daran gewöhnen«, behauptete Abe. »Das muss zwischen uns nichts ändern.«

»Es ist eine schwierige Situation. Für alle.«

Er schwieg und stand eine Weile unsicher da.

»Was willst du tun?«, fragte ich nach einem Moment und meinte seine Kinder.

»Ich will, dass du mitkommst.« Er sah mich an. »Ich weiß, der Abend ist nicht gut gelaufen, und es tut mir leid, wenn dich das aufwühlt. Ich bin auch wütend, aber ich will, dass du mit zu mir kommst. Ich möchte versuchen, alles wiedergutzumachen.« Er nahm meine Hand und zog mich ein Stück näher zu sich heran.

Es war eine verlockende Aussicht. Er hatte recht, wir waren beide aufgebracht. Vielleicht könnten wir uns umeinander kümmern, vielleicht würde es uns dann beiden besser gehen. Vielleicht wäre alles wieder gut. Doch irgendetwas hielt mich zurück.

»Es tut mir leid.« Das schien gerade mein Lieblingssatz zu sein. »Ich glaube, das kann ich nicht, nicht jetzt, nicht heute Abend. Ich bin noch zu aufgewühlt.«

»Ivy.« Abe legte einen Arm um meine Schulter und strich mir mit der freien Hand übers Haar.

»Vielleicht ein anderes Mal.«

»Was beschäftigt dich?«

»Das kann ich nicht erklären.«

Ich konnte ihm nicht eingestehen, dass ich noch vor Augen hatte, wie Sam mich über den Tisch hinweg argwöhnisch gemustert hatte, und dass ich ihn immer noch fragen hörte: »Und Sie haben Dad auf einer Parkbank kennengelernt?«

Und ich konnte Ruby sehen, die ebenso blond und hübsch

war wie ihre Mutter auf dem Urlaubsfoto auf Abes Kaminsims und die sich im Laufe des Abends redlich Mühe gab, nett zu mir zu sein. Doch allein, dass sie sich Mühe geben musste …

»Ich liebe dich«, gestand er und sah mich auf eine Weise an, die mir sagte, dass er es auch so meinte. »Ich liebe dich, und ich will mit dir zusammen sein. Wenn du noch Zeit brauchst, warte ich, und wenn du willst, dass ich mich etwas zurückhalte, dann tue ich das, aber du musst mit mir reden. Bitte sag mir, wovor du Angst hast.«

»Ich kann nicht«, wiederholte ich. »Nicht jetzt. Bitte hilf mir, ein Taxi anzuhalten und nach Hause zu fahren.«

»Wenn du das willst.«

»Es tut mir leid«, sagte ich schon wieder, als ein Taxi das Tempo verlangsamte und am Straßenrand anhielt. »Wir hören uns morgen?«

Er küsste mich flüchtig auf die Wange. Ich stieg ins Taxi und fühlte mich völlig ratlos.

Als ich an jenem Abend schließlich in meinem Bett lag, vermisste ich Richard mehr, als ich ihn je vermisst hatte, seit ich Abe begegnet war. Ich vermisste die Vertrautheit unserer abendlichen Gewohnheiten, seine Körperwärme und seine Atemzüge, wenn er schlief.

Ich vermisste das Gefühl, einen anderen Menschen so gut zu kennen, dass sich seine Gegenwart eher wie eine Erweiterung des eigenen Ichs anfühlte als wie ein neues Terrain, in dem man seine Bereiche erst aushandeln musste.

Ich wünschte, ich hätte ihn fragen können, was ich tun sollte. Dass er noch lebte und ich gar nicht erst in diese Lage gekommen wäre und dass ich nicht so große Angst davor hätte, einer Zukunft ohne ihn entgegenzusehen.

Am nächsten Tag hörte ich nichts von Abe. Auch nicht am folgenden oder an dem darauf. Und das war ungewöhnlich. Doch ich selbst ließ auch nichts von mir hören.

Er fehlte mir, aber ich wusste nicht, was ich tun sollte. Was ich sagen sollte. Was ich fühlte. Darum lenkte ich mich ab, verabredete mich mit Freunden, richtete meine ganze Aufmerksamkeit auf das bisschen Arbeit, das ich zu erledigen hatte, erkundigte mich nach dem Schwimmurlaub auf den griechischen Inseln und überlegte, ob ich für den nächsten Sommer buchen sollte. Ich schwamm endlose Bahnen im Pool und versuchte dabei, meine Gedanken zu ordnen.

Eines Nachmittags verließ ich gerade das Schwimmbad durch die Eingangshalle, als jemand mit einem starken australischen Akzent nach mir rief. »Hey, Ivy!«

»Hallo, Tony.«

»Ich habe Sie im Pool beobachtet. Sah aus, als würden Sie darauf trainieren, den Ärmelkanal zu durchqueren.«

»Nein, aber ich überlege, diese Reise zu den griechischen Inseln zu machen, von der ich Ihnen erzählt habe.«

»Gut!« Er ging auf dem Weg zum Ausgang neben mir her. »Wo soll's langgehen?« Ich deutete mit dem Kopf in meine Richtung.

»Haben Sie etwas dagegen, wenn ich Sie ein Stück begleite?«

»Nein, wohin müssen Sie?«

»Mein Vater hat geschäftlich hier zu tun, er ist mit seiner neuen Frau da.«

Ich versuchte, in seinem Gesicht zu lesen, ob es seine Haltung zu dieser »neuen Frau« verriet.

»Oh? Kennen Sie sie bereits?«

»Ja. Letztes Jahr, als ich zu Hause war, habe ich sie kennengelernt. Dad ist schon eine Weile mit ihr zusammen, aber …«

»Aber?«

»Ich glaube, wir haben es ihm nicht gerade leicht gemacht. Meine Geschwister und ich. Ich habe noch drei Schwestern. Er und Mum haben sich vor Jahren scheiden lassen, aber Sie wissen ja, wie das ist. Man denkt immer, die eigenen Eltern hätten kein Recht darauf, keine Eltern mehr zu sein.«

»Vermutlich.«

Und ich dachte, dass meine Mutter gar keine Wahl gehabt hatte.

»Egal, ich muss jetzt hier lang«, sagte er, als wir eine Kreuzung erreichten. »Bis dann, Ivy.«

»Wiedersehen«, rief ich ihm hinterher, während er sich schnellen Schrittes entfernte, um sich irgendwo mit seinem Vater und dessen neuer Frau zu treffen.

Ein paar Tage später brach ich das Schweigen. Ich rief Abe an und war beruhigt, als er ganz normal klang. Er war freundlich und entschuldigte sich.

»Es tut mir leid, dass ich nicht angerufen habe. Ich wusste nicht, was ich sagen sollte.«

»Ich weiß.«

»Es war wohl ein wenig naiv von mir, nicht mit Rubys und Sams, nun ja, etwas verhaltener Reaktion zu rechnen. Ich war so bezaubert von dir, dass ich mir gar keine Gedanken darüber gemacht habe, wie es ihnen wohl damit geht.«

»Es ist normal, dass sie mir gegenüber skeptisch sind.«

»Ich weiß. Und ich hätte das voraussehen und ahnen müssen, wie es für dich sein würde.«

»Vielleicht hätten wir vorher ausführlicher darüber reden sollen.«

»Können wir jetzt reden, Ivy? Oder zumindest in absehbarer

Zeit? Ich würde dich gern sehen, sobald du nicht mehr sauer auf mich bist.«

»Ich bin nicht sauer auf dich.« Ich war traurig und verzweifelt, ich fühlte mich ausgeschlossen, aber ich war nicht sauer.

»Hast du diese Woche Zeit?«

»Morgen habe ich nicht viel vor. Willst du vorbeikommen?«

»Morgens bin ich bei Lynn. Das Dach muss ausgebessert werden. Es kommt jemand vorbei, um ihr einen Kostenvoranschlag zu machen, und ich habe gesagt, dass ich dazukommen würde.«

»Klar.« Ich merkte, dass ich aus Eifersucht jedes Mal gereizt reagierte, wenn er Lynns Namen erwähnte. Es gefiel mir selbst nicht, aber ich musste das ansprechen. Ich durfte Abe nicht weiter in dem Glauben lassen, ich würde mich ganz leicht in seine Welt fügen. Ich musste ihm sagen, wie schwer mir das fiel.

»Anschließend könnte ich bei dir vorbeikommen, aber ich will mich nicht aufdrängen.« Schon allein darin drückte sich eine Distanz aus, die vorher nicht da gewesen war.

»Das tust du nicht. Ich mache uns etwas zum Mittagessen.«

»Wenn es zu viele Umstände macht, kann ich dich auch ausführen.«

»Warum sollte es mir Umstände machen?« Ich wollte, dass er mir darauf antwortete. Dass er mir sagte, warum er auf einmal um mich herumtänzelte. Doch das tat er nicht.

»Okay. Dann schicke ich dir eine SMS, wenn ich mich auf den Weg mache.«

»Das sieht wunderbar aus, danke.«

Gerade hatte ich einen spanischen Eintopf serviert.

Ich aß besser, seit ich Abe kannte, für ihn kochte, bekocht und ausgeführt wurde. Als ich allein war, hatte ich mir keine großen Gedanken ums Essen gemacht, auch niemals Alkohol zum Mittagessen getrunken. Es gefiel mir, dass sich meine Mahlzeiten und andere simple Dinge in kleine Ereignisse verwandelten, seit ich wieder mit einem Mann zusammen war.

»Prost!« Abe hob das Glas jedoch ein wenig halbherzig.

Ich trank einen Schluck Wein. Es fühlte sich eher an, als würden wir uns Mut antrinken, nicht wie etwas Feierliches.

»Und? Hast du nach dem Wochenende noch etwas von Ruby und Sam gehört?«

»Ja, ich habe mich am Montagabend mit den beiden getroffen.« Er spielte mit dem Essen.

»Ach?«

»Wir waren zusammen essen.«

»Und war es netter als bei uns?« Vermutlich klang ich gegen meinen Willen etwas spitz. Es gefiel mir zwar selbst nicht, aber die Vorstellung, wie er mit seinen Kindern genüsslich beim Essen saß, während unser gemeinsames Essen dermaßen angespannt verlaufen war, ärgerte mich.

Falls Abe es bemerkte, ignorierte er es. »Ja. Wie gesagt, ich hätte mich wahrscheinlich ausführlicher mit ihnen darüber unterhalten sollen, bevor ich sie dir vorgestellt habe. Im Nachhinein habe ich das Gefühl, sie mit etwas überfallen zu haben, wozu sie noch nicht bereit waren. Mir hätte bewusst sein müssen, dass sie nicht gleich glücklich mit der Situation sind. Aber ich war zu sehr von dir verzaubert, um klar zu denken.«

So etwas hatte er früher auch schon zu mir gesagt, und ich hatte darüber gelächelt, doch jetzt kam es mir peinlich und unangemessen vor. »Und du meinst, das ist nur eine Frage der Gewöhnung?«

»Ich glaube, sie werden sich daran gewöhnen«, erwiderte er, streckte den Arm aus, nahm meine Hand und sah mich an.

»Und Lynn? Wie denkt sie über mich?«

»Sie akzeptiert die Situation.«

»Aber sie ist nicht gerade begeistert?«

»Das habe ich nicht gesagt. Für sie ist es in Ordnung. Warum auch nicht?«

»Weil sie es vielleicht schwierig findet. Weil deine Kinder es schwierig finden. Und …«

»Und was?«

»Ich finde es schwierig, Abe. Ich bin so gern mit dir zusammen, und ich will nicht wie Prinzessin Diana klingen, aber irgendwie passe ich nicht in dein Leben. Es fühlt sich an, als wäre dort kein Platz für mich.«

»Die Dinge sind so, wie sie sind, Ivy. Lynn und ich leben getrennt, aber wir sind immer noch befreundet. Ich werde nicht aufhören, mich um das Haus zu kümmern und … um andere Dinge.«

»Es tut mir leid. Ich will nicht egoistisch erscheinen, und ich will auch nicht, dass du Lynn nicht mehr siehst oder all diese Dinge für sie erledigst. Ich bewundere euch dafür, dass ihr es geschafft habt, eure Beziehung aufrechtzuerhalten. Dass ihr euch trotz allem so gut versteht.«

»Wir sind schon lange verheiratet, Ivy, und wir werden immer Kinder haben. Daran wird sich nichts ändern. Stell dir vor, du wärst mit Richard an meiner Stelle. Du würdest doch auch wollen, dass er sich noch um dich und die Kinder kümmert, oder?«

»Natürlich. Ich bitte dich nicht, damit aufzuhören. Es macht mir nur Angst, das ist alles. Ich habe das Gefühl, als ob …« Ich wusste nicht, wie ich das sagen sollte, ohne unverschämt zu wirken, ohne den Eindruck zu erwecken, ich fände Abe herzlos und berechnend, was ganz sicher nicht so war. Manchmal fragte ich mich allerdings, ob er sich wirklich gut überlegt hatte, was er eigentlich von mir verlangte.

»Rede weiter.«

»Ich frage mich, ob du durch mich vielleicht nur herausfinden willst, was du wirklich für Lynn empfindest. Ich will nicht sagen, dass du es absichtlich tust, aber angesichts der Umstände frage ich mich, was aus der Beziehung wird.«

»Wie meinst du das?«

»Ich sorge mich, dass dir durch unser Verhältnis erst bewusst werden könnte, was du an Lynn hattest. Und ich fürchte, dass es Lynn ebenso geht. Bei einer Trennung lösen sich viele Paare erst richtig voneinander, wenn einer von beiden jemand Neues kennenlernt. Dann wird es irgendwie real. Die Tatsache, dass ich aufgetaucht bin, könnte Lynn veranlassen, noch mal darüber nachzudenken, was sie von dir will.«

»Ich weiß, dass das keine einfache Situation ist, Ivy. Aber meine Ehe ist zu Ende. Wir sind zwar nicht geschieden, aber dennoch – es ist vorbei.«

»Denkst du jemals daran, dich scheiden zu lassen?«

»Nicht wirklich. Nein. Es scheint mir unnötig, Anwälte einzuschalten, dieser ganze Kram. Die Vereinbarung, die wir haben, ist okay für uns, und ich glaube, das wäre einfach zu …«

»Endgültig?«

»Nein. Nun ja, vielleicht ein bisschen. Ich weiß nicht. Warum sagst du das?«

»Weil es schwer für mich ist, mich immer wie die andere Frau zu fühlen.«

»Aber das bist du nicht. Du bedeutest mir wirklich viel, Ivy. Ich möchte, dass du ein Teil meines Lebens wirst – ein großer Teil meines Lebens, aber Lynn und die Kinder machen bereits einen mächtigen Teil meines Lebens aus. Daran kann ich nichts ändern.«

»Ich weiß.«

»Wenn ich irgendetwas tun kann, um es dir leichter zu machen, sag es mir. Dass ich dir begegnet bin, ist ein Geschenk für mich. Ich möchte dich nicht verlieren. Wirklich nicht.«

»Ich weiß nicht, ob du etwas tun kannst«, erwiderte ich.

»Ich finde dich wirklich umwerfend, Ivy, und als ich dich getroffen habe, fühlte sich alles so richtig zwischen uns an. Jetzt auch noch. Und es tut mir leid, wenn du das Gefühl hast, dass ich etwas überstürze, wenn du noch nicht so weit bist. Das will ich nicht. Ich will nichts tun, was dich von mir entfernt. Nimm dir so viel Zeit, wie du brauchst, um dich an die Situation zu gewöhnen, aber lass nicht zu, dass andere kaputt machen, was wir haben.«

»Aber das tun sie«, beharrte ich. »Wenn es nur dich und mich gäbe, wäre es um einiges einfacher, aber das ist nun einmal nicht so. Und es wird auch nie so sein. Ich weiß einfach nicht, ob …«

»Ob was?« Er hob die Hand und legte sie an meine Wange.

»Ich weiß nicht, ob ich so weitermachen kann.« Das hatte ich nicht sagen wollen, nicht jetzt, aber ich hatte es gedacht. Ich wollte Abe nicht verlieren, genauso wenig wie er mich, aber ich wollte mich auch nicht so fühlen, wie ich mich fühlte.

Es gab zu vieles, was einer Beziehung, die wirklich wundervoll hätte sein können, entgegenstand. Zu vieles, was mich unglücklich machte.

»Wie meinst du das?« Er wirkte beunruhigt.

»Es hat nichts mit dir zu tun.« Was für ein Klischee. »Sondern mit allem anderen. Es gibt so vieles, mit dem ich mich arrangieren müsste, und ich weiß nicht, ob ich stark genug bin. Nicht jetzt. Noch nicht.«

»Es ist nicht nur wegen Lynn und der Kinder, stimmt's?«, fragte Abe.

Mir wurde klar, dass ich mit allem, was ich ihm gesagt hatte, nicht ganz fair zu ihm war. Er hatte recht. Es lag nicht nur an Lynn, sondern auch an Richard.

»Nein«, gab ich zu. »Es hat auch mit Richard und mir zu tun. Ich verstehe mich ja selbst nicht, Abe. Ich dachte, ich wäre über das Schlimmste hinweg. Ich habe nach vorn geschaut.«

»Ich weiß nicht, was ich sagen soll. Ich wünschte wirklich, du würdest anders empfinden. Ich möchte dich nicht verlieren. Ich möchte so gern mit dir zusammen sein. Aber an Lynn und den Kindern kann ich nichts ändern. Ich kann sie nicht verschwinden lassen, und ich kann auch nicht deinen Mann ersetzen.«

»Das weiß ich, und das verlange ich auch alles nicht von dir.«

»Was heißt das dann?«

Er lehnte sich auf seinem Stuhl zurück und blickte mich erwartungsvoll an.

»Ich weiß nicht, wie ich es ausdrücken soll«, wand ich mich.

»Versuch es.«

»Als ich dir begegnet bin, nun, es war so, wie du gesagt hast. Alles schien so unbeschwert zu sein. Ich fühlte mich so wohl in deiner Gesellschaft. Mein einziger Vorbehalt war, dass Richards Tod vielleicht noch nicht weit genug zurücklag. Ich war mir nicht sicher, ob ich das Recht hatte, glücklich zu sein, jedenfalls nicht mit einem anderen Mann. Ich hatte gerade erst angefangen, mich auch allein glücklich zu fühlen, was mir vorher unmöglich erschienen war. Doch dann traf ich dich und stellte fest, dass ich glücklich war, wenn ich mit dir zusammen war.«

»Mir ging es genauso. Mir ging es ganz genauso.«

»Aber das hat sich verändert. Ich finde es schwierig, wenn du von Lynn sprichst oder von ›dem Haus‹ oder von den Kindern. Wie gesagt, es fühlt sich an, als gebe es in deinem Leben keinen Platz für mich, und es ist zu früh.«

»Zu früh, um mit einem anderen Mann zusammen zu sein?«

»Zum Teil, aber nicht nur.«

»Wie meinst du das?«

»Es kommt mir vor, als wäre es zu früh, um wieder unglücklich zu sein. Ich glaube nicht, dass ich schon stark genug bin, mit all den anderen Gefühlen fertigzuwerden, mit denen ich klarkommen muss. Es tut mir leid, aber ich glaube, ich muss wieder allein sein.«

»Oh, Ivy.« Wieder nahm er meine Hand. »Ich wollte dich niemals unglücklich machen.«

»Als ich dir begegnet bin, fühlte ich mich wieder stark. Ich war über das Schlimmste hinweg, über die Trauer nach Richards Tod. Es ging mir wieder gut, und jetzt geht es mir nicht mehr gut. Es fühlt sich nicht richtig an, und damit komme ich nicht zurecht. Es tut mir so leid.«

»Du willst mich also nicht mehr sehen?«

»Nein.«

Ich konnte nicht mehr sagen. Ein Kloß saß in meinem Hals.

»Bekomme ich eine Umarmung?« Abe zog sich den Mantel an und war bereit zum Aufbruch.

»Ivy.« Er trat vor und schloss mich in die Arme, und ich legte die Arme um seinen Hals, zog ihn an mich und küsste ihn lang und innig. Ich wollte nicht, dass dieser Kuss jemals endete.

»Wir könnten es so schön haben«, sagte Abe, als wir uns schließlich voneinander lösten, und drückte sein Gesicht an meinen Hals.

»Ich weiß. Es tut mir so leid.«

»Hör auf damit. Mir tut es auch leid.«

»Es ist nicht deine Schuld. Du hast nichts falsch gemacht. So ist es einfach.«

»Du auch nicht.«

»Ich liebe dich, Abe«, gestand ich und nahm all meine Kraft zusammen, um nicht zu weinen.

»Ich liebe dich auch, Ivy«, antwortete er und wischte sich eine Träne fort. »Wirklich. Ich habe das Gefühl, als hätte ich mein ganzes Leben darauf gewartet, dich zu treffen, und jetzt, nachdem ich dir begegnet bin …«

»Ist es nicht der richtige Zeitpunkt«, beendete ich den Satz für ihn.

»Es tut mir leid, dass ich dich unglücklich gemacht habe«, sagte er und strich mir so liebevoll über die Wange, dass ich es kaum ertragen konnte. »Aber ich bin trotzdem froh, dass ich dich getroffen habe. In einem anderen Leben …«

Er verstummte, und ich nickte, weil die Tränen, die ich zurückzuhalten versuchte, nun doch über meine Wangen liefen.

Er hielt mich erneut in den Armen, und wir standen im Flur, klammerten uns aneinander und schluchzten eine gefühlte Ewigkeit lang.

Vielleicht hätte mein jüngeres Ich länger an ihm festgehalten und den Gedanken nicht ertragen, wieder allein, ohne Abe an meiner Seite, auf der Welt zu sein. Aber ich wusste aus Erfahrung, dass Zeit die Wunden heilt und dass ich nicht allein war. Ich hatte meine Kinder, und ich wusste, dass ich mein ganzes Leben über geliebt worden war.

LONDON, APRIL 2010

»Liegt der Kopf (einer Münze) oben, heißt das,
die Möglichkeit, dass die Zahl oben liegt,
ist ausgeschieden. Bis zu diesem Moment waren
beide Möglichkeiten gleichberechtigt.«

PHILIP PULLMAN, *DER GOLDENE KOMPASS*

ICH VERSUCHTE, MICH ABZULENKEN und mir keine Sorgen zu machen, darum beschloss ich, unten die Fenster zu putzen, die von einer gelblichen Schmutzschicht überzogen waren.

»Ich frage mich, wo dieser Dreck herkommt«, bemerkte ich, während ich einen Eimer mit Wasser füllte und einen Lappen unter der Spüle hervorholte.

Max saß am Küchentisch, frühstückte und beschäftigte sich mit seinem Smartphone. Eigentlich rechnete ich nicht mit einer Antwort. Vormittags waren die im Allgemeinen Mangelware.

»Es ist wissenschaftlich erwiesen«, hatte er mir erst diese Woche erklärt, »dass die innere Uhr von Teenagern nicht auf frühes Aufstehen eingestellt ist.«

»Im Ernst?«

»Ja. Alten Menschen wie dir fällt das viel leichter.«

»Ich bin gerade mal Mitte fünfzig!«

»Genau. Für dich ist es viel leichter, im Morgengrauen zur Arbeit zu gehen, als für mich.«

»Dann danke ich Gott für deinen Stundenplan.«

Er war in seinem letzten Collegejahr, und die meisten seiner Kurse schienen erst später zu beginnen. Heute hatte er mittags Unterricht. Eine Kanne Kaffee und ein paar dick mit Erdnussbutter bestrichene Toasts halfen ihm, langsam in Schwung zu kommen.

»Das ist Asche«, sagte er und blickte auf. »Da auf den Fenstern. Von dem Vulkan.«

»Ach, tatsächlich?«

Ich war so mit mir beschäftigt, dass die Nachrichten an mir vorbeigerauscht waren. Ein Flugzeugabsturz in Russland hatte die Schlagzeilen beherrscht, bei dem der polnische Präsident und Dutzende hochrangiger Politiker und Militärs ums Leben gekommen waren. Ein paar Tage war der Ort Smolensk in aller Munde gewesen.

Doch jetzt mühten sich die Nachrichtensprecher mit dem isländischen Wort *Eyjafjallajökull* ab. So hieß der Vulkan, der ausgebrochen war und eine gigantische Aschewolke über Nordeuropa ausgebreitet hatte.

»Das kann nicht dieselbe Asche sein«, staunte ich. »Oder etwa doch?«

»Klar, das habe ich gelesen.«

»Jetzt schon?« Der Ausbruch war gerade erst passiert, und die Auswirkungen waren bisher nur in Island zu spüren.

»Anscheinend hat er schon eine ganze Weile leicht vor sich hingespuckt, bevor er richtig ausgebrochen ist.« Max schenkte sich Kaffee nach. »Deshalb sind die Autos auch alle so eingesaut.«

»Ich dachte, das kommt daher, dass es eine Weile nicht geregnet hat.«

»Nein. Vulkanasche«, erklärte Max und konzentrierte sich wieder auf die Neuigkeiten in seinem Smartphone.

Ich ging mit dem Eimer hinaus, strich mit dem Finger über die Fensterscheibe und zerrieb den Schmutz zwischen Daumen und Zeigefinger. Konnten Partikel aus einem anderen Teil der Welt tatsächlich so schnell hier landen?, überlegte ich. Dann stieg ich auf einen Stuhl und wusch den Dreck mit Seifenlauge ab.

Ein paar Tage später begann der Ascheregen aus dem Vulkan für echtes Chaos zu sorgen, und schmutzige Scheiben waren noch mein geringstes Problem.

Richard war in Lettland. Seine Firma baute in Riga ein neues Hotel. Eigentlich sollte er nur ein paar Tage weg sein, doch dabei blieb es nicht.

»Sie haben alle Flüge gestrichen«, sagte er, als er mich vom Flughafen aus anrief. »Heute startet keine einzige Maschine mehr.«

»Herrje. Was machst du jetzt?« Ich befand mich in der Umkleidekabine des städtischen Schwimmbads und wollte gerade meinen Badeanzug anziehen. Es war ein Versuch, mich tagsüber abzulenken, um nicht zu viel über das nachzugrübeln, was ich bald erfahren sollte.

»Ich gehe für eine Nacht zurück ins Hotel und versuche es morgen wieder.«

Eine Woche später war Richard immer noch in Riga, und ich begab mich allein ins Universitätskrankenhaus, um die Ergebnisse meiner Blutuntersuchung zu erfahren.

»Kannst du den Termin nicht verschieben?«, hatte Richard am Vorabend gefragt.

Ich lag lesend im Bett, der Platz neben mir war jetzt seit mehr als zehn Tagen verwaist. Richard saß praktisch in seinem Hotelzimmer fest.

»Früher oder später müssen sie den Flugbetrieb wieder aufnehmen. Kannst du nicht versuchen, den Termin um ein paar Tage zu verschieben? Ich möchte dich begleiten.«

»Ich weiß, aber ich glaube, ich ertrage das Warten nicht länger.« Es war beinahe zwei Wochen her, seit man mir Blut abgenommen hatte. »Ich will es einfach nur hinter mich bringen. Ich rufe dich an, sobald ich das Ergebnis habe.«

»Ich finde, du solltest da wirklich nicht allein hingehen.«

Ich hörte die Sorge in seiner Stimme, in die sich Verzweiflung mischte. Ich stellte mir vor, wie er auf dem Bett in seinem Hotelzimmer saß, im Hintergrund Fernsehbilder ohne Ton, neben dem Bett einen Tumbler mit einem Fingerbreit Whisky.

»Und wenn du eine Freundin bittest, dich zu begleiten?«

»Vielleicht«, erwiderte ich. »Aber ich glaube, ich mache das lieber allein. Es reicht mir, wenn ich hinterher zu jemandem gehen und reden kann, wenn ich das Bedürfnis danach haben sollte.«

Ich kuschelte mich in unser Bett.

»Versprichst du mir das?« Richard war beharrlich. »Du solltest danach nicht allein sein. Versprichst du mir, dafür zu sorgen, dass du hinterher jemanden zum Reden hast? Egal, wie das Ergebnis ausfällt. Und ich rufe dich an.«

»Ich sage Helen Bescheid. Sie ist die Einzige, der ich von den Tests erzählt habe.«

»Ich wünschte immer noch, du würdest warten, bis ich zurück bin«, wiederholte Richard. »Ich komme mir so nutzlos vor, solange ich hier festsitze.«

»Das lässt sich jetzt nun mal nicht ändern.«

Wir unterhielten uns noch ein bisschen, dann schaltete ich die Nachttischlampe aus und rollte mich aus Gewohnheit auf die leere Matratze hinüber, auf der eigentlich Richard liegen müsste.

So saß ich nun allein im Wartezimmer des Krankenhauses und blätterte durch eine Zeitschrift, doch kein Artikel konnte mich von dem Bevorstehenden ablenken – es war ein lebensverändernder Moment, ganz gleich, wie das Ergebnis lautete.

Max hatte diesen Sinneswandel bei mir bewirkt. Ich hatte es im Laufe der Jahre für immer unwahrscheinlicher gehalten, dass ich betroffen war. Ich war Mitte fünfzig, und wenn ich von derselben hässlichen Krankheit befallen wäre, an der meine Mutter gestorben war, hätten sich die Symptome eigentlich schon bemerkbar machen müssen. So fiel es mir leichter, darüber hinwegzusehen, dass es mich ebenfalls treffen konnte.

Doch kurz vor seinem achtzehnten Geburtstag wollte Max Gewissheit haben. Bald war er erwachsen und durfte den Test ohne meine Einwilligung machen lassen. Er konnte für sich allein entscheiden, und er wollte an der Uni Sportwissenschaften studieren. Max spielte Tennis. Er war gut, so gut sogar, dass ihm sein Trainer Chancen ausrechnete, in vier Jahren für die Commonwealth Games aufgestellt zu werden.

Es schien undenkbar, dass ein so sportliches Kind den Gendefekt geerbt hatte, der in meiner Familie für so viel Leid verantwortlich war. Meine Kinder hatten meine Mutter nicht mehr kennengelernt. Es war ihr nicht vergönnt gewesen, ihre Enkelkinder zu erleben, doch so blieb es ihnen wenigstens erspart, sie in jenem unwürdigen Zustand zu sehen, in dem sie allmählich die Kontrolle über alle Körperfunktionen verlor und von abstoßenden, beängstigenden Krämpfen geschüttelt wurde.

Sie hatten Jons schnellen Verfall miterleben müssen, und der Gedanke, dass meinem eigenen Sohn das Gleiche bevorstand, war zu schrecklich, um ihn auch nur in Erwägung zu ziehen. Ich bildete mir ein, dass seine robuste Konstitution ihn davor schützte, obwohl mir durchaus bewusst war, dass sie das nicht vermochte. Wenn ich das Gen besaß und es an Max weitergegeben hatte, konnte ihn nichts, auch keine noch so große körperliche Stärke, davor schützen.

Als er eines Abends nach dem Essen die Spülmaschine einräumte, brachte er das Thema zur Sprache. Wir zwei waren allein und räumten auf ruhige eingespielte Weise die Küche auf.

»Mum?« Max versuchte, einen Kochtopf oben auf die Teller zu packen.

»Ja.« Ich erwartete, dass er mich um Geld oder um die Erlaubnis bitten wollte, lange ausbleiben zu dürfen.

»Ich habe über etwas nachgedacht.« Er kämpfte noch mit dem Topf, richtete ihn neu aus, damit er besser in die Maschine passte, und mied meinen Blick.

»Worüber denn?«

»Wenn ich achtzehn bin, will ich den Test machen«, verkündete er und hielt inne.

»Wie kommst du darauf?«

»Ich habe einfach darüber nachgedacht.«

»Hat es damit zu tun, dass du bei Jon warst?«

Der Zustand meines älteren Bruders verschlechterte sich rapide.

»Nein. Doch. Nun ja, in gewisser Weise vielleicht, aber das ist es nicht allein.«

Wir hatten Jon und Anne letzte Woche besucht. Jon saß im Rollstuhl und konnte kaum noch sprechen. Ich hatte Max angesehen, dass er über den unwürdigen Zustand, in dem sich sein Onkel befand, entsetzt war. Darüber, dass er bei allem Hilfe benötigte, sogar auf der Toilette – vor allem darüber.

Lottie wurde besser damit fertig. Sie setzte sich zu Jon, fütterte ihn und plauderte vor sich hin, während sie ihm das Kinn abwischte und innehielt, um mit den Fingern seinen Mund zu leeren, wenn er anfing zu würgen. Es schien sie nicht abzuschrecken oder zu ängstigen.

Doch ich wusste, dass es Max mehr beunruhigte, als er sich anmerken ließ. Natürlich beunruhigte es ihn. Wie sollte er mit der Aussicht fertigwerden, vielleicht genauso zu enden?

»Ich habe über die Uni nachgedacht. Ich möchte immer noch

Sportwissenschaften studieren, vielleicht könnte ich Sportpsychologe werden, aber diesen Weg einzuschlagen scheint mir unsinnig, wenn …«

»Du hast noch Zeit«, sagte ich. »Auch wenn … Vorher …«

Keiner von uns wollte es aussprechen.

»Ich weiß, aber jetzt habe ich die Wahl, und ich will die richtige Entscheidung treffen. Wenn ich wie Onkel Jon ende, will ich es lieber wissen.«

Ich holte ein Spülmaschinentab aus dem Schrank unter der Spüle hervor und antwortete nicht gleich. Ich erinnerte mich daran, wie ich in seinem Alter aus einem Auslandsjahr zurückgekehrt war, in der Küche meiner Eltern gesessen und erfahren hatte, dass es jetzt einen Namen für die merkwürdigen Symptome gab, die seit einigen Jahren bei meiner Mutter zu beobachten waren. Dass es einen Grund für ihre Stimmungsschwankungen, für ihre Muskelkrämpfe gab. Dass sie unheilbar krank war und – schlimmer noch – ein vererbbarer Gendefekt dahintersteckte. Die Wahrscheinlichkeit, dass auch Jon, Cathy und ich davon betroffen waren, lag bei fünfzig Prozent.

Ich stand damals an der Schwelle zum Erwachsensein. Die Welt hätte sich mir öffnen sollen, stattdessen schien sie zu schrumpfen. Ich erinnerte mich noch gut, wie ich mit Jon in der Küche saß und das alles zu begreifen versuchte, während mein Vater meiner Mutter oben ins Bett half. Ich hatte nicht die Wahl gehabt, vor der Max heute stand. Damals gab es noch keinen Test, mit dem sich feststellen ließ, ob ich den genetischen Marker in mir trug und dasselbe Schicksal wie meine Mutter erleiden würde.

Mir blieb nichts anderes übrig, als zu lernen, mit der Unsicherheit zu leben, und das hatte mich geprägt. Es fiel mir leichter als anderen, die Dinge so zu nehmen, wie sie sind. Doch

Max wollte schon als Kind möglichst alles genau im Voraus wissen.

»Ist Ebbe oder Flut, wenn wir an den Strand kommen?« Vor Ausflügen bombardierte er uns mit Fragen. »Legen wir unsere Matten an die Dünen? Gehen wir vor dem Mittagessen schwimmen? Was für Brote hast du gemacht?«

Er mochte keine Überraschungen: Umleitungen auf der Straße, Museen, die geschlossen waren, wenn wir dort ankamen, oder Restaurants, die ihre Speisekarte änderten und genau das Essen strichen, für das er sich entschieden hatte, sobald wir einen Tisch reservierten.

Daher überraschte es mich nicht, dass Max den Test machen wollte, der in der Zwischenzeit entwickelt worden war, auch wenn mir lieber gewesen wäre, er würde es nicht tun.

Als der Test auf den Markt kam, mussten Richard und ich für die Kinder entscheiden, und ich traf für sie dieselbe Entscheidung wie für mich selbst. Ich wollte es nicht wissen, lebte lieber in der Hoffnung weiter, alles könnte in Ordnung sein, anstatt die Gewissheit zu haben, dass ich es hatte oder auch nicht.

Doch vor allem als sie älter wurden, sorgte ich mich, ob die Entscheidung, die ich für mich selbst noch immer für richtig hielt, auch für sie die richtige war.

Schon von klein auf mussten Lottie und Max miterleben, wie Jon gesundheitlich allmählich abbaute, und sie kannten die Ursache dafür. Als sie ins Teenageralter kamen, klärten wir sie darüber auf, dass sie ebenfalls davon betroffen sein konnten. Ich selbst war viel länger ahnungslos gewesen. Bis ich erwachsen wurde, wusste ich nichts davon und lebte in dem Glauben, dass meine Mutter nicht schwer krank sei und wieder gesunden würde – nicht eine Sekunde hatte ich daran gedacht, dass es mich ebenso treffen konnte.

»Es tut mir leid, Mum«, sagte Max. »Ich wollte nicht schlecht über Jon reden.«

»Das weiß ich, Liebling.« Ich blickte ihn an. Was für ein hübscher Junge er war. Ebenso groß und kräftig wie Richard, doch durch seine Beweglichkeit wirkte er wendiger. Er sah gut aus, war schon lange vor allen anderen immer leicht gebräunt, weil er draußen spielte. Und die frühe Frühlingssonne betonte die blonden Strähnen in seinem Haar, die im Winter weniger auffielen. Unvorstellbar, dass er nicht immer so voller Vitalität stecken würde.

»Vielleicht ist es nicht nötig, dass du den Test machst«, erklärte ich Max. »Du weißt, dass die Symptome normalerweise auftreten, bevor die Betroffenen Mitte fünfzig sind, und bei mir gibt es noch keine Anzeichen dafür.«

»Aber sie könnten doch auch noch später auftreten?«

»Das ist möglich, aber sehr unwahrscheinlich.«

»Ich will es einfach wissen«, beharrte Max. »Ich habe lange darüber nachgedacht. Ich würde es lieber wissen, bevor ich entscheide, ob ich auf die Uni gehe oder nicht.«

»Aber auch wenn ich das Gen in mir trage, auch wenn du es hast, sollte das nicht deine Pläne beeinträchtigen. Du kannst trotzdem auf die Uni gehen. Egal was irgendwann passiert, es sollte dich nicht davon abhalten zu studieren, wenn du das jetzt willst.«

Nach diesem Motto hatte ich als Erwachsene gelebt, doch es war nicht das, wonach mein Sohn sein Leben ausrichten wollte.

»Ich weiß«, erwiderte er. »Ich kann es nicht richtig erklären, aber ich will es einfach wissen. Ich muss es wissen.«

»Okay.« Ich konnte schlecht mit ihm über seine Gefühle streiten.

Auch Jon empfand so. Ich wusste nicht, warum ich es nie

wollte und selbst jetzt lieber auf den Test verzichten würde, obwohl ich im Grunde überzeugt war, ein negatives Ergebnis erwarten zu können.

»Ich habe alles Mögliche im Internet gelesen, Mum«, erzählte Max. »Und ich habe mich online mit anderen Jugendlichen, die den Test gemacht haben, darüber ausgetauscht. Die sagen alle, dass es die richtige Entscheidung war.«

»Lass uns weiter darüber reden, wenn Dad zurück ist«, wich ich aus.

»Ich werde meine Meinung nicht ändern.« Er zückte schulterzuckend seinen Ipod.

»Gehst du in dein Zimmer?«

»Ja, und ich weiß, dass das nicht leicht für dich ist, Mum, aber ich möchte es.«

»In Ordnung, Schatz«, erwiderte ich, und auch wenn ich es ihm in dem Moment nicht sagte, war mir klar, dass ich den Test machen musste. Wenn ich ihn zuerst machte und nichts hatte, wussten Max und Lottie, dass sie ebenfalls gesund waren. Ich wollte Max die ganzen Beratungsgespräche und auch den Test an sich ersparen.

Und wenn er positiv war? Dann mussten die Kinder entscheiden, was sie tun wollten.

Darum fand ich mich nun im Wartezimmer des Universitätskrankenhauses wieder, nachdem ich bereits zu drei Beratungsgesprächen hier gewesen war.

»Warum haben Sie sich entschieden, den Test jetzt zu machen?«, fragte die Therapeutin beim ersten Mal.

Ich erklärte, dass mein Sohn es wissen müsse und ich den Test lieber zuerst machen wolle, um es ihm zu ersparen, falls ich gesund war.

»So geht es vielen.« Sie klärte mich über mögliche Konsequenzen auf, die ich in meinem Kopf schon häufiger durchgespielt hatte, als sie es sich vorstellen konnte. »Was meinen Sie, wie Sie sich fühlen werden, wenn der Test negativ ausfällt?«

»Das weiß ich nicht.«

Man sollte meinen, ich wäre überglücklich, aber ich wusste nicht, wie ich mich fühlen würde. Ich hatte so lange mit dieser Unsicherheit gelebt. Sie war ein Teil von mir. Sie mir nehmen zu lassen und dafür die Gewissheit zu erlangen, einem Schicksal entgangen zu sein, das das Leben meines Bruders zerstört und meine Mutter umgebracht hatte, fühlte sich nicht richtig an. Vermutlich würde ich mir ohne diese Bedrohung verloren vorkommen und schuldig, weil ich gesund war.

Doch das würde ich herausfinden. So oder so.

»Ivy?«

Ich sah die Therapeutin auf mich zukommen.

»Wie fühlen Sie sich?« Sie lächelte, und ich versuchte, ihrem Blick auszuweichen.

Sie musste das Ergebnis bereits kennen. Ich wollte nicht, dass sie es verriet.

»Nervös.« Ich folgte ihr ins Sprechzimmer.

»Ist Ihr Mann heute nicht dabei?«

Ich setzte mich und erklärte, dass er in Riga festsaß.

»Sind Sie sicher, dass Sie nicht jemanden dabeihaben wollen?«

»Heißt das, Sie haben schlechte Nachrichten?«

»Das werde ich noch nicht mit Ihnen besprechen. Ich möchte erst sicher sein, dass es für Sie in Ordnung ist, allein hier zu sein. Wir können den Termin auch verschieben.«

»Ich habe mich hinterher mit einer Freundin verabredet. Sie wohnt in der Nähe. Ich habe gesagt, ich würde sie auf dem Nachhauseweg anrufen. Falls nötig, begleitet sie mich nach Hause.«

»Okay, wenn Sie sich ganz sicher sind?«

»Das bin ich. Jetzt, wo ich die Sache einmal angefangen habe, möchte ich sie auch hinter mich bringen. Ich glaube nicht, dass ich es ertrage, noch länger zu warten.«

»In Ordnung.« Sie griff nach der Akte auf ihrem Schreibtisch, auf der mein Name stand. »TRENT I.«

Es erinnerte mich an die Namensschilder, mit denen früher in der Schule meine Kleidung gekennzeichnet war.

Sie öffnete die Akte und teilte mir das Ergebnis der Blutuntersuchung mit.

Ich verließ das Sprechzimmer und ging wie ferngesteuert die Treppe des Krankenhauses hinunter. Ich trat in die Halle, in der sich eine Cafeteria befand, stellte mich in die Schlange und bestellte einen doppelten Espresso. Damit setzte ich mich an einen Ecktisch einem Mann gegenüber, den ich überhaupt nicht wahrnahm.

Vielleicht fragte ich: »Haben Sie etwas dagegen, wenn ich mich zu Ihnen setze?«, aber ich erinnere mich nicht mehr.

Alles um mich herum versank im Nebel. Vielleicht trank ich den Kaffee. Vielleicht rührte ich ihn auch nicht an. Ich weiß es nicht.

Das Nächste, woran ich mich erinnerte, war, dass der Mann mir gegenüber fragte, ob alles in Ordnung sei.

Erst als ich zu antworten versuchte, merkte ich, dass ich weinte. Und ich weinte nicht leise vor mich hin, ich schluchzte hemmungslos und unkontrolliert, sodass die Antwort auf seine Frage eigentlich offensichtlich war.

»Hier, nehmen Sie das.« Er reichte mir ein Taschentuch und kam um den Tisch herum auf meine Seite, dann legte er mir sanft die Hand auf die Schulter.

»Anscheinend haben Sie gerade schlechte Nachrichten erhalten«, sagte er. »Ist jemand bei Ihnen?«

Ich schüttelte den Kopf.

»Soll ich jemanden für Sie anrufen?«

»Nein, es ist schon okay.« Ich holte tief Luft und versuchte, mich zusammenzureißen. »Ich habe nur ... Ich habe ...« Ich konnte es nicht annähernd erklären. »Ich sollte nach Hause gehen. Ich muss nach Hause.«

»Wo wohnen Sie?«

»In Highgate. Nicht weit von der U-Bahn-Haltestelle. Ich nehme die Bahn.« Die praktische Frage, wie ich nach Hause kam, lenkte mich von den Gefühlen ab, die mich erdrückten, und ich konzentrierte mich darauf. »Ich steige an der Warren Street in die U-Bahn. Das ist ganz einfach.«

»Ich finde, Sie sollten jetzt nicht die U-Bahn benutzen«, widersprach er.

Das Nächste, woran ich mich erinnere, war, dass ich vor dem Krankenhaus stand und mir dieser Mann, dieser freundliche Fremde, ein Taxi rief. »Highgate«, sagte er zu dem Fahrer, als er mir die Tür aufhielt, damit ich einsteigen konnte, und ich sah, wie er dem Fahrer ein paar Scheine reichte.

»Das wird doch reichen, oder?«, fragte er den Taxifahrer.

Ich nestelte an meiner Handtasche herum und versuchte, das Fach mit meinem Portemonnaie zu öffnen, doch meine Hände zitterten. Ich bekam sie nicht auf.

»Keine Sorge. Sehen Sie nur zu, dass Sie sicher nach Hause kommen.« Er beugte sich durch die offene Tür zu mir und schnallte mich an, als sei ich ein Kind.

»Aber das kann ich nicht ...«, hob ich an.

»Sie haben einen Schock«, unterbrach er mich. »Ich weiß nicht, was man Ihnen mitgeteilt hat, aber auf jeden Fall hat es

Sie ziemlich aufgewühlt. Ich weiß, wie das ist. Ich will nur dafür sorgen, dass Sie sicher nach Hause kommen.«

Erst in diesem Moment sah ich ihn zum ersten Mal richtig an. Er war groß, ungefähr in meinem Alter, hatte ein freundliches Gesicht und dichtes, widerspenstiges Haar, das von grauen Strähnen durchzogen war.

»Aber ich habe Geld dabei«, beharrte ich, konnte es jedoch noch immer nicht finden.

»Bitte machen Sie sich deshalb keine Gedanken«, beruhigte er mich, holte eine Visitenkarte aus der Tasche und reichte sie mir. »Wenn Sie es mir zurückgeben wollen, haben Sie hier meine Adresse und meine Telefonnummer. Aber es ist wirklich nicht nötig.«

»Danke.« Ich steckte die Karte in die Manteltasche. Dann nannte ich dem Taxifahrer Helens Adresse, und als wir dort ankamen, gab er mir das Wechselgeld, eine Menge Wechselgeld. Der Fremde musste ihm viel zu viel gegeben haben.

»Oh, Ivy«, sagte Helen bestürzt, als sie die Tür öffnete und sah, in welchem Zustand ich mich befand. »Komm rein. Komm und setz dich.« Sie führte mich in die Küche zu einem Stuhl. »Gibt es schlechte Nachrichten?«

»Nein.« Ich schüttelte den Kopf, und wieder öffneten sich die Schleusen. »Ich bin gesund. Ich habe es nicht. Die Kinder haben es nicht.«

»Oh, Gott sei Dank. O Gott, als ich dich sah, habe ich mit dem Schlimmsten gerechnet. Ich bin so froh. Ich freue mich ja so für euch alle.«

Doch sie weinte ebenfalls, und vermutlich verstand sie, warum ich nicht damit aufhören konnte. Ich war zu überwältigt. Es war, als würde alles, was ich mein ganzes Leben lang unterdrückt hatte, aus mir herausbrechen.

»Hast du Richard angerufen? Du musst es ihm sagen.«

»Nein, ich war zu aufgeregt.«

»Ich setze Wasser auf, oder willst du lieber einen Drink?«

»Eine Tasse Tee wäre wundervoll.«

»Ich mache uns einen, und du rufst Richard an.«

Natürlich freute er sich, war aber zugleich verzweifelt, weil er nicht nach Hause kommen konnte.

»Ich sollte jetzt Schluss machen«, sagte ich, nachdem wir eine Weile geredet hatten. »Ich muss nach Hause und es den Kindern sagen.«

Nachdem der Tee fertig war, bat sie mich um den Versuch, ihr die gemischten Gefühle zu erklären, mit denen ich zu kämpfen hatte.

»Das ist schwierig«, erwiderte ich. »Aber ich habe das seltsame Gefühl, etwas verloren zu haben. Ich weiß, wie lächerlich das klingt. Man hat mir gerade ein neues Leben geschenkt. Aber ich war so daran gewöhnt, damit zu leben, dass es mir jetzt vorkommt, als hätte ich einen Verlust zu beklagen. Es hat mir zwar Kummer bereitet, doch ich hatte gelernt, damit zu leben.«

»Ich glaube, ich verstehe«, sagte sie mitfühlend. »Das ist so ähnlich wie bei den Entführungsopfern, die ihre Entführer vermissen, nachdem sie wieder frei sind.«

»Kann sein. Aber natürlich ist es die beste Nachricht überhaupt. Ich weiß nicht, was ich getan hätte, wenn der Test positiv ausgefallen wäre. Aber ich fühle mich auch schlecht wegen Jon. Es kommt mir so ungerecht vor. Ich weiß nicht, wie ich es ihm und Anne sagen soll.«

»Lass dir Zeit«, riet Helen. »Du musst es ihnen nicht gleich sagen. Hast du noch einen Termin bei der Therapeutin im Krankenhaus, oder war es das jetzt?«

»Nein. Es gibt noch Folgesitzungen. Ich dachte ja, wenn ich

gesund bin, wären sie nicht nötig. Aber wie man sieht, sind sie es doch.«

»Wahrscheinlich kann sie dir bei der Entscheidung helfen, wann und wie du es am besten deinen Geschwistern erzählst.«

»Du hast recht. Und es tut mir leid. Ich weiß, ich bin gerade erst gekommen und habe dich vollgeheult, aber ich muss jetzt nach Hause.«

»Soll ich mitkommen?«

»Das ist wirklich lieb von dir. Aber es geht schon. Danke.«

Helen umarmte mich herzlich und küsste mich zum Abschied. »Ich bin so erleichtert«, sagte sie. »Sag Bescheid, wie es mit den Kindern gelaufen ist.«

Sie waren aufgeregt. Erleichtert und aufgeregt. Lottie weinte, und Max legte den Arm um mich und sagte, wir sollten feiern.

»Das sollten wir.«

Ich stellte eine Flasche Champagner kalt, die uns jemand zu Weihnachten geschenkt hatte.

»Lasst uns auch etwas zu essen holen. Ich bin zu müde zum Kochen. Hättet ihr was dagegen, etwas zu besorgen?«

»Was willst du haben? Chinesisch? Indisch? Fisch und Chips?«, fragte Lottie.

»Mir egal. Entscheidet ihr. Ich gebe euch Geld.« Und als ich diesmal meine Tasche nahm, fand ich mein Portemonnaie sofort. Ich holte zwei Zwanzigpfundnoten heraus und reichte sie meiner Tochter. »Begleitest du sie, Max?«

»Nein. Ich glaube, ich sollte hier bei dir bleiben.«

»Oh, das ist wirklich nicht …«, setzte ich an, doch eigentlich wollte ich, dass er bei mir blieb. »Danke.«

»Darf ich deinen Mantel anziehen, Mum?« Lottie war bereits halb hineingeschlüpft.

»Mach ruhig.«

Sie ging, und als sie zurückkam, stapelte sie Kartons mit Hähnchen- und Gemüsecurry sowie Pilaw-Reis auf dem Tisch und holte Papadam und Naan-Brot hervor. Dann griff sie in die Manteltasche und reichte mir das Wechselgeld. »Willst du den Beleg haben?«

»Nein.« Ich setzte mich auf das Sofa, das in der Küche an der Wand stand, zu erschöpft, um etwas anderes zu tun, als meinen zwei halbwüchsigen Kindern dabei zuzusehen, wie sie um mich herumwirbelten.

»Und das?« Lottie hielt eine Karte hoch.

»Was ist das?«

»Da steht *Abe McFadden, Landschaftsarchitekt*. Brauchst du die?«

»Nein.« Ich wusste gar nicht, wie die Karte dorthin gekommen war. »Die muss jemand in den Briefkasten geworfen haben.«

Sie entsorgte sie zusammen mit der Quittung in den Müll, und später, als wir mit dem Essen fertig waren, packte sie die Essensreste obendrauf.

Erst als Richard ein paar Tage später zurück war und mich noch mal nach allen Einzelheiten fragte, die ich ihm bereits mehrfach am Telefon erzählt hatte, erinnerte ich mich an den Fremden, den guten Samariter, der meinen Zusammenbruch miterlebt und mir geholfen hatte, nach Hause zu kommen.

In der Zwischenzeit war der Müllbeutel längst draußen in der Tonne gelandet, und die Müllabfuhr hatte ihn mitgenommen.

Ich hätte ihm das Geld gern zurückgegeben, mich bei ihm gemeldet und mich bedankt. Stattdessen wurde mir erst klar, dass der Name, den Lottie vorgelesen hatte, zu ihm gehörte, als die Karte dieses fremden Mannes bereits irgendwo auf dem Grund einer Mülldeponie lag.

LONDON, MÄRZ 2000

»So sind die Dinge nicht«, wiederholte er immer wieder. »Es sollte nicht so sein, wie es ist.« Als hätte er Zugang zu einer anderen Ebene der Existenz, zu einem parallelen, »richtigen« Universum, und hätte gespürt, dass unsere Zeit irgendwie aus dem Gleichgewicht gebracht worden war.

SALMAN RUSHDIE, *DER BODEN UNTER IHREN FÜSSEN*

NICHT ZU FASSEN, was ich da tat. Das war ich nicht. Nicht diese Sorte Mensch. Dachten das alle? Dass sie doch eigentlich nicht so waren, was auch immer sie unter dieser Sorte Mensch verstanden? Nur um dann plötzlich festzustellen, dass sie eben doch genau so waren?

War Richard so? Abe? Jeder, der jemandem begegnete, zu dem er sich derart hingezogen fühlte? Jede, die vor der Wahl stand, entweder sofort zu gehen oder auch so eine zu werden? Zu einer Frau zu werden, die bereit war, ihren Partner zu betrügen und das Glück ihrer Kinder aufs Spiel zu setzen, weil sie einen anderen Kerl kennengelernt hatte und nicht von ihm lassen konnte?

Erfüllte ich nur ein Klischee: eine Frau Mitte vierzig, vom Leben gelangweilt und auf etwas Abwechslung aus?

Ich war mir nicht sicher, ob ich das durchziehen konnte. Wäre Abe etwas weniger überzeugend, etwas unsicherer, vielleicht würde ich dann nicht in diesem Zug sitzen und nach London fahren, wenn ich eigentlich bei den Kindern zu Hause sein sollte.

»Das eine hat mit dem anderen nichts zu tun«, sagte Abe jedes Mal, wenn ich »Ich kann nicht« sagte oder »Ich glaube wirklich nicht, dass ich so weitermachen kann«.

»Ich will nichts tun, was dein Leben kaputt machen könnte. Das hier ist nur ein Extra.«

»Doch es könnte darauf hinauslaufen«, widersprach ich. »Es könnte alles zerstören.«

»Nicht, wenn wir es nicht zulassen«, sagte er. »Wir sind beide verheiratet und müssen es bleiben. Was wir miteinander haben, existiert unabhängig davon.«

Fast glaubte ich ihm, doch zugleich irritierte mich die Art, wie er von seiner Frau sprach. Es klang alles andere als glücklich, oder tat er das nur, um mein Mitgefühl zu erregen und mich dorthin zu treiben, wo er mich haben wollte?

Das konnte ich mir nicht vorstellen, aber er war es, der mich drängte, und alle Skrupel schienen an mir hängen zu bleiben.

Mir war klar, dass ich mir nur einbildete, die anderen Passagiere im Zug könnten mir ansehen, was ich vorhatte, doch ich meinte, ihre Gedanken so deutlich zu hören, als sprächen sie diese laut aus.

»Haben Sie mal an die Folgen gedacht?«, fragte die Frau mir gegenüber, als sie meinem Blick begegnete, während sie ihr Make-up auffrischte.

»Denken Sie auch an seine Frau und sein Kind?«, bemerkte eine erschöpft aussehende Frau, als sich unsere Spiegelbilder in der Dämmerung aus dem Fenster anstarrten.

»Ist Ihnen klar, dass Sie vollkommen egoistisch handeln und nur an sich denken?«, sagte der ältere Herr gegenüber im eleganten Dreiteiler mit Krawatte.

Vielleicht hatte er so etwas selbst schon erlebt. Ich musterte ihn genauer. Er war schätzungsweise Anfang siebzig, sah noch gut aus und lächelte mich auf eine anziehende Weise offenherzig an, als er mich dabei erwischte, wie ich ihn anblickte.

Ich erwiderte sein Lächeln und atmete tief durch.

Abe hatte das Hotelzimmer reserviert. Ich wollte ihn im Pub um die Ecke treffen – dem Marquis of Granby. Wir hatten uns schon einmal in einem anderen Marquis of Granby getroffen.

»Es gibt ziemlich viele davon«, hatte mir Abe bei einer anderen Gelegenheit erklärt. Zum Glück gab es das Marquis. Erst mal brauchte ich einen Drink. Überhaupt brauchte ich einen Drink.

»Fühl dich nicht unter Druck gesetzt. Du kannst es dir jederzeit anders überlegen«, hatte er vorhin am Telefon gesagt.

Ich konnte kaum sprechen und brachte nur ein »Bis später« heraus.

Vielleicht tranken wir nur etwas, änderten unsere Meinung und fuhren wieder nach Hause. Aber zu wissen, dass es ein Zimmer gab, gleich um die Ecke – das war verlockend. Sei es auch nur, um ein bisschen allein zu sein. Und schließlich hatte Abe es gebucht.

Aber wenn uns jemand ins Hotel gehen sähe?

Der Zug näherte sich jetzt Waterloo Station, und mein Telefon meldete den Eingang einer SMS. Ich öffnete sie und erwartete, Abe würde fragen, ob ich unterwegs sei.

Doch sie stammte von Richard.

»Ich kann Lotties Affen nicht finden …«

Ohne ihren Affen konnte Lottie nicht einschlafen. Ich hatte ihn heute Morgen auf das Kopfteil ihres Bettes gesetzt, wie immer, wenn ich ihr Bett machte. Hatte sie ihn dort weggenommen? Es war nur ein Spielzeug, aber auch ein Symbol – stark genug, dass ich auf der Stelle kehrtmachen und wieder nach Hause fahren wollte.

Ich könnte Richard sagen, mein Kundentermin sei abgesagt worden und ich käme nach Hause. Dann könnte ich die Kinder selbst ins Bett bringen und ihnen einen Gutenachtkuss geben. Ich könnte irgendwo unterwegs eine Flasche Wein und etwas zu essen besorgen und das Beste daraus machen, dass Richard früh zu Hause war.

Ich rief Richard an, um ihm zu sagen, dass ich jetzt doch noch nach Hause käme. »Hallo, ich bin's.«

»Was gibt's?« Er klang schroff. So hörte er sich an, wenn ich ihn bei der Arbeit anrief und er nicht gestört werden wollte.

»Du hast mir eine Nachricht geschickt wegen Lotties Affen.«

»Ach, das war vor zehn Minuten. Wir haben ihn schon gefunden.«

»Ach so. Okay. Gut.«

»Sie schläft schon.«

»Wunderbar. Ist sonst alles okay?«

»Ja, alles klar.« Richard klang gereizt. »Ich krieg das schon hin, das weißt du doch.«

»Ich weiß. Ich rufe nur an, weil du mir die SMS geschickt hast.« Und weil ich mit dir reden wollte. Weil ich wünschte, du wolltest mit *mir* reden. Du würdest etwas sagen, das mich umstimmt.

»Okay. Alles klar. Schönen Abend.«

Er schien es kaum erwarten zu können, wieder aufzulegen.

»Danke«, sagte ich, hielt inne und hoffte, dass er etwas anderes als »Bis dann« erwidern würde.

Doch das tat er nicht.

Als der Zug in den Bahnhof einfuhr, stand ich auf und zog meinen Mantel an.

»Entschuldigen Sie«, sagte der ältere Herr von gegenüber. »Ist das Ihr Schirm dort auf der Ablage?«

»Nein. Ich glaube, ich habe alles.«

»Gut.« Er lächelte.

Bildete ich mir nur ein, dass er hinterherschickte: »Man vergisst so leicht, was einem wichtig ist«, oder sagte er das wirklich?

Ich blickte zu ihm hinüber. Mühsam erhob er sich von seinem Sitz und stützte sich auf einen Stock, was seine ganze Aufmerksamkeit erforderte.

Um mich machte er sich keine Sorgen.

Abe hatte schon im Hotel eingecheckt und das Zimmer bezogen, bevor er sich mit mir traf. So schien er sowohl mit dem Hotel als auch mit dem Zimmer bereits vertraut zu sein, als wir schließlich gemeinsam dorthin gingen.

Er nickte dem Rezeptionisten kurz zu, während ich versuchte, jeglichen Blickkontakt zu vermeiden. Erst als wir allein im Aufzug waren, sah ich Abe an.

»Alles okay?«

»Ich weiß nicht.«

Er sagte nichts, streckte jedoch die Hand aus und berührte meine Wange. Das genügte.

Es genügte, dass ich aus dem Fahrstuhl ausstieg und ihm den Hotelflur hinunterfolgte, wobei ich mich ängstlich umsah, ob wir jemandem begegneten, den ich kannte. Ich malte mir aus, dass es in diesem Hotel von Arbeitskollegen, Eltern aus der Schule, Kollegen von Richard und alten Freunden aus Collegetagen nur so wimmelte.

»Nach dir.« Abe öffnete die Tür.

Ich trat an ihm vorbei in das Hotelzimmer und blieb nach ein paar Schritten stehen. Würde ich weitergehen, landete ich direkt auf dem Bett.

Das Zimmer war klein und beengend. Abe stand hinter mir. Er legte die Arme um mich und hielt mich. Keine Küsse. Nur die Wärme seines Körpers und das beruhigende Gefühl, dass er da war.

Das war genau richtig. Ich entspannte mich.

Ich drehte mich zu ihm um und legte die Arme um seinen Nacken.

Wir küssten uns, jetzt gab es kein Zurück mehr.

»Ich ziehe lieber den Mantel aus!« Ich rückte von ihm ab, um den Mantel abzustreifen, und hängte ihn über einen Stuhl. Dann setzte ich mich, allerdings nicht aufs Bett, denn ich war noch immer unsicher.

Abe ließ sich am Fußende nieder, nur eine Armlänge von mir entfernt. »Komm her.« Er klopfte auf den Platz neben sich, und ich setzte mich zu ihm. »Ich sehne mich schon so lange danach, mit dir allein zu sein.« Er legte den Arm um mich und zog mich an sich, mein Körper verspannte sich. »Ist alles okay?«, fragte er wieder.

»Ja, ich glaube schon.« Ich war schrecklich nervös.

Abe strich mir eine lose Haarsträhne aus dem Gesicht, eine fürsorgliche Geste, und liebkoste mit den Fingern meine Wange. »Gott, du bist so wunderschön.«

Wir küssten uns wieder, und als wir die Lippen voneinander lösten, beugte ich mich hinunter und öffnete den Reißverschluss an meinen Stiefeln. »Ich gehe kurz ins Bad.« Ich verschwand in dem winzigen Raum.

Ich musste nicht auf die Toilette, und ich wollte auch nicht, dass er mich dabei hörte. Wie lächerlich! Ich war drauf und dran, mich auszuziehen und mit diesem Mann zu schlafen. Warum sorgte ich mich, dass er mir beim Pinkeln zuhören konnte? Doch es war so.

Im Bad betrachtete ich mich im Spiegel – nicht aus Eitelkeit. Ich versuchte, mir mein Gesicht einzuprägen, denn ich fragte mich, ob ich hinterher anders aussehen, ob mein Gesicht etwas verraten würde.

Ich hob mein Kleid an und streifte die Strumpfhose ab. *Das* tat ich aus Eitelkeit. Irgendwann würde mir Abe das Kleid ausziehen, oder ich täte es selbst. Dann wollte ich keine Strumpfhose mehr anhaben. Ich wusste, dass es albern war, sich darüber Gedanken zu machen, doch es lenkte von der eigentlichen Sorge ab, mich nach Jahren zum ersten Mal wieder vor jemand Neuem auszuziehen.

Als ich zurückkam, hatte sich Abe seiner Schuhe und Strümpfe entledigt und saß gegen die Kopfkissen gelehnt auf dem Bett.

Ich setzte mich neben ihn, und all die Sorgen, all die Stimmen, all die Gedanken – die Bilder von Lottie, die ohne ihren Affen nicht einschlafen konnte, und von Max, der seinen Bauch umklammerte und sagte, ihm sei wieder übel – rückten in so weite Ferne, dass ich sie quasi vergaß.

Ich dachte nur noch an Abe, an seine Berührungen, wie überraschend weich sich seine Haut anfühlte, an die Haare auf seiner Brust, an das Gefühl des rauen Bartschattens, als er meine Brüste küsste, und an seine kräftige Zunge, die meinen Körper hinunterstrich.

Die Ängste, die damit verbunden waren, sich mit einem anderen auf so etwas einzulassen, lösten sich rasch auf, und lang vergessene Empfindungen erwachten nach und nach wieder zum Leben: die Vorfreude und die Erregung, als wir uns auszogen, wie mein Körper unter seiner Berührung lebendig wurde, nackt neben jemandem zu stehen, der mich noch nie nackt gesehen hatte. Alles fühlte sich ganz natürlich an und zugleich neu und aufregend – so wie es nur zu Beginn mit jemandem ist, ehe sich ein sichereres Gefühl einstellt und mit ihm Routine.

Ich hatte fast vergessen, wie es war, den Kopf eines Mannes zwischen meinen Beinen zu spüren, und welche Lust es bereitete. Ich vergaß alles andere, wollte nicht, dass es aufhörte, und sehnte mich zugleich danach, ihn in mir zu spüren. Der Ausdruck in seinen Augen, als er mich ansah und schließlich kam, so leise, dass ich mir nicht sicher war, ob es tatsächlich passiert war.

Und danach, als wir uns wie zwei Löffel aneinanderschmiegten, einige der Gedanken allmählich zurückkehrten und ein Teil von mir fragte: *Was habe ich getan?*, küsste er meinen Nacken. Ich umklammerte fest seine Hand, die auf meiner Brust lag, und hielt den Atem an, um zu verstehen, was er ganz leise sagte.

»Ich bin so froh, dass ich dir begegnet bin.«

Danach kleideten wir uns an. Mir war, als schwebte ich, als gehörte ich zu einer anderen Welt – doch erst später ging mir auf, welche es war: eine Welt, in der Menschen für den Reiz des Neuen ihre Ehen aufs Spiel setzen.

Auf dem Rückweg zur U-Bahn-Station holte mich die Realität langsam ein. Ich blickte auf mein Telefon, für den Fall, dass mich Richard zu erreichen versucht hatte.

Er hatte mich nicht angerufen, doch sobald ich das Telefon in die Tasche zurückgesteckt hatte, klingelte es.

Als ich sah, wer es war, vergaß ich Richard.

»Ich wollte nur noch mal deine Stimme hören«, sagte Abe zärtlich. »Sitzt du im Zug?«

»Noch nicht, aber ich bin gleich am Bahnhof.«

»Danke, dass du gekommen bist. Ich weiß, es fällt dir nicht leicht, deine Kinder allein zu lassen und den ganzen Weg auf dich zu nehmen.«

»Ich wollte dich sehen.«

Ich blickte mich nach allen Seiten um, als ich mich der Bahnhofshalle näherte. Ob irgendeiner aus der Menge auch nur das leiseste Interesse an meinem Telefongespräch hatte? Warum sollte er? Ich hatte ein Alter erreicht, in dem ich für die meisten Menschen unsichtbar wurde. Teenager und junge Männer auf der Straße nahmen mich gar nicht wahr. Sie waren zu sehr mit ihren Gedanken beschäftigt oder in ihre Gespräche vertieft, um zur Seite zu treten, wenn ich auf sie zukam. Sogar Menschen meines Alters nahmen keine Notiz von mir. Sie sahen eine Frau mittleren Alters, die zwischen Arbeit und Familie hin und her eilte. Solche Frauen kannten sie.

Es war etwas deprimierend zu wissen, dass ich jemand geworden war, dessen Gegenwart von kaum jemandem bemerkt wurde. Doch das hatte sich jetzt geändert. Wenigstens einen gab es, der mich wahrnahm.

»Aber du … du bereust es doch nicht etwa, oder, Ivy?«

»Nein. Tu ich nicht.«

Bis dahin war mir nicht in den Sinn gekommen, dass die Begegnung vielleicht eine einmalige Angelegenheit gewesen sein könnte.

Doch jetzt sorgte ich mich, wie es weiterging. War das alles, was er gewollt hatte? Mich ins Bett kriegen? Würde er jetzt nicht mehr mit mir reden, keine Zeit mehr für mich haben und einfach verschwinden, zurück zu seiner Frau?

»Gut. Ich auch nicht.«

Das hieß noch nichts, linderte nicht die Angst, dass völlig bedeutungslos war, was ich gerade getan hatte. Dass ich mir eine Verbindung zwischen uns nur eingeredet hatte, um zu rechtfertigen, dass ich meine Lust befriedigte.

»Jetzt bin ich gerade durch die Fahrkartenkontrolle gegangen, und im Zug telefoniere ich nicht gern.«

»Okay«, sagte er, und ich dachte schon, das wäre vielleicht alles, doch dann erhielt ich die Bestärkung, nach der ich mich sehnte. »Aber wir sehen uns doch wieder, oder?«

»Natürlich.« Erleichterung durchströmte mich.

»Wann?«

»Ich weiß nicht. Nächste Woche?«

»Das kommt mir wie eine Ewigkeit vor.«

»Ich weiß, aber …« Was sollte ich sagen?

»Vorher sprechen wir uns aber noch. Darf ich dich morgen anrufen?«, fragte er, und ich antwortete, ich sei allein zu Hause und arbeite den Vormittag über.

»Gute Nacht, Ivy. Und danke.«

Montagmorgens herrschte immer eine gewisse Anspannung, doch der nächste Montag war besonders stressig.

»Ich will Erdnussbutter auf mein Brot«, nörgelte Lottie.

»Aber du darfst keine Nüsse mehr mit in die Schule nehmen. Ihr bekommt einen neuen Mitschüler, und der wird davon ganz schlimm krank.«

Letzten Freitag hatte sie in ihrem Rucksack eine Notiz mitgebracht, dass ein Kind mit einer schweren Allergie gegen Nüsse und Avocados in die Klasse käme.

»Wer hätte gedacht, dass jemand allergisch gegen Avocados ist«, hatte ich bemerkt.

»Wer hätte gedacht, dass Kinder Avocados mit in die Schule nehmen«, erwiderte Richard. »Was ist verkehrt an einem Apfel oder an einer Mandarine?«

»Du hast ja keine Ahnung. Unter den Eltern herrscht ein regelrechter Brotdosenwettbewerb. Neulich fragte mich Lottie, ob sie einen von den neuen Schokoriegeln mit Johannisbrotkernmehl haben könnte. Was auch immer das sein soll. Anscheinend hatte eine ihrer Freundinnen das in ihrer Brotdose und die anderen damit beeindruckt.«

»Gott, wir sind ja noch nicht mal beim alten Johannisbrotkernmehl angekommen, oder?« Richard sah mich an, als verdächtigte er mich, hinter seinem Rücken zum Gesundheitsjunkie geworden zu sein.

»Du kennst mich doch«, erwiderte ich.

Bei Lebensmittelintoleranzen war ich intolerant. Heutzutage wirkten alle so auf ihre Gesundheit fixiert, obwohl die meisten überhaupt keinen Grund zur Sorge hatten.

»Ja, ich kenne dich.« Richard hatte gegrinst und mich geküsst. Und ich bekam sofort ein schlechtes Gewissen.

Doch heute Morgen war die Stimmung anders.

»Der neue Junge isst doch nicht meine Brote«, beklagte sich Lottie. »Er soll seine eigenen essen.«

»Komm, ich mach dir ein Käsebrot.«

»Ich will keinen Käse«, sagte Lottie und nahm die Packung mit dem Cheddar. »Der ist schimmelig. Warum haben wir immer schimmeliges Essen?«

»Ich schneide den Schimmel ab. Der ist wunderbar«, versicherte ich ihr. »Daraus wird Penicillin gemacht. Davon wird man gesund, wenn man krank ist.«

»Das ist etwas weit hergeholt.« Richard öffnete den Brotkasten. »Das Brot ist auch schimmelig. Haben wir irgendwo noch welches?«

»Wo soll das auf einmal herkommen?« Ich hatte keine Lust, mir die Schuld für fehlendes frisches Brot in die Schuhe schieben zu lassen.

»Im Ernst, Ivy, das Brot hier ist total verschimmelt.« Er klang jetzt gereizt.

»Da sind noch ein paar Brötchen. Ich schmiere Lottie ein Brötchen.«

»Ich wollte Toast zum Frühstück essen«, brummte er vor sich hin. »Ich habe heute Morgen einen wichtigen Termin. Ist es zu viel verlangt, dass ich etwas essen will, bevor ich zur Arbeit gehe?«

»Pass auf, wenn das so ein Problem ist, gehe ich schnell zu dem Laden an der Ecke und besorge etwas Brot.«

»Mach dir keine Mühe. Ich habe keine Zeit mehr«, murrte Richard.

»Darf ich dann ein Erdnussbutterbrötchen haben?«, fragte Lottie. »Das ist kein Brot.«

»Das Brot ist nicht das Problem, Liebes«, erwiderte ich, als mein Telefon, das auf dem Küchentisch lag, den Eingang einer SMS meldete.

»Du hast eine SMS bekommen«, bemerkte Richard und reichte mir das Telefon.

Ich blickte auf das Display. Sie war von Abe.

»Arbeit«, sagte ich, und Panik ergriff mich. »Das kann warten.«

Ich steckte das Telefon in die Tasche und antwortete erst ungefähr eine Stunde später, nachdem ich die Kinder zur Schule gebracht und mich an den Schreibtisch gesetzt hatte, um PR-Texte für einen Kunden zu schreiben.

Schließlich rief Abe an. Er hatte heute Morgen einen Termin in der Nähe von Blackfriars und musste erst später zurück ins Büro. Ob wir uns treffen könnten? Er wisse, es sei kurzfristig, aber er wolle mich unbedingt sehen.

Montags waren beide Kinder länger in der Schule. Ich brauchte sie erst später abzuholen. Ich könnte eine Freundin bitten, sich bereitzuhalten, falls etwas passierte, und ihr erzählen, ich müsste zu einem Termin in die Stadt.

Wir besprachen ein paar andere Dinge, arrangierten, was nötig war, und ein paar Stunden später traf ich Abe in der Bar des Premier Inn. Anschließend folgte ich ihm zu den Aufzügen und hinaus in den Flur, sah zu, wie er die Schlüsselkarte aus der Tasche zog und die Zimmertür öffnete.

Kein Vergleich mit dem zögerlichen Beginn unserer letzten Begegnung. Sobald die Tür hinter uns ins Schloss fiel, lag ich in Abes Armen, und er küsste mich und begann, mich auszuziehen.

In Sekundenschnelle waren wir im Bett und liebten uns mit einer Dringlichkeit, die nicht vermuten ließ, dass wir erst ein paar Tage zuvor zusammen gewesen waren. Hatte ich je zuvor ein derart intensives, überwältigendes Verlangen nach jemandem empfunden? Oder kam es mir nur so vor, weil das Treffen heimlich stattfand? Ich war mir nicht sicher. Ich wusste nur, dass ich Abe in diesem Moment mehr als alles andere auf der Welt begehrte. Und dann war es vorbei, zu schnell, all unsere Energie verpufft. Abe blickte auf seine Armbanduhr, und ich fühlte mich grauenhaft.

»Musst du zurück ins Büro?« Ich hoffte, nicht so gereizt zu klingen, wie ich mich fühlte.

»Erst später.«

Wir lagen eine Weile zusammen, mein Kopf auf seiner Brust, und unterhielten uns über das Leben. Wie stark es von Zufällen abhing. Wir hätten einander ebenso gut auch nie begegnen können, und dennoch war es geschehen.

»Hast du Lust auf ein Bad?«, fragte Abe nach einer Weile, und ich vermutete, dass er auf freundliche Art den Aufbruch einleiten wollte. »Wir könnten doch zusammen eines nehmen?«

Er bereitete das Bad vor, rief mich herein und ließ mich zuerst in die Wanne steigen. Dann glitt er mit gespreizten Beinen hinter mir ins Wasser, sodass ich mich mit dem Rücken bei ihm anlehnen konnte. Der Gedanke, mich gleich wieder anziehen und gehen zu müssen, war beinahe unerträglich, als er unter Wasser mit den Händen über meinen Körper strich und den Badeschaum auf meiner Haut verrieb.

Abe stand zuerst auf, wickelte sich in ein Handtuch und hielt eines für mich bereit, das er um mich legte und mit dem er mich sanft abrubbelte, bis ich trocken war.

Erneut blickte er auf seine Armbanduhr, und ich verstand es als Aufforderung.

»Wir sollten uns anziehen.«

»Musst du gehen?«, fragte er.

»Ich dachte, du müsstest gehen.«

»Ich habe noch Zeit. Wie ist es mit dir?«

Ich nickte.

»Lass uns zurück ins Bett gehen«, sagte Abe, und als ich mich auf die Decke legte, ging er ans Fußende, beugte sich hinunter und küsste die Innenseite meiner Knöchel. Behutsam, zärtlich. Dann arbeitete er sich zu den Innenseiten meiner Schenkel hinauf und küsste mich überall, nur dort nicht, wo ich es am meisten ersehnte.

Er verteilte Küsse auf meinem Bauch und auf meinen Brüsten, dann legte er die Lippen auf meine. Ich wünschte, er würde sich wieder nach unten bewegen, doch stattdessen legte er seine Hand dorthin und begann, mich zu streicheln.

Ich wollte ihn auch verwöhnen, doch er schob meine Hand zurück.

»Noch nicht.« Er blickte mich an. »Ich will dich sehen. Ich will dich ansehen, während ich dich berühre.«

Die Ivy, die seit Jahren verheiratet war, hätte sich mit geschlossenen Augen unter die Decke gelegt. Doch jener Teil von mir, der durch die neue Erfahrung mit diesem Mann erwacht war, durch die Art, wie er meinen Körper erkundete, lag mit weit geöffneten Augen auf dem Bett. Dieses andere Ich beobachtete, wie der Mann, der nicht ihr Ehemann war, geschickt die Hand bewegte, und schaute ihm in die Augen, während sie sich gegen seine Hand drückte.

»Ivy«, hauchte Abe, und ich fragte mich, ob sich das intensive Gefühl, das meinen Körper durchströmte, in meinen Augen widerspiegelte.

Anschließend hielt er mich und ließ nicht zu, dass ich mich

revanchierte. »Nächstes Mal«, flüsterte er und nahm meine Hand, als wollte er andeuten, dass das mit uns eine Zukunft hatte.

Ich dachte nicht darüber nach, wie sie aussehen könnte. Das schien mir zu beängstigend. Ich genoss einfach die Tatsache, dass ich mit einem Mann hier war, der mich Dinge empfinden ließ, die ich wer weiß wie lange nicht empfunden hatte. Als wäre ich lebendig, als würde ich nicht nur leben, sondern wäre wirklich lebendig.

Wenn man mich fragte, von welchem Moment an ich mich von Richard zu entfernen begann, würde ich sagen, nach Jons und Annes Party. Nachdem Cathy uns die Neuigkeit mitgeteilt hatte. Es ist schwer zu sagen, warum uns diese Neuigkeit meiner Schwester aus der Bahn warf. Vielleicht hatte sich bei jedem von uns der eine oder andere Verdruss aufgestaut, und dies war der Moment, an dem dieser nach außen zu dringen begann.

»Warum gehst du nicht allein, und ich bleibe zu Hause und passe auf die Kinder auf?« Richard tat so, als täte er damit allen einen Gefallen, dabei wusste ich, dass er ohnehin nicht erpicht darauf war mitzukommen. Es war also kein Gefallen, sondern eine Ausrede.

»Nein, ich finde schon eine andere Lösung«, erwiderte ich gereizt.

»Aber wäre es nicht leichter, wenn …«

»Nein, ich will, dass du mitkommst. Ich will nicht allein gehen.«

Diese Auseinandersetzung führten wir so oder so ähnlich momentan zu häufig. Im letzten Moment behauptete Richard, er sei zu müde für eine Unternehmung, die wir uns gemeinsam vorgenommen hatten.

»Geh du allein«, sagte er dann, als sei es egal, ob er mitkam oder nicht.

»Mir wäre es aber lieber, du kämest mit.« Und so schaukelte sich die Diskussion hoch.

Ich wusste, Richard arbeitete hart. Er stand unter Druck, und durch die Kinder war unser Haus nicht gerade ein Hort der Erholung, aber ich war auch müde. Ich war selbstständig. Theoretisch hätte ich arbeiten können, wenn die Kinder zu Hause waren, in der Praxis hieß das allerdings, dass ich Projekte oft noch spätabends fertig machen musste, wenn die Kinder schliefen.

Ich zog es auch oft vor, früh ins Bett zu gehen, anstatt auszugehen. Doch wenn wir nichts mehr gemeinsam unternahmen, wenn wir nicht darauf achteten, dass es noch ein Wir gab und wir nicht nur Mum und Dad, Max und Lottie waren – dann fürchtete ich, würde es wieder passieren.

Richard war Architekt. In diesem Beruf liefen einem nicht ständig Frauen über den Weg. Doch als dann eine in seinem Büro auftauchte, während ich bis zu den Knien in Windeln hockte und ihm keine Aufmerksamkeit schenkte, erwies sich die Verlockung als zu groß – er konnte ihr nicht widerstehen.

Das ist natürlich eine grobe Vereinfachung der Ereignisse.

Ich erinnere mich noch, dass ich den Schock geradezu körperlich spürte, als ich die SMS las. Wir waren im Urlaub auf Korfu, wo wir an der Nordostküste ein Haus mit Pool gemietet hatten. Von dort blickte man auf die Meerenge nach Albanien hinüber. Richard kaufte ein Fernglas, mit dem er die Hochhäuser an der gegenüberliegenden Küste studierte. Für ihn waren es »brutale kommunistische Monstrositäten«.

»Wir könnten doch mal rüberfahren?«, schlug ich vor. Von Korfu-Stadt aus wurden Tagesausflüge nach Tirana angeboten. »Ich könnte eigentlich hinüberschwimmen!«

Früher hatten die Leute versucht, die zwei Meilen breite Meerenge zu durchqueren, um der Unterdrückung und Entbehrung in ihrem Land zu entkommen. Einigen war es gelungen. Die meisten waren jedoch auf der Flucht ertrunken oder von albanischen Soldaten erschossen worden, die in Militärbooten auf dem Meer patrouillierten.

Wir fuhren nie hinüber. Max und Lottie waren überglücklich, die Tage am Pool und am Strand zu verbringen, unterbrochen von Eisessen und Besuchen in Tavernen am Strand. Oder sie unterhielten sich mit der älteren Griechin, die jeden zweiten Tag kam, um sauber zu machen und die Betten frisch zu beziehen.

»Lottie«, rief sie mit einer fröhlichen Singsangstimme und teilte das »ie« in zwei Silben. »Lott-i-e!«

»Lottie, ist das deine Freundin?« Sie hob ein Stofftier vom Boden auf und platzierte es behutsam im frisch gemachten Bett.

»Maximillian«, rief sie Max. Beide Namen schienen ihr offenbar zu kurz. »Ich habe ein Kunstwerk entdeckt«, sagte sie und deutete auf eine von Max' ungeschickten Buntstiftzeichnungen.

Begeistert und fröhlich folgten ihr beide durchs Haus. Für ein paar Tage waren wir alle glücklich.

»Keine Telefone«, hatten wir uns vor der Abreise versichert, doch natürlich nahmen wir sie mit. Ich schaltete meins aus, doch Richard sah täglich in seinem nach und kommentierte die zahlreichen Nachrichten, die er von einer Telefongesellschaft erhielt, die ihn in Albanien willkommen hieß. Mobilfunknetze hielten sich nicht an die geografische Grenze, die in Form der Meerenge zwischen Griechenland und Albanien bestand.

»Ich mag gar nicht daran denken, was uns zu Hause für eine Rechnung erwartet. Ich glaube nicht, dass mein Vertrag Albanien abdeckt.«

Doch die Telefonrechnung war die geringste seiner Sorgen.

Eines Nachmittags hielten die Kinder einen Mittagsschlaf, und ich las auf dem Bett, wo es kühler war, als Richards Telefon laut in seiner Nachttischschublade vibrierte.

Ich wollte ihn nicht ausspionieren. Rückblickend betrachtet, hatte ich die Zeichen sogar absichtlich ignoriert. Unterbewusst meinte ich offenbar, wenn ich nicht suchte, würde ich auch nichts Beunruhigendes entdecken.

Als ich mich über das Bett streckte und die Schublade öffnete, wollte ich eigentlich nur das Telefon herausholen, um es ihm zu bringen, doch die Initialen machten mich neugierig. Es war eine Nachricht von »CPG« eingegangen. Warum kein Name? Vielleicht war es nur eine weitere Telefongesellschaft, sagte ich mir, als mich irgendetwas antrieb, die SMS anzuklicken und zu öffnen.

Es tut mir leid, las ich. *Ich weiß, wir haben gesagt, kein Kontakt, solange du mit deiner Familie zusammen bist.*

Ich ertrug es kaum, weiter nach unten zu scrollen, doch ich konnte nicht anders.

Aber ich vermisse dich so sehr. Ruf mich an, wenn du eine Minute Zeit hast. Ich will nur deine Stimme hören. Küsse, C

Ich löschte die Nachricht, legte das Telefon zurück in die Schublade und beschloss in dem Moment, nichts zu sagen, bis wir wieder zu Hause waren. Ich versuchte, so zu tun, als wäre alles beim Alten, doch Richard spürte, dass etwas nicht stimmte. Ich war den Kindern gegenüber kurz angebunden und reagierte gereizt auf ihn.

»Was, zum Teufel, ist los?«, zischte er eines Abends wütend, als wir uns beide fürs Bett fertig machten.

»Sag du es mir.« Ich starrte ihn wütend an. Da knickte er ein, und Angst trat an die Stelle seiner Wut.

»Woher?«, brach er den Satz ab. Er setzte sich aufs Bett und stützte den Kopf in die Hände. »Woher weißt du es?«

Irgendwie schafften wir es, die nächsten Tage zu überstehen. Und redeten erst, als wir wieder zu Hause waren – vielmehr schrie ich. Er beendete die Geschichte, und wir haderten noch ein paar Monate miteinander, bis das Jahr zu Ende ging, doch eigentlich war ich überrascht, wie schnell die Affäre der Vergangenheit angehörte und wie gut die Wunden verheilten.

Jetzt konnten wir darüber reden, wenn wir von Freunden hörten zum Beispiel, die mit den unmittelbaren Folgen eines Treuebruchs kämpften, oder wenn uns eine Szene aus einem Fernsehfilm darauf brachte.

»Ich glaube, so habe ich mich gefühlt, als du deine Affäre hattest«, konnte ich gelassen sagen und stellte fest, dass die Zeit und die Tatsache, dass wir uns noch immer nah waren, den Schmerz der ersten Tage ausgelöscht hatten.

»Es hat nichts mit meiner Liebe zu dir zu tun«, sagte Richard damals. »Es ist einfach passiert.«

Damals trösteten mich seine Worte kaum, obwohl sie vermutlich der Wahrheit entsprachen. Im Beruf war Richard ehrgeizig. Er schmiedete große Pläne und sah einer strahlenden Zukunft entgegen, doch in seinem Privatleben schien er nie weit vorauszudenken.

Das machte einen Teil seiner Anziehungskraft aus, als ich ihn ein Jahr nach Mums Tod kennenlernte. Ein Jahr auch, nachdem eine kurze, aber vielversprechende Affäre auf eine Weise zu Ende gegangen war, die mich zweifeln ließ, ob ich jemals eine dauerhafte Beziehung haben würde. Ich konnte es jenem Freund nicht verübeln, dass er weggelaufen war. Er war mitten in eine trauernde, wütende Familie hineingeraten. An seiner Stelle hätte ich mich auch aus dem Staub gemacht.

Richard lernte ich durch Zufall kennen, und wenn man

jemanden durch Zufall kennenlernt, redet man sich leicht ein, das Schicksal habe einen zusammengeführt.

Wir waren im Theater gewesen – Dad, Jon, Anne und ich. Unser Geburtstagsgeschenk für Dad – das neue Stück von Michael Frayn, *Kopenhagen*. Dad hatte zugelassen, dass wir die Karten kauften, bestand jedoch darauf, die Pausengetränke vorzubestellen und zu übernehmen.

Ich grübelte noch über den ersten Akt nach, als wir uns zur Bar begaben. Zwei Physiker trafen sich in der dänischen Hauptstadt, und Jahre später, nach ihrem Tod, diskutierten ihre Geister die diversen Folgen dieser ersten Begegnung. »Was, wenn die Atombombe nie gebaut worden wäre?«, fragten sie. »Wäre die Zukunft, die nun Vergangenheit ist, unausweichlich oder ungewiss gewesen?«

»Ich bin mir nicht ganz sicher, ob ich alles verstanden habe«, sagte ich zu Dad.

»Ich weiß nicht, ob man das überhaupt soll«, entgegnete er. »Kannst du uns jetzt die Getränke holen?«

Die Bar war voller Menschen, und Dad ließ mich durch das Meer aus Theaterbesuchern schwimmen, um unsere Bestellung abzuholen. Ich hatte die Wünsche der anderen vergessen, wusste nur noch, dass ich Weißwein und Dad ein Glas Rotwein geordert hatte. Schließlich fand ich eine Bestellung auf den Namen Richard. Neben den Weingläsern standen zwei Gin Tonic. Die mussten für Jon und Anne sein. Ich trank einen Schluck von meinem Wein, dann nahm ich die Gläser und wollte sie durch die Menge zu meiner Familie transportieren.

»Entschuldigen Sie«, hörte ich eine Stimme neben meiner Schulter, drehte mich um und sah meinem künftigen Ehemann in die Augen. Natürlich wusste ich das damals noch nicht, genauso wenig wie Niels Bohr und Werner Heisenberg die Auswirkungen ihrer Arbeit über das Atom vorausgesehen hatten, als sie sich zum ersten Mal 1941 in Dänemark begegneten.

»Ich glaube, das sind meine Getränke«, sagte der Mann.

»Nein«, widersprach ich. »Das sind unsere.«

»Richard Smith?« Er deutete auf den Namen auf dem Zettel.

Ich hatte nicht richtig hingesehen, das »Smith« war zum Teil von einem Glas verdeckt. »Oh, entschuldigen Sie. Sie haben recht. Ich suche nach Trent, Richard Trent.«

»Dort drüben. Ich hätte selbst eben fast Ihre Getränke genommen.« Er lächelte mich an.

»Aber ich habe schon einen Schluck von dem Weißwein getrunken«, gestand ich beschämt. »Ich hole das Glas von unserem Tablett und bringe es Ihnen.«

»Ist schon okay«, beruhigte er mich. »Der Weißwein ist für mich. Es macht mir nichts aus, dass Sie einen Schluck genommen haben, es sei denn, Sie haben irgendwelche tödlichen Krankheiten.«

»Nein.«

Es war als Scherz gemeint, doch dieses Theaterstück mit seinem Was-wäre-wenn-Szenario, der Umstand, dass Dad nun allein war und Jon und Anne wussten, was sie wussten – all das ging mir durch den Kopf, und so lachte ich nicht. Mag sein, dass sich ein paar meiner Gedanken in meinem Gesichtsausdruck widerspiegelten.

»Nur ein Scherz«, sagte Richard Smith.

»Ja. Bitte entschuldigen Sie die Verwechslung.«

»Kann passieren.«

Ich dachte, damit wäre es vorbei. Dass ich ihn nie mehr wiedersehen würde. Doch nach dem Ende der Vorstellung wartete ich im Foyer auf Dad, Jon und Anne, die auf die Toilette gegangen waren.

»Und? Hat Ihnen das Stück gefallen?« Richard Smith tauchte wie aus dem Nichts auf.

»Ja. Es war interessant. Und Ihnen? Und Ihren Freunden?« Ich blickte mich um, mit wem er da war, doch er schien allein zu sein.

»Arbeitskollegen. Einer von ihnen hat seine Aktentasche im Zuschauerraum vergessen. Sie sind zurückgegangen, um sie zu suchen.«

»Oh. Ich hoffe, sie finden sie.«

»Ich bin übrigens Richard«, stellte er sich vor und reichte mir die Hand. »Richard Smith.«

»Das weiß ich!« Jetzt lachte ich, weil er mir irgendwie gefiel, ich mochte seine direkte Art. »Ivy. Ivy Trent.«

»Und sind Sie mit Freunden hier?«

»Mit meiner Familie. Mit meinem Vater und meinem Bruder und seiner Frau.«

»Ah.«

»Was machen Sie und Ihre Kollegen?«

»Was meinen Sie?«

»Sie sagten, Sie seien mit Ihren Kollegen hier. Was sind Sie von Beruf?«

»Oh, verstehe«, sagte er, als ich Dad und Jon aus dem Augenwinkel die Treppe herunter- und auf mich zukommen sah. »Ich bin Architekt.« Er fasste in seine Tasche und reichte mir eine Karte.

Ich nahm sie entgegen und deutete mit dem Kopf auf Dad. »Ich muss gehen.«

»Nun, wenn Sie gern ausführlicher über den Betriebsausflug der Physiker nach Kopenhagen sprechen möchten, haben Sie ja meine Telefonnummer.«

Und das wollte ich. Ich steckte die Karte mit der Telefonnummer von Richard Smith in meine Tasche, und am darauffolgenden Montag rief ich ihn von der Arbeit aus an. Ich kam mir kühn vor und war erleichtert, als seine Assistentin ans Telefon ging und ich sie bitten konnte, ihm auszurichten, Ivy Trent habe angerufen, und ihm meine Nummer zu hinterlassen.

Er rief sofort zurück.

Vielleicht erzählte Richard seinen Freunden, dass es mit mir »einfach so passiert sei«, genauso wie die Affäre mit seiner Kollegin »einfach so passiert war«. Er hatte seine Art, die Dinge geschehen zu lassen.

Ich erzählte ihm früh von Mum und erklärte ihm, was das für mich bedeutete, aber es schien ihn nicht zu beunruhigen.

Er hatte auch seine Mutter verloren. Vielleicht war das ein weiterer Faktor, warum wir uns zueinander hingezogen fühlten.

Richard sprach nur selten von ihr, er fand das leichter. Sie war bei einem Autounfall ums Leben gekommen, als er zehn Jahre alt war. Doch gelegentlich fragte ihn eins der Kinder nach ihr.

»Du hast mehr Glück als Mum, weil du eine Mum hast und Mum nicht«, erklärte ihm ein verwirrter Max.

»Aber ich habe doch auch keine Mutter«, erwiderte Richard verblüfft. »Darum habt ihr nur Großväter und keine Großmütter.«

»Aber Mum ist deine Mum«, gab Max zurück.

»Nein, Max.« Richard lachte. »Mum ist meine Frau, nicht meine Mum.«

»Warum nennst du sie dann Mum?«, fragte er mit ernster Miene weiter.

Richard und ich hatten einander angesehen und gelacht, doch es stimmte mich auch traurig. Erst nach Lotties Geburt fing Richard an, mich Mum zu nennen. Nach Max war ich immer noch Ivy gewesen.

Es kam mir so vor, als hätte er bewusst entschieden, von da an jemand anderen in mir zu sehen – eine Mutter und nicht mehr seine Frau. Lotties Geburt war schwierig gewesen, Max' dagegen überraschend leicht. Lottie drehte sich im letzten Moment, kam mit den Füßen zuerst heraus und erwürgte sich beinahe mit der Nabelschnur. Richard musste mit ansehen, wie sie sie wieder zurückschoben und mich eilig zu einem Notkaiserschnitt mitnahmen. Mir war klar, dass ihn das aufgerieben hatte, doch er wollte nicht darüber sprechen, genauso wenig wie über seine Mutter oder das Schreckgespenst, das drohend über meiner Familie schwebte.

Das war mir recht. Ein anderer Mann hätte mich vielleicht mit »Was-Wenns« gequält, doch Richard lebte glücklich mit der Hoffnung, dass das Schlimmste niemals eintreten würde. Eine andere Frau, womöglich sogar eine andere Version meiner selbst, hätte vielleicht länger und gründlicher darüber nachgedacht, ob sie sich für ein Leben mit Richard entscheiden sollte. Vielleicht hätte ich mich gefragt, ob Richard der Richtige für mich war, mein Seelenverwandter, oder ob ein anderer Mann besser zu mir passte. Genauso hätte sich Richard vielleicht den Kopf darüber zerbrochen, ob es ratsam war, eine Frau zu heiraten und Kinder mit ihr zu bekommen, wenn sie vielleicht früh sterben würde und dieses Schicksal ihren Kindern vererbte.

»Darum kümmern wir uns erst und nur, wenn es nötig ist«, lautete sein knappes Statement zu dem Thema.

Wir entschieden beide, nicht weiter darüber nachzudenken, das Gute zu genießen und es miteinander zu versuchen.

»Dads Mutter ist gestorben, bevor ihr auf die Welt gekommen seid. Darum habt ihr sie nie kennengelernt.«

»Sie hätte dich lieb gehabt, Max«, meinte Richard.

Max war jetzt acht, Lottie sechs. Sie sollten beide bei Freunden übernachten, während Richard und ich zu Jons und Annes

Party gingen. Doch Lotties Freundin war krank, und darum zögerte ihre Mutter. Richard wollte das als Ausrede nutzen, um zu Hause zu bleiben.

»Was gibt es denn eigentlich diesmal zu feiern?«

»Anne hat einen neuen Job.« Ich ignorierte den Spott in seiner Frage. »Und Cathy ist eine Weile zu Hause. Es ist auch die Chance, sie zu sehen.«

Cathy arbeitete für ein Gesundheits- und Sozialprojekt in Kenia. Es hatte irgendetwas mit Aids zu tun. Ich klang ebenso vage wie Dad, wenn er von ihrer Arbeit sprach, aber ich wusste einfach nicht, was sie dort genau machte. Wenn sie Urlaub hatte, kehrte sie stets für ein paar Wochen nach Hause zurück. Bestimmt würde sie uns auch in London besuchen, aber wie immer nur kurz.

Außerdem wollte ich Jon und Anne sehen und Annes neue Stelle feiern. Ich bewunderte die Art, wie sie sich über kleine Dinge freuten und nicht zuließen, dass ihre Sorgen den Rest ihres Lebens überschatteten.

Jon war vor vier Jahren positiv getestet worden. Als er erfuhr, dass er denselben Gendefekt wie unsere Mutter in sich trug, beschlossen er und Anne, keine Kinder zu bekommen. Sein Kind sollte nicht miterleben, was er selbst mit Mum erleben musste. Und er wollte ihm das Schicksal ersparen, dem er selbst unweigerlich entgegensah.

Hätte ich ebenso entschieden, wenn der Test schon auf dem Markt gewesen wäre, ehe ich eigene Kinder auf die Welt brachte? Ich war dankbar, dass es ihn noch nicht gegeben hatte, dass ich keine Entscheidung treffen musste, die bedeutete, auf eine eigene Familie zu verzichten.

Ich hätte nie gedacht, dass man jemanden so lieben kann, wie ich meine Kinder liebte. Und ich liebte Richard dafür, dass er mir das ermöglicht hatte und verstand, warum ich den Test nicht machen wollte und lieber mit der Ungewissheit lebte, als Ärzte und Psychologen über meine Zukunft bestimmen zu lassen.

Jon zeigte noch keine Symptome, wusste jedoch, dass der Ausbruch der Krankheit bevorstand, da er auf die fünfzig zuging. Bis dahin wollte er hart arbeiten, das Leben genießen und feiern, wann immer es einen Anlass dazu gab.

Jetzt waren wir also hier. Die Mutter von Max' Freund hatte sich einverstanden erklärt, Lottie ebenfalls bei sich übernachten zu lassen, und Richard entspannte sich ein wenig. Er half Jon, einen Mülleimer mit Eis und Flaschen zu füllen. Vielleicht spielte bei der Entspannung auch das Bier in seiner Hand eine Rolle.

»Ich habe übrigens William Ross eingeladen«, bemerkte Jon beiläufig, während sie mit den Getränken beschäftigt waren. »Erinnerst du dich noch an ihn?«

»Billy?« Auf der Grundschule war er einer meiner besten Freunde.

»Ja, aber er nennt sich jetzt William.«

Die Kinder fanden es merkwürdig, dass ich mich nicht an alle Namen der Kinder erinnern konnte, mit denen ich in ihrem Alter zur Schule gegangen war. Jene Zeit meines Lebens hatte ich fast vergessen.

»Wer ist das?«, fragte Richard.

»Ivys erster Freund.«

»Er war nicht mein Freund«, protestierte ich. »Wir waren Kinder.«

»Er hat aber ein bisschen für dich geschwärmt«, beharrte Jon.

»Wir waren Freunde.« Richard sah mich mit hochgezogener Braue an. »Seine Mutter war eine gute Freundin von Mum.«

»Er hat mir nach Mums Tod geschrieben«, berichtete Jon

Richard. »Er wohnt noch immer in der Gegend und hat sie manchmal gesehen. Ich glaube, er ist Makler oder so etwas.«

Ich versuchte, mich zu erinnern, wie Billy als Kind ausgesehen hatte oder an irgendetwas anderes von ihm. Aber mir fiel nichts ein, außer dass ich ihn mochte, wir viel Zeit miteinander verbracht und uns häufig gegenseitig besucht hatten.

Ich war neugierig, was aus ihm geworden war, und hielt Ausschau, als die Gäste allmählich eintrudelten.

»Hallo, Fremde.« Cathy gehörte zu den Ersten. Sie kam von Dad, würde heute aber mit uns bei Jon übernachten.

»Hey! Wie geht's dir?« Sie sah gut aus, schlank und braun gebrannt. Meine große Schwester.

»Mir geht's – gut.« Sie umarmte mich.

Dieses kurze Zögern vor dem »gut«.

»Ehrlich?«

Sie blickte sich suchend im Zimmer um, als hielte sie nach jemand anderem als mir Ausschau.

»Ach, weißt du …« Sie sprach mit diesem merkwürdigen Akzent, den sie sich angewöhnt hatte, seit sie in Afrika arbeitete. Sie zog die Wörter in die Länge und ließ die Stimme am Ende ihrer Sätze etwas nach oben gehen, sodass sie immer wie Fragen klangen.

»Sie ist ein Hippie«, lautete Jons Urteil. »Entweder das oder sie ist die Hälfte der Zeit stoned.«

»Seit wann bist du zu Hause?«

»Oh, ich … Seit …« Sie zögerte, wirkte unsicher. »Mittwoch.«

»Und wohnst du bei Dad?«

»Ich …« Sie blickte sich erneut um und brachte den Satz nicht zu Ende.

»Ist alles in Ordnung?«

»Ja«, erwiderte sie. »Ich suche lieber mal nach Jon. Und ich muss rauchen.«

Vielleicht war sie schon ein bisschen stoned.

»Er ist mit Richard im Wintergarten und kümmert sich um die Getränke«, erklärte ich ihr, und sie berührte mich kurz am Arm.

»Bis später.«

Ich unterhielt mich mit einer von Annes Kolleginnen, als ich Billy Ross in meinem Augenwinkel wahrnahm.

»Ivy?« Er küsste mich auf die Wange.

»Billy?« Wenn Jon mir nicht gesagt hätte, dass er käme, hätte ich ihn niemals erkannt.

»Sehe ich so müde und grau aus, dass du mich nicht erkennst?«

»Nein, ganz und gar nicht«, erwiderte ich eilig, aber in Wahrheit bestand keinerlei Ähnlichkeit zwischen diesem untersetzten Mann mittleren Alters mit beginnender Glatze und leicht verhärmtem Gesicht und dem Bild von Billy Ross, das ich aus meiner Erinnerung hervorkramen wollte.

»Heißt du noch Ivy Trent?«, erkundigte er sich. »Du bist doch verheiratet, nicht wahr?«

»Ja.« Ich sah mich um, ob Richard in der Nähe war, doch er schenkte auf der anderen Seite des Raums Wein ein. »Aber ich heiße noch Trent.«

Richtig. Wir hatten in der Schule nebeneinandergesessen, weil unsere Namen im Klassenbuch aufeinanderfolgten. In unserer Klasse hatte es keine Kinder gegeben, deren Nachname mit einem »S« begann.

»Das mit deiner Mutter tut mir leid. Und mit deiner Familie. Jon hat mir von seiner Diagnose erzählt. Das muss schwer für euch alle sein.«

»Ja.« Ich war ihm dankbar, dass er das Thema so offen ansprach. Das mieden die Leute häufig. »Lieb von dir. Mittlerweile haben wir uns alle daran gewöhnt, damit zu leben, aber leicht ist es nicht.«

Er schien ein netter Erwachsener geworden zu sein, doch die Atmosphäre zwischen uns wirkte etwas angespannt, als hätten wir uns nach all den Jahren, die seit unserer letzten Begegnung vergangen waren, nichts mehr zu sagen.

»Lebt deine Mutter noch?«, begann ich.

»Ja. Aber sie hat Alzheimer. Sie ist im Heim und versteht meist nicht, was um sie herum geschieht.«

»Das tut mir leid. Das ist sicher auch nicht einfach. Aber wie geht es dir? Jon sagte, du würdest noch in der Gegend wohnen?«

»Ja, mit meiner Frau, Sarah. Ich fürchte, sie schafft es nicht mehr, noch zu kommen. Wir haben ein kleines Baby.«

»Herzlichen Glückwunsch. Ist das euer erstes Kind?« Vielleicht rührte daher seine Müdigkeit.

»Nein, wir haben noch einen Jungen, Matthew. Er ist fast zwei.«

»Wie schön. Und was machst du beruflich?«

»Ich bin Bauingenieur und arbeite für ein Unternehmen aus der Gegend.«

»Ich dachte, du wolltest Astronaut werden.« Erinnerte ich mich richtig?

»Wollte das damals nicht jeder?«

»Ivy!« Jons alter Schulfreund Simon erschien und umarmte mich herzlich. »Wie, zum Teufel, geht es dir?«

»Gut.«

Ich wollte ihm gerade Billy vorstellen, bekam jedoch keine Gelegenheit dazu.

»Tut mir leid, eure Plauderei zu stören, aber ich muss Ihnen diese Frau entführen. Das Essen ist fertig, und ich möchte unbedingt beim Essen neben dir sitzen.«

»Simon Hoppe ist ziemlich unverschämt«, sagte ich am nächsten Morgen zu Cathy, als wir beide die Reste vom Vorabend wegräumten.

Wenn sie noch nicht stoned gewesen war, als sie auf der Party eintraf, war sie es auf jeden Fall, als ich sie das nächste Mal sah. Sie stand rauchend im Garten und gab sich keine Mühe, den Joint vor einem Partner aus Jons Firma zu verbergen.

»Glaube ich auch.« Sie wirkte jetzt deprimiert.

»Hast du dich auch mit ihm unterhalten?«

»Nur kurz. Ich war nicht in der Stimmung.«

»Ach?«

»Wie du sagst. Er ist etwas unverschämt.«

»Ich habe mich mit Billy Ross unterhalten. Den hatte ich seit Jahren nicht gesehen, aber Simon hat uns einfach unterbrochen.«

»Hm.«

»Billy ist Bauingenieur.«

»Das passt.«

»Findest du?«

»Er ist dein Typ.« Cathy stieß einen tiefen Seufzer aus, als würde sie das Thema langweilen, ich hakte dennoch nach.

»Wie meinst du das?«

»Na, du weißt schon.«

»Nein!«

»Architekten, Bauingenieure.«

So wie sie das sagte, klang es wie eine Kritik und eigentlich nicht nach Cathy. »Aber er ist ganz anders als Richard.«

Wortlos sammelte sie einen Teller vom Boden auf und stellte ihn auf den Couchtisch.

»Findest du, er und Richard sind sich ähnlich?« Das würde Richard nicht gefallen.

»Wem ist Richard ähnlich?« Richard erschien im Türrahmen.

»Niemandem«, antwortete ich und stellte einen weiteren Teller auf den Tisch.

»Wir sollten nicht zu spät aufbrechen«, sagte er. »Wir müssen die Kinder abholen.«

»Ich würde auf dem Rückweg gern kurz bei Dad reinschauen.«

»Wenn es nicht zu lange dauert, ich muss noch etwas arbeiten. Das muss bis morgen früh fertig sein.«

Das war Richards Art, mir zu sagen, dass er genug von meiner Familie hatte. Er mochte sie zwar alle ganz gern, doch wenn er länger als vierundzwanzig Stunden mit ihnen zusammen war, nahm seine Zuneigung ab.

»Ich weiß.« Ich nickte ihm zu, um ihm zu signalisieren, dass ich ihn verstand und ihm dankbar war, dass er mich begleitet hatte. Am Ende einer anstrengenden Arbeitswoche war er erschöpft, und ich wusste, dass er ein bisschen Zeit zu Hause für sich haben wollte, wo er sich mit niemandem unterhalten musste.

»Ungefähr in einer halben Stunde?«, fragte er, und ich nickte, dann ging er in Richtung Küche.

»Er hat gerade ziemlich viel um die Ohren im Büro.« Irgendwie verspürte ich das Bedürfnis, mich bei Cathy für ihn zu entschuldigen.

»Aber ihr seht doch noch bei Dad vorbei, bevor ihr nach Hause fahrt?«

»Ja, klar.« Darum musste sie mich nicht bitten. Ich besuchte Dad, so oft ich konnte, auf jeden Fall häufiger als sie.

»Wann fährst du wieder?«

»Ich weiß noch nicht. Ich muss etwas mit Jon besprechen. Und mit dir auch. Es ist ein bisschen schwierig, den passenden Moment zu finden.« Sie deutete mit einer Geste in den leeren Raum, als wäre er noch voller Menschen, die verhinderten, dass sie mit uns sprechen konnte.

»Cathy?« Mir wurde flau im Magen. »Es ist doch nicht …? Du hast doch nicht …?«

»Ich habe den Test gemacht«, sagte sie und setzte sich. »Das ist einer der Gründe, weshalb ich zurückgekommen bin.«

»O Gott. O nein.« Ich setzte mich ebenfalls. »Bist du …? Hast du …?«

»Nein«, sagte sie und nahm meine Hand. »Ich habe es nicht. Das Ergebnis war negativ.«

»Oh, Cathy.«

Jetzt weinte ich.

Ich glaube, wir weinten beide.

»Wann hast du den Test machen lassen? Und wie kam es dazu?«

»Ich habe einen Mann kennengelernt«, erzählte sie. »In Kenia. Wir wollen nicht heiraten oder so. Nur wenn ich dort arbeite und miterlebe, wie so viele Menschen an Aids sterben … Ich wollte es einfach wissen, egal wie das Ergebnis ausfällt.«

»Oh, Cathy.«

Wir standen auf, und ich umarmte sie, aber ich konnte nicht aufhören zu weinen. »Es tut mir leid. Es ist nur alles so … Ich weiß auch nicht.« Noch mehr Tränen.

»Nein. Mir tut es leid«, sagte sie. »Es war so schwierig, den richtigen Zeitpunkt zu finden und …« Sie blickte in Richtung Küche. »Jon ahnt noch nichts. Ich weiß nicht, wie ich es ihm beibringen soll. Es scheint mir so …«

»Was ist denn hier los?« Richard kam zurück.

Wir sprachen auf dem Heimweg im Wagen darüber, doch ich glaubte nicht, dass Richard meine Reaktion verstand. Eigentlich verstand ich mich ja selbst kaum.

Natürlich war ich erleichtert darüber, dass Cathy der grausame schleichende Tod erspart blieb, den meine Mutter erleiden musste. Nicht nur erleichtert – überglücklich. Aber Jon …

»Es muss schwer für Jon sein.« Richard sprach aus, was ich dachte.

»Ja, es ist irgendwie so ungerecht.«

»Er hat sehr gut reagiert.«

»Ich weiß.«

Er hatte ebenfalls geweint. Das sah ihm gar nicht ähnlich, aber vermutlich hatte er es Cathy zuliebe getan und nicht, weil er sich leidtat.

»Ist alles in Ordnung bei dir?« Richard legte mir eine Hand aufs Bein, während wir über die Autobahn nach London zurückfuhren.

»Ich glaube schon.«

»Überlegst du jetzt, ob du den Test auch machen sollst?«

»Eigentlich nicht.«

»Bist du dir sicher? Die Chancen stehen jetzt … «, er zögerte, »… nachdem Cathy nicht betroffen ist …«

»Du meinst, dadurch erhöhen sich die Chancen, es nicht zu haben?«, stieß ich gereizt hervor, weil er aussprach, was mir ebenfalls durch den Kopf ging.

Es war irrational. Das war mir klar, aber ich hatte das Recht, irrational zu sein. Schließlich ging es hier um mich. Richard hatte dieses Recht nicht.

Klar. Auch das war irrational.

»Die Chancen sind immer noch dieselben«, zischte ich, obwohl ich etwas anderes empfand. Cathy war gesund. Deshalb rechnete ich mir eigentlich geringere Chancen aus, nicht betroffen zu sein. »Sie sind immer noch dieselben«, wiederholte ich.

Richard wusste das.

Richard war gut in Mathematik. Das war eine Voraussetzung für seinen Beruf. Wenn die Chancen fünfzig zu fünfzig standen, dass sich hinter einer verschlossenen Tür etwas verbarg, blieb das so, auch wenn eines der Geschwister die Tür geöffnet hatte, um festzustellen, dass sich dahinter etwas verbarg und beim anderen nichts war.

Wenn man eine Münze zehnmal wirft und sie immer mit dem Kopf nach oben landet, ist es kein bisschen wahrscheinlicher, dass das nächste Mal die Zahl oben liegt. Aber menschliche Psychologie und Statistik sind zwei verschiedene Paar Schuhe.

Wenn Cathys Test positiv ausgefallen wäre, hätte ich vermutlich das Gefühl gehabt, meine Chancen, die Krankheit zu haben, seien gesunken, obwohl ich wusste, dass sie noch immer dieselben waren.

»Ich dachte nur, dass du jetzt vielleicht anders empfindest. Was den Test angeht«, sagte Richard.

»Nein.«

»Bist du dir sicher?«

»Voll und ganz.«

»Okay«, sagte er entschuldigend und legte seine Hand auf meine.

Obwohl sie mich störte, beließ ich sie dort. Wie konnte er es wagen, mich überhaupt zu fragen, ob ich den Test machen wollte? Warum verstand er immer noch nicht, was wir schon unzählige Male besprochen hatten?

Ich konnte mit dem Risiko leben, dass ich womöglich das für

die Krankheit verantwortliche Gen in mir trug. Aber ich wusste nicht, ob ich mit der Gewissheit leben könnte, es zu haben.

Und da war noch etwas anderes, eine Reaktion auf Cathys Neuigkeit, mit der ich nicht gerechnet hatte. Ich freute mich für Cathy, war überglücklich, dass sie so erleichtert und so froh war, es jetzt genau zu wissen. Aber ich war mir nicht sicher, ob es mir an ihrer Stelle genauso gehen würde. Es kam mir so vor, als wäre das Risiko, die Krankheit in mir zu tragen, so sehr zum Teil meiner Persönlichkeit geworden, dass ich ihn nicht verlieren wollte. Egal ob der Test für mich positiv oder negativ ausginge, ich würde mit beiden Möglichkeiten nicht umgehen können.

»Es ist deine Entscheidung.« Richard legte die Hand zurück aufs Lenkrad. »Aber wenn du darüber reden willst, bin ich immer für dich da.«

»Das will ich nicht«, gab ich wütend zurück. Ich würde mich nicht von Richard unter Druck setzen lassen, etwas zu tun, das ich nicht wollte.

»Okay«, sagte er sanft, und ich schwieg.

Warum stieß ich den Menschen zurück, bei dem ich mich anlehnen konnte, wenn ich mich auf einmal verletzlich fühlte?

Auch menschliche Psychologie und Logik sind zwei verschiedene Paar Schuhe.

Zwischen Richard und mir breitete sich eine bedrückende Stille aus, und er schaltete das Radio ein. Es kam eine Verkehrsdurchsage, die uns vor Staus auf der M23 warnte.

»Ein Anhänger mit Heu hat einen Teil seiner Ladung verloren. Die Straße muss geräumt werden und ist zum Teil gesperrt«, informierte uns der Sprecher.

»Ich weiß nicht, warum die ihre Ladung nicht besser sichern

können«, sagte Richard. Ich nahm an, dass er darauf keine Antwort erwartete, und schwieg.

Mich beschlich das Gefühl, dass wir diese Unterhaltung schon einmal geführt hatten, und das beunruhigte mich, weil das Mum früher immer so gegangen war.

Als ich mich ungefähr eine Woche später allein in eine Bar setzte, fürchtete ich, als Freiwild angesehen zu werden. Doch allein auf meinem Zimmer zu trinken fühlte sich einsam an. Ich kannte mich in Kopenhagen aus und hätte mir eine Bar irgendwo in der Nähe vom Tivoli suchen können, doch nach der Reise war ich müde, und vor mir lag ein langer Tag. Außerdem verfügte das Hotel über eine Business-Lounge. Speisen und Getränke waren im Zimmerpreis inbegriffen. Es wäre doch Verschwendung, das nicht zu nutzen. Und wenn ich mich umsah, schienen fast alle hier allein zu sein.

Es gab ein paar Sitzgruppen mit Sesseln und dazugehörigen kleinen Tischchen, doch an jedem Tisch saß nur eine Person, es sei denn, man zählte Mobiltelefone und Laptops auch als Personen. Ein Getränk in der Hand, vor sich auf dem Tisch einen Teller mit Essen, beschäftigten sich die meisten intensiv mit irgendeinem computerisierten Gerät oder mit irgendwelchen Papieren. Für Geschäftsleute stellte eine spesenfinanzierte Hotelübernachtung keinen Genuss dar.

»Haben Sie etwas dagegen, wenn ich mich hierhersetze?«

»Nur zu.« Insgeheim wünschte ich, der Mann würde sich woanders hinsetzen.

»Es ist kein Tisch mehr frei.« Er wusste, was ich dachte. »Aber wenn ich störe …«

»Nein, nein, nein.« In meinem Kopf ergaben drei Nein ein Ja. »Ist schon in Ordnung.«

Ist schon in Ordnung war etwas, das sich Max zu sagen angewöhnt hatte, wenn etwas eigentlich alles andere als in Ordnung war. Wenn ich wusste, dass ihn etwas störte, er es mir aber nicht sagen wollte. *Ist schon in Ordnung* hieß eigentlich *Ich finde mich damit ab, aber glücklich bin ich darüber nicht.*

Mein Hotelgenosse stellte einen Teller mit Aufschnitt und Brot auf dem Tisch ab.

»Ich hole mir ein Glas Wein.« Er deutete mit dem Kopf auf mein fast leeres Glas. »Nehmen Sie auch noch eins?«

»Nein, vielen Dank«, sagte ich, obwohl ich gern noch ein Glas getrunken hätte.

»Sicher?«

»Ach, na gut, wenn es Ihnen nichts ausmacht. Ich trinke den Sauvignon Blanc.«

Ich ließ ihn mein Glas mitnehmen und beobachtete, wie er zum Tresen ging.

»Sauvignon Blanc«, sagte er, als er zurückkehrte.

»Danke.« Ich würdigte die freundliche Geste und wandte mich wieder meinem Buch zu.

Der Eindringling legte einen Stapel Papiere mit Zeichnungen auf den Tisch neben seinen Aufschnittteller. Er machte ein paar Änderungen und schrieb hier und da Notizen an den Rand. Als er merkte, dass ich ihn beobachtete, lächelte er, dann wandte er sich wieder seiner Arbeit zu. Anscheinend war er genauso wenig auf ein Gespräch aus wie ich.

Doch mein Interesse war geweckt, und ich spähte weiter über den Rand meines Buches hinweg. Auf dem Papier schoss Wasser aus diversen Düsen.

Ihr Erfinder erwischte mich dabei, dass ich ihn erneut beobachtete. »Sind Sie geschäftlich hier?« Er nahm die Brille ab.

»Ja.« Ich zuckte die Schultern.

Er sah mich erwartungsvoll an.

»Ich mache PR für Reiseveranstalter. Einer meiner Kunden bietet Reisen nach Nordseeland an. Ich bin hier, um es mir persönlich anzusehen.«

»Ich bin nicht aus der Stadt herausgekommen, aber ich habe gehört, dass es hübsch sein soll.«

»Die Heimat von Tania Blixen.«

»Die Tania Blixen von *Jenseits von Afrika?*«

»Ja, aber auch die Tania Blixen von der Küste von Øresund. Dort hat sie nach ihrer Rückkehr gelebt und geschrieben.«

»Das Land von *Babettes Fest?*«, fragte er, und ich musste zugeben, dass ich weder den Film gesehen noch das Buch gelesen hatte. »Das sollten Sie aber. Es könnte nützlich für Ihre PR sein, und es ist ein wunderbares Buch.«

»Ich werde versuchen, ein Exemplar zu bekommen«, sagte ich. »Und Sie?«

»Was soll mit mir sein?« Er lächelte mich amüsiert an.

»Sind Sie geschäftlich hier?«

»Ja.« Jetzt schenkte er mir ein warmes, gewinnendes Lächeln.

»Irgendwelche Hinweise?«

»Worauf genau?«

»Auf das, was Sie tun!«

»Ich entwerfe Brunnen.«

»Wirklich? Das ist ein Beruf?«

»Ja.« Er hob eine Braue. »Das ist es. Zumindest verdiene ich damit mein Geld.«

»Bitte verzeihen Sie, ich wollte nicht unhöflich sein.«

»Das waren Sie nicht.«

»Ich glaube, ich bin noch nie einem Brunnendesigner begegnet.«

»Es gibt nur wenige Firmen im Vereinigten Königreich, und

sie beschäftigen nur eine Handvoll Leute. Da sind Sie also nicht die Einzige!«

»Jetzt kenne ich einen.«

»Noch nicht ganz.« Er beugte sich vor und reichte mir über den Tisch hinweg seine Hand. »Abe«, stellte er sich vor, nahm meine Hand und schüttelte sie lange genug, dass ich spürte, wie warm und sanft seine Berührung war und dass er einen Ehering trug. Lange genug, um zu bemerken, dass ich all das wahrnahm.

»Ivy.«

Es folgte eine peinliche Pause.

»Den Tivoli-Brunnen haben Sie vermutlich schon besichtigt?«

»Ja, das gehört doch irgendwie zum Pflichtprogramm, oder?«

»Und den Blasenspringbrunnen?«

»Ja, der gefällt mir. Er ist faszinierend.« Bei einem anderen Besuch hatte ich beobachtet, wie in den mit Wasser gefüllten Röhren, die in einem kreisförmigen Teich angeordnet waren, Blasen aufstiegen. »Der ist doch nicht etwa von Ihnen?«

Der Tivoli-Brunnen stammte ganz eindeutig aus früheren Zeiten, aber der Blasenbrunnen schien zeitgenössisch zu sein.

»Nein.« Er schüttelte den Kopf. »Er wurde in den Sechzigerjahren von Niels Bohr entworfen. So alt bin ich noch nicht!«

»Das habe ich auch nicht angenommen. Ich bin nicht sehr gut darin, die Entstehungszeit von Brunnen zu schätzen.«

»Anfang der Sechziger, und obwohl ich 1955 geboren bin, habe ich als Kind noch nicht gearbeitet.«

»Ich auch!«

»Sie haben auch keine Kinderarbeit geleistet?«

»Ja, das auch. Aber ich bin auch Jahrgang 1955.«

»Sie sehen jünger aus.«

»Nur, weil Sie die Brille abgenommen haben.«

Er setzte sie wieder auf. »Nein. Sie wirken eindeutig jünger als fünfundvierzig.«

»Danke«, sagte ich, nun verlegen. »Der Blasenbrunnen. Was sagten Sie, wie der Designer hieß?«

»Niels Bohr, ein Quantenphysiker, der hier an der Uni gearbeitet hat. Sie haben wahrscheinlich schon von ihm gehört.«

»Ich habe vor einiger Zeit ein Theaterstück über ihn gesehen.«

»Kopenhagen.«

»Ja. Haben Sie es gesehen?«

»Nein. Aber davon gehört, es soll gut sein.«

»Ich erinnere mich nicht an vieles, außer dass ich an jenem Abend meinen Ehemann kennengelernt habe.«

»Ach. Dann muss es wohl beeindruckend gewesen sein.« Es folgte eine kurze Pause. »Sind Sie schon lange verheiratet?«

»Zehn Jahre.«

»Kinder?«

»Ja, zwei, ein Mädchen und ein Junge, acht und sechs. Und Sie?«

»Nur eins.«

Er richtete den Blick auf den Tisch, als wollte er weiteren Fragen entgehen, so griff ich das ursprüngliche Thema wieder auf.

»Neulich habe ich den Rest einer Dokumentation über Bohr gesehen. Es ging irgendwie um einen Streit, den er mit Einstein hatte.«

»Ja, was die physikalische Realität angeht, waren sie sich ganz und gar nicht einig.«

»Inwiefern?«

»Ich verstehe es selbst nicht ganz, aber Bohr behauptete, was man nicht beobachten könne, existiere auch nicht.«

»Das klingt nicht sehr wahrscheinlich.«

»Der Ansicht war Einstein auch. Er verwies auf den Mond, der existiere, auch wenn man ihn nicht sieht. Aber Bohr glaubte, dass das auf sehr kleine Teilchen zuträfe: dass sie erst existieren, wenn man sie messen kann. Er hat die physikalische Realität angezweifelt.«

Ich konnte nicht behaupten, dass ich das verstand, darum fragte ich weiter nach seiner Arbeit. »An was für einem Brunnen arbeiten Sie gerade? Existiert er?«

»Noch nicht.« Er lachte. »Aber zumindest schon auf dem Papier.«

»Eine Konkurrenz für den Tivoli-Brunnen?«

»Nicht annähernd so groß. Eigentlich ist es eine Uhr.« Er schob seine Zeichnungen zu mir herüber. »Der mittlere Ring stellt die Stunden dar.« Er deutete auf einen Kreis aus Wasserdüsen. »Und der äußere die Minuten. Sie zeigt nur alle fünf Minuten die Zeit an, dazwischen vollführen die Düsen ein zufälliges Wasserspiel.«

»Und was symbolisiert das?«

»Zwischen der genauen Zeitmessung möchte ich auf den Zufall im Leben verweisen.«

»Das ist interessant. Ich werde danach Ausschau halten.«

»Wir haben noch nicht einmal den Auftrag erhalten. Aber am Stadtrand soll ein neuer Park mit einem Brunnen entstehen. Meine Firma bewirbt sich darum.«

»Ich drücke die Daumen.«

»Danke.« Er zog die Papiere wieder zu sich. »Es war nett, mit Ihnen zu reden.« Er blickte auf seine Armbanduhr, um die genaue Zeit zu messen.

»Fand ich auch.« Ich lächelte.

»Ich habe mich gefragt …«

»Ja?«

»Ich meine, wahrscheinlich haben Sie schon etwas vor, und Sie kennen mich ja gar nicht und, nun, ich will Sie nicht in Verlegenheit bringen, darum bin ich nicht beleidigt, wenn Sie Nein sagen.«

Er verstummte.

»Nein zu was?«

»Ich habe mich nur gefragt, ob Sie Lust hätten, mit mir zu Abend zu essen, entweder hier oder vielleicht irgendwo in der Stadt.«

»Ähm.« Ich zögerte. Ich hätte gern zugesagt, war mir jedoch nicht sicher, ob ich das sollte.

»Es sei denn, Sie haben bereits etwas vor oder möchten nicht?«

»Doch. Ich wollte gerade hier etwas essen.«

Ich aß nicht gerne allein zu Abend, obwohl sich das in meinem Job kaum vermeiden ließ. Auch wenn das Angebot dieses Mannes verlockend klang, wusste ich nicht, ob es klug war, es anzunehmen.

»Es gibt einen Imbiss direkt hier um die Ecke. Keine fünf Minuten zu Fuß. Die haben sehr guten Fisch, und wenn ich Sie langweile, können Sie jederzeit gehen!«

»Sie werden mich bestimmt nicht langweilen.«

»Aber ich habe Verständnis, wenn Sie lieber hier bleiben möchten. Sie haben morgen sicher einen anstrengenden Tag vor sich.«

»Ich würde gerne mitgehen.« Dass er mir von sich aus eine Ausrede anbot, bestärkte mich nur.

»So etwas mache ich normalerweise nicht«, bemerkte er, als wir aufstanden. »Normalerweise lade ich fremde Frauen nicht zum Abendessen ein, wenn ich geschäftlich unterwegs bin.«

»Fremd?«

»Nein.« Er lachte erneut. »Eigentlich kommen Sie mir seltsam vertraut vor. Klingt das verrückt?«

»Nein.« Ich war diesem Mann nie zuvor begegnet, unsere Wege hatten sich nie gekreuzt, und dennoch schien er mir vertraut. So vertraut, dass es mich nicht im Mindesten beunruhigte, seine Einladung zum Abendessen anzunehmen. Ich schüttelte den Kopf, so wie Mum es immer getan hatte, wenn sie ein Déjà-vu erlebte.

»Tut mir leid, dass ich zu spät bin.« Ich ließ den Blick durchs Restaurant gleiten, um mich zu vergewissern, dass niemand hier war, den ich kannte, erst dann küsste ich Abe.

»Schön, dich zu sehen«, sagte er, während ich den Mantel auszog und ihn über die Stuhllehne hängte, noch immer ängstlich, dass dieses Restaurant vielleicht etwas zu nah an zu Hause lag. Dass ich hier vielleicht einem Freund oder jemandem begegnen könnte, den ich aus der Schule der Kinder kannte.

»Alles okay bei dir?«

»Ja. Es war nur ein schwieriger Tag. Eigentlich hätte ich einen Auftrag für einen Kunden fertig machen müssen, aber dann musste ich Max früher von der Schule abholen, und Richard kam zu spät aus dem Büro, und es fühlte sich ein bisschen …«

»Was?«

»Na, du weißt schon.«

Anstrengend, hinterhältig, verlogen, unnötig waren Worte, die beschrieben, wie ich mich fühlte, als Richard genervt von der Arbeit nach Hause kam und vergessen hatte, dass er auf die Kinder aufpassen sollte.

»Wo gehst du noch mal hin?«

»Kundentermin«, log ich. »Abendessen mit dem Geschäftsführer von dieser Restaurantkette.«

Ich verließ mich drauf, dass Richard nicht weiter nachfragen würde, weil es ihn nicht genügend interessierte.

»Oh. Okay.«

Was offenbar zutraf. Wäre er interessierter gewesen, hätte ich mich vermutlich schlechter gefühlt.

»Im Ofen steht eine Quiche mit Huhn und Speck, und da sind auch noch ein paar Kartoffeln. Die Kinder haben schon gegessen und sind bettfertig.« Man konnte mir nicht vorwerfen, dass ich jemanden vernachlässigte. »Ich musste Max heute früher von der Schule abholen, weil ihm übel war, aber es scheint ihm wieder gut zu gehen.«

»Du bist zu weich mit dem Jungen«, sagte Richard.

»Was sollte ich denn tun? Die Schule hat angerufen, und ich musste den Bericht liegen lassen, mit dem ich gerade beschäftigt war. Den muss ich jetzt morgen fertig machen. Und wenn das Treffen gut läuft, habe ich noch mehr Arbeit für diesen Kunden zu erledigen.«

»Okay. Guten Appetit.«

»Es tut mir leid, Ivy.«

»Was?«

»Dass ich die Dinge schwierig mache«, hob Abe an, als der Kellner zu uns kam und fragte, was wir trinken wollten.

»Eine Flasche von dem Merlot.« Darauf hatten wir uns bereits geeinigt. »Und etwas Mineralwasser bitte.«

Er besaß einen ähnlichen Weingeschmack wie mein Mann und übte eine ähnliche Arbeit aus. Bevor er anfing, Brunnen zu entwerfen, hatte Abe Modelle für Architekten gebaut.

Richard war Architekt, obwohl seine Arbeit derzeit nur noch aus »diesen ewigen Bürosanierungen« bestand, wie er es nannte. Er war seiner Arbeit überdrüssig – war ich vielleicht seiner einfach nur überdrüssig und fühlte mich zu einer anderen Version von ihm hingezogen? Erfüllte ich ein Klischee? Eine Frau mittleren Alters, die sich in ihrer Midlife-Crisis mit einem Mann einlässt, der nur eine Variante dessen ist, was sie bereits hat?

»Das tust du nicht«, entgegnete ich, als der Kellner gegangen war. »Die Dinge schwierig machen. Es ist nicht unbedingt die Arbeit, die Richard stresst. Ihn stresst, dass sie ihn langweilt. Sie begeistert ihn nicht mehr, und irgendwie findet er keinen Weg, den Trott zu durchbrechen, in dem er gefangen ist.«

»Und das stört dich?«

»Ich glaube schon. Irgendwie. Ich habe das Gefühl, ihn zu verraten, wenn ich das sage.«

»Mit jemandem zu reden ist kein Verrat«, bemerkte er, als der Kellner zurückkehrte und etwas Wein in sein Glas füllte.

»Der ist gut«, sagte er zu dem Kellner und schwieg, während dieser beide Gläser füllte.

»Ich fände es schön, wenn du das Gefühl hättest, mit mir über alles reden zu können, Ivy. Mehr nicht. Meine Frau sagt immer, Jammern tue ihr gut. Sich die Dinge von der Seele zu reden. Dann falle der Ärger von ihr ab.«

Er sprach mit warmer Zuneigung von seiner Frau, deutete jedoch auch an, dass sie ihre Hochs und Tiefs hatten. »Manchmal kommt es mir so vor, als wäre ich daran schuld, dass Richard eine Arbeit machen muss, an der er keinen Spaß mehr hat, weil wir geheiratet und Kinder bekommen haben.«

»Was meinst du, was er sonst tun würde?«

»Das weiß ich nicht. Anfangs hatte er große Pläne. Er wollte der nächste Richard Rogers werden. Neue, bahnbrechende Gebäude entwerfen, doch der Großteil seiner Arbeit besteht aus Um- und Anbauten.«

»Und wie hat ihn eure Beziehung zu dieser Arbeit getrieben?«

»Eigentlich gar nicht. Vermutlich war es der Druck, eine Hypothek zu bedienen und hungrige Mäuler zu stopfen, der ihn dazu veranlasst hat, eine feste Stelle anzunehmen.«

»Sonst hätte er das nicht gewollt?«

»Ach, doch.«

»Na dann. Es klingt nicht, als ob du dir seinen Frust zum Vorwurf machen müsstest. Jeder hat ab und an die Nase voll von seiner Arbeit.«

»Du auch?«

»Manchmal schon.«

»Und beklagst du dich darüber?«

»Ja, aber nicht jetzt. Ich habe großes Glück gehabt. Ich habe per Zufall eine Arbeit gefunden, die mir sehr viel Spaß macht.«

Das hatte er mir schon erzählt. Wie er nach dem Kunststudium nicht wusste, was er damit anfangen sollte, dann einen Job als Modellbauer in einem Architekturbüro fand und auf die Idee kam, selbst einer zu werden. Dann war einer der Partner ausgestiegen, um sich als Brunnendesigner selbstständig zu machen, und hatte Abe gefragt, ob er mit ihm gehe.

»Manchmal fügen sich die Dinge einfach so.« Ich dachte, dass unsere Begegnung reiner Zufall war und darum umso wundervoller. »Aber wenn ich mir Dinge von der Seele reden darf, die mich belasten, dann darfst du dich auch über deinen Job beklagen oder über was auch immer.«

Meine Bemerkung sollte unbeschwert klingen, vielleicht wollte ich auch den Rahmen unseres Treffens abstecken. Darum ging es hier, redete ich mir ein. Wir waren zwei Menschen, die sich per Zufall kennengelernt hatten und sich gut verstanden, und weil wir in ganz unterschiedlichen Welten lebten, konnten wir offener miteinander reden, als wir es sonst taten. In gewisser Weise stimmte das zwar, aber mir war klar, dass uns noch etwas anderes dazu trieb, uns zu treffen – etwas, das weitaus gefährlicher war.

»Aber ich will nicht, Ivy.« Abe sah mir in die Augen. »Ich will dich nicht mit meinem Frust belasten. Ich möchte, dass du meine Gesellschaft genießt.«

Wir berührten uns nicht, es waren nur Worte und ein Blick, doch mein Körper reagierte, als hätte Abe sich über den Tisch gebeugt und mich geküsst. Ich spürte, wie ich errötete, und versuchte, meine Unruhe zu verdrängen, indem ich nach meinem Weinglas griff und hastig daraus trank, während ich ein aufrichtiges, aber leicht verlegenes »Wie schön« murmelte.

»Ach, und ehe ich es vergesse.« Abe griff nach seiner Jacke, die über der Stuhllehne hing. »Ich habe etwas für dich.« Er holte eine Papiertüte hervor, der Art, die man notfalls auch als Geschenkpapier benutzen kann, gelb mit weißen Sternen. Er reichte sie mir über den Tisch hinweg.

»Danke.«

Es fühlte sich wie ein Buch an, und ich öffnete die Tüte und zog einen schmalen Band heraus. »*Babettes Fest!*«

»Du hast es dir doch nicht etwa selbst gekauft?«

»Nein. Aber ich wollte es mir besorgen. Das ist ja nett.« Ich las den Klappentext auf der Rückseite des Buches, dann sah ich zu Abe. »Danke.«

Wir sahen uns tief und einen Moment zu lang in die Augen, bevor ich den Blick abwandte.

»Geht es deinem Sohn denn wieder gut?« Abe schenkte mir Wein nach und legte kurz seine Hand auf meine, während er die Flasche abstellte. Es war eine bewusste Geste, und von da an begleiteten kurze Berührungen unsere Unterhaltung.

»Ja. Kaum zu Hause, schien es ihm wieder gut zu gehen. Er ist manchmal etwas überängstlich. Ich glaube, ihm war wirklich schlecht, aber es scheint vorbei zu sein.« Ich ließ meine Hand auf dem Tisch liegen, wo er sie berührt hatte.

»Das ist gut.« Abe legte seine Hand wieder auf meine, länger diesmal.

»Hoffentlich. Ich habe momentan viel zu tun, und wenn er krank wird, steckt er unweigerlich Lottie an, und dann habe ich wochenlang einen von beiden zu Hause.«

»Das ist der Vorteil, wenn man nur ein Kind hat. Eine natürliche Isolierstation.«

Er veränderte seine Haltung, sodass sein Knie schließlich an meinem ruhte. Wir führten eine Unterhaltung mit Worten und eine zweite mit unseren Körpern.

»Wolltet ihr nicht noch eins haben?« Das hatte ich ihn schon die ganze Zeit fragen wollen, doch irgendwie schien sich nie ein passender Moment zu ergeben.

»Um ehrlich zu sein, Ivy, eigentlich wollte ich gar keine Kinder haben.« Er löste seine Hand von meiner und nahm sein Glas.

»Ach?« Das überraschte und enttäuschte mich ein bisschen.

Er war so sanft, so charmant, so interessant, und man konnte sich so gut mit ihm unterhalten. Außerdem fand ich ihn körperlich sehr anziehend und hatte mich schon gefragt, was wohl passiert wäre, wenn wir uns früher kennengelernt hätten. Doch ich wollte immer Kinder haben, trotz des Risikos, das damit einherging.

Ich lehnte mich auf meinem Stuhl zurück und ging etwas auf Abstand zu ihm.

»Versteh mich nicht falsch. Ruby ist das Beste, was mir je passiert ist. Um nichts auf der Welt würde ich auf sie verzichten wollen, aber Lynns Schwangerschaft war nicht geplant.«

»Ach«, wiederholte ich, da ich ihm nicht zu nahe treten, nicht zu sehr in sein Privatleben eindringen wollte.

»Als sie schwanger wurde, kannten wir uns noch nicht lange, und ich war überhaupt noch nicht bereit, Vater zu werden.«

Ich trank einen Schluck von meinem Wein.

»Aber Lynn wollte das Baby behalten, und da dachte ich, nun ja, dass es vielleicht an der Zeit war, mich an jemanden zu binden. Viele meiner Freunde hatten bereits Kinder. Irgendwie schien ich mich immer davor gedrückt zu haben. Vor Lynn war ich mit einer anderen Frau zusammen, die heiraten und eine Familie gründen wollte. Es ist auseinandergegangen, weil ich mich nicht darauf einlassen wollte.«

»Ich glaube, das geht vielen Menschen so. Vielen Männern. Und auch vielen Frauen.« Obwohl Frauen meiner Erfahrung nach eher an Kinder denken als Männer, wollte ich ihm nicht sagen, dass die Entscheidung, Kinder zu bekommen, für mich belastender als für andere Menschen gewesen war.

»Ich liebte diese andere Frau, aber es schien mir alles zu schnell zu gehen. Als es um Heiraten und Kinder ging, bekam ich Angst.«

»Was ist dann geschehen?«

»Ich habe Schluss gemacht. Ich sagte ihr, ich sei noch nicht so weit, und damit war die Beziehung zu Ende.«

»Triffst du dich noch mit ihr?«

»Nein.« Er schüttelte den Kopf. »Das würde ich gern. Ich hätte sie gern weiterhin gesehen, wäre gern mit ihr befreundet geblieben. Ich weiß, dass ich sie sehr verletzt habe. Darum musste ich sie gehen lassen.«

»Bereust du es?«

»Irgendwie schon. Als ich Lynn kennenlernte und sie schwanger wurde, stellte ich fest, dass ich womöglich genau das gebraucht hatte. Obwohl mir die Vorstellung Angst machte, fühlte sich das Baby wie etwas Reales an, etwas, das mich vom Davonlaufen abhielt.«

Nicht zum ersten Mal war ich dankbar, dass Richard nicht herumgedruckst hatte, als es ums Kinderkriegen ging. Dafür, dass er kein Problem aus dem machte, was eines hätte werden können. Dafür, dass er mir zwei wundervolle Kinder und ein wunderbares Leben schenkte. Dafür, dass er mich zu dem Menschen werden ließ, der heute hier in diesem Restaurant saß. Ein Mensch, der attraktiv für sein Gegenüber war.

Ohne Richard wäre ich es nicht geworden. Ich wäre schüchterner, weniger selbstbewusst.

Ich sollte nicht mit Abe hier sein, dachte ich. Es war Richard gegenüber nicht fair. Und gleichzeitig konnte ich nicht anders. Ich wollte mehr, auch wenn das bedeutete, womöglich die Menschen zu verletzen, die ich am meisten auf der Welt liebte.

»Und die andere Frau. Die, vor der du weggelaufen bist. Weißt du, was aus ihr geworden ist?«

»Sie hat einen anderen Mann geheiratet. Ich hoffe, sie ist glücklich. Sie ist eine hinreißende Frau. Sie verdient es, glücklich zu sein. Du erinnerst mich ein bisschen an sie.«

»Tatsächlich?«, fragte ich geschmeichelt.

»Eigentlich mehr als nur ein bisschen«, gestand er, streckte den Arm über den Tisch und legte seine Hand auf meine.

»Aber am Ende hat sich alles gefügt.« Ich drehte meine Hand um, sodass ich seine nun in meiner hielt.

»Es ist sinnlos, darüber nachzudenken, was passiert wäre, wenn Lynn nicht schwanger geworden wäre und wir nicht zusammengeblieben wären«, erwiderte er. »Weil es nun einmal so war.«

Als der Kellner mit den Vorspeisen zurückkehrte, nahm er seine Hand von meiner.

»Das ist mein Lebensmotto.«

»Was?«

»Wahrscheinlich klingt es etwas hart, aber es ist irgendwie wichtig«, sagte ich.

»Erzähl.«

Ich sprach über alles, mit all den komplizierten Details. Schließlich kam ich wieder auf den Anfang unseres Gesprächs zurück. »Darum habe ich beschlossen, den Test nicht zu machen«, erklärte ich ihm. »Weil ich nichts daran ändern kann. Was geschehen soll, geschieht so oder so, und was nicht, das eben nicht.«

»Du bist eine mutige Frau, Ivy.« Er nahm erneut meine Hand und sah mich an.

Ich erwiderte seinen Blick und fragte mich, ob ihn mein Bericht verschreckte, aber an der Art, wie er mich ansah, merkte ich, dass sich nichts zwischen uns geändert hatte.

»Ich weiß nicht, ob das mutig ist«, gab ich zurück. »Aber anscheinend fällt es mir leichter, mit dem Risiko zu leben, als mich mit der Vorstellung auseinanderzusetzen, ohne es zu sein.«

In dem Moment wurde mir eines klar: Wenn ich nicht entschieden aufhörte, mich mit ihm zum Essen oder auf einen Drink zu verabreden oder SMS und E-Mails auszutauschen, würde gefährlich werden, was wir begonnen hatten. Es drohte alles zu zerstören, was mir etwas bedeutete, und die Menschen zu verletzen, die ich liebte.

Doch um es zu beenden, fehlte mir die nötige Willenskraft, jetzt, nachdem ich ihn kennengelernt hatte.

»Das ist lustig«, sagte Richard eines Abends.

Er räumte sein »Büro« auf. In Wahrheit bestand dies aus einer Wohnzimmerecke, in der ein Schreibtisch sowie diverse Papierstapel und Kartons standen. Seit die Kinder auf der Welt waren, redete er schon davon, es aufzuräumen.

Das Wohnzimmer hatte sich für alle zu einem Aufbewahrungsort für allen möglichen Kram entwickelt – nur für mich nicht. Ich war alles andere als eine Sammlerin, aber Richard warf nur ungern etwas weg. Zu den Kartons, die Richard gehörten, kamen ein Puppenhaus, diverse Kisten mit Legosteinen, Computerspiele und -konsolen, Kricketspiele, Bauernhöfe etc. – hier konnte nur sitzen, wem es gelang, sich einen Weg durch oder über den stetig wachsenden Berg an Krempel zu bahnen.

»Was?«, fragte ich Richard, während ich versuchte, aus herumliegenden Legosteinen etwas zu bauen.

Max und Lottie saßen vorübergehend still vor dem Fernseher und gaben uns so die Chance aufzuräumen. Es war die Vorbereitung für einen Umbau, den Richard in unserem Haus durchführen wollte. Es sollte ein Büro hinzukommen, ein Raum mit einer Tür, die man verschließen konnte.

Ich arbeitete gern an dem Schreibtisch in der Küchennische – der riesigen funktionalen Küche, die Richard als Allererstes entworfen hatte. Ich wollte eigentlich nicht, dass er das Wohnzimmer in den Vorgarten hinein erweiterte. Aber Richard brauchte das. Er brauchte ein Projekt.

Fürs Erste bestand es nur aus Papieren voller Berechnungen und Zeichnungen und aus jeder Menge Kartons mit Krimskrams, die weggeräumt werden mussten, wenn je ein Bauunternehmer seine Pläne in die Realität umsetzen sollte.

»Sieh dir das an.« Richard hielt ein Foto hoch.

Einer der Kartons war voll davon. Richard besaß keine Alben, jedoch diverse Kisten mit Fotos, die er im Laufe seines Lebens gesammelt hatte. Die meisten hatten andere aufgenommen. Er selbst war nie ein begeisterter Fotograf gewesen.

»Man verpasst den Moment. Man sieht nur, was man durch den Sucher sieht, und verliert den Blick fürs große Ganze.«

Doch er war auf den Bildern anderer Menschen zu sehen. Auf frühen Polaroids, die seine Eltern von ihm und seinen Geschwistern in den Ferien gemacht hatten. Auf Aufnahmen professioneller Fotografen von wichtigen Momenten wie seinem Abschluss und auf glänzenden Abzügen, die Freunde gemacht haben mussten, als sie ihre Schnappschüsse entwickeln ließen.

»Was ist das?« Ich bahnte mir einen Weg durch herumliegende Bilder, um einen Blick auf das Foto in seiner Hand zu werfen.

»Das stammt von einer Party. Das muss in den frühen Achtzigern gewesen sein. Ich kann mich nur vage daran erinnern.«

Auf dem Foto standen ein paar Leute mit Bierdosen und Joints in den Händen in der Abenddämmerung in einem Garten. Einer von ihnen war der jugendliche Richard.

»Schicke Frisur«, bemerkte ich. Er trug einen Igelhaarschnitt. »Wessen Party war das?«

»Keine Ahnung. Ich bin mir nicht mal sicher, ob ich das damals wusste«, überlegte er. »Ein Kumpel war eingeladen, und ich ging mit. Aber ich erinnere mich noch, wo das war. In einem Haus direkt neben dem British Museum.« Er hielt inne, als wollte er mir Zeit geben, die Bedeutung dieser Worte zu erfassen, dann fügte er hinzu: »Aber schau doch mal.«

Richard stand auf, sodass er über meine Schulter hinweg aus demselben Winkel auf das Foto blickte wie ich. Ich nahm an, seine Aufregung müsste mit dem Gebäude zu tun haben, offenbar sah er dort irgendetwas, das mir entging. Sollte ich hinter den Schultern der Leute ein Stück vom British Museum entdecken, einem seiner Lieblingsorte?

»Ich weiß, es ist unscharf«, bemerkte er und zeigte darauf. »Aber sieh dir den Hintergrund an.«

Und dann entdeckte ich sie. Hinter der Gruppe an der Mauer

stand eine junge Frau allein, ein Stück entfernt von ein paar anderen jungen Männern, die in ein Gespräch vertieft waren und die Kamera nicht bemerkten. Die Frau sah auf, als wüsste sie, dass sie fotografiert wurde, auch wenn sie nicht im Mittelpunkt der Aufnahme stand. Sie hatte schulterlanges rotes Haar.

»Das bist doch du, oder nicht? Wir müssen auf derselben Party gewesen sein.«

»Ja«, bestätigte ich und betrachtete das Foto genauer. »Die sieht aus wie ich.«

»Kannst du dich nicht an das Haus erinnern?«

»Nein. Da klingelt nichts bei mir. Jemand muss mich eingeladen haben, als ich damals bei der Zeitarbeit gearbeitet habe.«

»Das ist doch komisch, nicht?«, fragte Richard. »Wir hätten uns schon früher kennenlernen können. Ich frage mich, was dann wohl passiert wäre.«

»Ja.« Ich blickte noch immer auf das Foto und hörte Richard, der ein wenig philosophierte, nur mit halbem Ohr zu. »Wie bitte?«

»Unsere Welt ist wie ein Leichenhaus, in dem die Gebeine vergangener Zeiten herumliegen«, wiederholte Richard. »Das ist ein Zitat von Corbusier.«

»Soll heißen?« Ich sah ihn an, obwohl mich noch immer etwas auf dem Foto fesselte.

»Auf die Architektur bezogen heißt es, man sollte sich bei künftigen Projekten nicht von der Vergangenheit aufhalten lassen«, sagte er. »Aber manchmal denke ich, es beschreibt, wie einen Dinge aus der Vergangenheit noch immer beeinträchtigen. Verstehst du?«

»Sehr eigenartig, oder?«, wiederholte ich, und Richard dachte, ich sei über diesen Zufall genauso fassungslos wie er.

Und ich fand es tatsächlich seltsam. Was mich allerdings

wirklich sprachlos machte, war etwas anderes, das noch viel unwahrscheinlicher war: die beiden jungen Männer, die rechts von der Rothaarigen standen. Natürlich wusste ich nicht, wie er als junger Mann ausgesehen hatte, dennoch war ich mir sicher, ihn zu erkennen. Einer der Männer, die dort in ein Gespräch vertieft neben mir standen, war Abe McFadden.

Nicht, dass ich meinen zukünftigen Ehemann um ein Haar mehrere Jahre früher kennengelernt hätte – nein, fast wäre ich auch noch dem Mann begegnet, mit dem ich … vielleicht … in Erwägung zog … So genau wusste ich das selbst nicht. Die einzigen Worte, die mir einfielen, kamen mir zu geschmacklos vor. Die Tatsache, dass er auf diesem Foto war und ich ihm später in einem anderen Land wiederbegegnet war, ließ, was geschehen sollte, irgendwie schicksalhaft erscheinen.

In der Hoffnung, in den Geschichten anderer Rat zu finden, las ich fortwährend Artikel in Zeitschriften, die ich normalerweise nicht lesen würde.

»Meinen Sie, Sie können das vom Rest Ihres Lebens trennen?«, fragte eine Kummerkastentante eine Leserin, die kurz davor stand, sich auf eine mögliche Affäre einzulassen.

»Meinen Sie, dass ich ungestraft davonkomme?«, konnte man den Inhalt ihres Briefes in einem Satz zusammenfassen.

»Nein«, lautete die Kurzversion der langen Antwort. Die längere Version beinhaltete Sätze wie: »Die Menschen meinen häufig, sie könnten eine Affäre kontrollieren. Ziemlich oft beginnt es mit Sex. Dass beide verheiratet sind, lässt es vielleicht sicherer erscheinen.«

Und dann folgten natürlich diverse Zweifel. Und der Kern der Zweifel lautete: Irgendwann entwickelt einer von beiden unweigerlich Gefühle, und diese Gefühle werden Ihnen zum

Verhängnis werden. Es geht nicht mehr nur um Sex und lässt sich nicht mehr vom anderen trennen. Das Ganze bringt ihr Leben gefährlich durcheinander.

»Tun Sie es nicht«, lautete der Ratschlag.

So lautete er immer.

Wer hätte gedacht, dass wir eine derart moralische Nation waren? Manchmal fragte ich mich, ob französische Kummerkastentanten dasselbe rieten. Oder erteilte man in dem Land, von dem wir meinen, außereheliche Aktivitäten seien dort im Grundgesetz verankert, andere Ratschläge?

»Aber was, wenn es gar nicht in erster Linie um Sex geht?« Dauernd suchte ich nach einem Brief, der das fragte. »Was, wenn einen das überwältigende Gefühl zusammengebracht hat, dem Menschen begegnet zu sein, nach dem man immer gesucht hat, ohne es zu wissen? Und jetzt hat man ihn gefunden.« Ich wünschte, das würde jemand an meiner Stelle fragen.

Was, wenn dieser Mensch dich in den Momenten, in denen dich das schlechte Gewissen überkommt und du dir Vorwürfe machst, fest in die Arme schließt, dich auf den Nacken küsst und dir mit solcher Überzeugung zuraunt »Wir gehören zusammen«, dass dein Schuldgefühl augenblicklich verpufft?

Was, wenn du dich daran gewöhnst, dich mit einem anderen Mann zu treffen, der dir mehr gibt – etwas, das dich so glücklich macht, dass es dir das Risiko wert ist?

Was, wenn das Risiko allmählich nachlässt, weil dein Mann nicht den geringsten Verdacht zu schöpfen scheint?

Was, wenn die Veränderung, die in dir vorgeht und von der du meinst, sie müsse jedem auffallen, völlig unbemerkt bleibt, selbst von dem, der dir am nächsten steht?

Was, wenn das, was du dir anfangs als eine Art Flucht vor

dem wirklichen Leben erklärt hast, sich langsam wie das wirkliche Leben anfühlt?

Was, wenn du dich verliebt hast und dir nicht vorstellen kannst, ohne diesen Mann weiterzuleben?

Theoretisch ist die ganze Situation unmöglich, scheint aber zu funktionieren. Solange niemand etwas weiß, wird auch niemand verletzt.

Nur du selbst beginnst allmählich zu leiden.

Du vermisst ihn zu sehr, wenn ihr euch nicht seht, und diese Zeiten kommen dir zunehmend länger vor und sind immer schwerer zu ertragen. Du argwöhnst, dass seine Gefühle für dich abkühlen, traust dich aber kaum, das Thema anzuschneiden, aus Angst zusammenzubrechen, wenn er die Affäre beendet. Du fängst plötzlich an, ihm Vorwürfe zu machen, weil er das ist, was du immer wusstest – der Ehemann einer anderen.

»Bist du nächste Woche hier?« Mit einem schmierigen Löffel schob ich Ei und Pommes frites auf meinem Teller umher. Wir saßen in der Nähe einer heruntergekommenen Pension, in der Abe und ich gerade ein paar Stunden miteinander verbracht hatten.

Das Hotel und das Café schienen die Wandlung widerzuspiegeln, die in den letzten Jahren mit uns vorgegangen war.

Ja, es waren inzwischen fast zwei Jahre.

Anfangs trafen wir uns an hübschen Orten. Jetzt suchten wir nach billigen Lösungen. In billigen Hotels fühlte ich mich billig, aber da ich darauf gedrängt hatte, ihn heute Nachmittag zu sehen, durfte ich mich nicht beklagen.

Abe hatte vorgeschlagen, sich abends auf einen Drink zu treffen, aber ich wollte mehr Zeit mit ihm allein haben. Meine Sehnsucht siegte. Jetzt wünschte ich, das wäre nicht der Fall gewesen. Die Atmosphäre war angespannt, und wir hatten Zimmer 101 – die Notrufnummer.

»Hat das etwas zu bedeuten?«, hatte ich gescherzt, während Abe den Schlüssel ins Schloss steckte.

Er ignorierte mich.

»Manchmal kommt es mir so vor, als ginge es nur um Sex«, sagte er später, als wir nach dem vergeblichen Versuch, miteinander zu schlafen, im Bett lagen.

Das war in letzter Zeit mehrmals vorgekommen – ein weiteres Zeichen dafür, dass Abe nicht mehr mit dem Herzen dabei war.

»Lass uns etwas essen gehen.« Er schwang die Beine über die Bettkante und sammelte seine Kleider vom Boden auf, dann ging er ins Bad.

»Nächste Woche bin ich in Frankfurt«, sagte Abe im Café.

Er hatte mir schon erzählt, dass es Pläne für einen neuen Platz auf einem ehemaligen Industriegelände der Stadt gab. Seine Firma bewarb sich um die Gestaltung des Brunnens. Er basierte auf der Fibonacci-Folge – einer mathematischen Reihe, die bewies, dass häufig Dinge, die vollkommen beliebig wirken, eigentlich einem strikten Muster folgen. Die Samen von Sonnenblumen und sogar die Erhebungen der Ananas gehorchen der Fibonacci-Folge. Ebenso die Wasserdüsen von Abes Brunnen. »Es beginnt mit zwei einzelnen, dann zwei zusammen, drei, fünf, acht, bis die Becken erreicht werden.«

»Wann kommst du wieder?«

»Ich fahre Dienstag. Vor Freitag bin ich nicht zurück.«

»Ich habe einen Kunden in Frankfurt«, warf ich vorsichtig ein.

Das stimmte nicht. Wie würde er auf die Andeutung reagieren, dass ich ihn möglicherweise dort treffen konnte?

»Lynn wird mich begleiten.« Er blickte so bewusst an mir vorbei, dass ich meinte, er könne nicht nur meinem Blick ausweichen, sondern müsse tatsächlich etwas hinter mir beobachten.

Ich drehte den Kopf wie eine Eule, so weit ich konnte, nach hinten und betrachtete das Regal, auf dem Ketchup, Mayonnaise, braune Soße und Gewürze aufgereiht standen. So konnte ich meiner Enttäuschung einen Augenblick Raum geben, ohne dass er es bemerkte.

»Schon wieder?«, fragte ich. Es klang vorwurfsvoller als beabsichtigt.

»Wie meinst du das?«

»Ach, vergiss es.«

»Lynns Mutter hat angeboten, sich um Ruby zu kümmern. Lynn hat Lust mitzukommen, und so kommt sie mal raus.«

»Klar.« Es gelang mir nicht, den anklagenden Ton aus meiner Stimme zu verbannen. »Es ist nur …«

»Was?«

»Irgendwie wird es immer schwieriger, uns zu sehen.«

»Wir sehen uns doch jetzt«, gab er gereizt zurück. »Verdirb das nicht.«

»Es tut mir leid.«

Wir schwiegen, und ich war sicher, dass die Kellnerin, die so großzügig Reinigungsmittel auf dem Nachbartisch verteilte, dass ich niesen musste, unser Gespräch belauschte und genau wusste, was vor sich ging. Halbherzig verteilte sie das Mittel mit einem grellgrünen Schwamm und blickte dabei in unsere Richtung.

»Es tut mir leid«, sagte ich wieder. »Willst du einen Kaffee?«

»Du isst ja gar nichts.«

Ich hatte mein Essen kaum angerührt. »Ich habe keinen Hunger.«

»Ich sollte lieber ins Büro zurückgehen. Um fünf Uhr habe ich eine Telefonkonferenz.«

»Okay.«

»Ich zahle«, sagte Abe, glitt von seinem Stuhl und ging zur Kasse. Normalerweise hätte ich ihm angeboten, meinen Teil selbst zu bezahlen, aber heute ließ ich ihn die Rechnung übernehmen – ich war wütend auf ihn.

»In welche Richtung gehst du?«, fragte ich auf der Straße.

»Ich gehe zur U-Bahn«, antwortete er. Er wusste genau, dass ich zur anderen Bahn musste.

»Bis dann«, sagte ich und fühlte mich in seiner Gesellschaft so unwohl wie noch nie zuvor.

»Wiedersehen, Ivy«, erwiderte er und küsste mich so flüchtig, dass mir zum Heulen zumute war.

Eines Tages traf ich ihn zum Mittagessen. Nur zum Mittagessen. Doch jede Begegnung war besonders. Ich wünschte mir, dass er nicht zurück zur Arbeit müsste und ich für eine Stunde mit ihm in ein Hotel entschwinden könnte. Doch Abe hatte betont, dass er nur wenig Zeit habe. Die Atmosphäre war angespannt. Ich erkundigte mich nach seiner Reise, aber er war nicht sehr mitteilsam.

Und dann klingelte während des Essens das Telefon. Ich hatte meins ausgeschaltet. Aber er erwartete einen geschäftlichen Anruf.

»Es ist Lynn«, formte er lautlos mit den Lippen, stand auf und entfernte sich ein Stück.

Ich saß im hinteren Teil des Restaurants, in der Nähe der Toiletten. Man hatte uns einen besseren Platz angeboten, aber wir wollten lieber etwas im Verborgenen sitzen.

»Ich bin mit einem Kunden unterwegs, aber sag nur«, hörte ich ihn lügen.

Und er wendete sich von mir ab, zog die Schultern hoch, als wollte er mich von der Unterhaltung ausschließen.

Ich schnappte einzelne Fetzen des Gesprächs auf.

»Ist alles in Ordnung? Geht es Ruby gut? Soll ich nach Hause kommen?«

Als er an den Tisch zurückkam, sagte er, es tue ihm leid, aber er müsse aufbrechen. Es sei etwas passiert.

»Was ist los?« Ich war besorgt.

»Es war Lynn«, sagte er.

Das wusste ich schon.

»Ist sie okay?«

»Ich muss wirklich gehen.«

Er war aufgelöst. Ich hielt ihn nicht auf. Ich bestellte die Rechnung. Ich fragte mich, was geschehen war.

Ich hörte nichts von ihm. Warum auch? Dafür gab es keinen Grund. Es beunruhigte mich. Machte ich mir Sorgen um ihn oder um mich? Darauf wusste ich keine Antwort. Ich wollte mich nicht intensiver mit meinen Gefühlen auseinandersetzen.

Am nächsten Tag – nichts. Schließlich rief er an. »Es tut mir leid wegen neulich«, sagte er. »Lynn und Ruby waren in einen Unfall verwickelt.«

»O mein Gott!« schien mir eine angemessene Reaktion zu sein. »Geht es ihnen gut?«

»Ja.«

Erleichterung. So hatte er keinen Grund, die Affäre zu beenden.

»Was ist passiert?«

Lynn oder, wem das passender erscheint, seine Frau hatte ihre Mutter besucht. Sie wohnt außerhalb von Guildford, ein paar Stunden von London entfernt. Ruby war bei ihr, sie saß angeschnallt hinten in ihrem Kindersitz und sang »The Wheels on the Bus«.

»Sie sagte, es sei alles sehr schnell gegangen«, erzählte er mir.

»Dort war ein Laster mit Heu unterwegs, und sie sah, dass die Ballen ins Wanken gerieten, als seien sie nicht richtig befestigt.«

Er berichtete mir, dass die Ladung herunterfiel. Überall flogen Heuballen umher. Lynn konnte kaum die Straße erkennen. Sie drosselte sofort die Geschwindigkeit, aber einer der Ballen traf den Wagen, landete auf der Motorhaube und versperrte ihr die Sicht. Sie geriet ins Schlingern und trat auf die Bremse.

»O mein Gott.« Noch einmal. »Wie schrecklich. Aber ihr ist nichts passiert?«

»Nein«, sagte er. »Ihr ist nichts passiert. Aber sie war sehr mitgenommen.«

»Das verstehe ich.« Ich bemühte mich, es zu verstehen.

»Es war sehr knapp«, sagte er, und ich widerstand dem Drang, »aber es ist ja nichts passiert« zu erwidern.

Es war nicht der richtige Zeitpunkt, meine Theorie über den Unterschied zwischen »fast« und »tatsächlich« auszuführen.

Seiner Ansicht nach hatte seine Frau etwas deutlich Schlimmeres erlebt als einen Beinaheunfall.

Es kam mir vor, als hätte sich dadurch zwischen uns etwas verändert.

Ein paar Tage hörte ich nichts von ihm. Keine SMS. Keine Anrufe. Ich überlegte, dass er bei unserem letzten Treffen abwesend gewirkt hatte, auch schon vor dem Anruf von Lynn.

Ich schickte ihm eine möglichst unbekümmerte und fröhliche Nachricht.

Ich hoffe, bei dir ist alles okay. Ich bin heute erreichbar, wenn du Zeit hast, kurz zu sprechen. Küsschen

Er antwortete nicht, auch nicht am nächsten Tag, als ich ihm eine weitere Mitteilung schickte.

Ich hoffe, zu Hause ist alles okay. Mache mir ein bisschen Sorgen, weil ich nichts von dir gehört habe. Sag mir doch kurz Bescheid, wie es dir geht. Küsschen

Ich hoffte, er würde mir schreiben und fragen, ob er mich anrufen könne. Ich wollte mich vom Klang seiner Stimme beruhigen lassen.

Doch er antwortete nicht, jedenfalls nicht in den nächsten Stunden. Also versuchte ich es aufs Neue.

Hallo, Süßer, schrieb ich diesmal. *Du bist sicher beschäftigt. Darf ich dir mailen?*

Ich fragte ihn stets, ehe ich ihm eine E-Mail schickte, nur für den Fall, dass jemand im Büro an seinem Computer saß. Schließlich antwortete er.

Klar, lautete die Antwort. Knapp, ohne etwas zu verraten.

Ich quälte mich mit der E-Mail, die ich ihm schließlich schickte. Eigentlich hatte ich eine Pressemitteilung vorzubereiten. Einer meiner Kunden bot gerade ein neues Programm an – Radfahren in Galizien –, und ich musste eine Liste von passenden Journalisten erstellen. Das sollte ich eigentlich fertig und abgeschickt haben, bevor ich die Kinder von der Schule abholte, doch stattdessen verbrachte ich eine Stunde mit der Nachricht an Abe. Ich schrieb etwas, löschte es wieder, sicherte Entwürfe und verharrte mit dem Mauszeiger über dem Zeichen für »Senden«, nur um dann wieder von vorn zu beginnen.

Was am Ende dabei herauskam, war kurz und süßlich.

Liebster Abe,
ich hoffe, bei dir ist alles okay. Bei unserem letzten Treffen wirktest du ein bisschen distanziert. Ich weiß, du hast ziemlich viel um die Ohren und wenig Zeit. Ich will auch nichts Unmögliches von dir verlangen.

Du weißt, wie gern ich dich sehen möchte, doch ich weiß, dass das nicht immer möglich ist. Sollte aber irgendetwas anderes zwischen uns stehen, oder wenn du Zweifel hast, dann sag es mir bitte, ja?

Ich hoffe, du ertrinkst nicht in Arbeit und bei dir zu Hause ist alles in Ordnung.

In Liebe

Sitze in einer Besprechung fest. Nehme mir den Rest der Woche frei. Versuche, mich zu melden, bevor ich heute das Büro verlasse. Kuss A., lautete die Antwort.

Nicht das, was ich mir erhofft hatte.

Ich ließ die Arbeit liegen und holte die Kinder ab.

»Mum, ich brauche eine Verkleidung für den Weltsporttag«, plapperte Max aufgeregt. »Aber ich weiß nicht, als was ich gehen soll.«

»Du könntest dich als Celestine Babayaro verkleiden«, schlug ich vor. Max war Chelsea-Fan, und dieser Name war schon öfter gefallen. Ich hatte allerdings keine Ahnung, wie der Mann aussah. Der Name klang französisch oder italienisch.

»Das geht nicht«, sagte Max. »Ich bin doch allergisch gegen Schminke!«

»Oh.« Mir dämmerte, dass der Spieler schwarz war. »Du musst das mit der Verkleidung nicht zu genau nehmen, Max.«

»Ich könnte als John Terry gehen«, überlegte er.

»Gute Idee«, erwiderte ich gedankenverloren, weil ich nichts von Abe gehört hatte. Den ganzen Abend über sah ich viel zu oft in mein E-Mail-Postfach.

»Gibt es ein Problem bei der Arbeit?«, erkundigte sich Richard.

»Nein«, antwortete ich und sorgte mich, dass mein Verhalten ihn misstrauisch machen könnte.

Ich schaltete den Computer aus und erst am nächsten Morgen wieder ein, nachdem Richard zur Arbeit gegangen war und ich die Kinder in die Schule gebracht hatte. Vermutlich saß Abe jetzt mit seiner Frau in einer Lufthansa-Maschine über dem Kanal auf dem Weg zu einem hübschen Hotel.

In meinem Posteingang fand ich eine E-Mail von Abe. Er hatte sie spätabends geschickt und musste gewusst haben, dass ich sie erst öffnen würde, wenn er nicht mehr im Büro war. Es fehlte ein Betreff.

Ich las sie in der Hoffnung, eine Erklärung für seine Kühle zu finden, für sein Verhalten mir gegenüber. Eine andere Erklärung als die, vor der ich mich fürchtete.

Er besaß noch nicht einmal den Mumm, sich klar auszudrücken. Ganz offensichtlich versuchte er, Schluss zu machen, ohne es offen zu sagen. Er tat, als sei es meine Entscheidung, obwohl es seine war.

Die E-Mail bestand aus einem Wirrwarr aus *du wirst immer in meinem Herzen sein, wusste vom ersten Moment an, dass du etwas ganz Besonderes bist, ich kann dir nicht geben, was du willst, darum ist es besser, ich ziehe mich zurück* und *ich muss mehr Zeit zu Hause verbringen.*

Er beendete die Beziehung, ohne den Mut zu haben, es einfach offen zu sagen. Und als würde er sich dadurch besser fühlen, benahm er sich, als hätte ich die ganze Affäre initiiert und es wäre mir leichtgefallen.

Ich hätte mich nie auf etwas einlassen dürfen, das den Menschen wehtun kann, die mir am nächsten stehen. Ich fand es immer schwieriger, mit den Schuldgefühlen umzugehen, und wundere mich, dass dir das alles so leichtfällt …

Ich war völlig aufgelöst und zugleich wütend. Wie konnte er es wagen, mich mit einer E-Mail abzuservieren, die noch nicht einmal Sinn ergab, wenn er die Chance gehabt hatte, mir das alles persönlich zu sagen? Wie konnte er wagen, mir das anzutun, wenn er den Rest der Woche nicht mehr im Büro und somit für mich nicht erreichbar war? Wie konnte er mir auf derart herablassende Weise Gefühle unterstellen, wenn sein Verhalten doch bewies, dass er absolut keine Ahnung hatte, wie ich mich bei alldem fühlte?

Ich verstieß gegen eine unserer wichtigsten Regeln – keine SMS zu schicken, wenn er zu Hause war.

Bitte entschuldige die Störung, aber deine E-Mail ist unverständlich und vollkommen unklar, tippte ich in mein Telefon. Ich ging auf Senden.

Über eine halbe Stunde hörte ich nichts, eine halbe Stunde, in der ich mich sorgte, auf und ab ging und auf meine Uhr sah, weil ich hoffte, dass er mir antwortete, bevor ich die Kinder von der Schule abholen musste.

Dann fiel mir ein, dass ich mich wegen der Kinder besser zusammenreißen sollte. So durften sie mich nicht sehen. Ich musste mich normal verhalten. Ich musste mich auch völlig normal benehmen, wenn Richard von der Arbeit zurückkam.

Mein Telefon piepte, und ich öffnete eine Nachricht von Abe.

Kann nicht reden. Bin mit Lynn unterwegs.

Dann hättest du mit mir reden sollen, als du mit mir unterwegs warst, antwortete ich trotzdem.

Das habe ich versucht, kam zurück.

Und dann, ehe ich überhaupt etwas darauf antworten konnte, folgte: *Ich schalte jetzt das Telefon aus. Du kannst mir ja auf meine E-Mail antworten, dann lese ich mir das später durch.*

Ich wusste nicht, was ich sagen sollte. Ich hatte immer gewusst, dass es eines Tages enden würde. Aber doch nicht so.

Bedeutete ich ihm denn wirklich so wenig, dass er eine Beziehung beendete, die mir so wichtig war?

Ich dachte, Abe sei mein Seelenverwandter. Ich dachte wirklich, es sei etwas Besonderes zwischen uns. Ich hatte meine Ehe aufs Spiel gesetzt, um mit einem Mann zusammen zu sein, weil ich ihm glaubte, als er sagte, er sei »froh, mich gefunden zu haben« und dass »wir zusammengehörten«.

Ich schrieb ihm eine E-Mail, sie war kurz und knapp.

Ich finde, dass du mir zumindest eine Erklärung schuldig bist.

Das war das Mindeste. Ich hatte das Gefühl, dass mir das zustand, doch als seine Antwort in meinem Postfach eintraf, war ich starr vor Schreck über das, was wir getan hatten.

Liebe Ivy,
ich hätte es dir von Angesicht zu Angesicht sagen sollen, aber ich konnte es nicht. Ich wusste, dass ich dich verletzen würde, und das wollte ich nicht. Deshalb mache ich es auf die feige Tour. Uns war immer klar, dass es mit uns nicht immer so weitergehen kann. Vielleicht habe ich es schon länger laufen lassen, als gut war, aber jetzt muss es vorbei sein.

Lynn ist schwanger. Die ersten drei Monate sind noch nicht ganz um, darum haben wir es noch niemandem gesagt. Ihr ist sehr schlecht, darum nehme ich mir frei und kümmere mich um sie und um Ruby. Als sie in diesen Unfall verwickelt waren, habe ich plötzlich eine Ahnung davon bekommen, wie es wäre, sie zu verlieren. Und da ist mir klar geworden, dass ich nicht weiterhin durch mein Verhalten riskieren darf, sie tatsächlich zu verlieren. Meine Zukunft ist bei Lynn und meiner – nun wachsenden – Familie, und deine ist bei deiner.

Es tut mir leid, dass ich es dir nicht anders mitgeteilt habe.

Aber ich muss jetzt den Kontakt zu dir abbrechen.

In Liebe
Abe

Ich war fassungslos, schockiert, traurig und tat mir leid, aber vor allem erschrak ich über mein eigenes Verhalten. Wie selbstsüchtig waren Abe und ich gewesen, beinahe hätten wir das Leben der Menschen zerstört, die wir liebten.

Ich vermisste ihn. Ich vermisste ihn so sehr, dass es wehtat, dann begann ich, ihn für die düstere Stimmung verantwortlich zu machen, die mich immer häufiger überkam, und wurde allmählich wütend auf ihn. In meinem ganzen Leben war ich nie depressiv oder niedergeschlagen gewesen. Er hatte mir das angetan.

Nachdem Richard vorher nie etwas aufgefallen war, merkte er jetzt etwas. »Wahrscheinlich ist es eine etwas verspätete Reaktion«, sagte er sanft, »auf Jons Testergebnis und auf Cathys Diagnose. Du warst so optimistisch und so tapfer. Aber es ist normal, dass dich das belastet.«

»Das ist es nicht«, sagte ich. An mir nagte das schlechte Gewissen, weil er so nett zu mir war. Er sollte mich hassen.

»Mir war klar, dass es dich belasten würde«, fuhr Richard fort. »Ich habe mit dem Arzt gesprochen, und er sagte, es würde dich wahrscheinlich irgendwann einholen. Ich wollte nichts sagen, weil ich wusste, dass es schon schlimm genug für dich ist, wenn du dich nur um dich sorgen musst, nicht auch noch um andere, weil sie sich um dich Sorgen machen.«

»O Gott«, sagte ich, weil ich nicht fassen konnte, wie großzügig er war.

»Ich dränge dich nicht, den Test zu machen«, sagte er.

»Das habe ich auch nicht angenommen.«

All die Zeit. All die Zeit, in der ich mich davongeschlichen hatte, um mit einem anderen Mann zusammen zu sein. In der ich mein Handeln insgeheim damit gerechtfertigt hatte, dass Richard ohnehin nichts bemerkte, hatte sich Richard um mich gesorgt. All die Zeit hatte er geschwiegen, anstatt mich zum Reden zu drängen, und zugleich hatte er auf mich aufgepasst. Und er hatte nicht etwa geschwiegen, weil ihm entgangen war, dass etwas nicht stimmte, sondern weil er dachte, ich sei mit etwas anderem beschäftigt.

Was hatte Abe über Niels Bohr gesagt, als wir uns kennenlernten? Was man nicht sehen kann, existiert nicht? Zweifellos interpretierte ich diesen Teil der Quantenphysik völlig falsch und wandte ihn irrtümlich auf mein eigenes Leben an. Doch für Richard existierte keine Affäre, weil er sie nicht gesehen hatte. Ich betete, dass es so blieb.

»Es tut mir leid, Richard«, sagte ich.

Fast wollte ich es ihm in der Hoffnung erzählen, er könnte mir vergeben, aber ich würde ihn nur verletzen, und ich wusste, wie sich das anfühlte. Hier handelte es sich zudem nicht um eine flüchtige Affäre mit irgendeinem Arbeitskollegen. Sie dauerte zwei Jahre, und ich hatte wirklich etwas für diesen Mann empfunden.

»Dir muss nichts leidtun«, sagte Richard.

Wenn er nur wüsste. Dann wäre er nicht so nett zu mir.

»Egal was passiert, ich werde für dich da sein.«

Er war entschlossen, alles in seiner Macht Stehende zu tun, damit es mir besser ging, und tat, was er konnte, um mir zu zeigen, dass er mich liebte. Ich wusste, dass er das tat. Jetzt mehr als je zuvor, aber dadurch fühlte ich mich nur noch schlechter.

Doch ich konnte mir selbst nicht so leicht davonkommen.

Ich wollte nicht so empfinden, doch loszulassen brachte ich anscheinend nicht über mich. Und ich konnte mit niemandem darüber reden, also schwamm ich im Stadtbad unzählige Bahnen und hoffte darauf, dass das Zählen von Schwimmzügen und Runden mich von Abe ablenkte.

Ich konnte es nicht mehr so genießen wie sonst.

Und ich konnte dem Gefühl nicht entkommen, dass ich betrogen worden war. Dass nichts, was Abe zu empfinden behauptet hatte, der Wahrheit entsprach.

Ich konnte kaum fassen, dass ich so naiv und so dumm gewesen war zu glauben, das Schicksal hätte uns zusammengeführt, nachdem ich jetzt wusste, dass ich nie mehr als ein Seitensprung gewesen war.

Es belastete mich über alle Maßen, wie zuvor kein anderer Schicksalsschlag im Leben.

Zwei Jahre meines Lebens. Zwei Jahre voller Gefühle für einen Mann, die so intensiv gewesen waren, dass ich fast jede Minute an ihn hatte denken müssen, lösten sich in nichts auf.

Irgendwo las ich einen Satz, den ich mir merkte. »Eines Tages wird es sein, als wäre es nie passiert. Du wirst überrascht sein, wie sehr es nie passiert ist.«

LONDON, 1996

»Laut griechischer Mythologie besaßen die Menschen ursprünglich vier Arme, vier Beine und einen Kopf mit zwei Gesichtern. Da Zeus ihre Macht fürchtete, zerteilte er sie in zwei Teile und verdammte sie dazu, ihr Leben lang nach ihrer anderen Hälfte zu suchen. Und wenn einer von ihnen die andere Hälfte findet, die eigentlich ja ein Teil seiner selbst ist, ob als jugendlicher Liebhaber oder als Liebender anderer Art, verliert sich dieses Paar in einer erstaunlichen Liebe und Freundschaft und Vertrautheit, und einer lässt den anderen nicht mehr aus den Augen, noch nicht einmal mehr für einen Augenblick ...«

PLATON, *DAS SYMPOSIUM*

KURZ VOR ELF BESCHLOSS ICH, Tessa anzurufen. Sie würde sich sicherlich erschrecken und sich fragen, wer um diese Uhrzeit noch anrief. Doch ich hoffte, dass sie noch wach war und die Nachrichten auf Newsnight ebenfalls verfolgte. Vielleicht überlegte sie ja auch gerade, uns anzurufen, um sich zu erkundigen, ob es Abe gut ging. Wenn sich jemand Sorgen um ihn machte, dann doch wohl seine Schwester.

»Tessa, hier ist Ivy. Tut mir leid, dass ich dich so spät noch störe.«

Ich hatte es lange klingeln lassen, ehe sie das Gespräch angenommen hatte. Mir war klar, dass ich womöglich auch Harry und die Kinder aufweckte.

»Ist alles in Ordnung?«

»Das weiß ich nicht«, sagte ich, und die Gefühle, die ich in den letzten Monaten zu unterdrücken versucht hatte, ließen mich nicht mehr los.

Einerseits klammerte ich mich an die Hoffnung, es gebe für alles eine rationale Erklärung, andererseits drohten meine größten Ängste die Oberhand zu gewinnen.

Doch es gab noch eine andere Seite in mir, die dachte, dass es vielleicht nicht das Schlimmste war. Vielleicht einfach nur etwas anderes, aber nicht das Schlimmste.

»Hast du die Nachrichten gesehen?«, fragte ich.

»Heute Abend noch nicht.« Jetzt klang Tessa beunruhigt. »Warum? Ist etwas passiert?«

»Ja.«

Ich dachte, Tessa und Harry hätten die Nachrichten gesehen oder vielleicht im Radio etwas mitbekommen. Wenn Abe abends zu Hause war, was zunehmend seltener vorkam, schauten wir uns gemeinsam die Nachrichten an, bevor wir ins Bett gingen. Das taten andere Paare doch sicher auch.

Aber vielleicht wären sie nicht unbedingt besorgt gewesen. Vielleicht war ihnen nicht klar, dass Abes Büro in Canary Wharf lag. Ich hatte schließlich auch keine Ahnung, wo genau sich Jons Büro befand. Warum also sollte Tessa wissen, wo das Büro ihres Bruders lag? Warum sollten die beiden wissen, dass er jeden Abend gegen sieben Uhr die Docklands Light Railway an der Station South Quay nahm? Vielleicht hatten sie in den Nachrichten ja auch von dem Anschlag gehört, ihn jedoch nicht mit Abe in Verbindung gebracht.

»Die IRA hat einen Bombenanschlag verübt.« Ich konzentrierte mich auf die Details anstatt auf die Sache, die ich am meisten fürchtete. »Sie haben die Waffenruhe gebrochen«, plapperte ich weiter. »Ein Teil der South Quay Plaza ist zerstört und ein Großteil des Bahnhofs. Es gibt jede Menge Verletzte und …«

»Ivy«, unterbrach mich Tessa. »Ist das in den Docklands?«

»Ja.« Ich blickte auf den Fernsehbildschirm, über den weitere Bilder von zerstörten Gebäuden flimmerten.

»Ist bei Abe alles okay?«

»Das weiß ich nicht.« Ich merkte, dass meine Worte kaum zu hören waren.

»Ivy?«, fragte Tessa und hob die Stimme, als läge es an der Leitung und nicht an mir.

»Er ist nach der Arbeit nicht nach Hause gekommen.«

»Wann ist das passiert? Wie lange ist das her?«

»Um kurz nach sieben. Es heißt, es habe vorher eine Warnung gegeben und die Gegend sei geräumt worden, aber es gibt viele Verletzte, und das ist die Zeit, um die Abe normalerweise in den Zug steigt, wenn er …« Ich hielt inne und dachte, dass jetzt nicht der richtige Zeitpunkt war, mich von meinen anderen Sorgen ablenken zu lassen.

»Und er hat nicht angerufen?«

»Nein. Bis zu den Nachrichten habe ich mir keine Sorgen gemacht. Ich war mir nicht sicher, ob er spät nach Hause kommt oder nicht.«

»Er könnte also auch in einer Besprechung sein?« Tessa stellte die gleichen Überlegungen an, die ich bereits durchgegangen war. »Vielleicht ist er ganz woanders und weiß nicht, dass es einen Bombenanschlag gegeben hat.«

»Das ist möglich.« Ich versuchte, mir nicht einzugestehen, wie unwahrscheinlich diese Möglichkeit war.

»Hast du in seinem Büro angerufen oder …« Die Alternative blieb offen.

»Im Büro ist niemand ans Telefon gegangen, aber das ist um diese Uhrzeit normal. Ich habe die Polizei und die Krankenhäuser angerufen. Die sagen, unter den Verletzten sei kein Abe, aber es herrscht noch ein ziemliches Durcheinander …«

»Okay, das ist gut«, sagte Tessa, doch ich spürte, dass sie genauso besorgt war wie ich.

»Die Aufräumarbeiten sind noch in vollem Gange. Es werden immer noch Menschen eingeliefert. Vielleicht ist er auch nicht in eines der Krankenhäuser gebracht worden, bei denen ich es versucht habe.« Ich zögerte. »Und, wie du schon sagst, vielleicht ist er auch gar nicht dort gewesen. Vielleicht hatte er nach der Arbeit eine Besprechung und hat gar nicht mitbekommen, was los ist.«

»Hätte er dir das nicht gesagt?«, fragte Tessa.

»Vielleicht hat er das, und ich habe nicht zugehört.« Ich nahm ihn in Schutz, obwohl er mir kaum noch sagte, wo er sich aufhielt, und wütend reagierte, wenn ich ihn danach fragte. Ich nahm das Schlimmste an. Oder vielmehr das, was ich bis zu diesem schrecklichen Ereignis für das Schlimmste gehalten hatte.

»Geht es den Kindern gut?«, erkundigte sich Tessa.

»Sie schlafen.«

Ich hatte Minnie um kurz vor neun ins Bett gebracht, bevor ich die Nachrichten einschaltete.

»Ich wollte, dass Daddy mir eine Geschichte vorliest«, nörgelte sie hellwach und ein wenig gereizt, nachdem ich ihr eine zweite Geschichte von *Alfie und Annie Rosie* vorgelesen hatte. »Daddy kann die Stimmen besser nachmachen.«

Wenn Abe zu Hause war, las er mit Begeisterung die Gutenachtgeschichten vor. Er verlieh allen Charakteren in Minnies Lieblingsbuch von Shirley Hughes unterschiedliche Stimmen. Mr. McNally sprach mit einem starken schottischen Akzent, dem Akzent, den Abe in seiner Zeit dort angenommen hatte. Seit er in London wohnte, war er jedoch fast verschwunden.

»Aber ich habe dir doch zwei Geschichten vorgelesen«, redete ich Minnie gut zu, ich war müde und wollte unbedingt nach unten.

»Aber du klangst böse, und in den Geschichten ist niemand böse.«

»Das tut mir leid, Mins«, sagte ich und legte das Buch ins Regal.

Ich fürchtete, dass Minnie zu viel von der Stimmung mitbekam. Sie konnte noch nicht richtig ausdrücken, was sie fühlte, aber sie merkte, dass etwas nicht stimmte. Mir war nicht bewusst gewesen, dass ich böse geklungen hatte, aber ich musste zugeben, dass ich beim Lesen etwas abgelenkt gewesen war. Die ganze Zeit dachte ich darüber nach, wo Abe steckte, schon bevor ich die Nachrichten einschaltete, die mich erst recht aufschreckten. Ich dachte, ich hätte gut vorgelesen. Aber Kinder sind strenge Kritiker und genaue Beobachter.

»Daddy kann dir morgen etwas vorlesen.« Ich steckte die Decke um sie fest.

»Versprochen?«

»Wenn er rechtzeitig zu Hause ist.«

»Das ist kein Versprechen.«

»Nun, man kann nichts im Namen anderer Leute versprechen.« Ich schaltete ihre Nachttischlampe aus. »Aber ich verspreche dir, dass ich dich mehr als alles andere auf dieser großen weiten Welt liebe. Jetzt schlaf, meine Süße.«

Ich hoffte, dass keins der Kinder aufwachte. Wenn sie meine Angst spürten, würde ich sie nicht mehr ins Bett zurückbekommen.

»O Gott, ich habe gerade die Nachrichten eingeschaltet«, hörte ich Tessa am anderen Ende der Leitung sagen. »Was für ein Chaos.«

»Ich weiß.« Meine Stimme brach.

»Soll ich zu dir hochkommen? Wenn ich jetzt losfahre, könnte ich in ungefähr einer Stunde bei dir sein.«

Tessa wohnte in East Sussex, in einem Dorf in der Nähe von Hastings.

»Nein. Das kann ich nicht von dir verlangen«, erwiderte ich, obwohl mir ein bisschen Gesellschaft gutgetan hätte. »Vielleicht ist alles in Ordnung, wie du gesagt hast. Vielleicht kommt er jeden Moment durch die Tür.«

»Aber was willst du tun?«, fragte sie.

»Ich rufe weiter an«, sagte ich, etwas anderes fiel mir nicht ein. »Und ich warte, bis er zurück ist.«

»Sag mir Bescheid, wenn er auftaucht, ja?«, sagte Tessa, und ich hörte, dass sie ein Gähnen unterdrückte.

»Natürlich.«

»Ich wollte zwar gerade ins Bett gehen. Aber ich bleibe jetzt auf. Ruf mich an, wenn du etwas hörst, okay? Oder auch … überhaupt.«

»Mach ich.«

Früher hatte es mich rasend gemacht, dass Abe unablässig die Nachrichten sah. Als die Kinder noch kleiner waren und ich selbst kaum dazu kam, mir in Ruhe etwas anzusehen, schaffte er es irgendwie immer noch, sein göttliches Recht zu behaupten und den Nachrichten seine ungeteilte Aufmerksamkeit zu schenken. Man hätte meinen können, er habe den ersten Irakkrieg im Alleingang gewonnen, schlicht, indem er auf dem Sofa saß, den Lärm ausblendete, den die winzige Minnie und der kleine Charlie veranstalteten, und stundenlang die Berichterstattung verfolgte.

Doch an diesem Abend waren die Nachrichtensendungen ein Segen. So war ich beschäftigt, während ich überlegte, ob ich noch einmal die Krankenhäuser abtelefonieren oder noch abwarten sollte. Ich suchte in den Bildern von Gebäudetrümmern und den wenigen Informationen nach Hinweisen.

»Es wird befürchtet, dass zwei Menschen ums Leben gekommen sind«, sagte der Reporter, und mir wurde kalt. »Man vermutet, dass es sich um die Eigentümer eines Zeitschriftenladens …« Ich entspannte mich wieder.

Dann konnte es sich nicht um Abe handeln, es sei denn, er hatte gerade etwas in dem Zeitschriftenladen gekauft. Wer wollte wissen, wer was getan hatte, Minuten, bevor ein riesiger Krater in den neuesten Stadtteil von London gerissen worden war? Doch befände er sich unter den Toten oder Verletzten, hätte mich inzwischen doch sicher jemand benachrichtigt.

Das Telefon klingelte, und ich musste mich zwingen abzuheben. Wahrscheinlich war es Tessa, sagte ich mir. Sie hatte schließlich gesagt, sie werde wieder anrufen. »Hallo«, meldete ich mich.

»Hallo.« Die Stimme am anderen Ende gehörte einer Frau, aber es war weder Tessa noch eine andere vertraute Stimme.

»Hallo«, wiederholte ich.

Wer auch immer es sein mochte, jetzt war es an ihr, etwas zu sagen.

»Spreche ich mit Ivy McFadden?«

Das klang nicht gut. Das klang nach schlechten Nachrichten. Ich hatte bei unserer Hochzeit meinen Namen behalten. Erst kürzlich hatte ich darüber nachgedacht, ihn zu ändern, weil es seltsam war, anders zu heißen als die Kinder, aber ich hatte noch nichts unternommen. Ich war immer noch Ivy Trent.

Nur jemand, der irgendwie in Kontakt zu Abe stand, würde mich so nennen, in der Annahme, ich trüge seinen Namen. Nur jemand, der sich im Krankenhaus um ihn kümmerte oder noch schlimmer – welche Form dieses Schlimmere auch immer annehmen mochte. Ich hatte versucht, mir über das andere keine Gedanken mehr zu machen, weil es jetzt nicht wichtig war. Vielmehr – sich nicht wichtig anfühlen durfte, es aber dennoch tat.

»Ja.« Ich wartete, dass die Anruferin weitersprach.

Bitte, lass es keine schlechten Nachrichten sein, dachte ich still bei mir. Bitte, lass es nicht das Krankenhaus sein. Und zugleich dachte ich: Aber bitte lass es keine andere Frau sein. Lass es stattdessen jemanden vom Krankenhaus sein. War es schlimm, so etwas zu denken?

Während ich mir Sorgen machte, mein Mann könnte sein Leben verloren haben, wollte ich noch immer nicht, dass meins, unseres, von etwas anderem zerstört wurde.

»Wer ist da?«, fragte ich, weil die Anruferin verstummt war.

»Ich habe mich nur gefragt, ob Abe zu Hause ist«, sagte sie, und da wusste ich es.

Ich wusste Bescheid.

All die Abende, an denen er spät nach Hause gekommen war. All die ausweichenden vorsichtigen Fragen. All die Dinge, die ich versucht hatte, um ihn nicht damit zu konfrontieren, für den Fall, dass es stimmte.

Jetzt wusste ich es.

»Wer ist da?«, fragte ich erneut, auch wenn ich es eigentlich gar nicht wissen wollte.

»Ich bin eine Freundin von Abe.« Hatte sie vorher geübt, was sie sagen würde? Die Worte platzten nur so aus ihr heraus. »Eigentlich eine Kollegin. Ich habe gerade die Nachrichten gesehen, und ich weiß, dass er in der Nähe arbeitet. Er wollte mich heute Abend wegen eines Projektes anrufen, und es tut mir leid, Sie so spät zu stören, aber ich wollte mich nur davon überzeugen, dass ihm nichts passiert ist. Es geht ihm doch gut?«

Ich sagte nichts. Ich konnte nicht fassen, dass sie so dreist war. Wie konnte sie es wagen, hier anzurufen? Wie konnte sie es wagen, ihre Sorgen durch einen Anruf entkräften zu wollen? Sie hatte kein Recht, um Abe zu fürchten. Ich machte mir Sorgen um ihn. Und Tessa. Wir waren die Menschen, die sich um ihn sorgen durften. Nicht sie.

Und als ich gerade drauf und dran war, etwas in der Richtung zu sagen, hörte ich, wie der Schlüssel ins Schloss gesteckt wurde.

»Bitte rufen Sie hier nie wieder an«, sagte ich und war überrascht, wie kühl meine Stimme klang.

»Es tut mir leid«, hob sie an, und ich genoss ihren flehenden Ton. »Ich musste es einfach wissen.«

Und ich würde es ihr nicht sagen, nicht jetzt, nicht heute Abend. Zweifellos würde Abe, der jetzt im Flur stand und seinen Mantel aufhängte, es ihr morgen erzählen. Doch mir stand eine schlaflose Nacht bevor. Es geschah ihr nur recht, wenn sie auch nicht schlafen konnte.

»Ich weiß nicht, wer Sie sind«, sagte ich und senkte die Stimme, weil ich nicht wollte, dass mich Abe hörte. »Aber ich weiß, warum Sie angerufen haben, und Sie haben kein Recht dazu. Auf Wiederhören.«

Ich legte auf, als Abe ins Zimmer trat – kreidebleich. Ich war zu erleichtert, um wütend zu sein, zu aufgelöst, um erleichtert zu sein, zu verwirrt, um etwas zu sagen.

Ich legte den Hörer zurück auf die Gabel und musterte den Mann, den ich einst zu kennen glaubte.

»Wer war das?«, fragte er.

»Tessa«, log ich. »Ich habe mir Sorgen gemacht. Was ist passiert? Wo bist du gewesen?«

»Es hat eine Bombenexplosion gegeben«, sagte Abe und setzte sich im rechten Winkel zu mir aufs Sofa. Er wirkte fassungslos und ein wenig staubig, aber er war nicht verletzt, und er war nicht tot, und ich schwankte zwischen Erleichterung und Wut.

»Ich weiß. Ich habe die Nachrichten gesehen und seit zwei Stunden die Polizei und die Krankenhäuser abtelefoniert. Ich wusste nicht, wo du warst. Ich dachte …« Ich konnte es nicht aussprechen. »Warum hast du mich nicht angerufen?«

»Ich weiß nicht. Es tut mir leid.«

»Warum bist du nicht nach Hause gekommen?«

»Ich … Ich war auf dem Weg zum Zug und …« Er war eindeutig mitgenommen.

»Wo bist du gewesen? Was ist passiert?«

»Man forderte uns auf, das Gebäude zu verlassen, aber ich dachte, es wäre nur blinder Alarm.«

»Erzähl weiter.«

»Ich musste noch einen Anruf erledigen.«

Ich unterbrach ihn. »Mit wem?«

»Etwas Geschäftliches«, antwortete er zu schnell. »Und ich kam nicht durch, doch ich wählte ein paarmal und dann, du wirst es nicht glauben, aber ...«

»Erzähl.«

»Ich vergaß die Warnung. Es war fast sechs, und im Büro war es ruhig, aber ich dachte, es wären einfach schon alle nach Hause gegangen. Das ist oft so, wenn ich lange arbeite.«

»Und das hast du in letzter Zeit ja häufig getan«, sagte ich. Mir war klar, dass jetzt nicht der richtige Zeitpunkt dafür war, doch ich konnte einfach nicht anders.

»Es tut mir leid, Ivy.« Zum ersten Mal, seit er nach Hause gekommen war, blickte er mir in die Augen. Ich las Angst in ihnen, richtige Angst, und das machte mir ebenfalls Angst.

»Erzähl mir, was passiert ist«, bat ich.

»Ich bin erst um kurz vor sieben gegangen. Erst da fiel mir wieder der Alarm ein, weil die ganze Umgebung verlassen war, und dann war da plötzlich ...« Abe suchte nach den richtigen Worten. »Es war wie ein Erdbeben. Alles bebte, und der Boden öffnete sich, und die Gebäude sackten in sich zusammen, und wenn ich nur wenige Minuten früher ...«

Er stützte den Kopf in die Hände, und ich setzte mich neben ihn.

Ich legte den Arm um seine Schultern, und er begann zu weinen. »Ist schon okay«, beruhigte ich ihn. »Ist okay. Dir ist nichts passiert. Du hast Glück gehabt.«

Er saß weinend da und sagte nichts.

Schließlich brach ich das Schweigen. »Warum bist du nicht nach Hause gekommen? Ich war krank vor Sorge. Wo bist du gewesen?«

»Ich hatte dir doch gesagt, dass es heute Abend spät werden könnte, oder?«, entgegnete er.

Wie konnte er nur? Nicht jetzt. Nicht nach dem, was passiert war.

»Ich will jetzt nicht darüber reden.« Ich unterdrückte meine Wut. »Ich will darüber reden, was heute Abend passiert ist. Ich will wissen, wo du gewesen bist. Was, um alles in der Welt, hast du dir dabei gedacht, mich nicht anzurufen und mich zu beruhigen? Was war los, Abe? Was hast du in den vergangenen fünf Stunden gemacht?«

»Ich bin herumgelaufen«, sagte er.

»Herumgelaufen? Wo?«

»Zuerst bin ich gerannt«, sagte er. »Als es passiert ist, bin ich gerannt. Ich musste einfach nur weg.«

»Ja?«

»Ich hatte das Gefühl, ganz knapp davongekommen zu sein.« Wieder sah er mich an. »Ich kann es nicht beschreiben, Ivy. Es war wie eine Warnung. Es war, als wollte mir jemand sagen: Du könntest alles verlieren. Das Leben. Nichts ist sicher.«

Gott – dachte er, ich wüsste das nicht?

»Ich musste einen klaren Kopf bekommen. Ich weiß, das ergibt keinen Sinn, aber ich konnte einfach nicht mit dir sprechen. Zuerst nicht. Nicht nur mit dir nicht. Mit niemandem. Ein paar Leute haben mich gefragt, ob ich in Ordnung sei. Ich weiß nicht, wie ich ausgesehen habe. Ich musste einfach weiterlaufen. Ich wusste noch nicht einmal, wo ich war. Ich bin nur gelaufen und habe nachgedacht und dann – war ich auf einmal hier.«

»Du bist den ganzen Weg bis nach Hause gelaufen?«

Wir wohnten in Hither Green, gut acht Meilen entfernt von Canary Wharf. »Du bist bis hierher zu Fuß gegangen?«

»Ja«, sagte er. »Es war schmerzhaft. Die Erkenntnis, dass das Leben so … dass es einfach so zu Ende sein kann. Es hat schrecklich wehgetan. Ich dachte, wenn ich weiterlaufe, würde der Schmerz nachlassen. Erst als ich in unsere Straße eingebogen bin, habe ich gemerkt, dass ich zu Hause war.«

»Und jetzt, wo du zu Hause bist?« Ich sah ihn an, um sicherzugehen, dass er wusste, was ich meinte, auch wenn ich es nicht aussprach. »Bist du zu Hause? Bist du wieder bei mir und den Kindern?«

Er wandte den Blick ab. Und ich wusste, dass er verstand. Er begriff, dass ich Bescheid wusste. Er wusste, was ich nicht fragte.

»Es tut mir so leid, Ivy«, sagte er. »Ich …«

»Nicht«, unterbrach ich ihn. »Bitte sag nichts. Ich will es nicht wissen, nicht jetzt, vielleicht nie, nicht nach heute. Ich muss nur wissen, dass du zurück bist. Mit dem Rest befassen wir uns später.«

»Ja«, sagte er. Tränen strömten über sein Gesicht und gruben Spuren in den Staub.

Nun kümmerte ich mich um die praktischen Dinge. »Du bist ausgekühlt und erschöpft. Wahrscheinlich stehst du unter Schock. Und du bist voller Staub.«

Er blickte auf seine Kleidung, als würde er das jetzt zum ersten Mal bemerken.

»Ich lasse dir ein Bad ein.« Ich stand auf, ging nach oben und drehte das Wasser auf. Ich ließ es laufen und ging wieder hinunter. »Ich muss Tessa anrufen«, sagte ich. Das hatte ich ganz vergessen.

»Ich dachte …«, sagte Abe und verstummte, als er begriff. »Ja.«

Ich erledigte den Anruf. Es ging schnell. Sie war erleichtert, auch aufgewühlt, aber sie verstand, dass ich jetzt nicht mit ihr reden konnte und ihr kleiner Bruder auch nicht. »Ich rufe dich morgen früh noch mal an«, versprach ich.

»Lass uns nach oben gehen«, forderte ich Abe auf.

Gehorsam stieg er die Treppe hinauf und stand wie ein Kind im Badezimmer, während ich die Wassertemperatur prüfte. Er zog sich aus und stieg in die Wanne. Ich setzte mich auf den Rand und seifte ihm den Rücken ein. Ich betrachtete seine helle Haut und die vereinzelten Haare auf den Schultern, den Leberfleck, dessentwegen ich mir Sorgen gemacht hatte, der jedoch untersucht worden war. Ich strich mit meinen seifigen Händen über all diese Zeichen auf seinem Körper, dem Körper, von dem ich jeden Zentimeter kannte und liebte. Ich konnte die Gedanken, die mir durch den Kopf gingen, während ich ihn betrachtete, kaum aushalten. Und dann flossen mir stumm ebenfalls die Tränen über die Wangen.

Ich war mir nicht einmal sicher, ob Abe es bemerkte. Er sagte nichts, sondern hielt meine Hand an seiner Schulter fest.

»Ich gehe ins Bett«, sagte ich nach einer Weile. »Du bleibst auch nicht mehr lange auf, oder?«

»Nein«, erwiderte er, und noch bevor ich aus der Tür war, hörte ich, wie das Wasser ablief und er aus der Wanne stieg.

Ich sah nach Minnie und Charlie, die ahnungslos schliefen, und ich würde alles in meiner Macht Stehende tun, damit das auch so blieb.

Abe stieg zu mir ins Bett. Er lag still neben mir, ohne mich zu berühren, dann sagte er leise, aber nicht so leise, dass ich es nicht hören konnte: »Es tut mir leid. Ich habe das alles nicht gewollt.«

Ich reagierte anders, als ich gedacht hätte. Ich wollte nicht neben ihm liegen, ohne ihn zu berühren. Ich wollte ihm nicht den Rücken zuwenden oder ihn wegstoßen.

»Halt mich«, bat ich, und Abe drehte sich um und legte die Arme um mich. Die Wärme seines Körpers, der vertraute Geruch, sein sanfter Atem auf meinem Gesicht – ich durfte das nicht verlieren. Nichts würde mir das wegnehmen. Noch nicht. Nicht jetzt.

Wenn wir zufällig jemandem begegnen, glauben wir gern, dass das Schicksal dabei die Finger im Spiel hat. Unser Leben ist von Zufällen bestimmt, aber uns gefällt die Vorstellung nicht, wir hätten dem Menschen, in den wir uns verliebt haben, ebenso gut auch niemals begegnen können.

Doch hat das Schicksal seine Finger im Spiel, oder sind wir einfach nur dazu bestimmt zu lieben? Jemanden zu lieben? Irgendeinen? Niemand Speziellen?

Als ich Abe begegnete, war ich davongelaufen. Ich wollte allein sein. Oder vielmehr wollte ich mich an die Vorstellung gewöhnen, dass ich womöglich am Ende allein sein würde. Ich wehrte mich gegen eine neue Beziehung. Meine berufliche Situation verbot es mir sogar.

Ich langweilte mich bei meiner Arbeit für Alex, obwohl das Reiseunternehmen, das er aufgebaut hatte, florierte und ich mich an das Damoklesschwert, das über unserer Familie schwebte, gewöhnt hatte. Ich war unruhig und wollte weg.

Ein paar Jahre war ich mit jemandem zusammen gewesen. Einem Typen namens Chris. Ich lernte ihn durch die Arbeit kennen, als er das neue Logo für die Firma entwarf. Auch in dieser Beziehung herrschte irgendwie Stillstand. Entweder machten wir das Ganze verbindlicher, oder wir ließen es ganz. Es war nett, mit Chris zusammen zu sein, aber er nahm nichts besonders ernst, nicht einmal Moms Krankheit und die damit verbundenen Konsequenzen.

»Das ist noch lange hin«, hatte er gesagt, als ich ihm erzählte, dass ich ebenso betroffen sein konnte.

Vermutlich hatte er nicht vor, so lange mit mir zusammenzubleiben. Darum bewarb ich mich bei einem anderen Unternehmen um eine Stelle im Ausland. Die Firma ähnelte der, die Alex aufgebaut hatte.

»Ich könnte dich woanders einsetzen«, lautete Alex' Angebot. »Du musst die Firma nicht verlassen. Warte noch ein bisschen, dann suchen wir dir zu Beginn der neuen Saison irgendwo etwas anderes.«

»Ich würde gerne weiter für dich arbeiten, Alex, aber ich brauche eine Veränderung.«

Ich erzählte Chris von dem neuen Job. Ihm war klar, dass wir uns trennen würden, wenn ich die Stelle annahm, trotzdem ermutigte er mich dazu. »Auch wenn du das nur für ein oder zwei Jahre machst, wirst du eine tolle Zeit haben und etwas, was du in deinen Lebenslauf schreiben kannst. Wenn du länger bei deiner jetzigen Firma bleibst, drehst du noch durch.«

Im neuen Job arbeitete ich als Reiseführerin in Marokko. Wenn ich schon nicht sesshaft wurde und heiratete, wonach es nicht aussah, wollte ich mehr von der Welt sehen.

Abe gehörte zur vierten Gruppe, die ich in jener Saison durchs Atlasgebirge führte. Er war mit einem Freund unterwegs. Die zwei hatten gerade ihr Architekturstudium beendet und machten Urlaub, bevor sie ihre neuen Arbeitsstellen antraten.

Ich weiß nicht, ob ich an Liebe auf den ersten Blick glaube, aber kaum hatte ich ihn am Flughafen gesehen, wusste ich, dass zwischen uns etwas war, mehr als bloße Anziehungskraft. Er schien mir sofort sowohl fremd als auch vertraut.

»Bist du Abe McFadden?«, fragte ich und blickte auf die Teilnehmerliste, doch ich kannte die Antwort bereits.

»Ja, und das ist Tim Hollings.«

Ich hakte ihre Namen auf der Liste ab und bat sie, sich zum Rest der Reisegruppe zu gesellen. »Wir warten noch auf ein paar Mitreisende.«

»Du hast uns deinen Namen gar nicht verraten«, sagte Abe und berührte mich am Arm.

»Ivy«, antwortete ich, wurde jedoch von der Ankunft zweier weiterer Mitreisender abgelenkt. »Ihr müsst Judith und Helen sein.«

Ich schob sie alle aus der Ankunftshalle hinaus und in den Minibus, wobei ich mir bewusst war, dass Abe McFadden hinter mir ging. Obwohl er einem der anderen erzählte, es sei seine erste Reise außerhalb Europas, spürte ich, dass er nicht ganz bei der Sache war, sondern mit einem Teil seiner Aufmerksamkeit bei mir.

Darum war ich nicht überrascht, dass Abe wartete, nachdem wir die Taschen in den Kofferraum geladen hatten und einstiegen, bis alle Plätze besetzt und nur noch zwei übrig waren.

»Nach dir«, sagte er, ehe er auf den Sitz neben mir glitt. »Wie lange bist du schon hier, Ivy?«

Damit fing es an.

Auf der Reise begleitete uns eine Gruppe Maultiertreiber, die ihre mit Gepäck und Campingutensilien beladenen Tiere führten. Sie gingen voraus und schlugen das Lager für die Nacht auf, ehe wir dort eintrafen.

Am vierten Abend beschloss ich, mich zu waschen. Das Lager war einfach, ohne Toiletten oder Waschräume. Mir fiel es leichter als gedacht, mich eine Woche lang nicht zu waschen. Wenn wir ins Riad nach Marrakesch zurückkehrten, machte es das Duschen umso luxuriöser und den Ausflug ins Hammam, wo der tief sitzende Schmutz weggeschrubbt wurde, zu einer wahren Wohltat.

Außerdem genoss ich die Freiheit, mir keine Gedanken darüber machen zu müssen, wie ich aussah oder roch. Zähneputzen, Sonnencreme auftragen und meine Haare zusammenbinden – das war alles, was ich hier für mein Äußeres tat. Doch Abes Gegenwart machte mich befangen, zumal er sich trotz allem um Körperpflege bemühte.

Er wechselte regelmäßig die Hemden, und wenn ich neben ihm herlief, wie ich es bei allen im Laufe der Wanderung immer mal wieder tat, nahm ich stets nur einen angenehmen, leichten Moschusgeruch wahr, den ich ihm zuordnete.

Es war leichter für die Männer, sich vom Lager zu entfernen und eine Stelle am Fluss zu suchen, um sich den Oberkörper zu waschen, aber nicht alle männlichen Mitreisenden taten das. Sie teilten sich in zwei Lager: Die einen genossen es wie ich, einfach loszulassen. Die anderen, zu denen Abe gehörte, fanden immer noch eine Möglichkeit, sich zu rasieren und anständig auszusehen. Letztere waren in der Regel höflicher, behandelten die Einheimischen, denen wir begegneten, mit Respekt und versuchten, mit unseren Führern ins Gespräch zu kommen. Abe entsprach genau diesem Bild. Er war von Grund auf höflich. Es überraschte mich nicht, dass er jeden Tag einen Ort fand, um sich zu waschen, und es war mir etwas peinlich, dass ich das nicht tat.

Darum entfernte ich mich vom Lager und ging zu einer Flussbiegung, die ich von den vorherigen Reisen kannte. Dort gelangte man vom Ufer aus leicht ins seichte Wasser. Außerdem lag sie weit genug vom Dorf entfernt, sodass ich nicht in die peinliche Lage geriet, als westliche Frau dabei erwischt zu werden, wie ich mich wusch.

Ich nahm ein Handtuch, einen Trinkbecher und eine kleine Shampooflasche mit, die ich mir von einer anderen Mitreisenden geliehen hatte. Ich zog mein Shirt aus, kniete mich auf einen Felsen am Rand des Flusses, von wo aus ich Kopf und Gesicht in das eiskalte Wasser tauchen konnte, und wusch den Dreck heraus.

Es ist überraschend, was für einen Unterschied gewaschenes Haar macht, wenn man sich nicht zurechtmacht und sich nicht schminkt. Als ich fertig war, zog ich mich an, ging in der Spätnachmittagssonne zurück zum Lager und fühlte mich wie nach einem Tag in einem Spa.

Ich traf Abe, der in der Nähe der Flussbiegung auf einem Felsen saß. »Hallo.«

»Du siehst hübsch aus«, bemerkte er.

»Sauber. Es ist erstaunlich, was das für einen Unterschied macht!« Ob er bemerkte, dass ich mich seinetwegen gewaschen hatte?

»Normalerweise trägst du dein Haar nicht offen.«

»Normalerweise ist es zu schmutzig.«

»Willst du dich setzen?« Er machte mir auf dem Stein Platz. »Ich habe beobachtet, wie die Farbe der Felsen sich mit der untergehenden Sonne verändert. Das ist unglaublich.«

»Ich weiß.« Ich setzte mich neben ihn. »Das mache ich auch oft. Es ist wie eins von diesen Lichtspielen mit Musik.«

»Nur ohne Ton«, bemerkte Abe. »Es ist so friedlich hier draußen. Es macht mich ganz ruhig.«

»Das bist du.« Die Ruhe, die er ausstrahlte, gehörte zu den Dingen, die ich an ihm mochte.

»Nicht immer«, sagte er. »Bevor ich hergekommen bin, war ich ziemlich gestresst. Das war ein Grund für diese Reise, ich musste einfach weg – von den Dingen.«

»Verstehe …« Ich wusste nicht genau, was ich sagen sollte.

»Einfach der Druck von Arbeit und Leben. Ich musste in letzter Zeit einige Entscheidungen treffen. Es ist toll, hier keine treffen zu müssen. Du sagst allen, was sie zu tun haben!«

»Ja, das ist wirklich harte Arbeit. Es ist ganz schön anstrengend, jeden Tag zu entscheiden, was ich mit euch anstelle.«

Abe lachte. Wir wussten beide, dass der Ablaufplan für die einzelnen Tage immer derselbe war und wenige Entscheidungen erforderte. Ich musste mich darum kümmern, wenn jemand krank wurde, wenn die Stimmung in der Gruppe angespannt war, was häufig vorkam, oder wenn jemand mit dem vielen Laufen nicht klarkam. Aber diese Gruppe war unkompliziert. Niemand schien seine Probleme mitgebracht zu haben. Alle kamen zurecht.

»Es ist bestimmt nicht immer leicht«, sagte Abe.

»Jede Gruppe hat ihre Eigenheiten«, antwortete ich und sah ihn an.

»Und was ist es bei dieser?«, fragte er und erwiderte meinen Blick.

»Ich glaube, das wissen wir beide«, sagte ich, selbst überrascht von meiner Direktheit.

»Ja«, bestätigte er, ohne meinen Blick loszulassen, als wollte er sichergehen, dass ich verstand, wovon die Rede war. »Es hat mich etwas überrascht.«

»Mich auch«, erwiderte ich. »Ich bin auch hergekommen, um Abstand zu gewinnen.«

»Und macht es dir etwas aus?«, fragte er. »Dass ich hier bin?«

»Nein. Im Gegenteil.«

Daraufhin nahm er meine Hand.

»Man findet die Dinge immer dort, wo man am wenigsten damit rechnet«, sagte er, bevor er wieder zu den Felsen sah, die in der Dämmerung jetzt dunkelrot leuchteten. »Die Sterne sind hier so hell.« Er strich mit den Fingern über meine Hand, während er sprach. »Dagegen kommt man sich ganz klein und unbedeutend vor.«

»Das sind wir.«

»Winzige Teilchen vor hellblauem Grund«, sagte Abe. »Die durch Zufall zusammengewürfelt werden.«

»Vielleicht ist nicht alles Zufall.« Ich blickte Abe an, und er küsste mich.

In jener Woche wusch ich mich noch häufiger.

»Sie sind diese Woche so sauber, Miss Ivy«, kommentierte Abdul die Veränderung. »Und glücklich.«

»Hier bin ich immer glücklich.«

Das stimmte. Es lag an der Landschaft und den Menschen – sowohl den Einheimischen, denen wir begegneten, als auch an Abdul und seinem Team: Sie waren stets höflich, fleißig, freundlich und gut gelaunt. Jeden Abend, wenn sie uns das Essen gekocht und serviert hatten, setzten sie sich ein wenig abseits vom Feuer zusammen. Anfangs hatte ich sie ermuntert, sich zu uns zu gesellen, doch Abdul beharrte darauf, dass sie für uns arbeiteten und dass das deshalb nicht richtig sei. Doch er selbst durchbrach diese Regel ab und an.

»Eine andere Art von glücklich«, erwiderte er etwas zu wissend.

In meinem Vertrag stand, dass sich Reiseleiter nicht mit ihren Gästen einlassen dürften. Der Zusammenhalt der Gruppe war wichtig, und eine Liaison sorgte sehr wahrscheinlich für Lagerbildungen. Daher achtete ich sorgsam darauf, tagsüber mit Abe nicht mehr als mit den anderen zu sprechen. Eher redete ich weniger mit ihm.

Doch am letzten Tag, bevor wir nach Marrakesch und zum Flughafen zurückfuhren, ließ meine Vorsicht etwas nach.

»Kaum zu glauben, dass wir morgen schon zurückfahren«, sagte Abe auf der Wanderung.

Er war mit Tim gegangen, doch als ich mich zurückfallen ließ, um mit den beiden zu reden, lief Tim voraus.

»Ja. Die Woche ist so schnell vergangen.«

»Zu schnell.« Abe blickte sich vorsichtig nach dem Rest der Gruppe um.

»Heute Abend servieren wir ein kleines Festmahl«, erzählte ich ihm. »Das machen wir immer am letzten Abend. Abdul besorgt ein Lamm, das über dem Feuer gegrillt wird. Und anschließend wird getanzt.«

»Getanzt? Zu welcher Musik?«

Manchmal brachte jemand ein Radio mit, doch das waren die einzigen Laute, die, abgesehen von unseren eigenen Geräuschen, den Frieden der Landschaft störten.

»Zum Sound von Töpfen und Pfannen.« Ich lachte. »Wenn die Jungs den Abwasch erledigt haben, bringen sie alles her und spielen darauf. Es klingt erstaunlich gut.«

Das stimmte. Die Klänge, die sie mit allem produzierten, was gerade zur Hand war, schienen Instrumente überflüssig zu machen.

»Ich freue mich darauf«, sagte er. »Aber …« Er blickte sich erneut um und überzeugte sich davon, dass die anderen außer Hörweite waren. »So habe ich vermutlich überhaupt keine Chance, nur ein kleines bisschen mit dir allein zu sein.«

»Der Ort, an dem wir heute Abend zelten«, erklärte ich ihm, »befindet sich in einer Art Oase auf einer Flussbank. Die Zelte stehen dort weiter auseinander. Ich baue meins am Rand auf. Vielleicht nach der Party …«

»Jetzt ist es schon eine Party?«

»Soweit das hier möglich ist.« Ich lachte. »Jedenfalls vielleicht danach.«

»Ich könnte zu deinem Zelt kommen und dich um eine Alka Seltzer bitten.«

»Nein, diese Art von Party ist es nicht!«

Wir befanden uns in einem arabischen Land, keiner der Führer trank, und die meisten Gäste hielten sich ebenfalls zurück – entweder aus Respekt oder weil sie die Flaschen nicht mitschleppen wollten. Nach dem ersten Abend in Marrakesch gab es nirgends mehr Alkohol zu kaufen.

»Vielleicht kannst du dich einfach davonschleichen, wenn alle im Bett sind?«

»Wie verwegen.« Er lächelte. »Aber ich will dich nicht in Schwierigkeiten bringen.«

Ohne ein weiteres Wort blieb ich zurück und ließ Abe zu Tim und dem vorderen Teil der Gruppe aufschließen, während ich mich zum hinteren Teil gesellte.

Nach dem Lamm wurden Töpfe und Pfannen hervorgeholt, und die Maultiertreiber boten die mitreißende Interpretation eines Stückes dar, das wie *Housy Housy* klang. Dazu tanzte die Gruppe um das Feuer. Als es heruntergebrannt war, wünschten alle ganz beseelt einander eine gute Nacht. Sogar das Team vergaß seine selbst auferlegte Zurückhaltung und umarmte die Menschen, um die es sich eine Woche lang gekümmert hatte, ehe alle in die Zelte verschwanden.

Ich krabbelte in meins, ließ die Plane jedoch offen und wartete.

Es dauerte nicht lange, da hörte ich Schritte. Die Plane wurde zur Seite gezogen, und Abes Gesicht tauchte aus dem Dunkel auf. Er kroch durch die Öffnung und setzte sich auf den Schlafsack neben mich. »Komm her«, flüsterte er.

Anschließend, bevor er in sein eigenes Zelt zurückging, flüsterten wir noch ein wenig in der Dunkelheit miteinander.

»Diese Woche …«, sagte Abe. »Dass ich dir begegnet bin, das Zusammensein mit dir. Ich möchte nichts sagen, was dich verschreckt.«

»Red weiter.«

»Ich weiß, du bist hier und wirst es auch noch eine Weile bleiben, aber ich kann mir nicht vorstellen, dich nie wiederzusehen. Um ehrlich zu sein, kann ich mir nicht vorstellen …« Er zögerte. »Ich kann mir nicht vorstellen, nicht mit dir zusammen zu sein.«

Ich antwortete nicht gleich, denn ich wollte nichts Falsches sagen. Doch ich musste etwas zu lange geschwiegen haben.

»Jetzt habe ich dich doch erschreckt, stimmt's?«

»Nein«, widersprach ich. »Es klingt vielleicht lächerlich. Ich meine, ich kenne dich ja kaum, aber du kommst mir so vertraut vor.«

»Ich weiß, was du meinst. Mir geht es genauso.« Er hielt inne. »Dann darf ich dir schreiben?«

»Natürlich.«

»Und versuchen, dich irgendwie wiederzusehen?«

»Das wäre schön.«

»Ich will nicht aufdringlich sein.«

»Das bist du nicht.«

»Denn nachdem ich dich jetzt kennengelernt habe, möchte ich dich nicht mehr loslassen.«

Er küsste mich noch einmal, und ohne es begründen zu können, wusste ich, dass die Dinge mit Abe anders sein würden. Falls es so ablief, wie ich es mir vorstellte, würde ich ihn nicht so ohne Weiteres verlassen können wie Chris.

Wir kannten uns gerade eine Woche, aber Abe war mir bereits auf eine Weise nahegekommen wie noch niemand zuvor. Wenn es nicht funktionierte, würde ich tief verletzt sein. Und wenn es funktionierte, würden die Dinge, mit denen ich lebte, Abe auf eine Weise belasten, die ich ihm eigentlich nicht zumuten wollte. Doch es fühlte sich so absolut richtig an, dass ich der Sache eine Chance geben musste. Ich musste mich der Gefahr aussetzen, verletzt zu werden, und riskieren, ihn ebenfalls zu verletzen. Wenn ich es nicht versuchte, würde ich es niemals erfahren.

Also schrieben wir uns. Jede Woche.

Abe schrieb mir, und ich schrieb zurück. Er berichtete von den Plänen, die er für einen neuen Bürokomplex im East End entwarf, und dass er nach einer neuen Mitbewohnerin suchte, da eines der Mädchen, mit denen er zusammenwohnte, mit ihrem Freund zusammenzog. Wie gern er am Wochenende mit seinem Fahrrad in den Zug stieg und an die Küste fuhr, um dort in Kent und in Sussex zu radeln. Von Filmen, die er gesehen und von Bands, die er gehört hatte.

Und ich erzählte ihm von den neuen Gruppen, die alle paar Wochen eintrafen. Dass die Route, die ich mit ihm durchs Atlasgebirge gewandert war, jetzt wegen des Schnees unzugänglich war. Stattdessen unternahmen wir Touren durch das Jbel Sirwa. Ich schrieb ihm, dass Abduls Frau ein weiteres Baby erwartete und er jedes Mal, wenn wir nach Marrakesch zurückkehrten, mit bangen Erwartungen nach Hause ging, ob es schon Neuigkeiten gab.

Wir schrieben uns die nächsten zwei Monate, und als ich dann eines Tages am Ende einer zehntägigen Tour nach Marrakesch ins Hotel zurückkam, erwartete mich dort eine Nachricht.

»Ihr Vater hat angerufen. Sie sollen sich zu Hause melden«, erklärte mir der Rezeptionist.

Ich kannte ihn gut, weil wir immer im selben Hotel wohnten. Er hieß Ibrahim, war stets herzlich und freundlich und immer zu einem Scherz aufgelegt. Doch jetzt wirkte er ernst.

»Ist alles in Ordnung, Ibrahim?«

»Sie müssen zu Hause anrufen. Sie können das Telefon im Büro benutzen.«

»Danke.«

»Und da ist ein Brief für Sie«, fügte er hinzu und fischte einen Luftpostumschlag aus einem Fach.

Ich erkannte Abes Handschrift. Am liebsten hätte ich den Brief sofort aufgerissen, doch zunächst musste ich den Anruf erledigen.

»Miss Ivy?« Ibrahim klopfte an die Bürotür und öffnete sie vorsichtig.

Ich saß am Schreibtisch.

»Kann ich Ihnen einen Tee bringen?«

Ich nickte. Ich stand unter Schock. »Ich muss einen Flug nach Hause buchen.«

»Ja.« Er schien Bescheid zu wissen. Dad musste es ihm erzählt haben.

»Ich bringe Ihnen einen Tee, dann rufen wir die Fluggesellschaft an.«

»Danke.«

Es war ganz plötzlich gekommen, und dennoch war der Zeitpunkt gut. Es war an einem Tag passiert, an dem ich telefonisch zu erreichen war. Zehn Tage früher hätte mich niemand informieren können. Das verstärkte die Schuldgefühle, die an mir nagten, weil ich nicht da gewesen war. Aber damit hatte noch niemand gerechnet. Es war zu früh.

Noch am selben Abend ging eine Maschine. Ich hatte kaum

Zeit, meine Sachen zu packen oder mir Gedanken darüber zu machen, wer mich ersetzen konnte.

»Wir kümmern uns darum«, sagte mein Auftraggeber, als ich in London anrief, um es ihm mitzuteilen.

Doch nachdem ich alles im Koffer verstaut hatte und auf das Taxi zum Flughafen wartete, blieb mir ein Augenblick. Ich holte eine Postkarte heraus, die ich vor einer Weile auf dem Suk gekauft hatte. Das Bild zeigte die Koutoubia-Moschee, die den zentralen Marktplatz Djemaa el Fna und die Stadt überragte. Alle anderen Gebäude Marrakeschs durften nicht höher als Palmen sein.

»Allah ist größer als die Menschen«, erklärte Abdul den Gedanken, der dahinterstand.

Lieber Abe, schrieb ich auf die Rückseite der Postkarte. *Ich komme früher nach Hause als geplant. Es ist wahrscheinlich nicht gerade die beste Weise, es dir mitzuteilen, aber ich fühle mich gerade sehr allein. Ich muss es jemandem erzählen. Meine Mum ist heute gestorben. Sie war zwar schon lange krank, aber wir haben noch nicht mit ihrem Tod gerechnet. Ich weiß, das kommt plötzlich, aber ich möchte es dir sagen. Heute Abend fliege ich nach Hause. In Liebe, Ivy*

Ich schickte sie erst ein paar Tage später ab, als ich bereits wieder in England war.

Und als ich Abe schließlich wiedersah, geschah dies in einer turbulenten, von Kummer beherrschten Zeit. Ich war nicht ich selbst. Oder vielleicht doch. Vielleicht verliert man in der Trauer Kontrolle und Entschlusskraft, und es kommt die eigentliche Person darunter zum Vorschein. Die Trauer entblößt einen auf eine Weise, auf die man nicht entblößt werden will, vor allem nicht vor jemandem, den man gerade erst kennengelernt hat.

Ich war seit drei Tagen zu Hause, als im Flur das Telefon klingelte. Ich nahm ab, weil Jon, der eigentlich alle Anrufe erledigte, damit Dad nicht behelligt wurde, gerade nicht da war.

»Hallo«, sagte eine Stimme, die mir zugleich vertraut und fremd vorkam. »Es tut mir wirklich leid, Sie zu stören, aber ich versuche, Ivy Trent zu erreichen.«

»Abe?«

»Ivy, bist du das? Du klingst so anders. Ich dachte, es wäre vielleicht deine Schwester.«

»Nein, ich bin's. Woher hast du die Nummer?«

»Ich habe im Telefonbuch nachgesehen.«

»Natürlich.« Ich konnte nicht klar denken.

»Das mit deiner Mum tut mir so leid, Ivy. Wahrscheinlich hätte ich dir schreiben sollen, aber ich wollte mit dir reden. Passt es gerade?«

»Ja.« Ich nahm das Telefon vom Tisch und setzte mich damit auf die unterste Treppenstufe. Es ließ sich dort nicht mehr ganz so gemütlich telefonieren wie früher. Der Treppenlift störte und das Wissen, welche Rolle die Stufen bei Mums Tod gespielt hatten. Ich rutschte unruhig hin und her und wünschte, ich könnte mit dem Telefon woanders hingehen.

»Wie schön, dass du anrufst«, sagte ich zu Abe und klang, wie Jon in den letzten Tagen häufig geklungen hatte.

»Nein, hier ist Jonathan«, hatten wir ihn sagen hören, wenn er im Flur stand und mit irgendeinem Anrufer sprach, der die Anzeige in der Zeitung entdeckt hatte. Er füllte die Rolle des Erstgeborenen aus und kümmerte sich um die Dinge, zu denen Dad die Kraft fehlte. »Wie nett von Ihnen, dass Sie anrufen.« »Die Beerdigung wird irgendwann nächste Woche stattfinden.« »Ich richte ihm aus, dass Sie an ihn denken.«

»Es ist schön, deine Stimme zu hören«, sagte Abe. »Aber ich

wünschte, es wäre unter anderen Umständen. Magst du mir erzählen, was passiert ist? Du hast geschrieben, deine Mum sei krank gewesen, aber ihr hättet nicht damit gerechnet, dass sie …«

»Noch nicht. Sie hatte eine degenerative Erkrankung. Wir wussten, dass sich ihr Zustand nicht mehr bessern konnte. Vielmehr rechneten wir damit, dass er sich stark verschlechtern würde. Aber sie ist gestürzt und hat sich den Kopf angeschlagen. Darum ist es viel schneller gegangen.«

»Gott, das tut mir leid.«

»In gewisser Weise ist ihr so vermutlich das Schlimmste erspart geblieben. Und Dad. Es wurde immer schwieriger für ihn, sich um sie zu kümmern. Wenigstens war sie noch zu Hause und …« Es war nicht der richtige Zeitpunkt, ihn in alle Einzelheiten einzuweihen. Nicht am Telefon, nicht nachdem ich ihm bisher nichts davon erzählt hatte. Schließlich hatte ich das Thema möglichst meiden wollen, bis ich wusste, ob es zum Problem werden konnte.

»Hör zu, Ivy«, sagte er. »Ich weiß, du hast wahrscheinlich jede Menge zu tun und bist mit deiner Familie und den Beerdigungsvorbereitungen beschäftigt, aber wenn du jemanden zum Reden brauchst, bin ich für dich da. Ich würde mich freuen, wenn du mich anrufst. Oder ich könnte für eine Stunde oder so nach Sussex runterkommen. Ich würde dich sehr gern sehen, aber mir ist klar, dass das nicht der beste Zeitpunkt ist.«

»Ich würde dich auch gern sehen. Aber ich kann nicht von dir erwarten, dass du extra herkommst. Ich glaube, ich kann Dad momentan nicht lange allein lassen.«

»Wenn ich mit dem Zug fahre, könnten wir vielleicht ein Stück spazieren gehen. Nur eine Stunde. Denk darüber nach.«

Das brauchte ich nicht. »Wenn es dir ganz sicher nichts ausmacht. Wann könntest du kommen?«

Einige Tage nach der Beerdigung unternahm ich meinen ersten Ausflug in die Stadt. Mittlerweile hatte mich Abe zwei- oder dreimal besucht. Es war seltsam, dass meine Familie gleich annahm, dass er mein Freund sei, und wie wohl sich Abe inmitten all des Wahnsinns mit ihnen zu fühlen schien. Ich war dankbar, mich bei ihm anlehnen zu dürfen.

Bei seinem ersten Besuch erzählte ich ihm alles über Mums Krankheit und dass sie drohend über dem Rest der Familie schwebte. Ich vertraute ihm an, dass es auch mich treffen konnte und wie das die Leute abzuschrecken schien.

»Ich bin hier«, sagte er immer wieder, als würde das alles keine Rolle spielen. Doch die Angst war da, und vermutlich lag es nur an der Abfolge der Ereignisse, dass er sie so lange unterdrückte, bis sie auf eine Weise hervortrat, die uns beide verletzte.

Drei Tage nach Mums Beerdigung fuhr ich nach London.

»Bist du dir sicher, dass es dir nichts ausmacht?« Ich machte mir Sorgen, Dad allein zu lassen, auch wenn Cathy noch blieb und Jon in der Nähe wohnte.

»Es ist doch nur für eine Nacht, Ivy. Du solltest dich mit dem jungen Mann treffen.«

Als ich mit Abe in seine Londoner Wohnung fuhr, war ich noch immer aufgerieben von meiner Trauer und sehnte mich verzweifelt danach, einen lebendigen warmen Körper neben mir zu spüren – mit ihm zu schlafen, als hinge mein Leben davon ab. Irgendwie fühlte es sich an, als wäre ein Teil von mir mit Mum gestorben. Irgendjemand musste mir das Gefühl geben, lebendig zu sein.

Wäre Abe nicht gewesen, hätte ich mir vielleicht einen anderen gesucht, um mit ihm ins Bett zu gehen, um den Verlustschmerz und die Angst vor der Zukunft zu lindern. Doch Abe war da. Er schien keine Bedenken zu haben, inmitten einer derart aufgewühlten Zeit eine Beziehung zu beginnen. Es schien, als erreichten wir im Schnelldurchlauf einen Zustand, den wir unter anderen Umständen erst in Monaten oder Jahren erreicht hätten.

Und dann wurden wir gemeinsam in einen ganz anderen Zustand hineinkatapultiert.

Der Reiseveranstalter, für den ich in Marokko gearbeitet hatte, verschaffte mir eine Stelle in seiner Zentrale, und eine alte Freundin von Cathy bot mir ein Zimmer in ihrer Wohnung an. Ich war mir nicht sicher, wie lange ich beides behalten wollte, aber so war ich erst einmal beschäftigt.

Eines Abends nach der Arbeit führte mich Abe zum Essen aus. Er sagte, es sei sechs Monate her, seit ich mir das Haar im Fluss gewaschen hatte.

»So lange? Woher weißt du das so genau?«

»Ich weiß es nicht genau. Aber es muss ungefähr sechs Monate her sein. Ich suchte nach einem Grund, etwas Nettes mit dir zu unternehmen. Und das schien mir eine gute Ausrede zu sein.«

»Dafür musst du keine Ausreden erfinden. Ich habe immer Lust, etwas Nettes zu unternehmen.«

»Darf ich dir etwas sagen, Ivy?«, fragte er und schenkte uns beiden ein Glas Rotwein ein.

Ich blickte auf. Es machte mich immer nervös, wenn etwas erst auf diese Weise angekündigt werden musste.

»Ich wollte dir nur sagen, dass ich dich toll finde«, erklärte er. »Das fand ich zwar schon, als ich dich kennengelernt habe, aber es beeindruckt mich, wie du jetzt mit allem umgehst.«

»Ich habe das Gefühl, mich nur irgendwie durchzuwurschteln.«

»Nein«, widersprach er. »Du hast Stärke bewiesen. Du bist stark.«

»Danke«, sagte ich, aber seine Worte verunsicherten mich. Hatte er genug von mir? War er für mich da gewesen, als ich ihn gebraucht hatte, und wollte sich jetzt langsam aus dem Staub machen?

Als wir an jenem Abend wieder in seiner Wohnung waren, fürchtete ich zum ersten Mal, seit ich mit ihm zusammen war, ihn zu verlieren.

Ich weiß nicht, was der Auslöser war – die Art, wie er zuvor mit mir gesprochen hatte, wie er mich ansah, als er mich auszog, wie er das »Ich liebe dich« betonte, als wir miteinander schliefen. Die Innigkeit, mit der wir uns in jener Nacht liebten, als hinge etwas davon ab, und dass er am nächsten Tag und in den nächsten Wochen stiller wirkte, zurückhaltender, als würde er intensiv nachdenken – zu intensiv.

Ich wollte nicht, dass er nachdachte, ich wollte, dass er sich treiben ließ. Doch erst ein paar Wochen später erfuhr ich, in welche Richtung uns die Strömung trieb.

»Ist alles okay, Ivy?« Louise, eine Arbeitskollegin, entdeckte mich, als ich mich auf der Toilette am Waschbecken festhielt.

»Ja«, antwortete ich ihrem Spiegelbild. »Mir war nur plötzlich ein bisschen schwindelig und übel.«

»Willst du lieber nach Hause gehen?«, fragte sie. »Du bist ein bisschen blass um die Nase.«

»Nein«, wehrte ich ab. »Es geht schon. Ich fühle mich nur ein bisschen komisch. Du hast nicht zufällig Zahnpasta dabei?«

»Ich habe welche in meinem Schreibtisch«, sagte sie. »Soll ich sie eben holen?«

»Wenn es dir nichts ausmacht.« Ich sah in den Spiegel, und die, die mir daraus entgegenblickte, wirkte ein kleines bisschen verändert. »Ich habe so einen komischen metallischen Geschmack im Mund, den ich irgendwie nicht mehr loswerde.«

»Du bist doch nicht …« Louise zögerte.

»Was?«

»Du bist doch nicht etwa schwanger?«

Das Schwierigste an der Schwangerschaft war, es Abe zu sagen. Ich glaubte, dass er mich liebte. Noch nie war ich mir bei jemandem dessen so sicher gewesen, aber ich wusste, dass er Angst hatte. Sie stand ihm deutlich ins Gesicht geschrieben, als ich es ihm sagte, und ich spürte es daran, wie er sich einen Ruck geben musste, um mich zu fragen, was ich tun wollte.

Und ich konnte nachvollziehen, welche Flut von Gefühlen auf ihn einstürzte, als ich ihm antwortete, ich wolle das Baby behalten. Gott weiß, was ich getan hätte, wenn er zu diesem Zeitpunkt davongelaufen wäre. Er hatte jedes Recht dazu. Ich hätte es ihm vergeben, so wie ich ihm später die Dinge vergeben würde, mit denen er mich verletzte. Ich liebte ihn so sehr – wenn er es nicht haben wollte, würde ich ihm damit nicht das Leben ruinieren.

»Wenn du damit nichts zu tun haben willst, nehme ich dir das nicht übel«, sagte ich und fragte mich, woher, zum Teufel, ich die Kraft nehmen wollte, es allein zu schaffen. Wie sollte ich mit einem Baby klarkommen – oder mit einem Kind –, vor allem wenn sich bei mir die Symptome einstellten, die bei meiner Mutter aufgetaucht waren, als ich noch ein Kind gewesen war?

Mir war jedoch bewusst, dass ich einem Mann ziemlich viel abverlangte, wenn ich ihn bat, bei seiner frisch geschwängerten neuen Freundin zu bleiben, deren Mutter noch dazu gerade an einer Krankheit gestorben war, die sie ebenso in sich tragen und womöglich an ihr Kind weitergeben konnte.

Ich liebte Abe so sehr dafür, dass er seine Angst verdrängte oder es zumindest versuchte. In den folgenden neun Monaten und auch noch nach Minnies Geburt gab er sich jede erdenkliche Mühe. Und als Minnie drei Monate alt war, bat er mich, ihn zu heiraten.

Doch als dann Charlie auf die Welt kam – und durch die Umstände seiner Geburt –, wurde alles wieder aufgewühlt. Danach schien sich die Einschätzung des Risikos, mit mir eine Familie zu gründen, dramatisiert zu haben.

Bei Minnie war alles leicht – von der Empfängnis über die Schwangerschaft bis hin zu ihrer Geburt und den ersten Jahren. Abe konnte gar nicht anders, als glücklich zu sein.

Sie schien dafür zu stehen, dass alles möglich war. Sie war der lebende, atmende Beweis dafür, dass das Leben weiterging, da sie zum einen etwas über ein Jahr nach Mums Tod zur Welt kam und uns auch noch ein überraschendes Erbe bescherte.

Am Abend vor ihrer Geburt rief Abes Vater Greg an. Als das Telefon klingelte, dachte ich zuerst, es sei Abes Mutter Pam. Ich wollte »Nein, noch kein Zeichen von dem Baby« sagen, Abe zu verstehen geben, dass seine Mutter am Apparat sei, und hätte gegrinst, wenn er kopfschüttelnd aus dem Zimmer schliche und sich von mir verleugnen ließe.

»Er ist gerade Milch kaufen gegangen«, hätte ich gesagt, oder »Er musste für ein paar Stunden ins Büro« – alles, nur nicht: »Seit deinem Anruf heute Morgen kann er dir nichts Neues berichten.«

Als Greg anrief, hatte ich gerade eine Schale mit Eiswürfeln aus dem Tiefkühlfach geholt und wollte sie in eine Schale füllen, um darauf herumzukauen. Ein sehr eigenartiges Verlangen, das Abe, so gut er konnte, zu tolerieren versuchte.

»Das Baby wird frieren, wenn es auf die Welt kommt«, spaßte er, aber ich wusste, dass er eigentlich meinte: »Mir stehen die Haare zu Berge, wenn du darauf herumknirschst.«

Minnie war inzwischen zehn Tage überfällig, und Pam konnte es sich einfach nicht verkneifen, anzurufen und sich nach Neuigkeiten zu erkundigen, auch wenn sie einen anderen Grund für ihren Anruf vorschob. »Ich rufe nicht wegen des Babys an, ich wollte nur fragen, ob du genügend Strampler hast. Hier gibt es gerade welche im Sonderangebot«, sagte sie unschuldig, doch ich wusste, dass sie nur wissen wollte, ob sie schon einen Flug buchen konnte, um uns zu helfen.

Dies war nicht ihr erstes Enkelkind. Alan, Abes ältester Bruder, hatte bereits Kinder, aber die Mutter seiner Frau wohnte in der Nähe. Pam sagte, sie habe das Gefühl, als Schwiegermutter dort zu stören, wenn sie ihre Hilfe anbot. Nachdem meine Mutter nicht mehr da war, würde ich ihre Hilfe zu schätzen wissen.

Als ich nun Gregs Stimme am anderen Ende der Leitung hörte, dachte ich, Pam hätte ihn beauftragt, an ihrer Stelle anzurufen. »Oh, die haben bestimmt genug von meinen Anrufen. Ruf du mal zur Abwechslung an.«

»Warum soll ich sie anrufen?«

So ungefähr stellte ich mir den Dialog zwischen den beiden vor.

»Ich fürchte, wir warten noch. Keine Wehe zu vermelden«, sagte ich zu ihm.

»Es tut mir leid«, erwiderte Greg. »Du hast sicher die Nase voll vom Warten. Und bitte entschuldige, aber deshalb rufe ich nicht an.«

»Oh?«

»Ich wollte etwas mit Abe besprechen«, fuhr er fort. »Ist er da?«

»Ja. Er ist draußen im Garten. Ich hole ihn.«

»Dein Vater ist am Telefon«, rief ich Abe zu, der die ersten Herbstblätter zusammenharkte. Er hatte sich für die Geburt des Babys freigenommen, und als es nicht kam, erledigte er alles, was es im Haus zu tun gab, das wir ziemlich überstürzt gekauft hatten.

»Hat er auch die Nase voll vom Warten?«, fragte er und berührte mich kurz am Arm, als er an mir vorbei ins Haus ging.

Ich antwortete nicht, sondern beobachtete gebannt einen Apfel, der von einem Baum am Rand unseres winzigen Gartens fiel und ein kurzes Stück über den Rasen rollte. »Der Apfel fällt nicht weit vom Stamm«, sagte ich zu mir und musste über diesen Gedanken lächeln.

Ich wusste nicht, ob es ein Junge oder ein Mädchen werden würde, ich hatte es nicht wissen wollen. Was immer es war, es war ein Teil von mir und ein Teil von Abe – eine viel innigere Verschmelzung, als wir beide allein sie jemals miteinander erreichen konnten. Das Baby trat, als hätte es meine Gedanken gehört, und ich drehte mich um und bemerkte, dass Abe im Türrahmen stand.

»Ist alles in Ordnung?«, fragte ich.

»Ja.« Er lächelte. »Möchtest du einen Tee?«

»Ich habe Eis drinnen!«

Abe verzog das Gesicht. »Na gut, ich mache mir einen. Komm und leiste mir dabei Gesellschaft.«

Neugierig folgte ich ihm hinein und zog einen Stuhl unter dem Küchentisch hervor, wobei ich leicht zusammenzuckte, da mir alles Mühe bereitete.

»Ist alles okay?«, fragte Abe, und ich nickte und tat mein Bestes, den stechenden Schmerz zu ignorieren, der sich in meinem Bauch ausbreitete.

»Was hat dein Dad gesagt?«

»Du kennst doch meine Tante Katrina?«, fragte er, und ich nickte, während ich spürte, wie sich das Baby bewegte und ein weiterer, diesmal noch stärkerer Stich folgte.

Ich war Katrina nie begegnet, aber Abe hatte mir viel von der ältesten Schwester seiner Mutter erzählt, die in ihrer Nähe gelebt hatte, als sie in Schottland wohnten. Sie war selbst kinderlos geblieben und hatte sich darum mehr um die Kinder ihrer Schwester gekümmert, als es sonst vielleicht der Fall gewesen wäre. Sie war vor einigen Jahren gestorben, lange bevor ich Abe begegnet war, aber er sprach so liebevoll von ihr, dass ich wünschte, ich hätte sie kennengelernt.

Er wandte mir den Rücken zu, während er den Wasserkocher anstellte.

»Was ist mit ihr?«, fragte ich, als mich ein weiterer starker Schmerz erfasste.

»Offenbar hat sie uns etwas Geld hinterlassen.« Er nahm einen Teebecher vom Haken und stellte ihn neben den Wasserkocher.

»Tatsächlich?«, hob ich an, überrascht, dass er das nicht schon kurz nach ihrem Tod erfahren hatte. Ein weiterer heftiger Schmerz hielt mich jedoch davon ab, noch mehr zu sagen.

»Ja.« Abe sprach weiter, während er das Wasser in den Becher goss. »Ich wusste nichts davon, aber offenbar hat sie jedem von uns zehntausend Pfund hinterlassen, die wir erst nach der Geburt unseres ersten Kindes erhalten.«

Jetzt drehte er sich um und sah mich erwartungsvoll an, und ich veränderte meine Haltung und versuchte, mein Unbehagen zu überspielen.

»Wow, das ist ja unglaublich. Und das wusstest du nicht?«

»Nein.« Er nahm seinen Becher und setzte sich mir gegenüber. »Sie hat uns allen denselben Betrag hinterlassen, aber sie wollte verhindern, dass wir das Geld in jungen Jahren verschwenden. Anscheinend dachte sie, wenn wir es erst bei der Geburt unseres ersten Kindes erhielten, wüssten wir es sinnvoll zu verwenden!«

Bei der Erinnerung an sie lachte er, und ich lächelte ebenfalls, zum Teil auch, um einen weiteren Krampf zu überspielen.

Abe und seine Geschwister erzählten immer, wie enorm praktisch Katrina gewesen war. Einmal hatte sie ein Reh überfahren, weil sie auf der Straße einem Heuballen ausweichen musste. Der Wagen war schwer beschädigt, und sie musste ziemlich aufgewühlt gewesen sein, doch sie hatte nur den Kofferraum geöffnet, irgendwie den toten Tierkörper hineingeschafft und zum örtlichen Schlachter gebracht. Hinterher hatte sie gesagt, es wäre doch Verschwendung gewesen, das Reh einfach dort liegen zu lassen.

»Das ist ja wundervoll«, hob ich an, ließ den Satz jedoch unvollendet und zog stattdessen scharf die Luft ein.

»Geht es los?« Abe sah mich forschend an.

»Ich glaube schon.« Ich stand auf, als die Wehe nachließ.

»Was kann ich tun?«

»Nichts.« Ich drehte mich um, legte die Hände auf den Tisch und stützte mich so fest wie möglich darauf ab, um etwas von dem Schmerz, der meinen Körper übermannte, an das Holz abzugeben.

»Ivy.« Abe stand jetzt neben mir und sah mich an, als wäre er unsicher, was er tun sollte.

In einer kurzen Pause vor der nächsten Wehe lachte ich.

»Ich kann es nicht fassen, Abe. Unser Baby kommt.«

Neun Stunden später saß Abe auf einem Stuhl an meinem Krankenhausbett und hielt Minnie auf dem Arm, während die Hebamme mich auf Risse untersuchte.

»Alles in Ordnung«, sagte sie, sich der etwas demütigenden und emotionalen Situation bewusst. »Sie haben das sehr gut gemacht.«

»Danke«, erwiderte ich, was jedoch nicht annähernd beschrieb, wie dankbar ich ihr für ihre Unterstützung bei der Geburt war.

Als ihm die Hebamme das Baby übergab, weinte Abe. »Sie ist wunderschön. Sie ist perfekt. Sie ist so perfekt, dass ich es kaum glauben kann.«

»Ich lasse Sie jetzt ein bisschen allein.« Die Hebamme beendete ihre letzten Handgriffe. »Möchten Sie einen Becher Tee oder etwas Toast?«

»Ich glaube schon.« Ich nahm nichts mehr außer dem Baby wahr.

»Ich besorge Ihnen etwas.« Sie lächelte uns zu, bevor sie das Zimmer verließ.

»Alles in Ordnung?«, fragte ich Abe.

Es fühlte sich alles so surreal an. Was ich gerade durchgemacht hatte, verblasste bereits, denn unsere Tochter erfüllte mit ihrer Anwesenheit den gesamten Raum. Der Schmerz und die Anstrengung – alles war in dem Augenblick vergessen, in dem ich ihr Gesicht sah.

»Weißt du, es mag komisch klingen«, sagte Abe später, »aber als Minnie herauskam und die Hebamme sie hochhob, bevor die Nabelschnur durchschnitten wurde, hat sie mich angesehen. Und sie sah dabei so wissend aus – genau wie Tante Katrina. Es war fast, als würde sie in diesem Moment …«

Ich streckte den Arm aus, nahm seine Hand und drückte sie.

»Klingt das merkwürdig?«, fragte er.

»Nein«, antwortete ich. »Gar nicht. Sie sieht auch aus wie Mum.«

»Natürlich«, sagte er und lächelte, dennoch bemerkte ich den Schatten, der sich auf sein Gesicht legte.

Ich hätte nicht sagen sollen, dass sie Mum ähnlich sah, nicht in dem Moment. Kaum hatte ich es ausgesprochen, las ich die Angst auf Abes Gesicht. Ich sah, wie er sich zusammenriss und seinen gesamten Optimismus aufbrachte, als er Minnie anblickte und sie auf den Kopf küsste. »Sieh dich nur an«, murmelte er ihr zu. »Du hast ja keine Ahnung, wie wundervoll es ist, dass du da bist.«

Charlies Ankunft auf der Welt war von Minnies Geburt grundverschieden.

Nachdem wir monatelang darüber geredet hatten, ob wir ein weiteres Kind bekommen sollten oder nicht, zeugten wir ihn ganz bewusst. Ich wollte ein Baby, für mich und für Minnie, bevor der Altersunterschied so groß wurde, dass sie mit einem kleinen Geschwisterchen nicht mehr viel anfangen konnte. Abe zögerte, er fragte sich, ob wir es angesichts der Risiken verantworten konnten, noch ein Kind in die Welt zu setzen.

Schließlich waren es gerade die Risiken, die ihn umstimmten. »Ich glaube, es ist sinnvoll, noch ein Kind zu bekommen, eine Art Versicherungspolice.«

So ausgedrückt klang es etwas makaber, aber Abe war glücklich, als ich schwanger wurde, und so aufgeregt, dass ich ihn dafür noch mehr liebte, weil ich wusste, wie er tief im Inneren empfand.

Charlie schneite uns drei Wochen vor dem Termin ins Haus und machte meine Überzeugung zunichte, auch dieses Baby käme verspätet. Gerade hatte ich Minnie in die Kinderkrippe gebracht, Abe sollte später zu einer Besprechung nach Kopenhagen fliegen.

Als ich gerade den Hügel bei der Kinderkrippe hinaufging, kam die erste Wehe. Oben angekommen, folgte eine weitere, aber sie waren noch schwach und kamen in großen Abständen. Ich vermutete, es handelte sich um Vorwehen, doch als ich zu Hause eintraf, traten die Krämpfe in regelmäßigeren Abständen und so häufig auf, dass ich nicht mehr an falschen Alarm glaubte.

Abe kochte in der Küche Kaffee. Seine Reisetasche stand im Flur, bereit zum Aufbruch.

»Ich habe in ziemlich regelmäßigen Abständen Wehen.« Ich lief in der Küche auf und ab, mein Bewegungsdrang war fast irritierender als die Wehen selbst.

»Schon?« Er hielt inne und kam zu mir.

»Fass mich nicht an.« Ich wollte ihn nicht anfahren, aber mich hatte eine übermäßige Unruhe erfasst. Ich musste ständig in Gang bleiben und wollte nicht berührt werden.

»Tut mir leid«, sagte er. »Was soll ich tun?«

»Ich weiß es nicht.« Ich war gereizt. »Vielleicht lassen sie wieder nach. Es ist zu früh, und sie sind noch nicht sehr stark, aber …«

»Ging es Minnie in der Krippe gut?«

»Ja, alles in Ordnung.« Ich hielt mich an der Arbeitsplatte fest, als eine stärkere Wehe meinen Körper übermannte. Und ich hörte, wie ich einen vertrauten Laut ausstieß, ein tiefes, archaisches Heulen, das uns beide schockierte.

»Wird es schlimmer?«

Ich antwortete nicht, weil ich schon wieder von einem Krampf gepackt wurde. Die Heftigkeit, mit der mein Körper plötzlich reagierte, war erdrückend. Ich heulte erneut auf und bekam Angst.

Darauf war ich nicht vorbereitet. Der Schmerz war stärker als bei Minnie – intensiver und schlechter auszuhalten. Viel zu schnell kam eine neue Wehe. Mir blieb keine Zeit, mich zwischenzeitlich zu erholen.

»Willst du dich an mir festhalten?«, fragte Abe.

Ich schüttelte den Kopf und krümmte mich über die Arbeitsplatte.

»Kannst du Caroline anrufen?«, fragte ich, als die Wehe abklang. »Sag ihr Bescheid.«

Eine meiner Freundinnen, die ich durch die Krippe kannte, hatte sich bereit erklärt, Minnie zu nehmen, wenn es so weit war. Sie würde allerdings nicht damit rechnen, dass der Anruf schon heute kam.

»Soll ich die Hebamme anrufen?«, fragte Abe. »Oder ist es noch zu früh?«

»Ich weiß es nicht.« Ich keuchte in der kurzen Pause zwischen zwei Wehen, die rasch stärker wurden.

Minnies Geburt war so leicht und lehrbuchmäßig verlaufen, dass wir vorhatten, dieses Baby zu Hause zu bekommen. Doch jetzt, nachdem die Wehen eingesetzt hatten, war ich mir nicht mehr sicher, ob ich hierbleiben wollte.

Ich hörte mich selbst schreien. Es war der Laut von jemandem, der Qualen litt.

»Ich rufe sie an«, erklärte Abe.

»Nein. Ich glaube, wir sollten ins Krankenhaus fahren.«

»Aber ich dachte …«

»Ich weiß, aber es fühlt sich nicht richtig an. Es ist zu …« Ich konnte nicht weitersprechen. Die Fruchtblase platzte, und ich spürte, wie bereits die Presswehen einsetzten.

»Gott«, sagte Abe. »Was machen wir denn jetzt?«

»Kannst du mir den Slip ausziehen?«, fragte ich, weil ich unbedingt pressen wollte, auch wenn es mich ängstigte.

»Zuerst die Schuhe«, sagte er, beugte sich hinunter und versuchte, meinen Fuß anzuheben wie bei einem Pferd, dem man die Hufe beschlägt. Ich glaube, ich habe ihn getreten, als die nächste Wehe einsetzte.

»Es kommt!«, schrie ich.

»Ich muss jemanden anrufen.« Abe geriet in Panik, das konnte ich jetzt überhaupt nicht gebrauchen.

»Ruf einen Krankenwagen«, wies ich ihn mit einer Nachdrücklichkeit an, die mich selbst überraschte.

So hatten wir das nicht geplant. So hatte ich mir das nicht vorgestellt. Der Schmerz war stärker als alles, was ich je zuvor erlebt hatte, und ich hatte panische Angst, dass es dafür einen Grund gab.

Als Abe mit dem Rettungsdienst telefonierte, musste man meine Schreie dort gehört haben. Der Rettungswagen traf jedenfalls sehr schnell ein, und die Sanitäter bestätigten meine Ängste. Das Baby war eine Steißgeburt und hatte eine Querlage, sodass sein Rücken gegen meine Wirbelsäule drückte.

»Darum ist der Schmerz so heftig«, erklärte der Sanitäter, der mir eine Maske aufsetzte und mich mit einem schmerzstillenden Gasgemisch versorgte, während mich seine Kollegin untersuchte.

»Versuchen Sie, nicht zu pressen«, sagte sie.

»Ich kann nicht. Es kommt.«

»Das Baby liegt falsch«, erklärte sie. Ich hörte einen Anflug von Panik in ihrer Stimme. »Ich muss versuchen, es wieder zurückzuschieben. Sie müssen sich bemühen, nicht zu pressen.«

Ich versuchte es, aber es ging nicht. Der Drang war zu stark, um ihm zu widerstehen. Doch das Pressen blieb ohne Wirkung. Das Baby schien sich nicht zu bewegen.

»Das Baby steckt fest«, hörte ich die Sanitäterin sagen. »Wir müssen Sie ins Krankenhaus bringen.«

»Aber ich kann mich nicht bewegen.«

Wie wollten sie mich ins Krankenhaus transportieren? Sie mussten hier etwas unternehmen. Jetzt. Sofort.

»Das wird schon.«

Wenn das beruhigend klingen sollte, hatte sie versagt.

»Wir versuchen, Sie auf eine Trage zu legen und in den Rettungswagen zu schieben.«

Irgendwie schafften sie es. Was anschließend geschah, nahm ich nur verschwommen wahr. Als ich aus der Narkose erwachte, war mir schlecht, schwindelig, und ich fühlte mich benommen.

»Wo ist Abe?«, fragte ich den Arzt, der bei mir war. »Was ist mit dem Baby?«

»Das Baby hat man auf die Intensivstation gebracht«, erklärte er mir. »Es ist ein Junge.«

Ich wusste, dass ich jetzt fragen müsste, wie es dem Baby ging, aber ich war zu erschrocken.

»Geht es Abe gut?«

»Ja, natürlich. Er ist bei dem Baby.«

»Kann ich ihn sehen?«

»Bald«, sagte der Arzt freundlich. »Ich muss ihn nur erst untersuchen.«

»Kann ich Abe sehen?« Ich fing an zu weinen. Ich fühlte mich vollkommen allein auf der Welt. Dass ich einen Mann und zwei Kinder hatte, änderte nichts daran. Ich fühlte mich einsamer als jemals zuvor. Ich war zu nah an etwas vorbeigeschrammt, für das ich meine Zeit noch nicht gekommen sah.

Als Abe hereinkam, wirkte er verändert; erschöpft und aufgelöst.

Und distanziert. Das war das Schlimmste.

»Ich dachte, ich würde dich verlieren«, sagte er ohne Umschweife, als er an meinem Bett saß. »Ich dachte, du und das Baby, ihr würdet beide sterben.«

»Geht es dem Baby gut?«

»Ja«, erwiderte er. »Aber es hat eine kollabierte Lunge.«

»Was?«

»Das kommt offenbar manchmal vor.« Er klang, als stünde er völlig neben sich.

»Das ist in Ordnung«, beruhigte mich der Arzt. »Das ist nicht ungewöhnlich nach einer anstrengenden Geburt. Wir haben eine Nadel eingeführt, um etwas Luft herauszulassen. Er sollte sich bald erholen.«

»Aber kann er denn atmen?«

»Ja. Wir müssen ihn nur beobachten. Er muss vorerst auf der Intensivstation bleiben.«

»Wann darf ich ihn sehen?«

»Jetzt dauert es nicht mehr lange. Versprochen.«

In den ersten Wochen danach machte Abe alles richtig. Er verbrachte viel Zeit mit Minnie, sodass ich mich um Charlie kümmern konnte. Er kochte und wusch und umsorgte mich, während die Kaiserschnittnarbe verheilte. Aber er baute keine Bindung zu dem Baby auf.

Und er schien allmählich auch die Verbindung zu mir zu verlieren.

Ich sagte nichts. Ich dachte, es würde vorbeigehen.

Ich wusste, dass sich Frauen nach der Geburt häufig deprimiert fühlten. Auch wenn sie nicht unter einer postnatalen Depression litten, konnten sie einen »Baby-Blues« bekommen. Aber ich hatte nie davon gehört, dass Männer von etwas Ähnlichem betroffen waren.

Ein paar Monate nach Charlies Geburt merkte ich, dass im Wohnzimmer etwas fehlte. Auf dem Kaminsims hatte eine gerahmte Fotografie meiner Mutter gestanden, auf der sie mich als Baby auf dem Arm hielt. Das gleiche Bild fand sich bei Dad zu Hause am Bett. Er hatte mir nach Minnies Geburt einen Abzug geschenkt.

Abe musste es irgendwann weggeräumt haben.

»Wo hast du das Bild von meiner Mum und mir hingetan?«, fragte ich und erwartete, dass er sagte: »Ach ja, das ist im Bücherregal. Ich stelle es zurück.«

Doch das sagte er nicht.

»Ich ertrage das nicht, Ivy«, erklärte er und fuhr so schnell herum, dass Charlie, der in einem Tragegurt um meinen Hals hing, erschrak. Er begann zu weinen, und ich schaukelte ihn und versuchte, ihn zu beruhigen.

»Was?«

»Das alles«, sagte er und deutete mit dem Kopf auf mich und die Kinder. »Und das Bild von deiner Mutter, die uns die ganze Zeit ansieht, als würde sie dazugehören, obwohl sie es nicht tut. Weil sie tot ist.«

»Aber wir haben doch auch ein Bild von Tante Katrina aufgestellt.« Ich war ehrlich fassungslos.

»Es hat nichts damit zu tun, dass sie nicht hier ist. Sondern mit dem Grund, warum sie nicht mehr hier ist«, erklärte er. »Als du mit Charlie im Krankenhaus warst, dachte ich, ich würde euch beide verlieren, und ich wusste nicht, ob ich das ertragen könnte.«

»Aber du hast uns nicht verloren.« Ich trat zu ihm und versuchte, etwas Beruhigendes zu sagen.

»Aber ich könnte euch verlieren. Es ist sogar wahrscheinlich, und manchmal ist das zu belastend für mich.«

»Aber es passiert nicht von heute auf morgen.« Ich fragte mich, warum er all das jetzt sagte. »Wenn ich krank werde, geschieht es nach und nach. Wir haben Zeit, uns und die Kinder daran zu gewöhnen. Es dauert Jahre. Vielleicht gibt es bis dahin sogar ein Mittel dagegen.«

All das hatten wir bereits besprochen. Die Risiken und die Möglichkeiten, aber ich glaube, damals war das alles für Abe abstrakter gewesen als jetzt.

»Ich wünschte, man könnte es irgendwie feststellen«, sagte er. »Ob du das Gen in dir trägst.«

»Ja? Würde das helfen?«

»Natürlich würde es das.«

»Warum?«

»Weil wir es dann sicher wüssten.«

»Nun, es gibt aber keine Möglichkeit, das herauszufinden«, erklärte ich und beugte mich vor, um die Riemen von Charlies Tragegurt zu lösen, ihn herauszuheben und seinem Vater zu geben.

Ich sagte ihm nicht, dass ich mir unsicher war, ob ich es überhaupt wissen wollte, selbst wenn das möglich wäre. Ich glaubte nicht, dass er es verstehen würde.

Und er verstand es tatsächlich nicht, als Jon uns zusammen mit Dad und Cathy ein paar Jahre später zu sich zum Essen einlud. Cathy arbeitete für eine Gesundheitsorganisation, die aidskranken Menschen half, und überlegte, für ein Freiwilligenjahr ins Ausland zu gehen. Es war von Malawi die Rede. Vielleicht hatte Jon uns deshalb noch einmal alle zusammengebracht – weil Cathy womöglich bald im Ausland war.

Es war ein wunderschöner Frühlingstag, und es war heiß, zu heiß für diese Jahreszeit. Die Kinder tollten in T-Shirts in Jons Garten herum. Anne, Jons Freundin, bereitete das Abendessen vor. »Gegrilltes Lamm«, sagte sie. »Aber es dauert noch eine Weile. Brauchen die Kinder etwas zur Überbrückung?«

»Nein, denen geht's gut.«

Ich mochte Anne. Sie war jünger als Jonathan, auch jünger als ich. Zuerst hatte mich das etwas misstrauisch gestimmt, vermutlich argwöhnte ich, sie würde nicht lange bei einem zehn Jahre älteren Mann bleiben, noch dazu bei unserer Familiengeschichte. Sie war Rechtsanwaltsassistentin in der Kanzlei, in der Jon arbeitete.

»Kann ich etwas tun?«, fragte ich.

»Du könntest die Erbsen pellen«, sagte sie. »Die sind unten im Gemüsefach.«

Ich öffnete den Kühlschrank und entdeckte als Erstes eine Flasche Champagner. Gab es etwas zu verkünden? Sie waren seit ein paar Jahren zusammen. Es wäre nur logisch.

Also wartete ich, als wir uns alle um den Tisch setzten und das Lamm verdrückten, dass sich jemand räusperte und etwas sagte.

Und tatsächlich.

»Schön, dass ihr alle da seid«, sagte Jon, als ich das Lammfleisch in winzige Stückchen schnitt, damit Charlie es essen konnte.

Er saß auf einem Stapel Kissen neben mir und war mit einem Gürtel auf dem Stuhl festgebunden. Die improvisierte Konstruktion sah etwas gefährlich aus, doch er machte einen zufriedenen Eindruck.

»Ich möchte euch etwas mitteilen«, fuhr er fort.

Ich blickte zu Anne und fing ihren Blick auf, ich wollte sehen, wie sie lächelte und errötete, doch sie wirkte eher besorgt als glücklich.

Jon ebenfalls.

»Vor ein paar Wochen war ich beim Arzt«, begann er.

»O nein.« Das war Dad, und obwohl er nur zwei Wörter gesagt hatte, klang er beunruhigt und aufgelöst. »Oh, Jonathan.«

Ich glaube, wir gingen alle vom Schlimmsten aus. Ich hörte es daran, wie Dad Jons Namen aussprach, sah es an dem erschrockenen Ausdruck, der auf Cathys Gesicht lag, und merkte, wie mir selbst kalt wurde und ich am liebsten im Boden versunken wäre.

Es war nur eine Frage der Zeit gewesen, bis einer von uns die Symptome zeigen würde, die bei meiner Mutter angefangen hatten, als ich gerade ein Teenager gewesen war. Bis einer von uns bemerkte, dass unwillentlich ein Glied zuckte, sich ein Muskel verkrampfte und er versuchte, es als »eins dieser Dinge« abzutun. Bis sich einer von uns fragte, ob Hormone für die Gefühlsschwankungen und die untypischen Wutausbrüche verantwortlich waren oder ob es an etwas lag, von dem wir alle den Namen und die schrecklich unbarmherzige Prognose kannten.

Hatte der Arzt Jons Verdacht bestätigt? Hatte er ihm erklärt, dass er von der Krankheit betroffen war und dass es noch immer kein Mittel dagegen gab? Noch nicht einmal etwas, das die Symptome linderte? Nichts als die Aussicht auf den steten Verfall, bei dem er die Kontrolle über seine Gliedmaßen und Körperfunktionen verlieren und an dem er schließlich sterben würde?

»Nein, Dad!«, sagte Jon mit Nachdruck. »Das ist es nicht. Ich war wegen etwas ganz anderem dort. Keine Sorge.«

»Oh, Gott sei Dank«, erwiderte Dad.

Ich blickte zu Abe, der mich beobachtete. Er musste meine Reaktion bemerkt haben. Jetzt stieß ich erleichtert die Luft aus, überaus erleichtert, zumindest vorerst.

»Tut mir leid. Ich wollte euch nicht beunruhigen«, fuhr Jon fort. »Es hat zwar damit zu tun, aber es sind keine schlechten Nachrichten. Der Arzt hat mir etwas erzählt, was ihr wissen solltet. Vielleicht habt ihr ja sogar auch schon davon gehört?« Er sah Cathy und mich an.

Ich schüttelte den Kopf. »Ich habe keine Ahnung, wovon du sprichst.«

»Man hat einen Test entwickelt, mit dem man – Mums Krankheit nachweisen kann«, sagte Jon und vermied es tunlichst, die Krankheit beim Namen zu nennen – so viel Würdigung verdiente sie in seinen Augen nicht. »Letztes Jahr ist es gelungen, das Gen zu isolieren, sodass es jetzt per Test identifiziert werden kann. Wir können mit einer Blutprobe feststellen, ob wir das Gen in uns tragen.«

Diesmal folgte eine spürbare Pause, in der wir verarbeiteten, was er gesagt hatte. Es gab also einen Test, der uns verriet, ob wir von dem Gendefekt betroffen waren. Einen Test, den Mum und ihr Vater nicht gehabt hatten und der erst vor Kurzem entwickelt und zugelassen worden war.

Niemand sagte etwas, bis Dad fragte: »Und wirst du ihn machen?«

»Ich habe darüber nachgedacht, und wir haben darüber gesprochen«, erwiderte Jon. »Man muss sich erst beraten lassen, bevor man den Test machen darf. Man wird über die Konsequenzen aufgeklärt. Aber ich habe es mir genau überlegt, und ich will es wissen.«

Abe sah mich erwartungsvoll an, doch ich wusste nicht, was

ich sagen sollte. Daher half ich rasch Charlie und fütterte ihn mit ein bisschen Kartoffeln und Soße.

»Tut mir leid«, sagte Jon. »Ich wollte euch nicht so damit überfallen. Wahrscheinlich war das nicht die richtige Art, aber es gibt noch eine weitere Neuigkeit.«

Er blickte zu Anne, und dieses Mal lächelte sie.

»Der eigentliche Grund, weshalb ich darüber nachgedacht habe«, sagte er. »Der Grund, weshalb ich den Test machen möchte, ist, dass ich Anne gefragt habe, ob sie mich heiraten würde, und sie hat Ja gesagt. Und bevor wir entscheiden, ob wir Kinder haben wollen oder nicht, möchten wir es gern wissen.«

»Ach, Jon, das ist ja wunderbar.« Ich sprang von meinem Stuhl auf und stieß dabei leicht gegen Charlie, sodass er auf seinem provisorischen Hochstuhl in Schieflage geriet. »Entschuldigung, Süßer.« Ich richtete ihn wieder auf, während um mich herum alle zu Jon und Anne gingen, um ihnen zu gratulieren.

»Im Kühlschrank steht Champagner«, verkündete Jon.

Und wir feierten.

»Sind das nicht tolle Neuigkeiten?«, fragte Abe auf dem Heimweg.

Minnie und Charlie waren beide auf dem Rücksitz eingeschlafen.

»Wunderbar«, stimmte ich ihm zu. »Ich mag Anne wirklich gern, und sie und Jon wirken sehr glücklich miteinander.«

»Ich meinte den Test.« Er blickte mich von der Seite an.

»Ach so, natürlich.«

»Findest du nicht?«

»Ich weiß nicht so recht.«

Ich dachte schon die ganze Zeit darüber nach, seit Jon es uns gesagt hatte. Wenn ich den Test machte und herausfand, dass ich das Gen nicht in mir trug, wäre das wunderbar – aber wenn ich es hätte?

»Warum nicht?«, wollte Abe wissen.

»Ich weiß nicht, ob ich mit dem Ergebnis leben könnte«, versuchte ich, ihm zu erklären. »Ich kann ganz gut damit leben, es nicht zu wissen. Vielleicht möchte ich es wissen, wenn Symptome auftreten. Aber jetzt … Angenommen, die sagen mir, ich habe das Gen, dann weiß ich nicht, ob ich noch so weiterleben könnte wie bisher.«

»Das verstehe ich nicht.«

Ich sagte ihm, dass ich mit der Möglichkeit leben könnte, das Gen vielleicht zu haben, aber nicht mit der Gewissheit.

»Aber es würde das Leben viel einfacher machen, wenn wir es wüssten – so oder so.«

»Oder viel schwieriger.«

Keiner von uns sagte etwas Neues. Wir wiederholten nur stets aufs Neue unsere gegensätzlichen Positionen. In diesem Punkt würden wir nie auf einen Nenner kommen.

»Für Jon ist das etwas anderes. Er hat noch keine Kinder. Er will es davor wissen.«

»Und du hast schon welche und könntest herausfinden, ob sie noch eine Mutter haben, wenn sie größer sind, oder nicht.«

»Und was, wenn nicht?«

»Dann wissen wir es wenigstens.«

»Aber ich will es nicht wissen«, wiederholte ich. »Noch nicht jedenfalls.«

»Es ist deine Entscheidung«, sagte Abe, obwohl er mich eindeutig dafür verurteilte.

»Das würde ich meinem Mann niemals verzeihen«, sagen manche Frauen.

Es gibt zahlreiche Dinge, von denen sie behaupten, sie würden sie ihren Männern niemals verzeihen: wenn sie ihnen oder ihren Kindern Gewalt antäten, wenn sie das Geld anstatt für die Familie für Alkohol und Drogen ausgeben würden – oder für sich selbst –, wenn sie die Arbeit verlören und es ihren Frauen nicht erzählten oder wenn sie eine Geschlechtsumwandlung machen würden. Wenn man erst einmal anfängt, sich mit ein paar unversöhnlichen Frauen über dieses Thema zu unterhalten, nimmt die Liste kein Ende.

»Ich würde es Tony nicht verzeihen, wenn er Geld für eine Dauerkarte ausgeben würde, ohne es mir zu sagen.«

»Ich würde Mark nicht vergeben, wenn er überhaupt eine Dauerkarte kaufen würde.«

»Ich würde John nicht vergeben, wenn er sich *keine* Dauerkarte kaufen und samstagnachmittags nicht verschwinden würde, damit ich Zeit für mich habe!«

Diese Art von Unterhaltungen führte ich mit meinen Freundinnen. Ganz oben auf der Liste stand stets Untreue. Ich fühlte mich bei diesen Gesprächen immer etwas unbehaglich. Mir war nie klar, wie sie sich so sicher sein konnten. Ich hatte immer gehofft, dass ich Abe eigentlich alles vergeben könnte, weil die Alternative darin bestünde, ihn zu verlieren, und das wollte ich auf keinen Fall.

Vielleicht wurzelte die Gnadenlosigkeit meiner Freundinnen in mangelnder Liebe.

»Würdest du Abe verlassen, wenn du mehr Geld hättest?«, fragte mich eine Freundin beiläufig eines Morgens bei einem Kaffee. »Ich meine, wenn du es dir leisten könntest, alleine zu leben, würdest du es dann tun?«

»Nein!«

»Stellst du dir das nie vor?«, bohrte sie weiter.

»Nein«, antwortete ich aufrichtig.

»Gott, du und Abe, ihr seid so …« Gereizt leerte sie ihren Kaffee.

»Was?«

»Ich weiß nicht. Glücklich.«

»Nicht immer.« Sie hatte ja keine Ahnung. »Niemand ist immer glücklich.«

»Dann verbunden«, sagte sie. »Ihr seid so verbunden. Du stellst dir nicht mal vor, ihn zu verlassen.«

»Wir haben eine Familie. Er müsste schon etwas ziemlich Unverzeihliches tun.«

»Zum Beispiel?« Nun befanden wir uns wieder auf vertrautem Terrain, doch auch da konnte ich ihr nicht zustimmen.

»Wenn Mark mir untreu wäre, würde ich ihn auf jeden Fall vor die Tür setzen.«

»Auch wenn du dann alles verlieren würdest? Dein Zuhause? Deine Familie? Deine Freunde?«

»Ich wäre so wütend. Das wäre ein solcher Vertrauensbruch. Du etwa nicht?«

»Ich weiß nicht, was ich tun würde«, erklärte ich. »Eigentlich weiß man immer erst, wie man sich in einer bestimmten Situation verhalten würde, wenn man sie tatsächlich erlebt. Man weiß nie, wie hart man kämpfen würde, um jemanden oder etwas zu behalten.«

»Dann könntest du ihm vergeben?«

»Ich weiß nicht. Man weiß es erst, wenn es einem passiert.«

Mit keiner dieser Frauen konnte ich über den Anruf am Abend des Bombenanschlags reden. Ich erzählte niemandem, was ich jetzt sicher wusste. Ich wollte nicht, dass meine Ehe mit den Meinungen anderer belastet wurde.

Niemand außer uns kannte die ganze Geschichte, die Umstände, unter denen wir uns kennengelernt hatten, was Abe auf sich nahm, als er mich zur Freundin nahm. Und niemand wusste, wie sehr ich ihn liebte und dass ich glaubte, fast alles ertragen zu können, damit ich ihn nicht verlor.

Darum vertraute ich mich ihnen nicht an.

Eigentlich wollte ich auch nicht mit Abe darüber sprechen, doch nach dem ersten Schock verwandelten sich die Duldungsstarre und Erleichterung, die ich am Abend des Bombenanschlags empfunden hatte, allmählich in Wut und Zorn. Der überwältigende Drang, um mich zu schlagen, brauchte keinen besonderen Auslöser.

Die Tage nach dem Bombenanschlag umkreisten wir einander stumm. Abe ging zur Arbeit und kam pünktlich nach Hause. Wir zeigten uns beide von unserer besten Seite. Im Grunde war es dieses Bild häuslichen Glücks, das mich plötzlich dermaßen aufregte, dass ich es zerstören wollte.

Es war Frühstückszeit, und ich fühlte mich seltsam unverbunden – wie eine Komparsin in einer Müsliwerbung.

Minnie und Charlie wirkten rosiger als sonst. Das war den Läusen geschuldet. Beide hatten sich den Kopf gekratzt, weshalb ich sie zwang, sich vor dem Frühstück zu duschen und sich die Haare zu waschen, bevor ich mich über die Knoten hermachte, sorgfältig Minnies Kopf untersuchte und sie so kräftig kämmte, dass es wehtat. Bei Charlie war ich ein bisschen vorsichtiger. Aber jetzt war Minnies Haar zu zwei ordentlichen Zöpfen geflochten. Charlies war noch nass und aus dem Gesicht gekämmt, was ihn ein wenig nach den Fünfzigerjahren und Pomade aussehen ließ.

Was würde ein imaginärer Müslihersteller, der für eine imaginäre Werbung bezahlte, wohl denken, wenn er erfuhr, dass ihr gesundes Aussehen einem Parasitenbefall auf ihren Köpfen geschuldet war?

»Meinst du, die Eulen kommen ins Klassenzimmer?« Minnie plauderte über den bevorstehenden Tag. In der Grundschule stand eine Art Vogelschau auf dem Programm. Ich musste eine Einverständniserklärung unterschreiben und zusichern, keine Einwände dagegen zu haben, dass meine Kinder Zeit mit Eulen verbrachten. Ich fragte mich, welche Gründe eigentlich dagegen sprechen konnten.

»Ich möchte eine halten«, sagte Minnie.

Welche Parasiten lebten auf Eulen, und konnten sie auf Menschen übergehen?

»Ich will den Kopf ganz herumdrehen. So wie die Eulen.« Charlie versuchte es, schaffte es aber nur, den Kopf so zu verdrehen, dass er sehen konnte, wie Abe ihre Schulbrote vorbereitete. Ganz der vorbildliche Vater, den man sich in einem Frühstückswerbefilm wünschen würde. »Sehe ich aus wie eine Eule, Dad?«, fragte er und riss weit die Augen auf.

»Hat jemand etwas gesagt?« Abe legte Käse auf die Brote. »Ich dachte, ich hätte ein Ti-wit oder Ti-wuh gehört?«

»Ti-wit. Ti-wuh.« Charlie lachte.

»Ti-wit. Ti-wuh«, ahmte Minnie ihn lächelnd nach.

»Wollt ihr Tomaten auf eure Brote, ihr kleinen Eulen?«, fragte Abe.

Und da rastete ich aus.

»Verdammte Scheiße. Sie sind keine kleinen Eulen.«

Charlies Augen weiteten sich noch mehr.

»Mummy hat das S-Wort gesagt!« Minnie konnte es nicht fassen.

»Stimmt, Kinder, seid ihr fertig mit eurem Müsli? Ihr müsst euch jetzt die Zähne putzen!« Abe tat weiterhin fröhlich und scheuchte die Kinder aus dem Raum.

Um irgendetwas zu tun, räumte ich den Tisch ab, nahm die Milchflasche und wollte sie in den Kühlschrank räumen. Mir war übel von den Ungeheuerlichkeiten, die ich in den letzten Wochen heruntergeschluckt hatte.

Ich wusste nicht, wie es passiert war, ich merkte gar nicht, dass sie mir entglitt, doch offenbar hatte ich die Milch fallen lassen. Die Flasche zerschellte, und die Milch ergoss sich über den Fußboden.

»Mummy hat die Milch fallen lassen«, bemerkte Charlie besorgt, und da rastete ich erneut aus.

»Himmelherrgott, Charlie! Warum tust du nicht einfach, was dein Vater sagt, und putzt dir die Zähne?«

Abe sagte mir nicht, dass ich unverhältnismäßig reagierte.

»Tu, was deine Mutter sagt«, wies er ihn an. »Geh und putz dir die Zähne.«

»Was ist los, Ivy?«

Ich fand nicht annähernd die richtigen Worte.

»Was ist los mit dir?«, wiederholte er, während die Kinder fröhlich plaudernd die Treppe hinaufstapften.

»Mummy hat das S-Wort gesagt!«

»Wir sind keine kleinen Scheißeulen!«

Sie lachten, aber ich wusste, dass mein Ausbruch sie verstört hatte.

»Ich konnte dieses Getue nicht länger ertragen«, erklärte ich Abe.

»Was meinst du?«

»Das alles.« Ich deutete auf den Raum. »Wie wir heile Welt und glückliche Familie spielen. Wie du und ich umeinander kreisen und so tun, als wäre alles in Ordnung, obwohl wir beide wissen, dass das nicht stimmt. Wir müssen reden.«

»Ich weiß.« Abe kam zu mir und versuchte, den Arm um meine Schulter zu legen. »Bist du okay?«

»Lass mich.« Ich schob ihn fort. »Ich muss die Kinder zur Schule bringen. Und du musst zur Arbeit.«

»Ich nehme mir den Tag frei.«

»Nicht hier. Ich will nicht, dass es die Atmosphäre in diesem Haus verpestet. Ich will dieses Gespräch nicht hier in unserem Zuhause führen.«

»Wo dann?«

»Lass uns irgendwohin fahren.«

Abe nickte.

»Wohin sollen wir fahren?« Er setzte aus der Parklücke zurück.

»Ich weiß nicht. Ich will nur weg von hier.«

Abe sagte nichts und bog am Ende der Straße nach links ab. Ich starrte aus dem Fenster, ausgelaugt, weil ich so lange dem Druck standgehalten und mein Wissen unter Verschluss gehalten hatte. Eigentlich wollte ich noch immer nicht darüber reden.

Die Landschaft mit den Reihenhäusern wurde etwas offener. Der Abstand zwischen den einzelnen Gebäuden vergrößerte sich, und kurz darauf waren wir auf dem Land und fuhren über die A20. Abe trat aufs Gaspedal und lenkte auf die Überholspur. Die Straßenschilder wiesen nach Dover.

»Sollen wir ans Meer fahren?«

»Okay.« Ich nickte und konzentrierte mich weiter auf die sich verändernde Landschaft.

Er sollte entscheiden, wohin wir fuhren und was wir unternahmen. Das war das Mindeste, was er tun konnte.

Ich war erschöpft und musste eingenickt sein, denn als ich wieder aufwachte, setzte Abe behutsam in eine Parklücke, obwohl der Parkplatz leer war.

»Greatstone«, verkündete er fast triumphierend, als hätte er den Strand höchstpersönlich erfunden.

»Wirklich?«

Das war einer unserer Lieblingsstrände. Er lag nur eine Autostunde von London entfernt, bestand aus einer breiten Bucht mit goldenem Sand und wurde von einer langen Dünenkette gesäumt. Die Kinder liebten ihn. Und wir liebten ihn auch, Abe und ich. Im ersten Sommer nach unserem Kennenlernen, als ich mit Minnie schwanger war, kamen wir abends nach der Arbeit oft her. Wir trafen gerade rechtzeitig ein, um noch zu schwimmen, bevor die Sonne unterging. Danach suchten wir uns einen Pub, aßen Sandwiches und Pommes frites und fuhren nach Hause zurück – trunken von frischer Luft, dem Meer und voneinander.

Einmal, Ende September, steckten wir im Stau fest und trafen erst im Dunkeln ein. Das Meer fühlte sich zu kalt an, um darin zu schwimmen, aber wir planschten ein bisschen, breiteten eine Decke in den Dünen aus und liebten uns. Es war dunkel und spät, und die Landschaft schützte uns.

Und es gab ein Foto von Minnie, wie sie oben von den Dünen in den Sand hinuntersprang. Das Bild war so aufgenommen, dass es aussah, als würde sie aus enormer Höhe herunterspringen, obwohl es nur ein paar Fuß waren.

»Letzten Sommer sind wir gar nicht hier gewesen«, stellte ich fest.

Abe hatte immer zu viel zu tun gehabt. Die Kinder wären gern hergekommen, ich hätte mit ihnen nach der Schule herfahren können. Aber das war stets ein Familienausflug, nicht ich allein mit den Kindern.

»Diesen Sommer machen wir das wieder«, sagte Abe. »Ich komme früher aus dem Büro, und dann fahren wir nach der Schule zusammen her.«

Zwei Monate zuvor hätte sein Vorschlag verheißungsvoll geklungen. Doch jetzt …

Jetzt, wo wir hier waren, empfand ich eine leise Bedrohung. Abe öffnete die Wagentür. »Ivy«, sagte er. Er war ausgestiegen, hielt mir die Beifahrertür auf und lockte mich, als wäre ich eine ältere Dame, die einen Ausflug ans Meer unternahm.

Ich ließ mir aus dem Wagen helfen. Ließ Abe meine Hand nehmen und mich über den Parkplatz an den Strand führen. Es war Ende März, und die raue Seeluft wehte uns ins Gesicht. Unwillkürlich suchte ich Abes Nähe, seine Wärme, und er legte den Arm um mich.

»Wir sehen wie ein Liebespaar aus«, bemerkte ich und stellte mir vor, wie wir auf die anderen wirkten, obwohl der Strand verlassen war.

»Ich liebe dich ja auch«, sagte Abe. »Ich habe dich immer geliebt, und ich werde dich immer lieben.«

»Warum dann?«, fragte ich und befreite mich von seiner Hand, um mich ihm zuzuwenden. »Warum tust du mir das an?«

»Ich wollte dich nicht verletzen«, sagte er.

»Ist es eine Kollegin?«, fragte ich zum ersten Mal, seit ich es herausgefunden hatte.

Mir ist klar, dass sich das seltsam anhört. Dass ein Paar sechs Wochen lang einen Bogen um das Thema machte, während die meisten Paare in dem Augenblick darüber sprachen, in dem die hässliche Wahrheit ans Licht kam.

Doch ich hatte Zeit gebraucht. Ich wollte nicht, dass uns dieser Vorfall vernichtete. Das wollte ich auch jetzt nicht. Und ob es so weit kam, hing von mir ab. Das war mir klar. Doch vielleicht gab es noch wichtigere Dinge, mit denen wir irgendwann zurechtkommen mussten, als nur mit einer Affäre. Auch das war mir klar. Wenn wir mit dieser Sache nicht zurechtkamen, würden wir dann Schlimmeres durchstehen, wenn es passierte? Das war der Grund, weshalb ich das hier durchstehen musste.

»So etwas in der Art«, sagte Abe. »Ich habe sie durch die Arbeit kennengelernt. Sie arbeitet bei einem unserer Kunden, aber ich habe nicht direkt mit ihr zu tun. Ich muss sie nicht mehr sehen. Das habe ich auch nicht, seit … Und ich werde sie nicht mehr treffen.«

»Ich will keine Einzelheiten hören, das ertrage ich nicht«, sagte ich, und die ganze kühle Beherrschtheit, die ich irgendwie in den letzten Wochen aufgebracht hatte, verpuffte. Ich weinte.

»Komm, wir setzen uns irgendwohin.« Abe versuchte, mich in Richtung Dünen zu schieben, doch ich wollte nicht, dass er mich anfasste.

Ich ging voran, rannte fast, und als ich die Dünen erreichte, lief ich weiter, die gewundenen Pfade hinauf, und Abe immer hinter mir, ich konnte ihn hören. »Ivy!« Ich blieb stehen.

»Setzen wir uns.«

Ein kleines Stück abseits vom Weg bildeten die Dünen eine geschützte Mulde. Die Frühlingssonne schien auf sie hinab, der Platz sah einladend aus. Ich nickte.

Abe wartete, bis ich mich umdrehte, dann ging er hin, zog seine Jacke aus und breitete sie auf dem Boden aus. Er setzte sich und klopfte mit der Hand auf den Platz neben sich.

Ich ließ mich neben ihm nieder. »Versprichst du mir, dass es vorbei ist?«

»O Gott, Ivy, aber natürlich«, sagte er. »Es war schon vorbei, bevor es überhaupt angefangen hat. Es war keine Liebe im Spiel, als ich mit …«

»Nicht.« Ich hatte Angst, er würde ihren Namen aussprechen, und den wollte ich nicht wissen. Ich wollte noch nicht einmal, dass er »ihr« sagte. Das ging mir bereits zu weit.

»Ich weiß nicht, was ich sagen soll. Du willst reden, aber du willst nicht, dass ich etwas sage.«

»Warum? Warum hast du es zugelassen?«, fragte ich ihn. »Das ist alles, was mich interessiert. Ich will nicht wissen, wer oder wo. Aber ich muss verstehen, warum. War es, weil es so leicht war, weil sich die Gelegenheit bot? Weil du dachtest, ich würde es nicht herausfinden? Oder wolltest du, dass ich es herausfinde?«

»Nein, Gott, nein, nie. Wenn ich die Zeit zurückdrehen könnte. Wenn ich dir das ersparen könnte.«

»Hast du daran gedacht, mich zu verlassen?«

»Nein. Niemals. Nicht eine Sekunde. Ganz im Gegenteil.«

»Wie kann das ganze Gegenteil von ›mich verlassen‹ aus einer Affäre mit einer anderen Frau bestehen?« Ich schrie jetzt, hier konnte uns niemand hören. »Ein Teil von dir hat mich verlassen«, sagte ich und war traurig über die Wahrheit, die in meinen Worten lag. »Ein Teil von dir hat mich schon vor Jahren verlassen.«

Er sagte nichts.

»Wann hat das angefangen?«, wollte ich wissen.

»Vor neun Monaten. Aber ich habe sie nur ein paarmal getroffen. Ich meine, ich habe sie häufiger gesehen, aber wir haben nur …«

»Nicht«, wiederholte ich und versuchte, mich vor Einzelheiten zu schützen.

»Es tut mir leid«, sagte er. »Aber ich muss es dir erklären, Ivy. Es hat nichts mit dir zu tun.«

»Danke.«

»Nein. Ich meine, es hatte alles mit dir zu tun, aber nicht auf eine negative Art. Du bist eine wundervolle Frau, und ich liebe dich mehr, als ich je jemanden lieben könnte. Wäre ich dir nicht begegnet, wäre ich nicht ansatzweise ich geworden. Du bedeutest mir alles.«

»Warum dann?«

»Eigentlich genau deshalb. Weil ich so bin, wie ich bin. Weil ich Angst habe, dich zu verlieren. Immer schon. Praktisch von dem Augenblick an, als ich dir am Flughafen in Marokko begegnet bin, hatte ich Angst, dich zu verlieren. Schon bevor ich wusste, dass es ein Wir geben würde, war diese Angst da. Und dann, als es ein Wir gab und ich wusste, dass ich dich tatsächlich verlieren könnte, verstärkte sie sich noch. Manchmal ist meine Angst vor der Zukunft so groß, dass ich die Gefühle, die ich für dich habe, kaum ertrage. Ich habe versucht, vor diesem Gefühl davonzulaufen, weil es mich hin und wieder einfach überfordert.«

Manchmal dachte ich, Abes Leben wäre vielleicht zu einfach gewesen. Er hatte eine glückliche Kindheit verlebt – vier Brüder und Schwestern, ein großes Haus mit einem weitläufigen Garten, Ferien im Ausland und Campingreisen. Er hatte mit der Depression seiner Mutter zurechtkommen müssen, aber bis er vierzig war, hatte er niemanden verloren, der ihm nahestand. Sogar seine geliebte Schildkröte Fred lebte noch. Seine Tante Katrina war die Einzige, die er verloren hatte. Er hatte Angst, weil er nicht wusste, dass man ohne die Menschen, die man liebte, weiterleben konnte – nicht unbeschwert, aber trotzdem.

»Ich habe auch Angst, Abe«, schrie ich, doch der Wind trug meine Worte davon, und ich klang nicht annähernd so wütend und aufgebracht, wie ich mich fühlte. »Stell dir doch mal vor, wie es für mich ist, mit dem Wissen und der Unsicherheit zu leben: zu wissen, dass die Kinder vielleicht auch damit fertigwerden müssen. Ich hatte schreckliche Angst, mich in dich zu verlieben, weil ich nicht wusste, ob du damit zurechtkommen und bei mir bleiben würdest. Aber ich habe meine Liebe zugelassen und seither nicht aufgehört, dich zu lieben, auch wenn du dich in den letzten Jahren von mir distanziert hast. Das war schmerzhaft. Ich war schon vor dieser Sache verletzt. Jetzt tut es noch mehr weh.«

»Es tut mir leid«, wiederholte Abe. »Und es kommt mir unangemessen vor, mich zu rechtfertigen, aber bitte hör mich an.«

»Okay.«

»Ich weiß, es ist keine Entschuldigung, aber es ist die einzige Erklärung, die ich dir für ein Verhalten geben kann, das ich selbst nicht verstehe. Ich stelle mir fortwährend dieselben Fragen, die du mir jetzt stellst. Warum habe ich mit meinem Verhalten riskiert, ausgerechnet den Menschen zu verlieren, den ich mehr liebe als alles andere auf der Welt? Und ich liebe dich mehr als alles andere, sogar mehr als die Kinder. Ich wäre am Boden zerstört, wenn dir etwas zustoßen würde. Ich glaube, ich habe versucht, mich vor diesem Schmerz zu schützen, der möglicherweise auf mich zukommt.«

»Aber das bedeutet es, jemanden zu lieben«, sagte ich. »So ist es, wenn man jemanden wirklich liebt.«

»Das verstehe ich nicht.«

»Man öffnet sich. Man nimmt in Kauf, dass der andere einen verletzen, einem Schmerz zufügen kann und dass es umso schlimmer wird, je mehr man ihn liebt. Meinst du nicht, dass es mir genauso geht? Dass das jedem so geht? Jeder hat Angst, einen anderen Menschen zu lieben, weil er weiß, dass mit der Liebe Verlust, Angst und Schmerz einhergehen – all das gehört dazu. Verstehst du das nicht?«

»Vielleicht. Ich weiß nicht. Vielleicht kommen andere Menschen damit besser zurecht als ich. Als ich dich kennenlernte, fühlte es sich so richtig an. Du warst mir so vertraut. Es kam mir vor, als wäre ich für dich bestimmt, und diesem Gefühl habe ich mich hingegeben.«

»Das ging mir genauso.«

»Und eine Weile war alles perfekt: du, ich, die Kinder … Aber all das zu besitzen bedeutete gleichzeitig, dass der Verlust umso größer sein würde.«

»Ich weiß«, sagte ich.

»Als du mit Charlie im OP warst, dachte ich, du würdest sterben, und das konnte ich nicht ertragen. Ich wusste wirklich nicht, wie ich das alles geschafft hätte, wenn dir etwas zugestoßen wäre.«

»Aber mir ist nichts zugestoßen.«

»Ja, aber die Angst ist immer noch da. Die ganze Zeit über. Ich konnte sie nur ertragen, indem ich mich von dir distanziert habe.«

»Und das hat geholfen?«

»Nein.« Er schüttelte traurig den Kopf. »Ich war einsam. Und da habe ich … Ich weiß, das willst du nicht hören, und ich weiß, mein Verhalten ist unverzeihlich. Wenn ich die Uhr zurückdrehen könnte, würde ich es tun.«

»In einem anderen Leben«, erwiderte ich.

»Aber es gibt kein anderes Leben. Ich kann dir jetzt nur noch sagen, wie leid es mir tut, und dir versprechen, was du mir vielleicht nicht glaubst.«

»Wenn du einsam warst«, sagte ich, »hättest du zu mir kommen können. Ich liebe dich, Abe. Ich habe dich immer geliebt, selbst jetzt, selbst wenn ich es gar nicht will. Ich liebe dich immer noch. Warum hättest du das weggeworfen?«

»Das wollte und das will ich nicht. Gott, Ivy – vielleicht kann ich mich nicht so gut ausdrücken, aber dich zu verlieren ist und war das Letzte, was ich will.«

»Aber du hast etwas getan, wodurch du mich hättest verlieren können«, beharrte ich.

»Die Gefahr, dich zu verlieren, bestand doch schon«, erwiderte er, und dann fragte er mich: »Geht es dir gut, Ivy? Nicht wegen dem hier jetzt natürlich, sondern generell: Bist du okay?«

»Ja«, antwortete ich. »Mir geht es gut. Nicht, was du denkst, falls es das ist. Dass ich erkranke, ist weiterhin nur eine Möglichkeit, und falls ich sterben sollte, liegt das noch in weiter Ferne. Aber das, was du getan hast, macht die Gefahr, mich zu verlieren, viel greifbarer und realer als irgendeine entlegene Sache, die vielleicht niemals eintreten wird.«

»Bitte sag das nicht.«

»Ich bemühe mich. Ich will das nicht. Aber es tut weh. Es tut so weh.« Ich begann zu weinen, und Abe legte den Arm um mich. Ich ließ es zu.

»Als die Bombe hochgegangen ist. Es war so knapp. Es war wie damals, als du Charlie bekommen hast, nur andersherum. Wäre ich nur ein paar Minuten später gekommen, hätte ich euch alle verlieren können. Da ist mir klar geworden, dass ich aufhören muss, dass ich das nicht riskieren darf. Als ich an jenem Abend nach Hause gekommen bin, war ich entschlossen, es zu beenden. Aber du wusstest es bereits. Das war mir sofort klar, als ich durch die Tür kam. Ich versuchte, mir einzureden, dass es das vielleicht gar nicht ist, dass du dir nur Sorgen um mich gemacht hast, doch tief im Inneren wusste ich, dass du es wusstest.«

»Ach ja? Woher?«

»Weil ich dich kenne. Immer schon«, sagte er. »Du bist ein Teil von mir, und wenn ich dich verliere, wäre ich nicht mehr ich selbst.«

Es gab noch eine Million Dinge zu sagen und zugleich nichts.

Ich legte ihm eine Hand aufs Bein. Es war still hier, aber die

Ruhe wurde von dem Lärm der Möwen durchbrochen, einem seltsam verzweifelten Kreischen.

Ich drehte den Kopf, so weit ich konnte, wie Charlie beim Frühstück, und entdeckte sie: Über unseren Köpfen, auf den Dünen, paarten sich zwei Möwen. Als ich in ihre Richtung sah, hörten sie auf zu kreischen, das Weibchen schaute mir direkt in die Augen und neigte leicht den Schnabel, dann machten sie weiter – ein Gewirr aus aufgeplusterten Federn und Lustlauten.

Ich blickte wieder zu Abe, und er lachte. »Darf ich dich küssen?«, fragte er, und ich merkte, dass ich mich danach mehr als nach allem anderen sehnte.

Ich nickte, und er legte seinen Mund auf meinen, zunächst zögernd, dann entschlossener. Unsere Zungen erforschten den Mund des anderen, erst behutsam, dann selbstbewusst. Wir wussten, wie das ging. Wie wir einander küssen, wie wir einander berühren und unsere Hände über den Körper des anderen gleiten lassen mussten. Abe bewegte seine Hand nach unten und zog an dem T-Shirt, das in meiner Jeans steckte, um die Haut darunter zu spüren, dann ließ er sie weiter nach unten in den Bund meiner Jeans gleiten, und nur kurz dachte ich: Das können wir doch nicht machen. Nicht hier. Nicht am Strand.

Doch es war niemand hier. Wir hatten noch nicht einmal einen einsamen Hundebesitzer gesehen, und selbst wenn? Der konnte vorbeigehen. Wir brauchten das jetzt, Abe und ich.

Ich hielt Abes Hand fest und blickte mich um, dann öffnete ich den Reißverschluss meiner Jeans und streifte sie bis zu meinen Knöcheln nach unten. Abe tat es mir gleich, und dann spürte ich ihn in mir, dort, wo er hingehörte. Wir waren eins – ein Mensch mit vier Armen, vier Beinen und zwei Köpfen, die, als das leidenschaftliche Drängen vorüber war, noch eine Weile zusammenblieben, bevor wir uns voneinander lösten und wieder zwei wurden. Zwei Individuen oder zwei Hälften, die zusammengehörten.

»Danke«, sagte Abe, rollte sich von mir herunter, zog meinen Slip hoch und bedeckte sich selbst. »Wir sollten wohl besser gehen. Sonst fragen sich die Kinder noch, wo wir geblieben sind.«

Ich schloss den Knopf meiner Jeans, und wir standen auf.

Abe küsste mich noch einmal. Dann gingen wir am Strand zurück.

Ich zitterte.

»Ist dir kalt?«, fragte Abe.

»Nein, eigentlich nicht«, sagte ich. »Ich hatte gerade nur ein ganz starkes Déjà-vu-Gefühl.«

Die nächsten Wochen taten wir so, als wäre alles in Ordnung oder als würde alles wieder in Ordnung kommen mit uns. Abe bemühte sich. Das wusste ich. Er bemühte sich sehr. Zu Hause verhielt er sich überaus fürsorglich. Er sagte mir Bescheid, wenn er später aus dem Büro kam, und informierte mich genau, wo er war. Er berichtete mir von geplanten Besprechungen, falls ich versuchen sollte, ihn tagsüber in der Firma zu erreichen.

Und ich gab mir ebenfalls Mühe. Ihm zu vertrauen. Zu vergessen.

Doch es kam mir so vor, als würde ich schauspielern, als würde ich in meinem eigenen Leben nur eine Rolle aufführen. Ich verfiel dem Alltagstrott, frühstückte mit Abe, aß mit ihm zu Abend und sah mit ihm fern. Wir sprachen über die Kinder und berichteten uns, was wir tagsüber erlebt hatten. Und wir schliefen miteinander. Doch nachdem wir darüber gesprochen hatten, war mein Bewusstsein für das, was passiert war, nur umso stärker. Abe hatte mich im Stich gelassen, hatte das Vertrauen zwischen uns zerstört. Ich war mir nicht sicher, ob ich ihm je wieder ganz vertrauen konnte. Und das nagte an mir, egal wie sehr ich mich dagegen wehrte.

Am Ende war eine Winzigkeit der Auslöser. Wäre alles in Ordnung gewesen, hätte ich es überhaupt nicht wahrgenommen.

Es war ein Samstagmorgen, gut drei Wochen nach unserer Fahrt an den Strand. Am Vorabend war Abe früh nach Hause gekommen und hatte auf dem Heimweg etwas zu essen und eine Flasche Wein besorgt, »damit ich mich nicht ums Kochen kümmern musste«, sowie ein paar Videos, *Toy Story* für die Kinder und *Apollo 13* später für uns.

Wir verbrachten einen entspannten Abend. Minnie war stolz auf sich, dass sie »scharfes Essen« mochte, und obwohl Charlie fast nur Reis aß, genoss er das Ereignis.

»Es ist ein bisschen wie Weihnachten«, sagte er und strich mit den Fingern über den Rand der Aluschalen, als Abe die Tragetasche mit Rogan Josh und Tikka Masala auspackte.

Als *Toy Story* zu Ende war, schlief Minnie, und Abe trug sie nach oben ins Bett, während Charlie sich damit brüstete, noch wach zu sein und sich allein fürs Bett fertig machen zu können. »Mich muss Mummy nicht ausziehen, ich kann das alleine.«

Doch nachdem ich Minnie den Rock ausgezogen und sie ins Bett gesteckt hatte, schlief er ebenfalls.

»Noch ein Drink«, sagte Abe und klopfte neben sich auf das Sofa, als ich wieder nach unten kam.

Apollo 13 war zum Abspielen bereit, und Abe hatte eine Flasche Wein und zwei Gläser auf den Couchtisch gestellt.

Der Film war eine gute Wahl für ein Paar, das noch mit der Verletzung nach einem Treuebruch kämpfte. Er führte uns vor Augen, wie klein und unbedeutend wir und all unser Tun waren. Was bedeuteten unsere Schwierigkeiten verglichen mit der

Aussicht, für ewig im Weltraum festzustecken? Und der Alkohol beruhigte meine aufgewühlten Gefühle so weit, dass ich mich neben Abe aufs Sofa kuschelte. Später im Bett ließ ich zu, dass seine Hände auf vertraute Weise meinen Körper erkundeten – das Zeichen dafür, dass er mit mir schlafen wollte. Ich reagierte auf das Drängen, das zu unserer Ehe gehörte, und versuchte, die vertrauten Gefühle und Empfindungen, die er mir entlockte, nicht von dem Gedanken, was er wohl mit »ihr« angestellt hatte, vernichten zu lassen.

Anschließend schlief ich rasch ein und am nächsten Morgen aus. Es war fast neun, als ich erwachte, Abe war bereits aufgestanden und machte den Kindern unten Frühstück.

»Ich hätte dir Kaffee gebracht«, sagte er lächelnd, als ich in die Küche kam.

Ich weiß nicht, ob es an der Art lag, wie er es sagte, oder an seinem Lächeln oder einfach an der Normalität der Situation, die mich empfing. Oder an der fast normalen Nacht zuvor. Doch als ich Abe sah, dachte ich nur, dass ich ihn nicht kannte. Ich kannte ihn eigentlich überhaupt nicht. Da stand er, spielte die Rolle des perfekten Ehemanns und Vaters, machte weiter, als wäre nichts gewesen, und, okay, er gab sich Mühe. Aber er hatte keine Ahnung, wie schwer es für mich war, damals und immer noch.

»Ich will aber keinen Kaffee«, erwiderte ich mit einem scharfen Unterton, der Minnie von ihrem Frühstück aufblicken ließ. »Und musst du die Kinder so viel Milch auf ihr Müsli kippen lassen? Bald ist die Milch alle, und sie essen das sowieso nicht auf.«

»Wir besorgen noch welche«, sagte Abe und beäugte mich wachsam.

»Das ist nicht der Punkt«, zischte ich.

»Ich weiß«, entgegnete er und fand sich damit ab, dass unsere Versöhnung noch nicht gelungen war. Ihm war klar, dass, was immer er tat, wie sehr er sich auch bemühte, er immer noch mehr tun, sich immer noch mehr anstrengen musste.

Und ich wusste immer noch nicht, ob ich ihm je ganz verzeihen konnte, auch wenn ich es wollte und versuchte.

»Ivy«, sagte er, als die Kinder aufgegessen hatten und nach oben gegangen waren, um sich anzuziehen. In seiner Stimme lag ein anklagender Unterton, der mich wütend machte, als erwartete er Mitleid von mir. Als sei ich im Unrecht, weil ich das Wissen um die Sache und alle Gedanken, die damit einhergingen, nicht aus dem Kopf bekam.

»Herrgott, du bist so verdammt …«

»Was?«, fragte er.

»Egoistisch«, war das Beste, was mir einfiel.

»Und daran willst du mich bis in alle Ewigkeit erinnern?«, gab er zurück.

Ein alter Schulfreund hatte uns beide zu seiner Hochzeit eingeladen. Ich war mit Billy Ross in die Grundschule gegangen und hatte den Kontakt aufrechterhalten, vor allem, weil er nie weggezogen war und meine Mutter bis zu ihrem Tod mit seiner Mutter in Verbindung gestanden hatte. Er würde eine Frau heiraten, die ebenfalls in unserer Klasse gewesen war. Ich erinnerte mich vage daran, dass er mit fünf oder sechs ein wenig für sie geschwärmt hatte. Ich hatte nicht gewusst, dass die beiden noch in Kontakt standen, aber Dad brachte mich auf den neuesten Stand.

»Offenbar ist Beths Familie irgendwo in den Norden gezogen, als sie neun oder zehn war«, berichtete er. »Und dann hat sie ihn wieder getroffen, weil sie für dieselbe Firma arbeitet wie er. Sie sind beide Bauingenieure.«

»Das ist wirklich süß, wenn man sich das überlegt.« Ich zeigte Abe die Einladung.

»Willst du hingehen?« Er las sie. »Da steht: keine Kinder.«

»Wir könnten Kirsty bitten, auf sie aufzupassen«, schlug ich vor. Ich war unsicher, ob ich Lust auf eine Hochzeit hatte, gleichzeitig bot sie einen guten Anlass, die Erinnerung an eine unbeschwerte Phase meines Lebens aufzufrischen, die nicht von langer Dauer gewesen war.

»Ich rufe sie später an«, sagte er. »Sie hat bestimmt nichts vor.«

Abes Schwester Kirsty wohnte in London. Wenn sie Zeit hatte, passte sie bereitwillig auf die Kinder auf. Sie behauptete, sich liebend gern um ihre Nichte und ihren Neffen zu kümmern.

»Und wenn es Probleme gibt«, schlug Abe vor, »könntest du immer noch allein hingehen, und ich kümmere mich um die Kinder.«

»Nein«, erwiderte ich. »Wenn ich gehe, möchte ich, dass du mitkommst.«

»Gut«, sagte Abe und sah mich an, als verstünde er, dass mir das wichtig war. »Ich komme mit.«

Es war merkwürdig, in der Kirche zu sein, in die wir als Kinder gegangen waren, und dass ich mehr Gesichter aus meiner Kindheit sah als bei meiner eigenen Hochzeit.

»Ivy, du siehst gut aus«, sagten die Leute zu mir, als wir an der Kirche eintrafen. Einige senkten die Stimme: »Tut mir leid, das mit deiner Mum.« Und dann in munterem Ton: »Ist das dein Mann?«

»Abe«, stellte sich Abe jedes Mal vor und reichte den Menschen aus meiner Vergangenheit die Hand.

Ich weiß nicht, ob ich Beth wiedererkannt hätte, wenn ich ihr woanders begegnet wäre. Ich erinnerte mich vage an ein kleines, pummeliges Mädchen mit Zöpfen, doch sie war groß, schlank und wunderschön in ihrem elfenbeinfarbenen Hochzeitskleid – und glücklich.

Billy ebenfalls. Er strahlte, als er sich umdrehte und sah, wie sie den Gang entlangkam, um sich für die Trauung an seine Seite zu stellen.

Unwillkürlich dachte ich an unsere eigene Hochzeit vor sieben Jahren, als wir aufgestanden waren, um ein Kirchenlied zu singen, und wie glücklich ich damals gewesen war, Abe gefunden zu haben. Mit ihm verheiratet zu sein, zu wissen, dass ich mit diesem wunderbaren verständnisvollen Mann an meiner Seite durchs Leben gehen würde.

Wenn ich es damals gewusst hätte, dachte ich bei mir.

Doch anstatt den Gedanken fortzuschieben, wie ich es sonst tat, spann ich ihn diesmal weiter. Wenn ich damals gewusst hätte, was ich heute wusste, hätte ich ihn dann geheiratet?, fragte ich mich und meinte zum ersten Mal seit dem Abend des Bombenanschlags zu wissen: Ja. Wahrscheinlich hätte ich ihn trotz allem, was wir durchgemacht hatten, trotz allem, was wir immer noch durchmachten, geheiratet.

Bei diesem Gedanken warf ich einen Seitenblick zu Abe und betrachtete sein Profil, ohne dass er es bemerkte. Ich sah die konzentrierte Miene, mit der er die Trauung verfolgte, und den leichten Bartschatten, der immer am frühen Nachmittag auf seiner Wange erschien, auch wenn er sich morgens rasiert hatte. Und ich staunte über die Tatsache, dass mich sein Anblick immer noch in einer Weise berührte, wie es kein anderer vermochte.

Nun gaben sich Billy und Beth das Eheversprechen.

»Zu lieben und zu ehren«, wiederholten sie abwechselnd die Worte des Pfarrers.

»In guten wie in schlechten Zeiten«, sagte der Pfarrer, als Abe meine Hand nahm und sie liebevoll, aber fest umschloss.

»In guten wie in schlechten Zeiten«, wiederholte Beth, und ich drückte die Hand meines Mannes.

LONDON, 1987

»Für kleine Geschöpfe wie uns ist die unermessliche Weite des Universums einzig durch die Liebe zu ertragen.«

CARL SAGAN, *CONTACT*

AUCH NACH MEHRFACHEM KLINGELN öffnete niemand die Tür. Deshalb setzte ich mich auf den Heuballen, der etwas deplatziert vor der Hauswand stand, holte mein Buch aus der Tasche und freute mich, ein bisschen lesen zu können, solange ich wartete. Ab und an wanderte mein Blick zu der Telefonzelle an der Ecke. Wenn nicht bald jemand auftauchte, würde ich die Nummer von vorhin noch einmal anrufen.

Das Heu schien die Sonne magisch anzuziehen, und nach einer Weile legte ich das Buch zur Seite, löste meine Haare, die ich zu einem losen Knoten zusammengebunden hatte, und ließ sie über meinen Nacken fallen, damit er nicht verbrannte.

»Ist das bequem?«, rief ein Mann, der auf der anderen Straßenseite einen Hund spazieren führte, und ich zuckte lächelnd die Schultern.

Weiter gedieh unser Dialog jedoch nicht, und ich kam weder dazu, dem Mann mit Hund zu erklären, was ich hier machte, noch konnte ich ihm mitteilen, dass ich mich auch schon gewundert hatte, weshalb im Osten Londons ein Heuballen vor einem Reihenhaus lag. Walthamstow lag zwar an der Endstation der U-Bahn-Strecke, doch nicht so weit draußen, dass es hier schon ländlich zuging.

»Entschuldigung. Tut mir leid.« Ein Mann fuhr auf einem Fahrrad auf mich zu.

Ich schätzte ihn auf Anfang dreißig, ungefähr mein Alter.

»Du musst Ivy sein«, sagte er, bremste und stieg ab. »Tut mir leid, dass ich zu spät bin. Ich wurde bei der Arbeit aufgehalten. Wartest du schon lange?«

»Erst fünf Minuten.« Ich stand auf und ließ ihn sein Fahrrad gegen meinen improvisierten Sitz lehnen, während er in einem Rucksack nach dem Schlüssel kramte.

»Er muss hier irgendwo sein«, sagte er, lächelte und strich sich eine widerspenstige Haarsträhne aus der Stirn.

Er war auf legere Art schick gekleidet – mit einer eleganten dunkelblauen Hose und einem grauen Baumwollhemd, das am Kragen offen stand. Diesen Stil sah man jetzt öfter. Er könnte Lehrer sein oder Journalist, vielleicht auch Arzt.

»Eigentlich hätte ich schon vor einer Stunde hier sein sollen«, sagte er, stellte die Tasche auf dem Boden ab und beugte sich hinunter, um eine Klammer von seinem Hosenbein zu entfernen. Dann öffnete er die Tasche etwas weiter. »Ach, da ist er ja!«

»Wo arbeitest du?«

»Nur eine Meile von hier«, sagte er, schloss die Tür auf und bat mich herein.

Er folgte mir mit dem Rad und schob es ins Haus, stellte es im Flur ab und lotste mich in die Küche, die zwar klein, aber optimal platzsparend eingerichtet war. Auf einer Seite standen die Küchengeräte, eine Terrassentür führte in einen kleinen Garten.

In einem offenen Regal befanden sich Geschirr und Weingläser, auf einem Bord darüber entdeckte ich winzige Häusermodelle, die aussahen, als wären sie nur aus schwarzen und weißen Legosteinen gebaut.

»Arbeit«, sagte er, als er meinen Blick bemerkte, und öffnete die Terrassentür.

»Was machst du?«

»Ich baue Architekturmodelle«, erwiderte er und trat in den Garten hinaus, in dem Fuchsien, Geranien und Fleißige Lieschen in voller Blüte standen. »Für ein Unternehmen hier aus der Gegend. Das ist das Fahrrad.«

Es lehnte an der einzigen freien Stelle an der Wand.

»Du hast da ein bisschen Heu«, sagte er, als ich vor ihn trat, um das Rad zu begutachten.

»Wie bitte?«

»Auf deinem Oberteil.« Er deutete mit dem Kopf auf meine rot-graue Tunika, die mit einem geometrischen Muster bedruckt war und an der, wie ich jetzt sah, etwas Heu haftete. Darunter trug ich Shorts, um gleich zurückradeln zu können, falls mir das Fahrrad gefiel.

»Ach.« Ich war leicht irritiert, weil er es bemerkt hatte, und wischte das Heu mit den Händen fort, während er das Rad von der Wand nahm und es vor mich stellte.

»Gab es viele Interessenten?«

»Ein paar«, sagte er. »Du hast mit meiner Freundin Lucy gesprochen. Das Rad gehört ihr.«

Ich hatte mir mittags das Anzeigenblatt *Loot* besorgt und von meinem Schreibtisch aus drei passende Inserate abtelefoniert. Mit der U-Bahn zur Arbeit zu fahren war mir ein Graus. Außerdem würde es mir bestimmt guttun, morgens und abends durch die frische Luft zu radeln, wenn ich schon den ganzen Tag am Schreibtisch saß.

»Ich habe es überprüft, es scheint alles zu funktionieren«, sagte der Mann, von dem ich, wie mir jetzt auffiel, gar nicht den Namen wusste. »Willst du draußen auf der Straße eine Probefahrt machen?«

»Ja, bitte.« Ich beobachtete, wie er es über die Stufe in die Küche und weiter in den Flur schob.

»Kannst du es eine Sekunde halten?«, bat er. »Dann räume ich meines aus dem Weg.«

Er schob seines ins Wohnzimmer. Es war ein kleines Reihenhaus, zwei Zimmer oben, zwei unten und zu klein, um ein Fahrrad im Flur unterzubringen, geschweige denn zwei. Wenn ich ihnen eines abkaufte, hätten sie etwas mehr Platz.

»Danke.« Er lächelte und nahm mir Lucys Rad wieder ab, dann schob er es auf die Straße, wo er es festhielt, während ich aufstieg, als wäre ich ein Kind, das Radfahren lernt.

»Es hat sechs Gänge«, erklärte er und zeigte auf die Gangschaltung. Dabei streifte er flüchtig meine Hand, die nun den Lenker hielt. Doch die kurze Berührung schien ihn nicht weiter zu irritieren, denn als ich kurz darauf losfahren wollte, legte er mir eine Hand auf den Arm. »Ich warte hier«, sagte er.

Die Geste wirkte nicht zudringlich oder aufreizend, er schien einfach ein körperlicher Mensch zu sein. Und er ist charmant, dachte ich bei mir, während ich um den Block radelte, die Gänge hochschaltete und meinen Gedanken nachhing. Wie schade, dass er eine Freundin hat.

Als ich zum Haus zurückkam, stand eine blonde, hochschwangere Frau neben ihm auf der Straße.

»Und, wie fährt es sich?«, fragte sie.

»Gut, es gefällt mir.«

»Ivy, das ist Lucy«, stellte mir der Mann die Schwangere vor.

»Bestimmt hat Abe dir schon alles erklärt«, sagte sie, lächelte und strich sich beim Sprechen über den Bauch, der sich unter dem Stoff ihres Kleides wölbte, als wollte sie das Baby darin beruhigen. »Willst du noch eine Runde drehen, oder willst du mit reinkommen?«

»Ich finde es klasse. Wenn du es mir anvertrauen magst, nehme ich es gern«, sagte ich und suchte in meiner Tasche nach dem Geld, das ich schon aus dem Automaten gezogen hatte.

»Ach, das ist ja toll«, freute sich Lucy. »Ich habe mir gewünscht, dass es in gute Hände kommt. Willst du noch einen Tee mit uns trinken?«

»Lieber ein Glas Wasser, wenn das okay ist?«

»Natürlich, komm rein. Abe, stellst du das Fahrrad rein, während ich Ivy etwas zu trinken besorge?«

»Das Haus ist nicht gerade riesig«, bemerkte Lucy, stellte ihre Tasche auf einem Stuhl in der Küche ab und holte ein Glas aus dem Regal unter den Miniaturhäusern. »Wenn wir das Fahrrad los sind, haben wir schon mal ein bisschen mehr Platz. Und ich kann ja sowieso nicht mehr fahren.«

Sie tätschelte ihren Bauch, was ich diesmal nicht unkommentiert lassen konnte.

»Wann ist es denn so weit?«

»In sechs Wochen«, antwortete sie. »Bei meinem Bauch könnte man meinen, es wäre jeden Tag so weit, nicht?«

»Ach, so dick bist du gar nicht.« Abe trat ebenfalls in die Küche und lächelte sie an, dabei strich er ihr kurz über die Schulter. »Mein Fahrrad kommt jetzt in den Garten, und dann passt der Kinderwagen in den Flur.«

»Also ehrlich, Abe, ich glaube kaum, dass Ivy das interessiert.« Dabei blickte sie ihn verliebt an, und ich leerte mein Wasserglas und hatte das Gefühl, ich sollte gehen.

»Was hat es mit dem Heuballen auf sich?«, fragte ich, als Lucy die Haustür öffnete und ich mein neues Fahrrad an ihr vorbeischob.

»Oh, den hat Abe auf dem Rückweg von meinen Eltern auf der Straße gefunden. Er muss von einem Transporter heruntergefallen sein. Abe fürchtete, es könnte etwas passieren, wenn er ihn dort liegen lässt. Ich fand, es hätte gereicht, wenn er ihn einfach an die Seite geräumt hätte.«

»Na, dann können sich die Leute irgendwo setzen, während sie auf euch warten.«

Abe folgte uns beiden wieder zurück auf die Straße. »Und lesen«, fügte er hinzu. »Du hast dein Buch vergessen.«

»Ach, wie dumm von mir.«

»*Babettes Fest*«, las er vor, als er es mir reichte. »Ist es gut?«

»Mir gefällt es.« Ich packte das Buch in meine Tasche und dankte den beiden, dann stieg ich aufs Rad und fuhr in Richtung Tottenham Hale davon.

»Viel Glück mit dem Rad«, wünschte mir Lucy.

»Viel Glück mit dem Baby.«

Sie standen gemeinsam vor der Tür und winkten mir hinterher, so wie es meine Eltern getan hatten, wenn sie Gäste verabschiedeten. Abe hatte den Arm um Lucy gelegt, und sie lehnte sich rücklings an ihn und ließ sich etwas von ihm stützen.

Während ich durch London radelte, dachte ich über die zwei nach. Sie waren nett. Und ich war ein wenig eifersüchtig, nicht auf einen von beiden, mehr auf die Art, wie sie miteinander umgingen. Sie schienen perfekt zueinanderzupassen.

LONDON, 1983

»Das Multiversum, sagte sie, ist wie eine alte Bibliothek, in der die Bücher in den prall gefüllten Regalen entsprechend ihrer Ähnlichkeit katalogisiert sind. Die Geschichten in benachbarten Büchern unterscheiden sich nur in Nuancen voneinander, je weiter die Bücher auseinanderstehen, desto stärker unterscheiden sich ihre Geschichten.«

PAUL MCAULEY, *EVENING'S EMPIRES*

»UND WO GENAU IST DAS?«, hatte ich gefragt, als mich Abe im Büro anrief und mir vorschlug, nach der Arbeit ein Picknick zu machen.

Es war Juni, die Tage waren lang und, zumindest seit Kurzem, der Jahreszeit entsprechend warm.

»Du kennst doch den Ready-Money-Brunnen«, hatte Abe erwidert, als müsste ich ihn kennen, als würde jeder ihn kennen. Vermutlich waren die meisten Leute, genau wie ich, schon daran vorbeigelaufen, ohne zu wissen, wie und warum er so hieß.

Zu den Dingen, die ich an Abe liebte, gehörte, dass er einen anderen Blick auf die Welt besaß. Er wusste und registrierte Dinge, die mir entgingen.

Ich lebte gern in London, aber ich war aus beruflichen Gründen hier und weil ich Leute kennenlernen wollte. Befänden sich die städtischen Sehenswürdigkeiten in einem anderen Land, hätte ich mich über sie informiert und sie fotografiert. Hier beachtete ich sie nicht weiter.

Doch Abe beschäftigte sich ein wenig mit ihnen und ließ hin und wieder eine Bemerkung fallen. »Diese Poller sind aus napoleonischen Kanonen gefertigt«, hatte er mir erklärt, als wir durch Southbank schlenderten. »Von diesem Block stieg Wellington auf sein Pferd«, als wir durch die Pall Mall gingen. »Hier wurden früher Hahnenkämpfe ausgetragen«, als wir die Stufen in einer schmalen Gasse in der Nähe des St. James's Park erklommen.

Wir trafen uns oft nach der Arbeit und streiften gemeinsam durch die Stadt, bevor wir in einen Pub einkehrten oder irgendwo einen Bissen aßen.

Heute hatte Abe ein Picknick im Regent's Park vorgeschlagen – beim Ready-Money-Brunnen.

Er musste mir erst erklären, dass dies der Trinkwasserbrunnen in der Mitte des Broad Walk war. Während ich auf ihn wartete, schritt ich im Kreis um den Brunnen herum, bewunderte die Granitspitze und die Marmorsäulen und studierte die Plakette in einem der Bögen über den Wasserspeiern.

Sir Cowasjee Jehangir, ein reicher parsischer Industrieller aus Bombay, hatte ihn dem Regent's Park 1869 zum Dank dafür gestiftet, dass die britischen Besatzer ihn und die anderen Parsen in Indien beschützt hatten. Nirgends stand etwas von Ready Money.

»Du hast ihn gefunden!« Abe trat von hinten an mich heran und küsste mich.

»Wer hätte gedacht, dass das ein Geschenk von Sir Cowasjee Jehangir war?« Ich legte den Arm um seine Taille unterhalb des dicken Rucksacks, der, wie ich vermutete, mit Proviant gefüllt war. »Und warum nennt man ihn ›Ready-Money-Brunnen‹?«

»Das war Sir Cowasjees Spitzname. Vermutlich hatte er immer Geld und war großzügig«, schlussfolgerte Abe. »Willst du hier etwas trinken, oder wollen wir uns einen anderen Platz für das hier suchen?« Er hielt eine Tragetasche hoch, aus der die Aluminiumkappe einer Sektflasche hervorlugte.

»Hast du etwa den Job bekommen?« Er war Anfang der Woche bei einem Vorstellungsgespräch gewesen. »Ich dachte, die wollten sich erst nach dem Wochenende melden?«

»Lass uns erst einen Platz suchen.« An seinem Lächeln erkannte ich, dass er den Job bekommen hatte, mir die Einzelheiten jedoch erst später verraten würde.

Wir spazierten durch den Park zum See mit den Booten, und Abe breitete unter einer Erle am Ufer seine Jacke aus. Im Park wimmelte es von Büromenschen, die nach der Arbeit das Wetter noch ein wenig genießen wollten, und von jungen Familien, die nach einem Tag im Freien ihre Sachen zusammenpackten. Auf dem See kreuzten ein paar Tret- und Ruderboote und störten die dort lebenden Enten und Schwäne.

»Es ist nichts Besonderes.« Abe packte zuerst Brot, Käse, Wurst und Tomaten und dann Teller und Plastikbecher aus. Dann holte er die Flasche aus der Tragetasche.

»Los, erzähl.« Ich war total gespannt.

»Nun«, sagte er. »Ich habe den Job.«

»Ich wusste es!« Ich schlang die Arme um seinen Hals und drückte ihn. »Ich wusste, dass du ihn bekommst. Das ist ja toll. Ich freu mich so für dich.«

Er hatte sich um eine Stelle als Modellbauer in einem angesehenen Architekturbüro beworben.

»Danke.« Er strahlte nun über das ganze Gesicht. »Ich freu mich riesig.«

Er ließ den Korken knallen und füllte Sekt in die Plastikbecher.

»Auf dich«, sagte ich und wollte die Gläser klingen lassen, was natürlich mit den Plastikbechern nicht gelang.

»Es kommt mir so vor, als würde sich gerade alles fügen.« Abe nippte an seinem Sekt. »Keine befristeten Jobs mehr, vorerst keine Vorstellungsgespräche. Das ist eine interessante Arbeit, und es ist schön, allmählich etwas zur Ruhe zu kommen.«

»Es ist großartig«, sagte ich.

Nach seinem Kunststudium hatte er diverse Jobs übernommen, von Farbenmischen über Lastwagenfahren und Büroarbeit bis zum Entwerfen von Geschenkpapier und Grußkarten.

Zugleich hatte er nach etwas Dauerhaftem Ausschau gehalten, ohne genau zu wissen, was er eigentlich suchte.

Als er auf die Anzeige für diese Stelle gestoßen war, fand er sie zwar ganz interessant, doch erst nach dem Vorstellungsgespräch wollte er sie wirklich antreten. Er mochte die Leute, mit denen er gesprochen hatte, die Projekte, an denen sie arbeiteten. Außerdem boten sich dort Chancen für jemanden wie ihn, der sich für Gebäude interessierte und ein Auge für Design mitbrachte, aber keinen Abschluss als Architekt vorweisen konnte.

»Ich freu mich ja so für dich!«

Wir tranken Sekt und unterhielten uns über die Einzelheiten seiner neuen Stelle. Nach einer Weile fragte mich Abe, ob ich etwas essen wolle.

»Ich habe ein Messer dabei.« Er wühlte erneut in seinem Rucksack. »Es ist in meiner Kiste mit den Stiften.«

Abe hatte meist eine kleine hölzerne Zigarrenkiste mit Kohlestiften dabei, und wenn er gerade nichts zu tun hatte, holte er sie heraus und zeichnete, was er gerade sah.

Nun reichte er sie mir.

»Ich packe den Käse aus.« Er nahm ein Stück Brie und beobachtete mit seltsamem Blick, wie ich die Kiste aufschob.

Das Messer war nicht gleich zu sehen, die Schachtel schien leer zu sein. Doch als ich sie schüttelte, rappelte etwas.

»Mach sie weiter auf«, forderte mich Abe auf, und ich schob den Deckel noch ein Stück zurück, woraufhin ein goldener Ring zum Vorschein kam, der abwechselnd mit Saphiren und Diamanten besetzt war, mit fünf Steinen insgesamt.

Unsicher und wegen der Gefühle, die auf mich einstürmten, unfähig zu reagieren, betrachtete ich den Ring, doch dann plapperte Abe los.

»Wie gesagt, ich habe das Gefühl, allmählich zur Ruhe zu

kommen. Alles scheint sich zu fügen: Wir sind zusammen, der Job, und da habe ich mich gefragt ...«

»Ja?«

»Ob du dir vielleicht vorstellen könntest, mich zu heiraten.«

»Ja.« Darüber musste ich nicht erst nachdenken. »Ja, ich will.«

»Wirklich?« Er schien ungläubig.

»Wirklich, ganz sicher, nichts lieber als das.«

»Vielleicht passt der Ring nicht. Er gehörte meiner Großmutter, sie hat ihn Tante Katrina hinterlassen, und die hat ihn mir genau zu diesem Zweck geschenkt, als ich einundzwanzig war. Aber wenn er dir nicht gefällt ...«

»Er ist wundervoll«, entgegnete ich und schob ihn auf meinen Ringfinger. »Und er passt perfekt.«

»Ach, Ivy«, seufzte er bewegt und beugte sich vor, um mich zu küssen.

Drei Wochen nachdem ich Abe kennengelernt hatte, erwachte ich in dem schmalen Bett in seinem Zimmer. Man schlief darin nur mäßig, aber wir schliefen ohnehin nicht viel.

Ich öffnete die Augen und blickte durch einen Spalt in den Vorhängen nach draußen. Dahinter sah man die Fassade des British Museum. Abe wohnte mit ein paar anderen Leuten, die alle spannende Jobs zu haben schienen, in einem großen Haus direkt neben dem Museum.

Einer seiner Mitbewohner lud mich dort zu einer Party ein. Chris hatte das Logo für das noch junge Reiseunternehmen entworfen, für das ich arbeitete.

Nachdem ich ein paar Jahre als Englischlehrerin im Ausland gewesen war, wollte ich wieder nach Hause kommen. Mums Zustand hatte sich zwar nicht stark verschlechtert, aber sie würde nicht ewig leben. Ich wollte im Land sein, um sie und

Dad besuchen zu können, Jon öfters zu sehen und Cathy, wenn sie hier war. Ich wollte der Tatsache Genüge tun, dass meine rastlose Phase vorbei war und ich mich nach etwas mehr Beständigkeit sehnte.

Ich heuerte bei einer Zeitarbeitsfirma in London an und hatte dort erst ein paar Wochen gearbeitet, als ich die Stellenanzeige sah: Assistentin des Geschäftsführers bei Voyager Travel. Ich erwartete ein riesiges Unternehmen, doch die Firma bestand nur aus uns beiden, Alex und mir, und einem winzigen Büro in Hammersmith. Alex hatte in den letzten zwei Jahren von seinem Zimmer aus Reisen in vier verschiedene europäische Länder organisiert. Das Büro, die Assistentin und das neu entwickelte Logo waren der erste Schritt zur Expansion.

»Wir machen am Wochenende eine Party«, hatte Chris beiläufig erwähnt. »Ihr zwei seid herzlich eingeladen.«

Ich fragte mich, ob er uns für ein Paar hielt und nicht bemerkt hatte, dass Alex schwul war.

Alex meinte, Chris interessiere sich für mich.

»Du solltest hingehen. Wenn du hier den ganzen Tag mit mir herumsitzt, lernst du ja nie jemanden kennen.«

»Vielleicht will ich ja gar keinen kennenlernen.«

»Ivy, jeder will jemanden kennenlernen. Tu mir den Gefallen. Geh zu der Party.«

Wenn ich nicht hingegangen wäre, wäre ich Abe niemals begegnet.

»Wie schön es ist, hier zu wohnen«, sagte ich und zog die Vorhänge ein Stück weiter auf. Meine eigene Wohnung, die ich mir in Stoke Newington mit jemandem teilte, verblasste dagegen.

»Na ja, du kannst ab jetzt gern hier wohnen.«

Wir kannten uns erst ein paar Wochen, aber es fühlte sich länger an. Zwischen uns schien die stillschweigende Übereinkunft zu bestehen, dass aus dieser Beziehung etwas Ernsthaftes werden konnte. Aus Angst, es dadurch zu verderben, sprach ich diesen Gedanken allerdings nicht laut aus.

»Kaffee?« Abe hätte nicht aufzustehen brauchen, aber ich musste zur Arbeit. Er ging nach unten, kehrte kurz darauf mit zwei Bechern zurück und stellte sie auf dem Nachttisch ab. »Rutsch mal rüber.«

Während er weg war, hatte ich mich in dem winzigen Bett ausgebreitet. Jetzt quetschte ich mich an die Wand, beobachtete, wie Abe seinen Morgenmantel auszog und wieder zu mir ins Bett stieg.

»Komm her.« Ich rückte in seine Arme.

Wir lagen einen Moment beieinander, doch ich hatte keine Zeit mehr.

»Ich sollte meinen Kaffee trinken«, unterbrach ich den Moment. »Sonst komme ich noch zu spät zur Arbeit.«

Abe löste die Arme von mir, setzte sich halb auf, schob sich die Kissen in den Rücken und reichte mir einen Kaffeebecher. »Was hast du heute vor?«.

»Flüge buchen, Visa beantragen, Anrufe erledigen. Ich muss wirklich aufstehen.«

Er nahm mir den Becher ab und stellte ihn neben seinen, dann legte er die Hände auf meine Wangen und küsste mich.

»Na, dann los. Steh auf!«

»Lass mich mal vorbei.« Ich stieß ihn an.

Er drehte sich um, warf die Beine über die Bettkante und strich mit den Händen über meinen Po, als ich aufstand.

»Darf ich deinen Morgenmantel anziehen, wenn ich ins Bad gehe?«

»Du musst nicht immer fragen, Ivy.« Er sah mir zu, als ich ihn anzog.

»Danke.« Ich blickte auf meine Armbanduhr und ging zur Tür.

»Nur eine Sekunde«, bat Abe.

»Was?«

»Komm her.«

»Ich muss mich wirklich anziehen.« Unwillkürlich lächelte ich.

»Ich will dir nur kurz was sagen. Es dauert nur fünf Sekunden.«

»Dann sag schon.« Ich stand vor ihm, während er auf dem Bett saß und eine Hand unter den Morgenmantel gleiten ließ.

»Das ist nicht gerade hilfreich.«

»Ich wollte dir nur sagen, wie froh ich bin, dass ich dir begegnet bin.«

Er zog mich etwas dichter zu sich und küsste meine Brust. »Jetzt geh unter die blöde Dusche!«

Der Marquis-of-Granby-Pub, in dem wir uns verabredet hatten, befand sich direkt um die Ecke der National Portrait Gallery.

»Von denen gibt es so einige«, hatte mir Abe erklärt. »Der Marquis von Granby war ein General, der im achtzehnten Jahrhundert seinen Offizieren Geld gab, damit sie im Ruhestand einen Pub eröffnen konnten. Deshalb sind viele Pubs nach ihm benannt.«

»Wirklich? Woher weißt du das?«

Die Informationen, mit denen Abe mich hie und da versorgte, waren wie Geschenke für mich.

Kurz betrachtete ich das Porträt des Marquis auf dem Wirtshausschild. Nie hätte ich ihn für einen militärischen Wohltäter gehalten.

»Tut mir leid, dass ich zu spät bin«, sagte ich, als ich Abe an einem Ecktisch entdeckte. »Ich bin bei der Arbeit aufgehalten worden. Wartest du schon lange?«

»Nein, nicht lange.« Er hielt drei Finger unter den Rand seines Bierglases, um mir zu zeigen, wie viel er getrunken hatte.

»Wie lang ist das?« Ich lachte und überlegte, wer noch mal Kuchen in Minuten aufgeteilt hatte.

»Das spielt keine Rolle, weil ich glücklich mit meinem Bier war und mich gefreut habe, dass du irgendwann durch die Tür treten würdest.« Er stand auf und küsste mich. »Was willst du trinken?«

»Ein Glas Weißwein, bitte.«

»Bin gleich zurück«, sagte er und strich mir flüchtig über die Wange, ehe er zum Tresen ging.

»Wie war dein Tag?«, fragte er, als er mit den Getränken zurückkam.

»Sehr gut.«

»Sehr?«

»Ja, wirklich. Alex, mein Chef, hat mich gebeten, mich um eine neue Tour in Indien zu kümmern.«

»Und was bedeutet das?«

»Einen Haufen Arbeit. Viele Telefonate. Besprechungen. Ich muss oft mit Leuten telefonieren, die in ihrem Land schwer zu erreichen sind. Mehr Verantwortung ohne bessere Bezahlung!« Ich grinste und nahm einen Schluck von meinem Wein.

»Und was ist daran sehr gut?«, fragte Abe.

»Es ist meine Tour. Wenn ich die ganze Planung und Organisation von Anfang bis Ende übernehme, ist das gut für meinen Lebenslauf, und es macht Spaß, alles zu recherchieren und zu planen und …« Ich machte eine Pause, um die Wirkung zu erhöhen und Abe zu ärgern.

»Ach, ist es schon so spät?«, frotzelte Abe und blickte auf seine Uhr. »Nun erzähl schon.«

»Ich fahre selbst dorthin. Wahrscheinlich im Herbst. Um

die Verkehrsverbindungen, die Hotels und all das zu überprüfen.«

»Wow!« Klang er ein wenig verstimmt? »Das ist aufregend. Für wie lange?«

»Nur ein paar Wochen, aber wenn es gut läuft und die Tour gut ankommt, muss ich noch öfter hinreisen.« Vielleicht könntest du ja mal mitkommen, wollte ich sagen, doch das traute ich mich nicht. Noch nicht.

»In welchen Teil von Indien?«

»Rajasthan«, erklärte ich. »Alex schwebt eine zweiwöchige Tour vor – Delhi und das Taj Mahal, anschließend Jaipur, Jodphur und Udaipur.«

»Das sind aber eine Menge Purs«, bemerkte Abe.

»Es scheinen wunderbare Orte zu sein«, sagte ich. »Ich habe mich heute Nachmittag ein bisschen schlaugemacht. Ich freu mich riesig.«

»Bist du nicht auch ein bisschen nervös?«

»Eigentlich nicht. Warum? Meinst du, das sollte ich sein?«

»Allein in einem fremden Land und das auch noch, um einen Auftrag auszuführen. Ich glaube, ich wäre aufgeregt.«

»Das ist ja genau das, was ich gern tun möchte.« Hatte er Angst um mich oder davor, dass ich zu viel weg sein könnte? »Deshalb habe ich die Stelle angenommen. Ich werde bestimmt nervöser, wenn der Termin näher rückt, aber momentan kann ich gar nicht fassen, dass ich dafür bezahlt werde, Dinge zu tun, die mir auch noch Spaß machen.«

»Ich mag deine Abenteuerlust, Ivy.« Er lächelte mich an. »Ich glaube, mir würde die Aussicht eher ein bisschen Angst machen.«

»Man lebt schließlich nur …«, wollte ich loslegen, setzte dann aber neu an. »Man ist schließlich nur ein Mal jung.«

»Ja, das stimmt. Ich freu mich für dich. Es klingt, als würde Alex große Stücke auf dich halten.«

»Er ist ein guter Chef. Und es ist eine kleine Firma. Dadurch bieten sich mir Chancen, die ich in einem größeren Unternehmen nicht bekäme.«

»Und wie passt Chris da rein?«

Ich hatte die beiden auf der Party, bei der wir uns kennengelernt hatten, kurz miteinander bekannt gemacht.

»Er ist Grafiker, Freiberufler.«

»Und warst du darauf aus, einen mittellosen Kunststudenten kennenzulernen, als du mit ihm auf die Party gekommen bist, oder hat er sich Chancen bei dir ausgerechnet?« Er lenkte die Unterhaltung in eine Richtung, die typisch für das frühe Stadium einer Beziehung ist – immer wieder spricht man über die erste Begegnung und wundert sich darüber.

»Nein, ich wollte niemanden kennenlernen. Ich bin nur hingegangen, weil mein Chef gesagt hat, ich sollte es tun.«

»Dann wolltest du dir Chris ein bisschen warmhalten?«

»So in der Art.«

Ich konnte immer noch nicht glauben, dass das hier passierte und dass es sich so richtig anfühlte. »Wolltest du mich eigentlich rauswerfen, als du mich gefragt hast, wer mich eingeladen hätte, weil du dachtest, ich hätte mich heimlich auf die Party geschlichen?«

»Nein. Ich habe gehofft, dass du dich reingeschmuggelt hast und nicht Chris dich eingeladen hat. Denn in dem Fall rechnete ich mir keine Chancen aus. «

»Wirklich?« Ich wollte mehr hören. Ich musste wissen, ob er das Gleiche wie ich empfunden hatte, als wir uns zum ersten Mal gesehen hatten.

»Nein, eigentlich nicht. Ich dachte, du hättest dich verlaufen und man müsste dir den Weg zum British Museum erklären.«

Ich gab ihm einen Klaps aufs Bein, und er fing meine Hand und hielt sie fest.

»Weißt du, warum ich dich angesprochen habe?«

»Nein. Keine Ahnung.«

»Aber ich weiß es. Ich habe dich gesehen und gedacht, die sieht ja ganz nett aus, aber ein bisschen langweilig. Na, wer weiß? Einen Versuch ist es wert!«

Ich lachte. »Ich werde dich nicht fragen, ob es sich gelohnt hat.«

»Im Ernst, Ivy. Ich habe dich gesehen und gedacht, wie hübsch du aussiehst, und als wir angefangen haben, uns zu unterhalten, habe ich gemerkt, dass du auch noch nett bist. Aber ich hatte es mir nicht so unkompliziert vorgestellt.«

»Wie meinst du das?« Ahnte er, dass ich ihm etwas verschwieg? In den vergangenen Wochen hatten wir uns mit jedem Gespräch ein bisschen besser kennengelernt. Wir sprachen über unsere Herkunft, unsere Familien und Freunde und erzählten einander, was wir die ganze Zeit getan hatten, bevor wir uns begegnet waren. Aber ich hatte ihm noch nichts von Mum erzählt.

Es war das erste Mal, seit ich von ihrer Krankheit wusste, dass mir ein Mann wichtig genug schien, mit ihm darüber zu reden. Doch wann war der richtige Zeitpunkt? Er brauchte es nur zu wissen, wenn sich unsere Beziehung zu etwas Ernsthaftem entwickelte. Würde ich ihn womöglich verschrecken, wenn ich mich ihm zu früh anvertraute?

Das wollte ich nicht riskieren, noch nicht. Aber ich wollte es ihm auch nicht verschweigen und mir später vorwerfen lassen, ich hätte ihn getäuscht. Daher stand etwas Heikles unausgesprochen zwischen uns.

»Um ehrlich zu sein, dachte ich, dass du wahrscheinlich schon mit jemand anderem zusammen wärst. Ich war mir nicht ganz sicher, wie alt du bist. Du hättest verheiratet sein können, Kinder haben«, sagte Abe jetzt.

»So alt sehe ich doch wohl nicht aus?« Einerseits war ich erleichtert, dass er völlig danebenlag, zugleich wünschte ich mir, er würde das Richtige vermuten. Abe war nur ein paar Monate älter als ich.

»In diesem Land kann man mit sechzehn heiraten«, meinte er. »Man muss nicht erst warten, bis man fünfzig ist.«

»Nun, ich bin nicht verheiratet.«

»Noch nie gewesen?«

»Nein.« Ich grinste und trank einen Schluck von meinem nicht besonders guten Wein. »Na ja, einmal kurz mit sechzehn, aber es hat nicht gehalten.«

»Ich wusste es.« Er legte den Arm um mich und zog mich an sich. »Ich wusste, dass da einer so früh wie möglich zugeschlagen hat. Woran ist es gescheitert?«

»Ach, weißt du. Wir waren zu jung. Das konnte nicht gut gehen. Er war ein Psychopath. So was in der Richtung.«

»Ich habe auch psychopathische Züge. Ist das ein Problem für dich?«

»Ist mir schon aufgefallen. Ich überlege noch, ob ich damit klarkomme oder nicht.«

Wir lachten.

»Aber es hat doch sicher jemanden gegeben, der dir etwas bedeutete. War es der Psychopath, der dich erst zur Kinderbraut gemacht und dann versucht hat, dich umzubringen?«

»Nein, es gab noch jemanden davor.«

Abe prustete in sein Bier, aber ich meinte es halbwegs ernst und wollte, dass er auch bei der Sache war.

»Erzähl weiter«, bat er, sah mich nicht an und schien sich auf sein Bier zu konzentrieren.

Verstohlen beobachtete ich ihn von der Seite, was ich gern tat, wenn er es nicht bemerkte. Dann konnte ich in Ruhe sein Profil studieren und sein dichtes Haar und mich über die Tatsache wundern, dass er hier war. Hier bei mir.

Und auch wenn mir klar war, dass ich damit weit vorauspreschte, fragte ich mich, ob ich ihn mit fünfzig auch noch verstohlen von der Seite ansehen würde. Wenn wir im Auto irgendwohin fuhren, ich auf dem Beifahrersitz neben ihm, würde ich ihn dann ansehen und mich wundern, dass er noch bei mir war?

Hoffentlich. Doch zu große Hoffnungen wagte ich mir nicht zu machen. Manchmal wagte ich noch nicht einmal, darauf zu hoffen, dass ich fünfzig wurde.

»Na ja, in der Grundschule gab es einen Jungen, den ich sehr mochte.« Meine Gedanken wanderten zurück, es kam mir wie ein anderes Leben vor.

»Bei mir in der Grundschule gab es auch ein Mädchen. Ich war sehr schüchtern, sie auch.«

»Ich war auch ziemlich schüchtern in der Schule.«

»Das kann ich mir gar nicht vorstellen. Du wirkst so selbstsicher.«

»Tatsächlich? Danke.« Ich fühlte mich eigentlich nicht sehr selbstsicher, außer wenn ich mit Abe zusammen war. Dann hatte ich das Gefühl, so sein zu können, wie ich war. »Was ist aus ihr geworden? Aus dem süßen schüchternen Mädchen?«

»Keine Ahnung. Wir sind weggezogen. Und aus dem schüchternen Jungen?«

»Das weiß ich auch nicht.«

»Und nach ihm?«, bohrte Abe nach, und ich genoss es. Dies ist Teil des Tanzes, den man zu Beginn einer neuen Liebe vollführt. Man will wissen, welche Partner es vor einem gab, und genießt den leisen Triumph, dass die anderen Beziehungen gescheitert sind. Denn man hofft natürlich, dass diese nun die eine richtige sein wird.

»Ach, weißt du«, sagte ich. »Es gab da einen Jungen in der Oberstufe, und auf meinen Reisen war ich eine Weile mit einem Typen zusammen, aber irgendwann haben wir uns einvernehmlich getrennt.«

»Nicht dein Seelenverwandter?«

»Nein.«

»Und seither?« Er sah mich aufmerksam an.

»Es gab ein paar Männer, aber nichts Ernstes.« Ich verstummte, weil ich fast »bis jetzt« gesagt hätte. »Alles nicht sehr aufregend«, endete ich, obwohl es natürlich aufregende Momente gegeben hatte: als ich zum ersten Mal mit Nathan geschlafen hatte, die kurze Affäre mit einem griechischen Kellner, die zweiwöchige leidenschaftliche Beziehung mit einem Fahrradkurier, als ich gerade nach London gezogen war. Es hatte in der Tat aufregende Momente in meinem Liebesleben gegeben, aber auf eine andere Art als jetzt.

Ich wusste nicht, was Abe an sich hatte, aber es fühlte sich bereits an, als wäre das mit uns etwas Ernstes. Vielleicht denkt man das aber auch immer zu Beginn einer neuen Beziehung. Doch, wie gesagt, ich wagte nicht zu hoffen.

»Und du?«, fragte ich Abe.

»Auf dem College war ich mit einem Mädchen zusammen, das ich wirklich sehr gernhatte.« Er zögerte. »Aber dann, nun ja, als ich angefangen habe, Kunst zu studieren, war ich deutlich älter als alle anderen.«

Das hatte er mir schon erzählt. Er wollte auf die Uni gehen und Architektur studieren, jedoch erst ein paar praktische

Erfahrungen sammeln. Dann änderte er seine Pläne und arbeitete ein paar Jahre, bis er beschloss, Kunst zu studieren.

»Bei uns zu Hause war damals einiges los«, fuhr er fort. »Bei meinen Eltern. Das hat mich irgendwie aus der Bahn geworfen.«

»Haben sie sich damals getrennt?«

Ich wusste, dass Abes Eltern nicht mehr zusammenlebten. Er hatte mir schon erzählt, dass sie beide in Oxfordshire wohnten, seine Mutter jedoch aus dem Haus der Familie ausgezogen war. Ich hatte nicht nachgehakt, mich aber gefragt, wie alt er bei ihrer Trennung gewesen war und wie er damit fertigwurde. Ich wollte ihn nicht danach fragen, weil ich fürchtete, dass er mich dann auch nach meinen Eltern fragen würde, und darüber wollte ich noch nicht reden.

Vielleicht hatten sie sich damals getrennt.

»Ja. Kann sein. Sie sind nicht wirklich ...«

»Was?«

»Sie leben nicht mehr zusammen, aber sie sind auch nicht geschieden.«

»Dann sind sie getrennt?«

»Es ist kompliziert und alles ein bisschen seltsam. Es kam mir damals merkwürdig vor, und ich finde es noch immer eigenartig, vor allem, wenn ich es anderen erzähle.«

»Besser, du erzählst es mir.« Ich nahm mein Glas und stürzte den Wein hinunter.

»Ivy«, sagte er. »Es ist nichts Schlimmes. Nun ja, es war schlimm. Es war für uns alle nicht leicht, und für Dad ist es immer noch schwierig, aber es ist nichts, was für dich und mich von Bedeutung wäre.«

»Entschuldige.« Ich stellte das Glas ab und nahm seine Hand. »Wenn ich anders drauf wäre, hätte ich es dir wahrscheinlich gleich auf der Party erzählt. Es wäre meine Partygeschichte. Aber ich weiß nicht, es wühlt mich auf, und ich wollte dich erst näher kennenlernen. Wahrscheinlich hältst du mich für verrückt, aber ich hätte dir nichts davon gesagt, wenn das zwischen uns nur ein Strohfeuer gewesen wäre.«

Ich erwiderte nichts, umfasste seine Hand jedoch etwas fester und dankte ihm im Stillen dafür, dass er es ausgesprochen hatte.

»Willst du noch etwas trinken?« Er blickte auf mein Glas, das fast leer war, während er erst fünf Finger aus seinem getrunken hatte.

Ich schüttelte den Kopf.

»Als ich Abitur gemacht habe«, berichtete er, »wohnten wir in Oxford. Mum hatte eine Stelle etwas außerhalb. In der Verwaltung eines Krankenhauses in Thame. Eigentlich war es eher eine Rehaklinik.«

»Erzähl weiter.«

»Sie fuhr jeden Tag mit dem Auto dorthin. Es war nur eine Halbtagsstelle, sie verdiente nicht viel, aber nachdem sie wegen der Kinder jahrelang zu Hause geblieben war, genoss sie es rauszukommen. Und sie mochte die Leute.«

»Ja.«

»Eines Tages ereignete sich ein Unfall, als sie auf dem Heimweg war. Da war einer von diesen Lastern voller Heuballen. Meine Mutter hatte immer Angst vor denen. Sie meinte, die wären nicht sicher befestigt, und sie drosselte jedes Mal das Tempo und hielt Abstand.«

»Und dann ist tatsächlich etwas passiert?« War seine Mutter bei einem Unfall verletzt worden? War sie im Krankenhaus gewesen oder lebte jetzt irgendwo in einem Heim?

»Ja, aber nicht meiner Mutter.«

»Ach so.«

»Jedenfalls nicht direkt.« Er trank einen Schluck Bier. »Die Heuballen fielen von dem Laster, und am Straßenrand war ein Mädchen auf einem Fahrrad unterwegs. Der Wagen hinter dem Laster, der direkt vor meiner Mum fuhr, wich dem Heuballen aus und überfuhr das Mädchen.«

»Gott.« Ich konnte es mir vorstellen.

»Meine Mutter hielt an. Alle hielten. Der Fahrer des Wagens vor ihr war natürlich völlig fertig. Er war instinktiv ausgewichen, als ein Heuballen auf ihn zuflog, und hatte dann das Mädchen erwischt. Die Kleine war ziemlich schwer verletzt.«

»Und deine Mutter hat das alles gesehen?«

»Das Mädchen hatte eine Kopfverletzung und war kaum noch bei Bewusstsein. Der Fahrer des Wagens, der es angefahren hatte, stand unter Schock. Der Lastwagenfahrer ebenfalls. Schließlich saß meine Mutter bei dem Mädchen und redete auf es ein, während sie auf einen Krankenwagen warteten.«

»Und ging es gut?«

»Nein, das Mädchen ist gestorben, bevor der Krankenwagen eintraf. Am Straßenrand in den Armen meiner Mutter.«

»O Gott. Das muss ja …«

»Es muss schrecklich gewesen sein. Ich kann es mir nicht wirklich vorstellen, aber mitzuerleben, wie ein kleines Mädchen einfach so am Straßenrand stirbt, wenn man selbst fünf Kinder hat, das hat ihr stark zugesetzt.«

»Inwiefern?« Anscheinend war die Geschichte noch nicht zu Ende.

»Zuerst war sie nur schockiert und aufgelöst. Sie wollte zur Beerdigung gehen, aber die Eltern des Mädchens setzten es im kleinen Kreis bei. Es wurde damals viel in der Lokalzeitung darüber berichtet.«

»Hat sie die Eltern kennengelernt?«

»Nein, sie fragte die Polizei, ob das möglich sei. Sie wollte mit ihnen sprechen, aber sie wollten das nicht. Vielleicht ertrugen sie es nicht, dass eine Fremde ihre Tochter in den Tod begleitet hatte. Ich kann irgendwie verstehen, dass sie meine Mutter nicht treffen wollten.«

»Ja. Aber vielleicht hätte es ihr geholfen.«

»Das werden wir nie erfahren. Anschließend ging meiner Mum die Sache nicht mehr aus dem Kopf. Sie hatte Albträume und gab das Autofahren auf, weshalb sie auch ihre Arbeitsstelle aufgeben musste. Schließlich blieb sie immer zu Hause und war völlig in sich gekehrt.«

»Das muss schwer gewesen sein.«

»Ja. Ich wohnte damals als Einziger noch bei meinen Eltern. Jackie und Alan waren schon ausgezogen, und Kirsty hatte gerade ihre Ausbildung zur Krankenschwester angefangen. Tessa kam in den Ferien nach Hause, sie wollte Lehrerin werden, aber eigentlich war ich mit Mum und Dad allein.«

Das kam mir bekannt vor. »Hat sie irgendwie Hilfe gesucht?«

»Sie war beim Arzt, und der schlug eine Therapie vor. Ich glaube, sie ist ein- oder zweimal hingegangen, aber es schien nichts zu ändern und dann …« Er zögerte. »Jetzt kommt der merkwürdige Teil.«

»Hat sie zu Gott gefunden?«

»Ja, genau. Sie ist schon vorher in die Kirche gegangen, nicht immer, nur zu Weihnachten und Ostern, doch dann wurde es häufiger, und es schien ihr besser zu gehen. Es hat ihr ganz offensichtlich geholfen, bis …«

»Was?«

»Sie beschloss, in diesem Kloster zu leben.«

»Sie ist Nonne geworden?« Das schockierte mich mehr als Abes Beschreibung des Unfalls.

»Nein, das ging nicht, weil sie verheiratet war. Erst hat sie dort nur gewohnt, so eine Art Auszeit genommen, und das hat ihr so gut gefallen, dass sie bleiben wollte. Jetzt hilft sie dort in der Verwaltung.«

»Dann ist sie für immer dort?«

»Auf unbestimmte Zeit.«

»Und siehst du sie?«

»Sie darf nur sonntags Besuch empfangen. Ich besuche sie, wenn ich kann, und Dad einmal im Monat, den Rest der Zeit nicht. Es ist ein geschlossenes Kloster, und obwohl sie keine Nonne ist, hält sie sich an die Regeln.«

»Aber sie ist deine Mutter.«

»Ich fühlte mich verlassen. Und Dad auch. Ich glaube, anfangs dachten wir beide, sie würde irgendwann wieder zurückkommen, aber jetzt ist sie schon fast zehn Jahre dort. Es ist nicht sehr wahrscheinlich, dass sie das Kloster wieder verlässt.«

»Gott, das muss echt schwer sein.«

Ich dachte an meine eigene Mutter. Wie sie sich verändert hatte und dass die Leute sagten, die Krankheit sei für ihre depressiven Verstimmungen und für ihre Launen verantwortlich.

Und ich dachte an die Wahrscheinlichkeiten und Risikofaktoren, die mir durch den Kopf schwirrten und die ich nach Kräften ignorierte. Ich sollte Abe davon erzählen, er verdiente es zu erfahren, dass die Dinge bei mir auch nicht so einfach waren. Doch er wirkte so erschöpft, nachdem er mir seine Geschichte erzählt hatte. Es schien nicht der richtige Zeitpunkt zu sein.

»Tut mir leid«, sagte er. »Es fällt mir noch immer schwer, darüber zu reden.«

»Ich bin froh, dass du es mir erzählt hast.«

»Wollen wir ein Stück gehen?«, fragte er.

Wir leerten unsere Gläser.

»Ja.« Ich nahm meinen Mantel und zog ihn auf dem Weg zum Ausgang an. Draußen legte Abe den Arm um mich, und ich umfasste seine Taille und presste ihn so dicht wie möglich an mich. Wir liefen ohne ein Ziel los und landeten am Bloomsbury Square.

»Wollen wir uns ein bisschen setzen?«, fragte Abe.

Wir setzten uns nebeneinander, sodass unsere Beine sich berührten, und schwiegen.

Es war eine wunderschöne, sternenklare Nacht.

»Sieh dir den Himmel an«, durchbrach ich die Stille. »So viele Sterne.«

»Und wir sind alle Sternenstaub.«

»Ist das aus einem Song?«

»Nein. Wissenschaft!«

»Ach ja?«

»Jedes Atom in deinem Körper stammt von einem explodierten Stern. Wir entstehen aus Teilchen, die durchs Universum treiben, und landen am Ende wieder dort.«

»Das ist eine schöne Vorstellung. Eine positivere Art, über den Tod nachzudenken.«

Ich wollte ihm von Mum erzählen. Ich musste es ihm bald erklären. Aber ich konnte mich nicht überwinden – noch nicht.

Später, bei ihm zu Hause und nachdem wir uns geliebt hatten, war ich mir nicht sicher, ob er meinte, ich schliefe schon, als er sich von hinten an mich schmiegte und sagte: »Ich liebe dich, Ivy.«

Es war meine Idee, nach Hampstead Heath zu fahren. Ich wollte den Tag in guter Erinnerung behalten, falls alles ins Wanken geriet, wenn ich es Abe erzählte.

Ich hatte den Schwimmteich erst kürzlich entdeckt, und da es ein warmer Tag zu werden versprach, hatte ich Abe vorgeschlagen, dort zu picknicken.

»Du schwimmst gern, stimmt's?«, fragte er.

»Ja.«

Ich versuchte, ein- oder zweimal in der Woche schwimmen zu gehen, und traf mich anschließend manchmal mit Abe, oder ich brach morgens früh auf, um es noch vor der Arbeit zu schaffen.

»Wenn du schwimmen gehst, wirkst du enorm glücklich«, sagte er. »Selbst wenn es in einem Ententeich mitten in der Stadt ist.«

»Wir müssen nicht dorthin gehen, wenn du nicht willst.«

»Ich komme gerne mit. Die Idee ist prima. Ich bin kein guter Schwimmer, aber ich werde mir Mühe geben, dich nicht zu blamieren.«

»Ich habe nicht vor, meine Bahnen um die Enten zu ziehen! Ich wollte nur einen Tag mit dir verbringen. Wir können auch woanders hingehen, wenn dir das lieber ist.«

»Nein. Ich will Bahnen im Ententeich ziehen!«

Ich hatte ein anständiges Picknick zusammengestellt: Taramacreme, Oliven, kaltes Hühnchen und Schinken. Auch für kühles Bier war gesorgt, und das Wetter spielte ebenfalls mit. Der Teich war erstaunlich leer für einen sonnigen Tag in London, und es kostete Abe weniger Überwindung, als ich befürchtet hatte.

»Er sieht tatsächlich ziemlich reizvoll aus.«

»Stell dir einfach vor, du wärst in den Schweizer Bergen.«

Er kniff die Augen zusammen und schüttelte den Kopf. »Nein, das schaffe ich nicht. Vielleicht auf dem Land irgendwo in Sussex. Können wir uns darauf einigen?«

»Wenn es dir hilft, es zu genießen.«

»Ja«, sagte er. »Ich kann es kaum erwarten, ins kühle Nass zu tauchen.«

Wir legten uns eine Weile ans Ufer und wärmten uns auf, bevor wir ins Wasser gingen. Es war nicht kalt, die Enten hielten Abstand, und wir alberten mit anderen Badenden herum, sprangen vom Steg und wetteiferten, wie weit wir kamen. Ich fühlte mich wie ein Kind. Glücklich, energiegeladen und von der Sonne verwöhnt.

Nachdem wir gegessen hatten, satt waren und ein bisschen beschwingt vom Bier, streckte ich mich auf meinem Handtuch aus. Abe, der neben mir lag, drehte sich auf die Seite und sah mich an. »Bist du glücklich?«

»Ja. Ich fühle mich, als würde ich in warmem Wasser schwimmen.«

»Besser geht's nicht.« Er lachte, und ich versuchte, den Moment noch etwas auszukosten.

Es kam mir vor, als hätte ich etwas Schlimmes angestellt, das ich jetzt gestehen musste. Etwas, das man nicht sagen mochte, weil man fürchtete, der andere könnte einen dafür verachten und einem niemals vergeben. Etwas, bei dem man den anderen ebenso verlieren konnte, wenn man es sagte, wie wenn man es nicht sagte.

»So gut, dass ich es nicht verderben will«, sagte ich.

»Warum sagst du das?« Er musterte mich fragend.

»Als du neulich mit mir über deine Mutter gesprochen hast, hätte ich dir eigentlich auch etwas von meiner Mutter erzählen müssen.«

»Ich habe so etwas schon geahnt. Was immer es ist, erzähl es mir. Du kannst mir alles sagen.«

»Ich habe Angst, dass es etwas verändert.«

»Das wird es nicht.«

»Das könnte es«, sagte ich. »Darum habe ich auf den richtigen Moment gewartet.«

»Erzähl.« Er strich seitlich über meinen Bauch, während wir nebeneinander auf der Wiese lagen.

»Meiner Mutter geht es nicht gut.« Ich holte tief Luft. »Sie hat die Huntington-Krankheit.«

Wusste er, was das bedeutete, oder musste ich es ihm erklären?

»Ist das schlimm?«

»Ja. Sehr schlimm.« Ich schwieg einen Moment. »Ich habe selbst erst vor ein paar Jahren erfahren, worunter sie leidet. Es hat schon vor zehn Jahren begonnen, war anfangs aber kaum zu bemerken. Es ist eine Nervenkrankheit, die den Muskelapparat und das Gehirn beeinträchtigt. Zuerst schien Mum nur etwas launisch, vergesslich und ungeschickt zu sein. Inzwischen ist es deutlich schlimmer geworden. Sie braucht sehr viel Hilfe.«

»Das tut mir leid«, unterbrach mich Abe, aber ich wollte weiterreden.

»Es gibt kein Mittel dagegen, und nach der Diagnose leben die meisten Menschen keine zwanzig Jahre mehr.« Ich schluckte. Es fiel mir noch immer schwer zu akzeptieren, dass meine Mutter wahrscheinlich in ein paar Jahren sterben würde.

»Ivy, das tut mir schrecklich leid. Ich hätte einfühlsamer sein müssen. Hätte merken müssen, dass du etwas hast. Ich hätte nicht einfach weiterreden dürfen, aber ich wollte eben, dass du alles weißt.«

»Das ist schon okay«, erwiderte ich. »Du brauchst dich für nichts zu entschuldigen. Ich hätte es dir früher sagen sollen, aber es fällt mir schwer. Und als du mir von deiner Familie erzählt hast, schien es mir irgendwie nicht richtig, damit herauszuplatzen.«

»Dennoch. Du warst so verständnisvoll, dabei hast du solche Sorgen. Trotz allem bist du wunderbar herzlich, liebevoll und furchtlos.«

Er sah mich so gefühlvoll an, als würde er mich wirklich lieben, als meinte er tatsächlich alles, was er sagte.

»Ich habe aber Angst«, flüsterte ich.

»Natürlich. So war das nicht gemeint. Ich meinte nur ... Ich kann mich nicht gut ausdrücken, stimmt's?«

»Nein.« Ich lächelte. »Aber es geht nicht nur um Mum. Auch um mich. Ihre Krankheit, Huntington, ist vererbbar. Sie ist genetisch bedingt. Die Chancen, dass ich sie auch habe, liegen bei fünfzig Prozent. Ich werde es erst wissen, wenn die ersten Symptome auftauchen, aber es könnte mich genauso treffen. Ich könnte es morgen bekommen und in fünfzehn Jahren tot sein. Das weiß ich nicht.«

»Gott.« Er setzte sich auf und blickte eine Weile auf den Teich hinaus. Schließlich sagte er: »Kann man das irgendwie feststellen?«

»Nein. Es gibt keinen Test. Als ich noch jünger war, wusste ich nicht, dass Mums Vater daran gestorben ist. Mum hat nicht viel von ihm erzählt oder uns gesagt, woran er gestorben ist.«

»Kanntest du ihn?«

»Nein. Er ist gestorben, bevor ich auf die Welt kam. Offenbar habe ich ihm meine roten Haare zu verdanken. Ich habe also eindeutig ein paar Gene von ihm.«

»Und gibt es da eine Verbindung? Zu den roten Haaren?«

»Nein. Nein, das habe ich nur so gesagt.«

»Und dir hat niemand erklärt, dass er an dieser Krankheit gestorben ist?«

Ich schüttelte den Kopf. »Erst als Mum die Diagnose erhielt, ist alles rausgekommen. Er ist gestorben, als sie um die zwanzig war. Schlimm war nur, dass er getrunken hat. Nicht so viel, dass es wirklich problematisch wurde, aber er ging jeden Abend nach der Arbeit in den Pub und kam etwas angetrunken nach Hause.«

»Hat es das verschlimmert?«

»Nein. Ich glaube, viel schlimmer, als das Ganze sowieso schon ist, kann man es kaum noch machen. Es ist eine schreckliche Krankheit. Aber als er die ersten Symptome von Huntington zeigte, dachten alle, es läge nur am Trinken – dass es heftiger geworden sei, die Muskelkrämpfe und die Ausbrüche da herrührten. Die Krankheit löst auch eine Art Wahnsinn aus. Früher hat man die Leute ins Irrenhaus gesteckt.«

»Sie wussten also nicht, was tatsächlich mit deinem Großvater los war?«

»Ich glaube, anfangs nicht. Das ist alles ein bisschen unklar. Oma hat nie von ihm gesprochen. Mum auch nicht.«

»Wussten sie es denn, als er gestorben ist?«

»Meine Großmutter schon. Sie hat es meiner Mutter aber erst später gesagt, als sie heiraten wollte. Als meine Großmutter meinen Großvater geheiratet hat, wusste sie nichts von der Krankheit in seiner Familie. Und sie war der Ansicht, Mum müsste mit Dad darüber sprechen, ehe sie vor den Altar treten.«

»Und dein Dad hatte kein Problem damit?«

»Nein, aber …« Ich zögerte, weil ich etwas behaupten wollte, von dem ich nicht wusste, ob es wirklich stimmte. »Ich glaube, weil er meinen Großvater nicht erlebt hat, weil er nie jemanden mit der Krankheit erlebt hatte und dachte, dass sie nicht unbedingt ausbrechen musste.«

»Red weiter.«

»Ich glaube nicht, dass ihm klar war, wie schlimm es sein würde. Wenn, hat er das Risiko trotzdem auf sich genommen. Aber ich weiß nicht, wie es damals, als er um ihre Hand anhielt, gewesen wäre, wenn er gewusst hätte, was passieren würde.«

Abe schwieg.

Wir wussten beide, worauf ich hinauswollte.

»Einige der Symptome sind nicht weiter ungewöhnlich«, erklärte ich ihm. »Anfangs stolperte sie einfach ab und an, sie war ein bisschen vergesslich und launisch. Ich dachte, sie wäre vielleicht in der Menopause. Von Huntington hatte ich noch nie etwas gehört.«

»Und du hast nie vermutet, dass es etwas Ernstes sein könnte?«

»Vielleicht habe ich es irgendwie geahnt«, antwortete ich. »Aber mehr nicht. Manchmal, vor allem am Anfang, regte sie sich über Nichtigkeiten auf. Wenn sie etwas fallen ließ, brach sie in Tränen aus, und Dad fragte sie, ob alles in Ordnung sei. Rückblickend betrachtet war er besorgter als sonst. Aber ich war damals ein Teenager. Ich habe mir nichts dabei gedacht, ich hatte andere Sorgen.«

Abe begann, büschelweise Gras herauszureißen, und warf es fort. Er zupfte so viel heraus, dass ein Fleck nackter Erde entstand, und als ich die Hand ausstreckte, um ihn davon abzuhalten, überkam mich das beunruhigende Gefühl eines Déjà-vus.

»Sag etwas«, bat ich ihn.

»Es macht keinen Unterschied«, sagte er. »Ich liebe dich trotzdem.«

Aber es machte einen Unterschied. Wie denn nicht?

»Du brauchst Zeit, das zu verarbeiten«, sagte ich so sanft wie möglich und versuchte, mir die schreckliche Angst, die sich meiner allmählich bemächtigte, nicht anhören zu lassen. »Ich habe auch eine Weile gebraucht, mich an den Gedanken zu gewöhnen.«

Er blieb stumm. Schließlich sagte er: »Ich liebe dich, Ivy. Alles andere ist egal.«

Aber es war nicht egal – anfangs vielleicht, als es nur uns zwei gab. Doch als er meine Eltern kennenlernte, merkte ich, dass er erschüttert war, auch wenn er sich tadellos verhielt. Mums unkontrolliertes Zucken machte ihm zu schaffen, dazu kamen ihre undeutliche Sprache und die Art, wie sie beim Essen kleckerte und sabberte.

Er wusste nicht, wie er reagieren sollte, als er sich mit ihr zu unterhalten versuchte, sie ihn jedoch nicht zu bemerken schien, oder als sie plötzlich meinen Vater anschrie. Aus dem Nichts stieß sie eine wütende Hasstirade aus. Anschließend war sie erschöpft und rang nach Luft.

Es ist kein schöner Zustand. Sicher war es einfacher, so etwas wie eine Nonne zur Mutter zu haben.

Als ich klein war, romantisierte ich die viktorianischen Krankheiten, von denen ich las. Mir gefiel der Gedanke, Tuberkulose zu haben wie Helen Burns in *Lynn Eyre* oder Scharlach wie Beth in *Betty und ihre Schwestern*. Ich stellte mir vor, ich wäre aschfahl, die Leute würden auf meiner Bettkante sitzen und mir etwas vorlesen, während ich leise entschlief.

Jetzt wusste ich, dass diese Krankheiten schmerzhafter und beängstigender waren als in der Literatur beschrieben. Und ich wusste auch, dass dieselben Gene, die über mein Haar und meine Augenfarbe bestimmten, mit fünfzigprozentiger Wahrscheinlichkeit eine herzlose und grausame Krankheit in sich trugen. Ganz besonders grausam war es für jene, die zusehen mussten, wie ein nahestehender Mensch über eine lange Zeit hinweg allmählich verfiel.

Mir war klar, dass ich womöglich genau das von Abe verlangte, wenn ich ihn bat, mich weiterhin zu lieben. Und falls mehr daraus wurde, würde ich noch mehr von ihm verlangen.

»Willst du Kinder haben, Ivy?«, hatte Abe gefragt, als wir nach unserem ersten Besuch bei Mum und Dad nach Hause fuhren.

»Ja.«

»Auch, wenn …« Er sprach den Satz nicht zu Ende.

»Ich glaube schon«, antwortete ich.

»Aber wenn du es jetzt wüsstest?«

»Aber ich weiß es nicht. Und ich werde es auch nicht wissen.« Ich wollte, dass er sich in mich hineinversetzte, obwohl ich seinen Standpunkt genauso verstand. »Die Wahrscheinlichkeit, dass ich das defekte Gen in mir trage, liegt bei fünfzig Prozent. Das gilt gleichermaßen für Jon, Cathy und mich. Vielleicht haben wir es. Vielleicht hat einer von uns Glück. Vielleicht hat es nur einer von uns, die anderen nicht. Vielleicht haben wir es alle drei nicht. Ich weiß, wenn man Mum so sieht, scheint das Risiko irgendwie größer zu sein als fünfzig Prozent. Aber ich muss so leben, als wäre ich gesund.«

»Für dich ist das Glas eindeutig halb voll«, stellte Abe fest und blickte auf die Straße, doch mir war klar, dass er sich nicht darauf konzentrierte.

»Anders geht es nicht. Ich will mir nicht mein ganzes Leben lang Sorgen darüber machen, was sein könnte. Es gibt so viele Was-Wenns. Man kann sich nicht über alles Gedanken machen, sonst würde man morgens gar nicht erst aufstehen.«

»Ja, aber einige Dinge sind …«

»Ich könnte von einem Bus überfahren werden. Wir könnten alle von einem Atomkrieg vernichtet werden. Das ist mein Leben, egal was passiert – ich will hineintauchen.«

»Immer denkst du in Schwimm-Metaphern.« Er blickte zu mir herüber und lächelte bedrückt.

»Aber ich meine es so«, insistierte ich. »Ich muss mein Leben leben. Das ist die einzige Möglichkeit, damit umzugehen.«

»Du hast recht«, stimmte er mir zu und umklammerte so fest das Lenkrad, dass seine Knöchel weiß hervortraten.

Abes Vater schien sich ehrlich zu freuen, als wir es ihm erzählten. Er stand auf, umarmte Abe und küsste mich ein wenig ungeschickt, so wie Männer jener Generation es tun, die ihrer Zuneigung nicht gern körperlich Ausdruck verleihen.

»Ich bin ja so froh.« Er wischte sich über die Augen. »Ich freue mich für euch. Habt ihr es schon deiner Mutter erzählt?«

»Noch nicht. Wir wollten es dir zuerst sagen, Dad, und ich wollte es Mum nicht am Telefon mitteilen. Wir müssen wohl an einem Sonntag runterfahren.«

»Wenn sie doch nur hier wäre«, sagte Greg, als brauchte er sie in diesem Moment mehr als je zuvor, damit sie ihm sagte, was er als Nächstes tun sollte.

»Ich habe ein schlechtes Gewissen, dass wir es nicht geschafft haben, es ihnen irgendwie gemeinsam mitzuteilen«, sagte ich später zu Abe.

Wir klappten das Sofa in Gregs Wohnzimmer aus, um darauf zu schlafen. Das Haus in der Nähe von Oxford, in dem die Familie gelebt hatte, war vor Kurzem verkauft worden, und jedes der Kinder hatte eine einmalige Zahlung erhalten. Vom restlichen Geld kaufte sich Greg eine kleine Wohnung in Hampstead. Er gab auch seine Stelle an der Universität auf und arbeitete nun für das Außenministerium.

Was er dort machte, war allen ein Rätsel. Seit er dort angefangen hatte, war er zweimal in Washington gewesen und hatte Ronald Reagan und Margaret Thatcher getroffen.

»Es war Zeit für eine Veränderung«, war alles, was er über seine neue Arbeit verriet, und über das Haus: »Ich bin allein dort herumgegeistert. Es war vernünftiger, nach London zu ziehen. Hier sind Kirsty, Alan und Abe.«

Er sagte nie, er habe die Hoffnung aufgegeben, dass Pam noch einmal nach Hause zurückkehren würde. Aber die Veränderungen, die er in seinem Leben vornahm, brachten es zum Ausdruck.

»Sie könnte immer noch mit ihm in London leben, wenn sie sich entscheiden würde, diesen Laden zu verlassen«, sagte Abe.

Er nannte das Kloster immer »diesen Laden« oder »den Laden« – das war seine Art, wütend auf seine Mutter zu sein.

»Es muss schwer für ihn sein, hier ohne deine Mutter zu leben.« Ich nahm die Kissen vom Sofa und stapelte sie neben dem Bücherregal.

»Es ist für uns alle schwer. Aber er freut sich für uns«, sagte Abe, als müsste er es mir noch einmal versichern.

Greg hatte Abe etwas Geld in die Hand gedrückt und ihn beauftragt, Champagner zu besorgen.

»Ich muss noch fahren, Dad«, wandte Abe ein.

»Warum übernachtet ihr nicht hier? Ihr bleibt doch ohnehin zum Abendessen. Wenn ihr zurückmüsst, könnt ihr ja morgen früh aufbrechen. Ich habe ein Schlafsofa im Wohnzimmer. Das muss schließlich ab und an mal benutzt werden.«

»Ivy?«

»Ja, gerne.« Ich konnte es zwar nicht wissen, aber ich vermutete, dass Greg sich einsam fühlte, nachdem wir ihm die Nachricht mitgeteilt hatten.

»Das sind wirklich tolle Neuigkeiten«, hatte er noch einmal zu mir gesagt, als ich am Spülbecken Kartoffeln wusch, während er den Fisch vorbereitete.

Greg konnte gut kochen. Vermutlich war ihm nichts anderes übrig geblieben, genau wie meinem Dad. Sorgfältig entfernte er Gräten aus einem Rotzungenfilet, während er mit mir sprach.

»Ich bin so froh, dass du das sagst.« Ich schabte Erde von den knolligen Kartoffeln.

»Es fühlt sich nicht richtig an, dass Pam nicht hier ist«, fuhr er fort. »Aber ich bin wirklich glücklich. Das sind die schönsten Nachrichten, Ivy. Ich hatte es zwar gehofft, aber als ihr es mir gesagt habt …«

»Ich weiß.« Er brauchte den Satz nicht zu beenden. »Und wir besuchen auch noch Pam und sagen es ihr. Ihr kommt doch beide zur Hochzeit?«

»Natürlich. Klar. Sie wird Abes Hochzeit nicht verpassen wollen. Ich wünschte nur …« Es folgte eine Pause. »Ich wünschte nur, sie würde dich besser kennen. Sie würde dich mögen.«

»Dafür ist doch noch genug Zeit«, sagte ich, während Greg ein Glas mit Kapern öffnete und sie großzügig auf dem Fisch verteilte.

»Hoffentlich. Ich glaube, es ist für die Kinder nicht leicht gewesen, dass Pam … Nun ja, vor allem für Abe nicht. Und dich belastet die Krankheit deiner Mutter und alles, was damit zusammenhängt. Ich bin einfach nur froh, dass ihr einander habt. Zu zweit lässt sich das Leben leichter meistern.«

Wie schwer musste es für Greg sein, das zu sagen. Ich hatte das Gefühl, ihm dafür etwas zurückgeben zu müssen. »Ich weiß, die Unsicherheit wird immer bleiben«, hob ich an.

»O Gott, Ivy, daran möchte ich keine Sekunde denken … Das wollte ich damit überhaupt nicht sagen …«

»Das habe ich auch nicht angenommen. Du sollst nur wissen, dass mir durchaus bewusst ist, dass mir nicht gerade ›glücklich bis ans Ende ihrer Tage‹ auf der Stirn geschrieben steht, aber …«

»Wir leben in einer unsicheren Welt, Ivy«, unterbrach er mich. »Wenn ich heute jung wäre, würde ich auch zusehen, dass ich mit meinem Leben zufrieden bin, genau wie ihr zwei. Es gibt größere Unwägbarkeiten dort draußen.«

»Ja.«

»Entschuldige, Ivy.« Er räusperte sich. »Ich wollte ganz bestimmt nicht deine Probleme kleinreden. Ich wollte nur sagen, dass du eine wundervolle junge Frau bist und wie sehr ich mich freue, dass du ein Teil der Familie wirst.« Er räusperte sich erneut.

»Danke.«

So hatte ich das noch gar nicht gesehen.

Als mich Abe gefragt hatte, ob ich ihn heiraten wolle, nachdem die Zusage für seinen heiß ersehnten Job kam, dachte ich nur an uns zwei. Daran, den Rest meines Lebens mit dem Mann zu verbringen, mit dem ich mir das insgeheim vom ersten Moment an gewünscht hatte.

Erst als Greg es aussprach, wurde mir klar, dass ich ein Teil seiner Familie werden würde und er ein Teil von meiner. Ich hatte nur daran gedacht, dass wir unsere eigene Familie gründen würden, und sorgte mich immer noch, dass Abe nicht voll und ganz verstand, was das hieß. Wir hatten natürlich darüber gesprochen, aber Kinder waren nur eine vage Option. Ich fürchtete, dass er vielleicht doch keine haben wollte, wenn es so weit war.

Darum fühlte ich mich von Gregs Worten geschmeichelt, spürte aber auch die Verantwortung, die auf mir lastete. Ich wollte Abe glücklich machen und eine Familie gründen. War es vielleicht naiv zu meinen, dass das möglich war, obwohl ich wusste, welches Damoklesschwert über mir schwebte?

Ein paar Tage zuvor hatten wir meine Eltern besucht. Ich rief Dad an, sagte, wir hätten ihnen etwas mitzuteilen, und fügte noch hinzu »aber nichts Schlimmes«. Das taten wir alle jedes Mal, wenn es Neuigkeiten zu verkünden gab.

»Mum hat heute keinen guten Tag«, sagte er, als er uns an der Tür empfing, und deutete mit dem Kopf in Richtung Wohnzimmer, wo sie in einer merkwürdigen Haltung in ihrem Rollstuhl saß.

»Mum«, sagte ich und ging auf sie zu, doch sie zeigte kaum eine Reaktion.

»Sie erkennt einen an manchen Tagen nicht mehr«, erklärte Dad, als er beobachtete, wie ich darauf wartete, dass sie etwas sagte.

»Mum«, wiederholte ich.

Es fiel ihr zunehmend schwerer zu sprechen, aber wenn sie es versuchte, konnte ich sie normalerweise verstehen. Sie ließ den Kopf auf die Seite sinken, lehnte ihn gegen den Griff des Rollstuhls und starrte ins Leere.

»Tut mir leid, Liebes«, sagte Dad. »Besorgen wir euch etwas zu trinken. Was möchtet ihr haben?«

Dad trank momentan nicht viel. Was er an Alkohol zu bieten hatte, waren meist irgendwelche Reste aus der Hausbar.

»Wir haben Dubonnet.« Er öffnete den Getränkeschrank. »Ich weiß nicht, wie lange der da schon steht. Und im Kühlschrank ist Bier, Abe.«

Er besorgte Abe und sich ein Bier, ich machte mir einen Kaffee, dann setzten wir uns ins Wohnzimmer – Abe und ich aufs Sofa, Dad in einen Sessel, und Mum schloss den Kreis mit ihrem Rollstuhl.

»Wir haben gute Neuigkeiten«, hob ich zögernd an. Ich fand, das Ganze verlangte nach einer Art Einleitung, aber mir fiel keine ein. »Abe hat um meine Hand angehalten.« Ich streckte die Hand aus, um beiden den Ring zu zeigen, und suchte bei meiner Mutter nach irgendeiner Reaktion, doch sie regte sich nicht.

»Ach, das sind ja tolle Neuigkeiten, Süße.« Dad stand auf und kam zu uns, um zuerst mich und dann Abe zu umarmen.

Er zeigte uns jetzt viel stärker seine Zuneigung als früher, als wir noch klein waren. Als suchte er nach einem Ersatz für das, was er nicht mehr von meiner Mutter bekam.

»Ich freue mich ja so für euch«, raunte er Abe zu und fügte kaum hörbar ein »Danke« an.

Wie meinte er das? Bedankte er sich für den Moment, der ihn offenbar glücklich machte, oder bedankte er sich bei Abe dafür, dass er mich nahm?

»Hast du das gehört?«, sagte Dad zu Mum. »Ivy heiratet!«

»Tut mir leid«, entschuldigte er sich diesmal bei uns beiden. »Sie bekommt meist nicht mehr mit, was um sie herum vorgeht. Aber lasst euch davon nicht diese tollen Nachrichten verderben.«

Wir hatten nicht gewusst, was uns erwartete, und natürlich war ich enttäuscht. Unser Besuch hatte nichts Feierliches, weshalb ich dankbar war, als Greg Abe Champagner kaufen schickte, während ich ihm bei der Zubereitung des Abendessens half.

»Ist alles in Ordnung?« Wir hatten Abe nicht zurückkommen hören. Plötzlich stand er im Raum und entfernte das Seidenpapier von einer Flasche Moët Chandon.

»Könnte nicht besser sein.« Greg legte eine Hand auf die Flasche. »Ah, gut, der ist schon gekühlt. Ich besorge uns Gläser.« Er öffnete einen Schrank und holte ein paar Becher heraus, damit er an die Champagnergläser dahinter herankam.

»Alles okay bei dir?« Abe senkte die Stimme.

»Ja, klar.«

Später, als wir das Schlafsofa herrichteten, fragte er mich erneut: »Du bist doch glücklich, oder?«

»Natürlich. Das weißt du doch. Ich könnte nicht glücklicher sein.«

Ich rechnete damit, dass er etwas sagen würde, aber er war zu sehr damit beschäftigt, die Kopfkissen zu beziehen. »Abe?«

»Ich finde es immer noch eigenartig, herzukommen und Dad zu besuchen. Es fühlt sich irgendwie nicht richtig an.«

»Vielleicht wird die Hochzeit …«

»Was?« Er blickte mich an.

»Na ja, vielleicht will deine Mutter dabei eingebunden werden.«

»Man hätte auch denken können, dass sie in den Verkauf des Hauses eingebunden sein wollte, sie war es aber nicht.« Er klang verbittert.

Abe legte die Kopfkissen aufs Bett und breitete eine Decke darüber. »Fertig. Ich gehe nur kurz ins Bad, um meine Kontaktlinsen rauszunehmen, oder willst du zuerst rein?«

»Nein, geh du«, sagte ich plötzlich beunruhigt.

Wir befanden uns im Reisebüro, um die Flitterwochen zu planen, als sich bestätigte, was ich bereits geahnt hatte.

Meine Eltern übernahmen die Hochzeit. Sie hatten darauf bestanden, nun ja, Dad bestand darauf, und er hoffte, dass wir im Ort heiraten würden. Ich war die Jüngste, aber ich war die Erste aus der Familie, die heiratete. Und trotz des Zustands, in dem sich meine Mutter befand, wiederholte mein Vater ständig: »Das wird deine Mutter glücklich machen, vor allem, wenn ihr euch kirchlich trauen lasst«, als würde es wahr werden, wenn er es nur oft genug aussprach.

Es war wichtig für Abes Mutter. Sie würde das Kloster über das gesamte Wochenende verlassen. Sie wollte die Nacht davor bei Greg in der Wohnung übernachten und dann mit ihm gemeinsam fahren. Das erste Mal seit Jahren würden sie Zeit miteinander verbringen. Es ging also um wesentlich mehr als nur um eine Hochzeit. Ich spürte den Druck und wusste, dass es Abe genauso ging.

»Der Pastor dort ist wirklich nett«, erklärte ich ihm, weil ich fürchtete, dass er vielleicht keine kirchliche Trauung wollte. Ich dachte, er fände es verlogen, da keiner von uns je in die Kirche ging und er verständlicherweise eine Abneigung gegen die Kirche hegte. Doch ich dachte darüber nach, um meinen und seinen Eltern einen Gefallen zu tun.

»Eigentlich«, hatte Abe gesagt, »finde ich es viel schöner, in einer Kirche zu heiraten als auf dem Standesamt.«

»Wirklich?« Das überraschte mich.

»Ja«, sagte er. »Wenn ich heirate, möchte ich das nicht in irgendeinem Betonklotz aus den Siebzigern tun. Ich stelle mir ein altes Gemäuer mit einem normannischen Turm vor!«

Ich hätte mir denken können, dass er ästhetische Gründe anführen würde. Aber das war mir egal. Hauptsache, wir heirateten – wo die Zeremonie stattfand, kümmerte mich nicht.

Dad hatte aufgehört zu arbeiten, um sich fortan ganz um Mum zu kümmern, doch obwohl es ihn beanspruchte und erschöpfte, brauchte er offenbar noch ein anderes Projekt, das ihn ablenkte und in Schwung hielt. Das schien nun die Hochzeit zu sein. Früher hätte meine Mutter die Blumen zusammengestellt, nun erhielt ich regelmäßig Anrufe von meinem Vater, der mich fragte, ob ich auf jedem Tisch ein Gesteck haben wollte.

»Das hört sich wundervoll an, Dad. Aber wenn es zu teuer wird, ist das nicht so wichtig.«

»Nein, du sollst einen schönen Tag haben, Liebes.«

Während sich Dad also in die Hochzeitsvorbereitungen stürzte, bot Greg an, die Flitterwochen zu bezahlen. Zuerst zögerte ich, das Geld anzunehmen. Er hatte uns bereits einen Teil vom Erlös des Hausverkaufs gegeben, damit wir eine Wohnung kaufen konnten. »Es ist ja kein Vermögen«, hatte er damals gesagt. »Pam wird nichts davon haben wollen, aber es ist immer noch etwas für sie da, falls sie …« Er ließ den Satz unvollendet.

Abes ältester Bruder Jackie lehrte an der Uni und wohnte in Sheffield. Er behauptete, von dem Geld ein ganzes Haus kaufen zu können, während Alan, der in einer möblierten Wohnung in Hackney wohnte und immer zu Scherzen aufgelegt war, erklärte, er würde das Geld in Eintrittskarten fürs Edinburgh-Festival investieren.

»Die Mädchen haben noch keine Lust, sich irgendwo niederzulassen«, hatte Greg gesagt, als er uns von seinen Plänen berichtete. »Ich glaube nicht, dass Kirsty für immer in London bleiben will – als Krankenschwester könnte sie überall arbeiten. Und Tessa scheint in absehbarer Zeit nach Grennham Common gehen zu wollen. Die brauchen das jetzt noch nicht. Aber ihr zwei könnt es als Anzahlung für eine Immobilie gut verwenden.«

Er hatte auch gefragt, ob wir vielleicht Fred, die Schildkröte, zu uns nehmen wollten. »Wenn ihr etwas mit Garten findet, ist es für ihn im Sommer besser«, meinte Greg. »Es tut mir leid, ihn in der Wohnung einzusperren.«

Ich machte mir Sorgen, dass sich Greg vielleicht zu stark einschränken musste, wenn er auch noch die Flitterwochen übernahm.

»Vielleicht hat ihm ja der Geheimdienst die Wohnung in London bezahlt«, sagte Dad. Er war überzeugt davon, dass Greg ein Spion war.

Gregs Entscheidung, die Professur für Geschichte aufzugeben und zum Außenministerium zu wechseln, wäre ihm sonst »unbegreiflich« vorgekommen.

»Wen spioniert er denn deiner Meinung nach aus?«

»Vermutlich die Russen. Oder vielleicht auch die Araber.«

Wie auch immer sich Greg finanzierte, das Geld, das er uns gegeben hatte, verschaffte uns einen guten Start. Es reichte für eine Anzahlung. Außerdem waren wir beide fest angestellt – die Banken liehen uns freigiebig mehr Geld, als wir brauchten, was es nicht gerade leichter machte, etwas Geeignetes zu finden.

»Mit dem Geld könnten wir uns glatt ein Haus leisten«, sagte ich nach dem ersten Termin bei einer Bank.

»Aber wir brauchen doch gar kein Haus, oder?« Abe schien sich mit dieser irgendwie sehr erwachsenen Vorstellung nicht wohlzufühlen.

»Noch nicht.«

»Was soll das heißen?«

»Nichts …«, sagte ich abwehrend. »Nur dass wir vielleicht eines Tages ein Haus haben möchten. Das soll vorkommen.«

»Aber ich dachte, wir würden beide gern mitten in London wohnen?«

Wir hielten uns meist in seinem Haus in Bloomsbury auf und waren uns einig, dass wir uns eine Wohnung kaufen wollten, die ebenfalls nicht zu weit draußen lag.

»Das stimmt ja auch. Ich habe doch nur gesagt, dass wir mit dem Geld, das die uns leihen würden, schon irgendwo ein Haus kaufen könnten. Aber wenn du lieber dort eine Wohnung suchen willst, wo wir jetzt wohnen, dann machen wir das.«

»Gut.« Das war es eindeutig nicht.

»Was ist los?«, fragte ich ihn und fasste auf dem Heimweg seine Hand.

»Tut mir leid. Es ist nur … Um ehrlich zu sein, fühle ich mich etwas überfordert.«

»Von der Vorstellung, irgendwo eine Immobilie zu kaufen?«

»Irgendwie schon.« Er wich meinem Blick aus.

»Das musst du mir erklären.« Ich blieb stehen.

»Es ist nicht der Kauf an sich«, sagte er. »Es ist nur ziemlich viel auf einmal. Ich bin immer noch damit beschäftigt, mich mit meiner neuen Arbeit vertraut zu machen. Die Hochzeit muss geplant werden, und jetzt auch noch darüber nachzudenken, ein Haus zu kaufen – das fühlt sich irgendwie zu viel an.«

»Ist das alles?«

»Ja.« Er schien sich etwas zu entspannen.

»Da hast du recht. Wir haben schon genug um die Ohren, wir müssen uns nicht auch noch jedes Wochenende irgendwelche Wohnungen angucken. Lass uns damit bis nach der Hochzeit warten.«

»Danke, Ivy.« Er küsste mich auf eine Weise, die mich beunruhigte. Es fühlte sich fast so an, als würde er sich insgeheim verabschieden. Ich glaube, tief in meinem Inneren wusste ich es damals bereits, aber ich wollte es mir nicht eingestehen.

Erst im Reisebüro wurde mir klar, dass ich ihn zur Rede stellen musste.

»An was haben Sie denn gedacht?«, fragte der Reisebüromitarbeiter, Harry Tebbit.

»An Italien«, antwortete ich.

Abe sagte nichts.

»Wir wollen ein paar Tage eine Stadt besuchen, in der wir beide noch nicht waren, vielleicht Rom oder Florenz. Und dann noch eine Woche irgendwo aufs Land?«

Alex, mein Chef, hatte angeboten, dass wir zum Selbstkostenpreis in Nepal wandern gehen könnten.

»Es sind unsere Flitterwochen, Alex!«

»Das würde euch bestimmt gefallen.«

»Das ist sehr nett von dir, aber ich glaube, wir möchten etwas Entspannteres machen.«

»Nun, das Angebot steht. Wenn wir etwas Entspannteres hätten, würde ich euch auch das anbieten, aber du kennst ja das Programm.«

Allerdings. Wir organisierten Abenteuerreisen. Wenn wir Wildwasserrafting oder Bergwandern wollten, wüsste ich genau, wohin wir fahren könnten, aber wir stellten uns etwas anderes vor.

»Abe?« Ich regte ihn an, auch etwas zu sagen.

»Ja, genau«, bestätigte er.

»Abe arbeitet für ein Architekturbüro.« Ich bekam Angst, und wenn ich Angst habe, fange ich an zu plappern. »Darum möchten wir erst ein paar Tage Gebäude besichtigen, bevor wir uns irgendwo entspannen.«

»In dem Fall vielleicht Florenz?«, schlug Harry Tebbit vor. »Von dort könnten Sie auch für einen Tag mit dem Zug nach Pisa fahren, wenn Sie möchten.«

»Das klingt interessant. Können wir direkt nach Florenz fliegen?« Ich blickte zu Abe und wartete, dass er etwas sagte.

Harry Tebbit zog mächtige Kataloge aus den Schubladen und suchte nach Flugstrecken und Reiseveranstaltern. »Oder vielleicht Griechenland?«, schlug er vor, während er blätterte. »Da könnten Sie nach Athen fliegen und im Anschluss eine der Inseln besuchen. Sind Sie schon einmal dort gewesen?«

»Ich schon.«

Abe sagte immer noch nichts.

»Es wäre schön, irgendwohin zu fahren, wo wir auch schwimmen können.«

Noch immer nichts.

Harry Tebbit drehte sich um und zog einen Prospekt aus dem Regal hinter sich.

»Es gibt da diese reizende Pension ungefähr eine halbe Stunde von Florenz entfernt. Dort könnten Sie den Rest der Zeit verbringen. Die kann ich Ihnen wärmstens empfehlen.« Er schlug den Prospekt auf und zeigte uns ein großes, von Hügeln umgebenes Haus mit einem Pool, dessen Zimmer aussahen, als würden sie noch immer von Prinzen aus der Renaissance bewohnt.

»Das sieht wundervoll aus.« Dort wollte ich hin.

»Ja, das sieht toll aus.« Abe warf nur einen flüchtigen Blick darauf.

Weiter ging es. Harry Tebbit gab sein Bestes. Er unterbreitete uns weitere Vorschläge, suchte Flüge und Hotels heraus, zeigte uns Bilder und versuchte, uns zu begeistern. Für Rom und Pisa, Berlin und Salzburg, Athen und Neapel, Hotels an Steilküsten, Häuser auf dem Land und am Meer. Er schien jedoch zu spüren, dass Abe nicht wirklich bei der Sache war.

»Nun«, sagte er schließlich. »Vielleicht möchten Sie noch ein wenig über alles nachdenken und mir dann Bescheid geben, ob ich Flüge und Unterkunft buchen soll?«

»Das ist eine gute Idee. Gehen wir irgendwo einen Kaffee trinken, Abe?«

»Klar«, sagte er und stand zu schnell auf.

»Hier ist meine Karte.« Harry reichte sie uns. »In der Jahreszeit, in der Sie reisen wollen, sind die Flüge höchstwahrscheinlich nicht ausgebucht. Sie müssen sich also nicht sofort entscheiden. Rufen Sie mich an, wenn Sie so weit sind.«

»Vielen Dank.«

»Was war das denn gerade?«, fragte ich wütend, als wir wieder draußen waren.

»Nicht hier, Ivy«, erwiderte Abe, was mich nicht gerade beruhigte.

»Wie meinst du das?«

»Lass uns irgendwohin gehen.«

»Wohin?«

»Lass uns ein Stück zu Fuß gehen.«

Mit diesen Worten drehte er sich um und machte sich in Richtung Primrose Hill auf, ich musste ein paar Schritte laufen, um ihn einzuholen.

»Wollen wir hinauf?«, fragte er am Eingang. »Wir könnten uns oben auf die Bank setzen.«

»Nein. Das ist mir zu bekannt.«

»Wie meinst du das?«

»Die Bank auf dem Hill ist ein Wahrzeichen. Egal was du mir sagen willst, ich möchte nicht jedes Mal daran erinnert werden, wenn ich die Bank auf einer Postkarte oder in einem Film sehe.«

»Okay«, sagte Abe leise und ging auf eine Bank am Fuß des Hügels zu, weit genug entfernt, dass wir unsere Ruhe hatten.

»Sag es einfach«, forderte ich ihn auf, als wir uns setzten. »Was es auch ist. Schieß los.«

»Es tut mir leid, Ivy. Es tut mir so leid. Ich will dir das nicht antun. Ich liebe dich, aber ich kann das nicht. Ich kann es einfach nicht. Es ist zu viel.«

Natürlich steckte noch mehr dahinter. Abes Versuche, es mir zu erklären, mein Unverständnis, obwohl ich ihn eigentlich verstand. Ich verstand nur nicht, warum er es so weit hatte kommen lassen. All die Tränen, Schuldzuweisungen und Liebeserklärungen waren sinnlos gewesen, wenn dies den Anfang vom

Ende für uns darstellte. Vielleicht waren sie aufrichtig gewesen, aber dennoch sinnlos.

Wenn man eine Hochzeit abbläst, weil es einem zu viel wird, wenn man Angst hat, jemanden zu lieben, egal wie überzeugend die Gründe dafür sein mögen, bedeutet es das Aus für eine Beziehung. Danach kann man nicht mehr zusammen sein.

Das wussten wir beide, obwohl keiner von uns es so wollte.

TEL AVIV, SEPTEMBER 1974

»Aber zu den wenigen Dingen, die August nicht über sie wusste, gehörte die Tatsache, dass sie sich manchmal beim Betrachten ihrer Bildersammlung dieses Schattenleben vorstellte. (...) Sie versuchte, sich dieses Leben vorzustellen, wie es sich in diesem Moment irgendwo anders genau so abspielte. Irgendeine parallele Kirsten in einem Zimmer mit Klimaanlage, die aus einem verstörenden Traum erwachte, in dem sie durch eine leere Landschaft wanderte.«

EMILY ST. JOHN MANDEL, *DAS LICHT DER LETZTEN TAGE*

ES WAR MEINE ENTSCHEIDUNG, zu gehen und ihn zu verlassen. Ich wusste, dass ich ihn damit verletzen würde, und hätte alles dafür getan, um es zu vermeiden – außer zu bleiben.

Nach dem College wusste ich nicht, was ich machen wollte. Abe wusste es genau. Er hatte alles genau geplant: Grundstudium Kunst, dann an der Uni Architektur studieren. Ich war mir nicht sicher. Die Uni reizte mich nicht, doch ich wollte weg von zu Hause, weg von der Atmosphäre, die nicht besser wurde und die ich nicht verstand.

Ironischerweise war es Abes Nachbarin, Barbara Van der Zee, die mir erzählte, dass eine Pariser Familie ein Au-pair-Mädchen suche. Wir kamen zufällig darauf zu sprechen, als wir ihren Pool benutzen durften. Sie fragte, was ich nach dem Collegeabschluss vorhabe, und ich hatte ihr geantwortet, dass ich reisen wolle.

Sie stellte den Kontakt her. Die Familie war begeistert. Ich war begeistert. Es sollte nicht für lange sein. Alles war so leicht. Oder wäre es gewesen, wenn es Abe nicht gegeben hätte. Es ihm zu sagen war schlimmer, als ich es erwartet, und endgültiger, als ich es befürchtet hatte.

»Aber wir hätten doch zusammen irgendwohin gehen können.«

»Aber wir hatten doch nichts geplant. Und du hast einen Job.«

Er wollte den Sommer über ein Praktikum machen.

»Ich hätte davor oder danach oder sogar währenddessen

Ferien machen können. Wir hätten nach Griechenland fahren können oder so.«

»Aber ich will mehr. Ich will reisen, ich will die Welt sehen. Ich muss hier raus. Ich bin nicht wie du. Ich habe mein Leben zwar nicht durchgeplant, aber ich will etwas damit anfangen. Ich kann nicht einfach hier herumsitzen. Die Gelegenheit ist zu reizvoll, das kann ich mir nicht entgehen lassen.«

»Ich weiß. Ich wünschte nur, du würdest bleiben.«

»Es sind doch nur drei Monate. Anschließend komme ich wieder.«

Das dachte ich damals.

»Aber dann wird es anders sein.«

»Das wäre es ohnehin. Wir sind mit dem College fertig. Ich muss mir überlegen, was ich jetzt mache.«

»Du hast nur schneller etwas gefunden, als ich dachte.«

»Es ist doch nicht lang. Willst du, dass ich nicht gehe?«

»Nein, natürlich nicht. Es ist nur … Es fühlt sich alles so …«

»Was?«

»… so endgültig an.«

»Das bedeutet nicht unser Ende, Abe«, sagte ich.

Doch es war der Anfang vom Ende.

In Paris arbeitete ich für die Cahns, ein Ehepaar, das ein Modeunternehmen im Marais betrieb. Ich brachte ihre Kinder zur Schule und ging nach dem Unterricht mit ihnen in den Park. In der Zwischenzeit lernte ich Französisch. Es war eine interessante Erfahrung, aber ich fühlte mich ein wenig einsam. Ich hatte kaum Kontakt zu Leuten in meinem Alter.

Es war Isaac Cahn, der mir vorschlug, nach Israel zu gehen. »Wenn du ein komplett anderes Leben kennenlernen willst, dann solltest du dich um einen Job in einem Kibbuz bewerben.«

Er half mir, von Paris aus Visa und Genehmigungen zu beantragen, sodass ich direkt von dort weiterreisen konnte.

Ich schrieb Abe, dass es nicht fair war, ihn zu bitten, auf mich zu warten. In meiner Vorstellung war es eine Pause, keine Trennung. Aber wir waren beide jung, zu jung, um uns schon aneinander zu binden.

Ich vermisste ihn – vielleicht nicht so sehr, wie ich ihn vermisst hätte, wenn ich diejenige gewesen wäre, die zu Hause hocken blieb, während er in der Weltgeschichte herumreiste. Aber ich vermisste ihn. Ich verdrängte die Erinnerung an ihn besonders, wenn ich mit Nathan zusammen war, aber da war er immer.

Ich konnte sehen, dass sich Nathan am liebsten schon am Eingang von mir verabschiedet hätte. Wir befanden uns in der Schlange vor dem Check-in-Schalter, und es zeichnete sich ab, dass wir vermutlich noch eine Weile hier stehen würden. Er wurde hibbelig. Als der Moment gekommen war, streckte sich die Zeit bis zu dem Augenblick, an dem man tatsächlich Lebewohl sagen musste, endlos in die Länge. Es machte ihn reizbar.

»Gott, räumen die jetzt jede einzelne Tasche komplett aus?«

»Das ist mir egal. Lieber stehe ich noch ein bisschen in der Schlange, als …«

Eine Woche vorher war eine Boeing 707 der TWA auf dem Weg von Tel Aviv nach New York mit Zwischenstopp in Athen und Rom über dem Meer abgestürzt. Eine halbe Stunde, nachdem sie von Athen aus gestartet war. Alle Passagiere waren tot. In den Nachrichten hieß es, ein junger Palästinenser habe die Bombe mit ins Flugzeug gebracht – es war das erste Selbstmordattentat eines Arabers in einem Flugzeug.

Ich musterte die Passagiere um mich herum. Die Leute wirkten nervös.

»Die werden nicht denselben Trick zweimal innerhalb von vierzehn Tagen anwenden«, murmelte Nathan.

»Trotzdem ist es beruhigend, dass sie Kontrollen durchführen. Für alle.«

»Tut mir leid, Ivy. Ich hasse Abschiede und den ganzen Kram da.« Er deutete mit dem Kopf auf die bewaffneten israelischen Soldaten, die durch den Flughafen patrouillierten.

»Hör zu, ich komme zurecht. Du kannst ruhig gehen, wenn du willst.«

»Nein. Nein. Entschuldige. Das wollte ich nicht.«

Die Nachricht war eine Woche alt, aber sie hatte unser Zusammensein überschattet. Dass wir vage überlegt hatten, nach Athen zu fliegen und die griechischen Inseln zu bereisen, ehe ich zurück nach Hause fuhr, fügte den vielen Fragen, die die Bombe ohnehin bei Nathan auslöste, noch ein weiteres Was-Wenn hinzu.

Was, wenn wir tatsächlich nach Griechenland gefahren wären? Was, wenn die Bombe hochgegangen wäre, bevor das Flugzeug in Athen zwischengelandet war? Was, wenn wir in diesem Flugzeug gesessen hätten?

Alle im Kibbuz waren spürbar geschockt, man nahm das Attentat persönlich. Eine Vorstellung, die ich nicht teilte. Ja, es war eine gezielte Gewalttat, aber das Ziel war unpersönlich und willkürlich gewählt.

Es besteht ein großer Unterschied zwischen fast und tatsächlich, zwischen der Möglichkeit, dass einem etwas passiert, und dem wirklichen Geschehen.

Ich verstand Nathans Bedürfnis, sich vorzustellen, dass es auch ihn erwischt haben könnte, genauso wenig wie er meine Distanz.

Vielleicht war es auch eher meine Naivität in Bezug auf die

politische Lage im Nahen Osten, die ihm auf die Nerven zu gehen begann.

Er fing an, auf eine Weise über Fatahland und die Nähe des Kibbuz zur Grenze mit dem Libanon zu dozieren, die mich und meine Unwissenheit bloßstellte. Er war sauer, wenn ich Fragen stellte, von denen er meinte, ich müsse die Antworten kennen. Und auf einmal schien auch die Tatsache, dass ich keine Jüdin war, eine Rolle zu spielen.

»Du hast keine Ahnung, wie es ist, gehasst zu werden«, sagte Nathan, als würde er es mir übel nehmen, dass ich seine starken Gefühle nicht teilte.

Ich verstand seine Gefühle genauso wenig wie die Technik, mit der die Bananen und Avocados manipuliert wurden, die ich die ganze Zeit über pflückte.

»Dadurch werden sie größer und besser und sind widerstandsfähiger gegen Krankheiten«, versuchte mir Nathan den Prozess und den Sinn der Anwendung zu erklären. »Genetische Veränderungen helfen, Hungersnöte zu bekämpfen. Man könnte damit in der Zukunft sogar Krankheiten bei Menschen verhindern.«

Er würde in Harvard Biochemie studieren. Er wollte ein Vorreiter der Gentechnologie werden. Mein Unvermögen, das Thema zu begreifen, frustrierte ihn anscheinend genauso wie neuerdings mein mangelndes Wissen über die Geschichte des Nahen Ostens. Die Spannung zwischen uns gärte schon eine Weile und machte den Abschied zu einer weniger sentimentalen Angelegenheit, als die Romantikerin in mir sie sich vielleicht vorgestellt hatte.

Ich hatte ein wundervolles Jahr verbracht, und Nathan war ein Teil davon gewesen. Er war die männliche Verkörperung von exotisch und aufregend, aber jetzt freute ich mich darauf, nach Hause zu fahren, und auf die Menschen, die ich vermisste, und auf die vertraute Geborgenheit.

»Raucher oder Nichtraucher?«, fragte die junge Frau am Check-in, während ihr Kollege meinen Rucksack öffnete und begann, den schmutzigen Inhalt auszupacken.

»Nichtraucher, bitte.«

»Fenster oder Gang?«

»Gang.«

Sie reichte mir eine Bordkarte, und ich ging schweigend zur Sicherheitsschleuse.

»Das war es dann wohl«, sagte Nathan und küsste mich auf eine Weise, in der ich neben dem Abschiednehmen eine Mischung anderer Gefühle spürte, die ich nicht benennen konnte.

»Wiedersehen, Nathan«, sagte ich nach dem Kuss und bevor ich mich in die Sicherheitsschlange stellte.

Als ich mich wieder umdrehte, war er schon im Weggehen begriffen. Er sah sich nicht noch einmal um.

Ich blickte ihm einen Augenblick hinterher und fragte mich, was genau ich eigentlich empfand. Trennungsschmerz, ja. Aber eher auf den Ort bezogen, an dem wir zusammen gewesen waren, und auf die Zeit, die wir miteinander verbracht hatten, als auf die Person. Als ich ihm nachblickte, war die Lücke in mir, die er in den letzten Monaten gefüllt hatte, wieder da. Denn eigentlich vermisste ich Abe.

»Wenn du dich verliebst, hat es immer damit zu tun, dass du in dem Mann etwas von ihm wiedererkennst.«

Das hatte ich irgendwo gelesen und überlegte, ob es stimmte. Würde ich den Rest meines Lebens nach einem Mann suchen, der mich an den Mann erinnerte, den ich zwar nur kurz, aber als Erstes geliebt hatte?

»War er Jude?«, wollte Nathan über Abe wissen.

Meine Beziehung zu Abe schien sich dadurch auszuzeichnen, dass mich immer jemand danach fragte, Lisa, meine Eltern und jetzt Nathan.

»Nein.«

»Abraham ist ein typisch jüdischer Name.«

»Sein Vater ist Professor für amerikanische Geschichte. Er ist nach Lincoln benannt.«

»Wie habt ihr zwei euch kennengelernt?«

»In der Schule. Wir waren im selben Mathekurs.«

Wir befanden uns am Strand in Rosch haNikra, am Fuß der weißen Kalkfelsen, die mich an England denken ließen. Nathan erinnerte mich an eine Zeit und an einen Ort, die mir manchmal viel länger als nur ein Jahr zurückzuliegen und viel ferner zu sein schienen als das gegenüberliegende Ufer des Mittelmeers.

Hier war ich ein anderer Mensch. Ich dachte kaum an zu Hause. Die Tage waren zu ausgefüllt, die Leute zu neu und zu anders. Es war fremd und aufregend, mit Nathan zusammen zu sein. Unsere Beziehung war noch frisch genug, dass er eifersüchtig auf meinen Exfreund war – und mich nach ihm ausfragen musste.

»Dann seid ihr vorher nicht auf dieselbe Schule gegangen?«

»Nein. Er hat eine andere Schule in einer anderen Stadt besucht.«

Diese Unterhaltung hatte ich auch mit Abe geführt.

»Warum bist du dorthin gegangen?«, hatte ich ihn gefragt. Er wohnte auf dem Land, in der Mitte zwischen zwei Ortschaften, genau zwischen zwei Schulen.

»Ich weiß nicht. Das haben meine Eltern so entschieden.«

Es war eine Sache, die uns wichtig schien und über die wir nachdachten.

»Stell dir vor, sie hätten anders entschieden. Dann wären wir uns schon als Kinder begegnet.«

In der Oberstufe meinten wir, wir seien erwachsen.

»Und vielleicht hätten wir nichts miteinander zu tun gehabt. Ich war ziemlich schüchtern, als ich klein war.«

»Ich bin mir sicher, dass ich dich gemocht hätte.« Das stimmte.

Wenn man jemanden kennenlernt, bildet man sich ein, dass man ihn immer gemocht hätte, ganz gleich, wann man ihm begegnet wäre. Und stellt sich vor, man würde ihn immer so unwiderstehlich finden wie am Anfang. Man glaubt, so würde es ewig bleiben. Obwohl man weiß, dass es eigentlich nie so läuft.

»Was, wenn wir uns schon am ersten Tag in der Grundschule kennengelernt hätten? Meinst du, wir wären Freunde gewesen?«

Abe hatte diesen Blick. Er sagte etwas, wirkte kurz traurig, und dann fing er sich wieder und lächelte – ein strahlendes, gewinnendes Lächeln. Bei diesem Blick und diesem Lächeln hätte ich ihn jedes Mal küssen mögen.

Dieses Mal hob ich nur die Brauen.

»Was?«

»Diese Sache mit dem Was-Wenn.«

Ich bildete mir ein zu wissen, was er meinte. Wenn nämlich alle auf andere Schulen gehen würden, wäre Tessa vielleicht nicht an jenem bestimmten Tag zu jener bestimmten Uhrzeit zur Schule gekommen.

Dann wäre sie vielleicht noch okay.

»Tut mir leid.«

Manchmal redeten wir über etwas anderes, oder wir sprachen darüber, wie sonst alles so lief. Vielleicht fühlten wir uns dadurch zueinander hingezogen – durch die Tatsache, dass bei uns beiden das Leben zu Hause etwas seltsam war. Wir waren keine typischen Teenager. Wir trugen nicht gerade Verantwortung, aber wir litten beide darunter, dass unsere Welten aus den Fugen geraten waren.

»Wann hat er dich gefragt, ob du mit ihm gehst?« Lisa war angefressen, weil ich sie nicht über jede Kleinigkeit auf dem Laufenden gehalten hatte.

»Das hat er eigentlich gar nicht.« Wir lagen auf dem Fußboden bei ihr daheim im Wohnzimmer, wo man viel besser abhängen konnte als bei uns. Dort gab es Bodenkissen von Habitat, die viermal so groß wie normale Kissen und mit dickem braunem Kordsamt bezogen waren.

»Cord du roi«, sagte Lisas Vater. »Der Stoff der Könige.«

»Nouveau.« Mein Vater warf ein weiteres französisches Wort in den Raum, als ich den Satz wiederholte.

Ich wusste nicht, was er meinte, genauso wenig wie ich verstand, warum er einen Farbfernseher für »ordinär« hielt.

»Wie seid ihr zwei zusammengekommen?« Lisa stellte *Ziggy Stardust* leiser.

»Es ist einfach so passiert.«

»Wo? Wie? Wann?«

»Ach, du weißt schon.«

»Nein, weiß ich nicht. Also, erzähl.«

Das wollte ich eigentlich nicht. »Miteinander gehen« war schließlich etwas Intimes, etwas zwischen zwei Menschen – darüber musste die Welt nicht alles wissen.

Abe fuhr mit demselben Zug zum College wie ich, und manchmal waren wir zusammen nach Hause gegangen, wobei wir gelegentlich den Weg durch den Wald nahmen.

»Warte mal«, hatte er eines Tages gesagt und war bei einem Baumstumpf am Fluss stehen geblieben. Wir setzten uns, und er erzählte mir, was mit seiner Schwester passiert war und wie seine Mutter darunter litt.

Und ich erzählte ihm von meiner Mutter, zumindest soweit ich es damals schon verstand – wie sie früher einmal war, wie sie wurde und wie es mir damit ging.

Es war ein Austausch. Wir hatten uns einander ein wenig geöffnet. Danach mussten wir uns einfach küssen, wie wir so auf dem Baumstamm nebeneinandersaßen, und dann noch einmal, als wir aufstanden, um weiterzugehen.

»Wir sind durch den Wald zusammen nach Hause gegangen, und da hat er mich geküsst.«

»Das ist alles?«

»Ja.«

»Mädchen!«, rief Lisas Mum aus der Küche. »Die Spaghetti stehen auf dem Tisch.«

»Wie sah er aus?«, wollte Nathan jetzt wissen.

»Groß, dunkel und unglaublich gut! Wie ein Filmstar. Wie Sean Connery.«

»Im Ernst?«

»Nein, Nathan. Ich will dich doch nur ärgern. Er sah nett aus. Normal. Wilde Haare, dicke Brille, schlecht angezogen.«

»Nein, aber mal im Ernst.«

»Ich bin ernst. So sah er aus. Ganz normal.«

Sollten wir diese Unterhaltung überhaupt führen? Es fühlte sich nicht gut an.

»Was hast du dann an ihm gefunden?«

»Er war nett.«

»Nett?«

»Ja, nett. Herrgott, Nathan, was willst du denn hören?«

»Dass er ein Mistkerl war und dass du ihn gehasst hast!«

»Er war ein Mistkerl, und ich habe ihn gehasst.«

»Stimmt das?«

»Nein.« Er war ein reizender Kerl, und ich liebte ihn.

»Du warst mehr als zwei Jahre mit ihm zusammen. Mit sechzehn ist das eine lange Zeit, Ivy.«

Ich fuhr mit den Händen durch den Sand, schob ihn zu einem kleinen Hügel zusammen und ging nicht auf seine Bemerkung ein.

»Es interessiert mich.« Er klang herausfordernd. »Ich will alles über dich wissen.«

»Er war lustig. Er hat mich zum Lachen gebracht, war nett und interessierte sich für die Welt und für die Leute um ihn herum. Ein bisschen so wie du.« Abwehr durch Schmeichelei.

»Wirklich?«

»Ja, wirklich.«

»Tut mir leid, Ivy.« Er legte den Arm um meine Schultern, die warm von der Abendsonne waren, und küsste mich.

»Du bist so …«

»Was?«

»Reizend, süß, lustig, berauschend. Ich bin ein bisschen eifersüchtig auf Abraham Lincoln.«

Wir ließen uns auf den Sand zurücksinken und taten Dinge, die Abe normalerweise aus meinem Kopf verdrängt hätten. Ein bisschen funktionierte es auch, bis Nathan auf seine Hemdtasche klopfte. Er hatte ein Kondom dabei. »Ben und Josh gehen heute Abend ins Kino.«

Nathan hatte eine Abmachung mit seinen Zimmergenossen, und an seiner Zimmertür gab es ein Schloss. Man musste sich immer schnell anziehen und das Zimmer räumen, bevor jemand zurückkam. Das machte den Sex irgendwie weniger intim. Ich fühlte mich seltsam entfernt von Nathan. Vielleicht war ich das ja auch. Vielleicht suchte ich die Nähe, die ich mit Abe erlebt hatte – doch hier und jetzt und mit Nathan würde ich sie nicht finden.

Abe und ich hatten von Anfang an gut miteinander reden können. Schon kurz nachdem ich ihn kennengelernt hatte, erzählte er mir auf dem Weg von einem Kursraum zum anderen ein bisschen von seiner Familie. Zwei ältere Brüder – einer hatte gerade die Uni abgeschlossen, der andere war im letzten Jahr. Seine ältere Schwester, Kirsty, wurde Krankenschwester in London. Und dann war da noch Tessa, die zum Arbeiten nach Amerika gehen wollte, als der Unfall passierte.

Wäre das nicht geschehen, hätte ich ihn vielleicht nie kennengelernt. Man hatte seinem Vater gerade eine Professur in Oxford angeboten. Im Sommer wollte die Familie umziehen. Abe wäre dann dort zur Schule gegangen.

Doch eines Abends ging Tessa zu Fuß von einer Freundin nach Hause, als ein Laster auf der Straße Ladung verlor. Die aufgetürmten Heuballen waren genauso gefährlich, wie sie aussahen. Ein Mann, der hinter dem Anhänger herfuhr, wich den herunterfallenden Heuballen mit seinem Wagen instinktiv aus und erwischte Tessa, die am Straßenrand ging.

Ein Moment später.

Ein Moment früher.

Wäre Tessa auf der anderen Straßenseite gegangen, wäre sie fünf Minuten länger bei ihrer Freundin geblieben – alles wäre anders gewesen. Aber sie war, wo sie war, als das Auto sie erwischte, und erlitt mehrere Brüche an der Wirbelsäule.

Sie hatte großes Glück, dass sie noch am Leben war, aber sie konnte sich nicht bewegen. Noch nicht. Nachdem sie fast sechs Monate bewegungsunfähig im Krankenhaus gelegen hatte, entließ man sie nach Hause, den Rücken in einem Korsett. Langsam und mühevoll lernte sie wieder zu gehen, unter Schmerzen, von denen die Ärzte sagten, dass sie vielleicht nie wieder ganz verschwänden.

Aber sie war froh, am Leben zu sein.

Abes Vater trat die Stelle dennoch an. Er war dort schon zu sehr im Wort und konnte nicht mehr absagen. Vier Nächte pro Woche verbrachte er in Oxford, an den Wochenenden und in den Ferien kam er nach Hause. Mrs. McFadden und Abe blieben, wo sie waren. Abe gab seinen Platz an der Schule in Oxford auf und bewarb sich für die, auf die ich ging. Wir sahen einander täglich. Mrs. McFadden besuchte Tessa jeden Tag, mit Abe, wenn er Zeit hatte.

Auch ich hatte sie kennengelernt und mochte sie. Wie sollte man sie auch nicht mögen, strahlend und fröhlich, wie sie trotz der Schmerzen war?

»Sie scheint immer gut gelaunt zu sein«, hatte ich anklagend zu Mum gesagt.

Mum hatte den Kopf geschüttelt und nichts darauf erwidert.

»Abe mag dich wirklich«, sagte Tessa einmal im Krankenhaus zu mir, als er weg war, um uns etwas zu trinken zu besorgen.

Ich wusste nicht, was ich sagen sollte.

»Du machst ihn glücklich.« Sie nahm meine Hand und hielt sie fest.

Vermutlich war sie einsam, sie hatte hier im Krankenhaus nicht viel Besuch, doch ihre Worte und die Geste lösten etwas in mir aus. Sie gaben mir das Gefühl, Teil der Familie zu sein, mehr als nur Abes Freundin.

Seine Mutter vermittelte mir dasselbe Gefühl. Ich mochte ihre ungezwungene Art und ihre Ruhe. Ich genoss es, neben ihr am Spülbecken zu stehen und in einträchtigem Schweigen abzuwaschen. Anders als in der Gegenwart Mums war ich nicht nervös und rechnete nicht ständig damit, dass sie gleich wütend oder traurig wurde oder einen ihrer Krampfanfälle bekam, etwas fallen ließ und dann ausrastete und in Tränen ausbrach. Es gefiel mir, dass Mrs. McFadden anscheinend nicht das Bedürfnis verspürte, sich mit mir zu unterhalten, obwohl ich ein Gast war.

Und ich freute mich, als sie mich an Tessas Geburtstag fragte, ob ich mitkommen wollte, wenn sie, Abe und Greg, der zu Hause war, sowie Kirsty, die aus London gekommen war, Tessa im Krankenhaus besuchten.

Als wir um ihr Bett herumsaßen und plauderten, während sie Geschenke auspackte und aufgeregt von ihren Plänen für das nächste Jahr berichtete, fühlte ich mich dazugehörig. Vielleicht umso mehr, da meine eigene Familie an etwas zu zerbrechen schien, das ich noch nicht verstand, und weil meine Mutter so oft wütend auf mich war.

»Ivy, komm sofort runter!«

»Warum? Was habe ich denn getan?«

Mum war fuchsteufelswild. Sie stand am Fuß der Treppe und suchte am Geländer Halt, wie sie es dieser Tage oft tat, da sie das Gleichgewicht ebenso häufig wie ihre Fassung verlor.

»Was ist los?« Ich kam aus meinem Zimmer.

»In die Küche.« Sie deutete entschieden mit dem Kopf nach links, eine bewusste Geste, keine ihrer unfreiwilligen Zuckungen.

»Ich weiß, es ist nicht einfach, Ivy«, sagte Dad zu mir. »Aber deine Mutter hat schwache Nerven.« Was genau meinte er damit? »Ich weiß, sie ist manchmal unberechenbar, aber versuch, Geduld mit ihr zu haben. Lass dich zu keinen Reaktionen hinreißen. Es nutzt nichts.«

Wenn wir solche Gespräche führten, war Dad liebevoller als sonst. Er tätschelte meinen Arm, manchmal strich er mir übers Haar oder sagte, dass ich ein »braves Mädchen« sei.

»Dad, stimmt etwas nicht mit Mum? Ist etwas ernsthaft nicht in Ordnung?«

Doch darauf ging er nicht ein. »Es sind nur die Nerven. Kochst du uns heute Abend etwas zu essen?«

»Ja. Das habe ich doch gesagt. Ist es okay, wenn Abe zum Essen bleibt?«

»Ja. Natürlich.«

»Abi sagte, ihre Mutter habe sich ungefähr ein Jahr lang ziemlich merkwürdig verhalten, als sie in die Menopause gekommen ist, dann war alles wieder okay«, versuchte Lisa mich nach einem von Mums unberechenbaren Ausbrüchen zu trösten.

Ich hasste Auseinandersetzungen, darum versuchte ich, nicht darauf einzugehen und nicht mit ihr herumzustreiten, sondern zu warten, bis sie sich wieder beruhigte.

»Was ist los?«, fragte ich jetzt. Ich saß ihr gegenüber am Küchentisch.

»Das.« Sie knallte etwas auf den Tisch.

»Oh.«

»Mehr fällt dir dazu nicht ein?«

»Das gehört mir nicht.«

»Wem gehört es denn?«

»Ich habe es gefunden.«

»Du hast es gefunden?«

»Ja. Ehrlich. Hast du meine Taschen durchsucht?«

»Ich wollte deine Jacke waschen, Ivy. Wo hast du das gefunden?«

»Im Zug.«

Warum hatte ich es aufgehoben? Was hatte mich bewogen,

das Päckchen in meine Tasche zu stecken? Neugier. Ich wollte wissen, wie so etwas aussah. Wie es sich anfühlte. Ich wollte wissen, wie es funktionierte.

»Du hast im Zug ein Kondom gefunden?« Mum glaubte mir nicht.

»Ja, ehrlich. Es klemmte in der Ritze neben dem Sitz. Ich dachte, es wäre Müll.« Ich wusste genau, was es war. »Ich wollte es wegwerfen.«

»Ivy, ich weiß, dass Abe und du intim miteinander seid.«

»Nein, das stimmt nicht, das sind wir nicht. Ehrlich nicht, Mum.« Wir waren es nicht. Aber das würde Mum mir niemals glauben.

Oder doch?

»Seid ihr nicht?«

»Nein. Ich schwöre es. Ich habe es einfach im Zug gefunden.«

»Du hast noch nicht mit ihm …?«

»Nein.« Dieses Gespräch wollten wir vermutlich beide nicht führen.

»Okay.« Sie schien sich zu entspannen. »Du musst nur vorsichtig sein, wenn ihr es tut. Du willst doch nicht schwanger werden.«

»Ich mache das nicht.«

»Wenn doch, kann ich einen Arzttermin für dich ausmachen.«

Damit hatte ich nicht gerechnet.

»Mach ich nicht, Mum.«

»Es ist wichtig, dass du nicht schwanger wirst. Noch nicht. Nicht jetzt.«

»Das weiß ich. Ich werde nicht schwanger.« Das war das Letzte, was ich wollte.

»Es ist nicht nur …« Sie bekam feuchte Augen.

»Schon okay, Mum. Ich werde nicht schwanger.« Ich konnte

es nicht ertragen, sie weinen zu sehen. Es war mir unangenehm.

»Okay.«

Damit war das Thema erledigt, sie sprach es nie wieder an.

Zwischen meinem Platz am Fenster und einem jungen Engländer, der am Gang saß, war ein Platz frei. Ich fragte mich, ob das Zufall war oder ob die Damen am Check-in die Menschen bewusst nach Nationalitäten zusammensetzten. Um uns herum befanden sich einige Männer mit Kippa und Schläfenlocken. Ein junges Paar mit einem Kleinkind und einem Baby saß auf der anderen Seite des Ganges. Alle schienen Hebräisch zu sprechen und zu rauchen.

Mein Sitz befand sich in der Reihe direkt vor der letzten Raucherreihe. Die Trennung war völlig sinnlos.

»Hallo«, sagte ich, als er aufstehen musste, damit ich zu meinem Platz kam. Er hatte ebenfalls rotes Haar. Es war noch leuchtender als meins, und seine Haut war hell und voller Sommersprossen. Wie hatte er die Hitze vertragen? Mir hatte sie zu schaffen gemacht, aber immerhin wurde meine Haut irgendwann ein bisschen braun.

Als ich so neben ihm saß, um nach Hause zu fliegen, wurde mir bewusst, dass ich neuerdings stolz auf mich war. Ich brannte darauf, von meinen Erlebnissen zu berichten und mit den Stempeln in meinem Pass anzugeben.

In gewisser Weise tat ich das schon. Die Ledersandalen, die ich auf dem Markt in Tel Aviv gekauft hatte, die lockere Tunika von einem Stand in Haifa, der Davidstern, den Nathan mir geschenkt hatte und den ich mit gemischten Gefühlen an einer Kette um den Hals trug, sowie der Koffer, den mir Madame Cahn in Paris geschenkt hatte.

Ich sah doch bestimmt wie jemand aus, der schon einiges von der Welt gesehen hatte. Ich wollte jemandem berichten, dass ich vieles gesehen hatte und an Orten gewesen war, die mich verändert hatten.

Außerdem musste ich mich mit jemandem unterhalten, um nicht darüber nachzugrübeln, dass sich in dem Meer aus jüdischen Gesichtern womöglich auch arabische befanden. Ich wollte nicht daran denken, woran mit Sicherheit viele der anderen Passagiere dachten. Ich wollte nicht so denken wie Nathan und diesen Menschen misstrauisch begegnen, nur weil sie Araber waren.

Ich steckte meine Ausgabe von Hermann Hesses *Siddhartha* in die Tasche des Vordersitzes und schob den kleinen Leinenbeutel mit meinem Ausweis und ein paar Orangen unter den Sitz. Ein Abschiedsgeschenk von Rachel, die sich in Rosch haNikra ein Zimmer mit mir geteilt hatte.

»Bist du lange in Israel gewesen?«, fragte ich den englischen Typen.

»Ungefähr einen Monat.« Pause. »Ich habe in Tel Aviv ein Praktikum gemacht.«

»Oh.« Damit hatte ich nicht gerechnet. Irgendwie erwartete ich, dass alle wie ich in einem Kibbuz gearbeitet hatten. »Wo?«

»In einem Architekturbüro.«

Das könnte Abe in einem Jahr sein.

»Tel Aviv ist eine tolle Stadt«, fuhr er fort. »Hast du sie besichtigt?«

»Ein bisschen.«

Nathan und ich waren ein paar Tage früher mit dem Bus die Küste hinuntergefahren und hatten uns in einem billigen Hotel einquartiert. Es war sehr einfach, aber umso besser geeignet, um darin Abschied zu nehmen. Irgendwie schien die schäbige Einrichtung auf uns abzufärben, sodass mir der Abschied nicht so schwerfiel wie angenommen, als wir schließlich zum Flughafen fuhren.

»Nirgendwo sonst auf der Welt findet sich eine solche Ansammlung von Bauhausgebäuden«, berichtete der Engländer jetzt. »Aber die Stadt wird sich stark verändern. Sie wird deutlich wachsen und irgendwann wahrscheinlich eher wie New York als wie Jerusalem aussehen. Bestimmt wird es dort in ein paar Jahren Türme geben, die so hoch sind wie die Zwillingstürme in New York.«

Ich wollte ihn gerade fragen, ob er den Franzosen gesehen hatte, der ein Seil zwischen den Zwillingstürmen gespannt und von einem zum anderen getanzt war, als unser Gespräch von der Ankunft des Passagiers unterbrochen wurde, der den Platz zwischen uns besetzte. Ein großer älterer Mann, der etwas auf Hebräisch sagte, sich setzte und anschließend für den Rest des Fluges schwieg.

Als ich den Zoll hinter mich gebracht hatte und in die Gesichter der Menschen blickte, die auf die Ankunft ihrer Lieben warteten, fand ich meine Eltern zunächst nicht. Dann entdeckte ich Dad im hinteren Teil der Menge.

Ich war noch nicht einmal ein Jahr fort gewesen, dennoch wirkte er gealtert. Vielleicht hatte ich auch einfach nur vergessen, wie er tatsächlich aussah. Vielleicht nimmt man bei Menschen, mit denen man täglich zusammen ist, bestimmte Dinge nicht mehr wahr und bemerkt sie erst, wenn man sie eine Weile nicht gesehen hat.

Mum konnte ich nicht entdecken. Doch als ich die Schranke passiert hatte und auf Dad zuging, sah ich sie – sie saß allein etwas abseits auf einer Bank.

»Mum!«

Sie blickte sich mit suchendem Blick um, bis sie mich schließlich erkannte. »Ivy.« Sie lächelte, blieb jedoch sitzen.

Dann trat Dad zu mir, küsste mich steif auf die Wange, wie er es immer tat, und raunte mir zu, ich solle zu meiner Mutter gehen.

Jetzt stand Mum auf, stützte sich dabei jedoch auf einen Gehstock. »Ivy«, sagte sie wieder und versuchte, mich zu umarmen, doch mit dem Stock war das etwas schwierig, zudem erlitt sie einen Krampf, sodass sie mich beinahe von sich stieß. Ich rückte von ihr ab. »Du siehst so anders aus«, stellte sie fest. »Dein Haar ist heller. Das Rot ist fast verschwunden.«

»Es ist von der Sonne ausgeblichen.« Bei Rothaarigen wird das Haar im Alter oft heller, zunächst wird es rötlich blond, dann geht es in schmutziges Blond über und schließlich irgendwann in Silbergrau.

»Aber was ist mit dir? Bist du gestürzt?«

»Ich bin nur ein bisschen wackelig«, setzte Mum an, verstummte dann jedoch, als sie von einem erneuten Krampf geschüttelt wurde. »Ich verliere leicht das Gleichgewicht.« Sie kniff die Augen zusammen und schüttelte den Kopf.

»Lass uns nach Hause fahren, Ivy«, sagte Dad. Er reichte Mum den Arm, damit sie sich darauf abstützen konnte. »Du bist bestimmt müde von der Reise und hast uns jede Menge zu erzählen.«

Langsam ging ich neben ihnen her zum Auto, und sie stellten mir unablässig Fragen. Die Art von Fragen, die ich erwartet hatte.

»Wie war das Wetter?«, »War es heiß?«, »Wie waren die anderen Leute?«, »Kamen die alle aus Israel?«, »Musstest du hart arbeiten?«, »Du hast also Bananen und Avocados gepflückt?«

»In den Nachrichten haben wir gehört, dass die Araber die Grenze überqueren und die Juden angreifen würden. Wir wussten ja, dass du dicht an der Grenze bist. Natürlich bist du keine Jüdin, aber trotzdem. Dir ist nichts passiert?«

Ich war mir nicht sicher, ob mein Vater mir je so viele Fragen gestellt oder je so viel in so kurzer Zeit gesprochen hatte. »Wir dachten, du hast wahrscheinlich eine wunderbare Zeit, aber wir haben uns trotzdem Sorgen gemacht.«

»Mir ging es gut. Ich habe mich immer sicher gefühlt.« Jetzt hatte ich ein schlechtes Gewissen. »Ich hätte euch öfter schreiben sollen.«

Ich sagte ihnen nicht, dass ich kaum an zu Hause gedacht hatte, ich war zu beschäftigt gewesen. Aber jetzt, nachdem ich zurück war, machte ich mir ebenfalls Sorgen – um sie.

Ich glaube, ich wusste schon, bevor ich wegging, dass mehr als nur die Menopause hinter Mums merkwürdigem Verhalten steckte. Natürlich fiel mir auf, dass ihre Unbeholfenheit, die Stimmungswechsel und Gedächtnislücken zugenommen und sich verstärkt hatten. Hatte sie zuvor nur manchmal das Gleichgewicht verloren oder etwas fallen lassen, machte ihr Körper jetzt öfter, was er wollte, und zuckte so, dass sie es nicht mehr verbergen konnte. Und sie war richtig vergesslich und oft übermäßig wütend.

Hatte sich ihr Zustand in meiner Abwesenheit dermaßen verschlechtert? Oder war ich blind für die Symptome gewesen, die schleichend zugenommen hatten, sodass sie mir bald ziemlich normal vorgekommen waren?

Damals sprach man nicht über Krankheiten, man tat so, als wären die Zeichen, die Symptome und körperlichen Veränderungen völlig normal.

»Warum sitzt Mrs. Brown im Rollstuhl?«, hatte ich Mum einmal gefragt. Die Frau ging in dieselbe Kirche wie wir und war zuvor gesund und kräftig gewesen.

»Sie ist operiert worden«, war Mums einfache Erklärung.

Ich nahm an, dass die Operation sie geschwächt hätte und sie nur vorübergehend im Rollstuhl saß.

Erst als sie starb, erklärte mir Mum, dass sie Krebs gehabt hatte. Erst als sie starb, erfuhren ihre eigenen Kinder, warum sie an Gewicht verloren und an Atemnot gelitten hatte.

Als ich meine Mutter jetzt sah, war mir klar, dass sie nicht nur schwache Nerven hatte, sondern dass mit ihr ernstlich etwas nicht stimmte.

An jenem Abend bereitete Dad das Abendessen zu – ich hatte ihn noch nie zuvor kochen sehen. Er mochte hin und wieder ein Ei gekocht oder Bohnen auf Toast gemacht haben, aber kein richtiges Essen. Jetzt hantierte er mit Töpfen und Zutaten, als folgte er einer ausgefeilten Choreografie, die für ihn Routine war.

»Ich habe eine Quiche gemacht«, verkündete er. »Und anschließend gibt es Bratkartoffeln mit Avocadosalat, damit du dich zu Hause fühlst.«

»Zu Hause?« Es kam mir vor, als hätte ich mein Zuhause verlassen und wäre an einen seltsam verwirrenden Ort zurückgekehrt. Ich dachte, ich wäre hier erwachsen geworden, doch jetzt kam ich zurück und fühlte mich wieder wie ein Kind – unsicher und ein bisschen verängstigt.

»Die sind aus Israel.« Dad schwang eine Avocado. »Die habe ich bei *Marks & Spencer* gekauft. Vielleicht hast du die ja gepflückt.«

»Schon möglich.«

Wonach ich mich jedoch eigentlich sehnte, war vertrautes Essen, durch das sich mein Zuhause mehr nach zu Hause anfühlte.

Bevor ich wegging, war Avocado für mich eine Farbe und

keine Frucht gewesen – die Farbe von Lisas Badezimmer. Niemand kaufte oder aß sie.

Und Quiche? Und Bratkartoffeln? Beunruhigend genug, dass Dad kochte, doch wenn er Würstchen mit Kartoffelbrei gemacht hätte, wäre ich zumindest etwas beruhigter gewesen.

»Seit wann kochst du?«

Dad blickte zu Mum, die Besteck aus der Schublade holte und es vorsichtig auf den Tisch legte. Es bereitete ihr sichtlich Mühe.

»Ich habe mich vor ein paar Monaten verbrüht, Ivy«, sagte Mum. »Ich habe einen Topf mit kochendem Wasser vom Herd gestoßen, weil ich diese Krämpfe habe.«

»Sagst du mir, was mit dir los ist?«

»Erzähl du uns erst, wie es dir ergangen ist, Ivy«, schaltete sich Dad ein. »Da gibt es doch so viel zu erzählen.«

Dad schenkte mir ein Glas Wein ein, und Mum setzte sich ungeschickt auf ihren Platz, zuckte hin und wieder und riss abrupt den Kopf herum, während ich sprach.

Ich beschrieb ihnen mein Zimmer im Kibbuz und meine Mitbewohnerinnen: Rachel aus Düsseldorf, Emma, ebenfalls Engländerin, und Maria aus Spanien, die jeden Morgen beim Frühstück sagte *»Viva el té de Tel Aviv«*, was bedeutete »Lang lebe der Tee von Tel Aviv«.

Das sagte sie, obwohl wir uns nicht in Tel Aviv befanden und der Tee immer schwach und lauwarm war. Sie sagte es, weil es ein Palindrom war und ihr das gefiel.

Ich beschrieb ihnen den Spielbereich, die Bar und die Gesellschaftsräume und berichtete ihnen, dass es abgesehen vom Mittelmeer, das direkt nebenan lag, ein öffentliches Schwimmbad gab, das mehr als doppelt so groß war wie das der Van der Zees.

»Ich habe Peter Van der Zee in der Stadt getroffen«, sagte Dad da. »Er meinte, sie würden sich freuen, dich zu sehen.«

»Und Paula Turner«, sagte Mum. Das war eine Mitschülerin von mir. »Sie hat einen Job bei Sun Alliance. Vielleicht fragst du mal, ob die noch Leute brauchen, wenn du dich wieder eingelebt hast.«

Das wollte ich nicht. Auf gar keinen Fall. Ich war zwar zurück, wollte jedoch unter keinen Umständen an das Leben anknüpfen, das ich als Kind geführt hatte oder das meine Eltern führten. Ich wollte wieder weg und überlegte, Englisch als Fremdsprache zu studieren und ein paar Jahre als Lehrerin im europäischen Ausland zu arbeiten. Doch das sagte ich ihnen nicht. Noch nicht.

Genauso wenig erzählte ich ihnen von Nathan. Ich verschwieg ihnen, dass wir bei meiner Ankunft in denselben Schichten zusammengearbeitet hatten. Dass er Gitarre spielte und er mir das erste Mal aufgefallen war, weil er einen Song gesungen hatte, der mir irgendwie bekannt vorkam. »This land is our land.«

»Das ist ein Song von Woodie Guthrie«, hatte mir Emma erklärt. »Aber er hat den Text verändert. Eigentlich heißt es ›This land is your land‹.«

Ich erzählte ihnen nicht, dass er ein paar Jahre älter war als ich oder dass sich die Mitglieder des Kibbuz darauf geeinigt hatten, zu gewissen Zeiten ihre Zimmer zu verlassen.

Ich führte Nathan über einen Umweg ins Gespräch ein. Ich berichtete Mum und Dad, dass einige der Leute im Kibbuz Israelis waren, andere jedoch aus der ganzen Welt kamen. Beispielsweise sei dort ein amerikanischer Junge namens Nathan gewesen, der in Harvard Biochemie studierte. Er habe sich speziell diesen Kibbuz ausgesucht, weil man dort eine neue Technologie anwandte, die ich nicht verstand.

»Man manipuliert im Labor die Gene der Pflanzen«, versuchte ich zusammenzufassen, was Nathan mir erklärt hatte. »Damit sie stärker und widerstandsfähiger gegen Krankheiten werden.«

»Das ist wahrscheinlich der Punkt, an dem wir es ihr sagen sollten, Liebes«, bemerkte Dad.

Und da wusste ich, dass es ernst war, denn mein Vater benutzte niemals Kosenamen und meine Mutter auch nur, wenn sie sauer war. Früher, als ich jünger war, dachte ich, »Schatz« wäre ein Schimpfwort, weil es Mum wütend hervorstieß, wenn sie sich mit Dad stritt.

»Mir was sagen?«

»Willst du einen Tee oder einen Kaffee? Um den Abwasch können wir uns später kümmern.«

Es musste äußerst ernst sein.

»Was? Ich muss nicht abwaschen?«, versuchte ich, die Stimmung aufzuheitern. »Bin ich etwa adoptiert?«

»Vielleicht könnte alles einfacher sein, wenn du es wärst«, erwiderte Dad.

Nach dem Abendessen kam Jon vorbei. Er arbeitete als Anwalt – es war eine Stellung von der Art, wie sie meine Eltern glücklich machte und mit Stolz erfüllte, mir jedoch langweilig und öde erschien. Sein Fachgebiet waren Testamente, er war für eine Kanzlei in der Gegend tätig und wohnte noch in der Stadt.

Ich hatte nie verstanden, warum er nicht weggezogen war, irgendwohin, wo es aufregender war, zumindest in die nächste Stadt, wenn schon nicht nach London oder ins Ausland. Jetzt dämmerte mir, dass er sich womöglich verpflichtet fühlte, hier zu bleiben.

»Er hat eine neue Freundin«, hatte mir Dad erzählt. »Ein nettes Mädchen. Es ist noch recht frisch, aber …«

Aber was, wollte ich fragen, tat es jedoch nicht. Willst du, dass sie heiraten? Hoffst du auf Enkelkinder? Hast du Angst, dass sie vielleicht woanders hinziehen möchte und er dir dann nicht mehr helfen kann? Weiß sie es auch? Wusste sie es vor mir? Weiß sie es und will Jon trotzdem heiraten? Und mit ihm Kinder haben? Wird mich jemals jemand heiraten wollen?

Doch keine dieser Fragen konnte ich meinen Eltern stellen.

Ich glaube, ich sagte so etwas wie: »Ich muss das alles erst mal verarbeiten.«

Als Jon eintraf, hatte Mum verkündet, sie müsse ins Bett. Dad half ihr, weil sie es nicht schaffte, sich allein auszuziehen, obwohl sie erst in den Vierzigern war.

Jon und ich blieben zurück und saßen einander am Küchentisch gegenüber.

»So habe ich mir meine Rückkehr nicht vorgestellt«, begann ich.

»Sie wollten dir die Reise nicht verderben, darum haben sie es dir nicht früher erzählt.«

»So ein Mist. Ich kann das alles gar nicht fassen.«

Jon nestelte an seiner Jackentasche. »Mars«, sagte er und holte einen halb gegessenen Schokoriegel hervor. »Willst du ein Stück?«

»Ja, bitte.« Ich lächelte, weil sich zum ersten Mal seit meiner Rückkehr etwas normal und vertraut anfühlte.

DEAUVILLE, 1969

»Die Zeit bewegt sich beständig zahllosen Zukünften entgegen.«

JORGE LUIS BORGES, *DER GARTEN DER PFADE, DIE SICH VERZWEIGEN*

WIR WAREN GERADE ANGEKOMMEN, zeigten an der Rezeption unsere Pässe vor und warteten darauf, dass wir unsere Zimmer zugewiesen bekamen, als ich eine Großfamilie entdeckte, die fröhlich und lärmend aus der Bar drängte. In dem Pulk aus Teenies fiel mir besonders ein Junge auf.

Er sah gut aus, war ungefähr in meinem Alter, und als er auf dem Weg zum Treppenhaus kurz innehielt, schien es, als wäre ich ihm ebenfalls aufgefallen.

Er lächelte mir kurz zu, bevor er, zwei Stufen auf einmal nehmend, die Treppe hinaufsprang, aber es reichte, um bei mir Eindruck zu machen. Weil er ein Junge und ich vierzehn Jahre alt war und es mich nun einmal beeindruckte, wenn mir ein Junge zulächelte.

»Bist du zum ersten Mal in Deauville?«, erkundigte sich der Rezeptionist bei Jon.

»Wir sind zum ersten Mal im Ausland«, antwortete Jon.

In dieser Woche würde es noch mehr erste Male geben. Zum ersten Mal würde ein Mann auf dem Mond landen, zum ersten Mal würde Mum einen ihrer »Vorfälle« haben, oder zumindest würde ich es zum ersten Mal bemerken. Und zum ersten Mal würde ich etwas sehen, das mir bis dahin ebenso unwahrscheinlich erschienen war wie die Mondlandung.

Durch diese Erfahrung und das, was folgte – ein weiteres erstes Mal –, blieb mir diese Woche länger in Erinnerung, als es sonst der Fall gewesen wäre.

Sogar jetzt erinnere ich mich noch an manche Einzelheit, als läge es längst nicht so lange zurück oder als wäre es einem anderen Ich in einem anderen Leben vor gar nicht langer Zeit passiert.

»Sieht aus, als könnte es bald so weit sein.« Dad las beim Frühstück die *Times* vom Vortag, die ihn als Engländer auswies, blickte auf und musterte etwas skeptisch einen Korb mit Croissants. »Vielleicht landen sie tatsächlich auf dem Mond.«

»Mir kommt es vor, als wären wir auf dem Mond gelandet.« Mum deutete mit der Hand in den Raum und zu den Fenstern, die auf einen Garten mit seltsam geformten Hecken hinausblickten.

So merkwürdig war es nun auch nicht, aber ganz bestimmt »ausländisch«. Es war heiß, die Sprache fremd, das Essen anders, sogar das Bad in unserem Zimmer war seltsam.

»Wofür ist das?«, hatte ich gefragt und auf das Waschbecken auf dem Boden gezeigt. »Ist das für Kinder?«

»Darin kannst du dir die Füße waschen, wenn du vom Strand kommst«, sagte Dad.

»Nein«, widersprach Jon. »Darin kannst du dich unten rum waschen.«

»Jonathan!«, ermahnte ihn meine Mutter, während sie ihren Waschlappen aus dem Kulturbeutel nahm und ihn über den Rand des Beckens hängte.

Ich verstand nicht, wozu.

Später, als meine Eltern außer Hörweite waren, erklärte mir Jon: »Da kann man sich nach dem Sex waschen.«

»Woher weißt du das?« Ich war schockiert und neugierig zugleich.

»Ich weiß es eben. Die Franzosen treiben es ziemlich oft.«

»Wirklich?«

»Ja. Deshalb wackelt das Bett im Zimmer von Mum und Dad auch so.«

»Sie haben gesagt, das wäre zur Entspannung.«

Das Bett vibrierte, wenn man einen Schalter betätigte. Das war merkwürdig, wie so vieles andere hier.

Nur die Marmelade und der Brotaufstrich waren vertraut, und der Junge, der neben ihnen am Büfett stand. Es war der, der mir am Vorabend in der Lobby zugelächelt hatte.

»Da ist der Junge, der Ertrinkungsstunden genommen hat.« Dad deutete mit dem Kopf auf ihn.

Dad war noch vor dem Frühstück in aller Herrgottsfrühe am Meer entlanggeschlendert und hatte das Hotelgelände erforscht.

»Wie ist der Pool?«, hatte ich gefragt, als man uns an den Tisch führte, an dem wir in den nächsten sieben Tagen das Frühstück einnehmen würden.

»Nicht so groß wie der von den Van der Zees. Aber das Wasser kommt mir wärmer vor, und ein Junge bekam Ertrinkungsunterricht.«

»Vor dem Frühstück?«

»Es war halb sieben. Wenn ihr jeden Morgen vor dem Frühstück schwimmen geht, bekommt ihr alle einen Franc von mir.«

»Wie viel ist das?«, fragte Cathy.

»Ungefähr ein Florin.«

»Was soll das sein, Ertrinkungsunterricht?« Ich wollte mehr über diesen Jungen wissen.

»Nun ja, ganz offensichtlich konnte er nicht schwimmen. Der Lehrer hat ihn an einer Metallstange bis zur Mitte des Pools geschleppt und sie dann weggenommen, sodass er an den Rand zurückschwimmen musste. Eine etwas eigenwillige Methode.«

»Und dann konnte er schwimmen?«

»Nur so eben.«

»Ich hole mir etwas Honig«, sagte ich, stand jedoch schüchtern daneben, während der Junge verschiedene Marmeladensorten in winzige Glasschälchen füllte.

»Hallo«, sagte er, ohne aufzusehen.

»Hallo.«

»Bist du gestern angekommen?«

»Ja, mit meinen Eltern und meinen Geschwistern.«

»Ich auch.« Er lächelte.

Ich füllte etwas Honig in ein Schälchen und überlegte, was ich noch sagen könnte.

»Ich bin übrigens Abe.«

»Ah, ich bin Ivy.«

»Wie in dem Song von *The Mamas and the Papas?*«, fragte er, und ich wusste nicht, was ich darauf antworten sollte. Ich war so daran gewöhnt, dass die Leute sagten »wie die Pflanze«, dass ich auch bei ihm mit dieser Antwort gerechnet hatte. Von *The Mamas and the Papas* hatte ich noch nie gehört, wollte es aber nicht zugeben.

»Kann sein«, sagte ich.

»Das hört mein Bruder die ganze Zeit.« Es schien, als wollte er erklären, wie er darauf kam, und zugleich meine Unwissenheit entschuldigen.

Nach Frankreich hatte uns ein *Toto*-Gewinn gebracht. In anderen Ferien waren wir entweder mit dem Wohnwagenanhänger unterwegs gewesen, oder wir waren mit Zelt und Auto, einem Hillman Imp, an die Südwestküste gefahren.

»Ich dachte, wir machen dieses Jahr mal etwas anderes«, hatte Dad eines Abends verkündet, kurz bevor wir alle vom Küchentisch aufstanden, um die uns übertragenen Aufgaben beim Aufräumen der Küche zu übernehmen.

»Wohin?«, fragte Jon.

»In den Lake District?«, schlug Cathy vor.

Ich versuchte es mit: »Nach Schottland?«

Keiner von uns kam auf die Idee, dass wir in ein anderes Land fahren könnten.

Dad nahm die karierte Serviette vom Schoß und faltete sie zu einem Viereck, dann rollte er sie langsam und sorgfältig zusammen und schob sie durch einen der Serviettenringe aus Elfenbein – ein Hochzeitsgeschenk. Dazu hatten sie einen Stapel weißer Servietten erhalten, die Mum für eine »passende Gelegenheit« aufbewahrte, die jedoch nie zu kommen schien.

»Nach Frankreich«, sagte Dad und legte die Serviette triumphierend mit einem dumpfen Geräusch auf dem Tisch ab.

»Nach Frankreich?«, fragte Jon. »Wieso das?«

»Ja, nach Frankreich. Weil ich ein bisschen was im *Toto* gewonnen habe.«

»Wann?« Jon half ihm jede Woche, den Schein auszufüllen.

»Letzte Woche.«

»Als ich bei Simon übernachtet habe?« Er schien entrüstet.

»Ja«, bestätigte Dad etwas abwehrend.

»Wie viel hast du gewonnen?«

»Vierhundertfünfzig Pfund.« Diesmal schlug er mit der flachen Hand auf den Tisch, doch Jon ließ sich nicht so leicht abwimmeln.

»Wie hast du die Teams ausgewählt?«

»Ich habe die Augen geschlossen und blind den Stift aufgesetzt.«

Das passte Jon irgendwie nicht. Die zwei arbeiteten mit einem System und wählten nicht per Zufallsprinzip.

»Ich habe mich einfach gefragt, was wohl passiert, wenn ich überhaupt nicht darüber nachdenke.«

»Na toll.« Ganz offensichtlich war Jon angefressen, dass Dad ohne ihn getippt hatte.

»Das Geld reicht für eine neue Autobatterie, eine neue Waschmaschine und eine Woche Urlaub in Frankreich. Wir nehmen die Fähre von Dover nach Calais und fahren von dort aus nach Deauville.«

»Deauville?«, fragte Cathy und lenkte die Unterhaltung von der Gewinnstrategie zum Ergebnis.

»Das liegt an der Küste, in der Normandie«, antwortete Dad.

Und jetzt waren wir hier, und Dad legte eine übertriebene Fröhlichkeit an den Tag. Es war, als meinte er, wenn er die Stimmung vorgab, würden wir ihm alle folgen – oder vielleicht wollte er auch nur Mum aufheitern. Sie war seltsam schweigsam und hin und wieder etwas bissig.

Ganz sicher war sie an jenem Abend in der Bar nicht sie selbst, als Dad mit einem seiner Wir-sind-schließlich-in-Deauville!-Ausrufe darauf bestand, dass wir vor dem Abendessen noch einen Aperitif nahmen.

Zunächst war die Bar leer, bis auf den Barmann, der in der Ecke einen Fernseher aufbaute.

»Zwei Dubonnet«, bestellte Dad für sich und Mum. *»Et un Britvic.«* Das war für mich.

»Möchtest du ein Bier, Jon? Oder einen Dubonnet? Und du, Cathy? Wir sind schließlich in Deauville …«

»Ich nehme ein Bier«, sagte Jon.

»Dubonnet.« Cathy fing meinen Blick auf, strich den Stoff ihres neuen Leinenkleides glatt und sah zu, wie der Fernseher aufgebaut wurde.

»C'est pour la lune. Für den Mond«, übersetzte der Barmann seine eigenen Worte. »*Demain*. Morgen.«

»Ah, oui. Oui. Oui!« Mit jedem *»Oui«* stieg Dads Begeisterung. »Die Mondlandung.«

»Das müssen wir uns ansehen«, sagte Jon, als wir uns an einen Tisch am Fenster setzten.

»Ich glaube immer noch nicht, dass sie es wirklich schaffen«, hob Dad an, wurde jedoch von der Ankunft einer anderen englischen Familie unterbrochen, die ebenfalls einen Aperitif nehmen wollte.

Abes Familie.

»Bonsoir.« Dad erhob sich halb von seinem Stuhl.

»Bonsoir«, erwiderte Abes Vater zunächst etwas verlegen. »Hallo, alle zusammen.«

»Hallo«, murmelten wir, da wir alle ganz offensichtlich Engländer waren.

Ich fing Abes Blick auf.

»Ich bin Richard.« Dad begann eine allgemeine Vorstellungsrunde.

»Das sind Pam«, erwiderte Abes Dad. »Und Jackie, Kirsty und Tessa …« Er zögerte. »Unser ältester Sohn geht auf die Uni und wollte nicht mitkommen. Und Abe kennen Sie ja schon.«

»Ich habe dich heute am frühen Morgen schon schwimmen sehen«, wandte sich Dad an Abe.

»Ja.«

»Woher kommen Sie?«, erkundigte sich Dad bei Abes Vater.

»Aus der Nähe von Lanark, Schottland. Und Sie?«

»Aus Sussex. Aus einem kleinen Ort. Sie werden ihn kaum kennen.«

»Vielleicht ja doch?«

»Pulborough?«

»Kenne ich!«

»Tatsächlich?«

»Ja, wir haben früher in Sussex gewohnt, ganz in der Nähe. Wir sind umgezogen, bevor Abe eingeschult wurde.«

»Na, was für ein Zufall«, sagte Dad. »Warum sind Sie da weg? Aus beruflichen Gründen?«

»Ursprünglich«, antwortete Abes Vater.

»Greg hat eine Stelle in Oxford bekommen. Deshalb sind wir dorthin gezogen«, ergänzte seine Mutter. »Vor ein paar Jahren sind wir dann nach Schottland umgesiedelt.«

»Pam wollte bei ihrer Familie sein.« Greg legte den Arm um sie. »Fünf Kinder machen eine Menge Arbeit.«

»Ein richtiger Clan!« Dad lächelte und hob sein Glas, als würde er ihnen zuprosten. »Sind Sie zum ersten Mal hier?«

»Pam und ich waren vor Jahren mal in Frankreich, vor der Geburt der Kinder. Aber nicht in dieser Gegend. Wir machen eher Ferien zu Hause. Aber man hat mich eingeladen, in Paris auf einer Konferenz zu sprechen …«

»Greg unterrichtet an der Universität in Glasgow«, warf Abes Mutter ein. »Amerikanische Geschichte.«

»Sehr schön.« Dad blickte auf seine Armbanduhr. »Es tut mir leid, aber wir müssen uns jetzt auf den Weg machen. Wir essen unten am Hafen.«

Ich war alt genug, um zu spüren, dass Dad gereizt war – weil Abes Vater Universitätsprofessor war und dieser seinen Urlaub so locker mit einer Konferenz verband und nicht zum ersten Mal in Frankreich war. Er tat, was er immer tat, wenn er leicht gereizt war, er pfiff kaum hörbar vor sich hin. Ich hörte es, als wir aufstanden und er Mum mit einer Geste bedeutete, vorweg zu gehen. Und ich hörte es noch, als ich ihnen folgte, doch dann sog er plötzlich lautstark die Luft ein, weil Mum stolperte, das Gleichgewicht verlor und sich an einem Tisch abstützte.

»Immer mit der Ruhe, Janet.« Er klang gereizt, nicht besorgt.

»Alles okay?« Cathy trat zu ihr.

»Ja.« Mum stützte sich weiterhin an dem Tisch ab, als müsste sie sich an etwas festhalten.

»Deine Mutter hatte ein bisschen zu viel Dubonnet.« In Dads jovialem Ton konnte ich seinen Unmut spüren.

»Ich habe nur ein Glas getrunken. Ich bin einfach nur gestolpert«, protestierte Mum, doch in ihrer Stimme lag eine Schärfe, die ich noch nie bei ihr gehört hatte. Sie war wütend und empört.

»Hast du einen Schwips?«, blieb Dad unbeirrt. Dann musterte er sie genauer und schien etwas zu bemerken. Seine gesamte Haltung veränderte sich.

»Ist alles in Ordnung, Janet?« Jetzt war er besorgt.

Ich fühlte mich unwohl.

»Ja.« Doch selbst an dieser einen Silbe hörte ich, dass ihre Stimme leicht brüchig klang.

Während des Abendessens war sie schweigsam. Sie sagte hin und wieder etwas, schien jedoch mit den Gedanken woanders zu sein.

»Willst du mal eine Auster probieren, Ivy?«

»Muss ich?«

»Nein, musst du nicht. Aber wenn du keine probierst, bekommst du auch keinen Pudding.« Bei Dad musste man sich alles erst verdienen – das war sein Prinzip.

»Wie findest du sie?«, fragte Mum, als ich das eklige glitschige Ding mit einem Glas Wasser hinunterspülte.

»Widerlich.«

»Zumindest hast du sie probiert. Wir sind schließlich in Deauville!«

Mum ignorierte ihn. Ihr Blick war undurchdringlich.

»Ich finde sie auch eklig.« Sie lächelte mir verschwörerisch zu.

Später blieben Dad, Jon und Cathy auf, um die Mondlandung zu verfolgen. Doch Mum meinte, sie sei müde und wolle sich schlafen legen. Ich ging mit ihr nach oben.

»Ist alles in Ordnung, Mum?« Wir stiegen die Treppe zu unseren nebeneinanderliegenden Zimmern hinauf.

»Ja, alles in Ordnung, Ivy.« Sie klang leicht gereizt.

»Genießt du die Ferien?«

»Ja.«

»Mir gefällt es hier, und ich würde gern wieder herkommen«, plapperte ich.

»Das wirst du bestimmt.«

»Ich hätte auch Lust, noch andere Orte zu sehen. Andere europäische Länder, vielleicht eines Tages sogar Amerika.«

»Dann musst du Stewardess werden.«

»Was macht eine Stewardess?«

»Sie ist so eine Art Kellnerin, nur im Flugzeug. Sie kümmert sich um die Passagiere. Da würdest du rumkommen.«

»Vielleicht.« Ich dachte, es müsse noch andere Jobs geben, bei denen man reisen konnte. Ich war mir nicht sicher, ob ich in einem Flugzeug arbeiten wollte, doch das sagte ich nicht.

»Nacht, Mum«, verabschiedete ich mich, als wir meine Zimmertür erreichten.

Ich wartete darauf, dass sie etwas Mütterliches sagen würde, mich fragte, ob es okay sei, dass ich allein im Zimmer blieb, bis Cathy zurückkam. Oder dass sie vielleicht mitkommen, die Vorhänge zuziehen und die Decke aufschlagen würde. Doch nichts dergleichen.

»Gute Nacht, Ivy«, sagte sie in einem neuen ungewohnten Ton.

Als Cathy kam, wachte ich davon auf, dass sie die Schlafzimmertür schloss und zu mir ins Bett stieg.

»Cath?«

»Tut mir leid, habe ich dich geweckt?«

»Sind sie gelandet?«

»Ja.«

Stille. Ich versuchte, es mir vorzustellen. Vorhin, als ich die Vorhänge zuzog, hatte der Mond am Nachthimmel gehangen. Es schien unmöglich, dass jemand aus einem Raumschiff stieg und ihn betrat. Jetzt wünschte ich mir, ich wäre aufgeblieben und Mum auch.

»Meinst du, mit Mum ist alles in Ordnung?«, flüsterte ich.

»Warum?« Cathy ließ sich in die Kissen sinken.

»Ich weiß nicht.«

Ich erwartete, dass Cathy etwas Abweisendes entgegnen würde, wie: Worüber machst du dir dann Gedanken? Doch das tat sie nicht.

»Ich auch nicht«, sagte Cathy stattdessen. »Aber ich bin mir sicher, ihr geht's gut. Und dir?«

»Ja.« Warum sollte es mir nicht gut gehen?

»Und gefällt es dir hier?«

»Ja.«

»Dein Freund scheint nett zu sein. Seine Familie kam gerade zurück, als wir hochgingen.«

Ich wusste, wen sie meinte. »Mein Freund?«

»Der Junge aus der Bar. Der schwimmen lernt.«

»Ich habe eigentlich gar nicht mit ihm geredet.«

»Vielleicht solltest du das.«

»Nacht, Cathy.«

»Nacht, Baby.«

So nannte sie mich manchmal. Sie war nur zwei Jahre älter

als ich, aber es war ein Überbleibsel aus der Zeit, als ich noch ein Baby gewesen war. Sie sagte es, wenn sie das Gefühl hatte, mich beschützen zu müssen.

»Nacht.«

Als ich Abe das nächste Mal sah, lag er allein auf einem Handtuch am Pool, von seiner Familie war nichts zu sehen. Nachmittags um diese Zeit war nicht viel los im Becken, und ich wollte ein paar Bahnen schwimmen. Mit Abe hatte ich nicht gerechnet und war etwas verlegen.

»Hallo.« Er winkte mir zu.

»Hallo«, erwiderte ich unsicher.

Abe stand auf. »Bist du allein?«

»Ja. Die anderen sind noch auf ihren Zimmern.«

»Gehst du schwimmen?«

»Ja.« Ich wusste nicht, ob ich mich bei ihm oder woanders niederlassen sollte. Sich zu ihm zu setzen schien zu forsch, die Alternative unfreundlich.

»Tessa und Kirsty spielen Tennis. Sie meinten, sie kommen nach, wenn sie fertig sind. Mir liegt das nicht so.«

»Mir auch nicht.« Ich lachte.

In Ballsportarten war ich eine Null. Das war auch ein Grund, warum ich gern schwamm.

»Ich schiebe das auf meine schlechten Augen.« Er tippte sich an die Brille, dann deutete er mit dem Kopf auf den Boden. »Setz dich doch zu mir, wenn du magst.«

Ich breitete mein Handtuch ein Stück neben seinem aus und suchte nach einem weiteren Gesprächsthema. »Hast du die Mondlandung gesehen?« Das fragte heute jeder.

»Ja. Wir sind in die Stadt in ein Barbiergeschäft gegangen.«

»Zum Barbier? Wo man sich die Haare schneiden lässt?«

»Ja. Dad hatte da ein Schild gesehen, dass es im Laden einen Fernseher gibt und die halbe Nacht geöffnet ist. Er dachte, es wäre lustig hinzugehen. War es auch. Hast du geguckt?«

»Nein.« Jetzt wünschte ich, ich hätte es gesehen. »Die anderen schon, aber Mum und ich sind ins Bett gegangen.«

»Es war merkwürdig, sie da oben auf dem Mond zu sehen, demselben Mond, den wir auf dem Weg zum Abendessen über dem Meer gesehen hatten.«

Dann zog er sich das T-Shirt über den Kopf, sodass er nur noch eine Badehose anhatte.

»Gehst du nun schwimmen?«

»Noch nicht. Ich warte noch ein bisschen.« Er legte sich auf sein Handtuch.

»Alles klar.«

Schüchtern zog ich mein T-Shirt aus, das ich über dem Badeanzug trug.

»Gehst du jetzt rein?«

»Nein, ich warte auch noch ein bisschen.« Ich genoss die warmen Sonnenstrahlen auf meiner Haut. »Ich will mich erst ein bisschen aufwärmen.«

Ich blickte zu Abe hinüber, wollte ihn ein bisschen beobachten, ohne dass er es bemerkte. Als ich Luft holte, war mir bewusst, dass sich meine Brüste hoben, die sich gerade erst zu wölben begonnen hatten. Ob Abe es bemerkte? Er lächelte mich an, dann legte er sich zurück und schloss die Augen.

»Ivy und weiter?«

»Was meinst du?«

»Hast du keinen anderen Namen?«

»Trent.«

»Keinen anderen Vornamen?«

»Nein.«

»Warum nicht?«

»Ihnen ist keiner mehr für mich eingefallen.« Das hatten mir meine Eltern erzählt, als ich ihnen dieselbe Frage gestellt hatte.

»Ich habe noch drei.« Abe öffnete die Augen wieder.

»Drei?«

»Abe Craig Joseph Aiken McFadden. Aiken war der Name meiner Mutter, aber den haben wir alle als Vornamen.«

»Das sind ganz schön viele Namen«, stellte ich fest und fürchtete sofort, dass ich zu kritisch geklungen hatte. »Aber es muss gut sein, so viele zu haben.« Das wirkte etwas angestrengt. »Abe ist ein ungewöhnlicher Name«, versuchte ich es stattdessen.

»Es ist die Kurzform von Abraham.«

»Ich bin noch nie einem Abraham begegnet.«

»Ich auch noch nie einer Ivy.«

»Hast du keine ältere Tante, die Ivy heißt?«

»Nein.«

»Die meisten haben eine.«

»Es ist ein altmodischer Name«, überlegte er. »Aber er passt zu dir.«

»Na, vielen Dank!« Ich hatte das Gefühl, das Eis war gebrochen.

»Ich meinte doch nicht …«

»Ich glaube, es ist langsam Zeit, dass du schwimmen gehst!«

»Wahrscheinlich.« Er grinste, und ich war mir nicht sicher, ob er mir zuzwinkerte, als er aufstand. Vielleicht hatte er auch nur in die Sonne geblinzelt.

Dad musste mit seinem Bericht über den Schwimmunterricht übertrieben haben. Abe war zwar kein brillanter Schwimmer, aber er konnte sich über Wasser halten.

Ich leistete ihm Gesellschaft, schwamm ein paar Bahnen mit dem Kopf unter Wasser, machte dann eine Pause und schob die Schwimmbrille nach oben.

»Du kannst gut schwimmen, Ivy.«

»Ich schwimme ziemlich viel im Stadtbad. Da gibt es einen Club.«

»Ich geh jetzt raus.«

Ich betrachtete die dunklen Härchen auf der Rückseite seiner Beine, die im Wasser glitzerten, als er die Treppe hinaufstieg und sich mit den Händen das Haar aus den Augen strich. Dann setzte ich wieder die Schwimmbrille auf, kraulte ein wenig und zählte Züge und Bahnen. Ich wollte fünfzig Bahnen schaffen. Ich versuchte zu ignorieren, dass mich Abe wahrscheinlich beobachtete. Während ich mich darauf konzentrierte, längere Züge zu machen, so wie es mir der Lehrer zu Hause gezeigt hatte, war mir seine Gegenwart durchaus bewusst.

Als ich schließlich aus dem Becken stieg, saß Abes Mutter neben ihm im Gras, auf der anderen Seite von meinem Handtuch.

»Hallo, Ivy.«

»Hallo«, erwiderte ich und beugte mich hinunter, um das Handtuch zu nehmen und mich darin einzuwickeln.

»Du bist eine gute Schwimmerin.«

»Danke.« Die Verlegenheit von vorhin kehrte ansatzweise zurück, doch seine Mutter war nett.

»Abe bekommt hier Unterricht.«

»Ja.«

»Vielleicht ist er Ende der Woche genauso gut wie du.«

»Mum.« Abe klang ein bisschen vorwurfsvoll, lächelte jedoch dabei.

»Wir machen morgen ein Picknick, und ich möchte, dass Abe etwas Käse für uns besorgt. Er muss sein Französisch verbessern.«

»Ich kann kein Französisch«, sagte ich.

»Ich auch nicht!«

»Nun, ich bin mir sicher, du findest einen Weg, Käse zu kaufen«, lachte Abes Mum und gab ihm etwas Geld.

»Bring ihn hoch auf unser Zimmer, wenn du zurück bist. Wiedersehen, Ivy. War nett, dich kennengelernt zu haben.«

»Wiedersehen«, erwiderte ich, breitete mein Handtuch aus und setzte mich darauf.

»Du musst also Käse besorgen.« Ich schaute Abe fragend an.

»Ja, demnächst … Warum kommst du nicht mit?«

»In die Stadt?«

»Warum nicht?«

Ein paar Tage sah ich ihn nicht. Einmal fuhren wir zum Mont Saint Michel, und als wir das Kloster oben auf der felsigen Halbinsel erreichten, schenkte Dad jedem von uns einen weiteren Franc. »Weil ihr gute Kletterer seid«, sagte er.

Jon und Cathy sahen einander an und zogen die Brauen hoch, als gebe es noch einen anderen Grund, und Dad korrigierte: »Okay, weil ich heute meine Spendierhosen anhabe.«

Wir lachten – nicht, weil Dad nicht großzügig war, sondern weil wir uns bei ihm das Geld immer erst durch Klettern oder morgendliches Schwimmen oder verschiedene häusliche Pflichten erarbeiten mussten.

»Muss eigentlich noch etwas erledigt werden?«, wollte ich vor unserer Abreise wissen, weil ich mir noch etwas Geld für den Urlaub verdienen wollte.

»Du kannst Dads Taschentücher bügeln.« Mum hatte mir einen Stapel bereits gefalteter, makellos glatter Exemplare gereicht, die schon gebügelt waren. Geld wurde bei uns nicht einfach so gegeben.

»Er ist wohl in Urlaubsstimmung«, mutmaßte Jon, als wir durch die Straßen des Ortes am Fuß des Mont Saint Michel schlenderten. »Wollen wir morgen in die Stadt gehen und nach Andenken gucken?«

Jon, Cathy und ich waren durch Deauville gewandert und hier und dort stehen geblieben, um Schuhe, Muscheln und Porzellan in den Auslagen zu betrachten.

»Wie wäre es mit so etwas?«, schlug Cathy vor, als wir vor einem Geschäft mit einer Auswahl von Bechern und Schalen standen, die mit verschiedenen Jungen- und Mädchennamen bemalt waren.

»Die sind hübsch«, sagte ich und betrachtete eine Schale, unter deren Rand *Claudette* stand. »Meinst du, es gibt auch eine mit Ivy?«

Wir fanden Isabeau, Ignatia, Ila und Inès. Aber keine Ivy.

»Da ist eine mit Catherine«, sagte ich.

»Du weißt doch, dass ich den Namen Catherine hasse.« Cathy verzog das Gesicht.

»Vielleicht finde ich eine.« Jon nahm eine Schüssel mit einem Frauennamen.

»Jean?«, fragte ich und sprach das »ea« wie »i« aus.

»Das heißt Jean, du Dummi«, korrigierte er mich und artikulierte das »ea« wie »on«. »Das ist französisch für Jon.«

Wir lachten.

»Hattet ihr drei einen schönen Nachmittag?«, erkundigte sich Mum, als wir vor dem Abendessen in der Hotelbar zusammenkamen.

»Ja«, sagte ich, »ich habe aber nichts gekauft.« Dabei ließ ich den Blick durch die Bar schweifen.

»Hältst du nach Abraham Lincoln Ausschau?«, neckte mich Jon.

»Nein.«

»Wohin seid ihr zwei neulich eigentlich verschwunden?«

»Ach, wir waren nur Käse kaufen.«

»Käse?«

»Brie«, sagte ich. »Und Camembert.« Ich hoffte, ihn mit den Namen zu beeindrucken. Mum bezeichnete jeden Käse außer Cheddar als »Stinkekäse«.

»Französischen Käse?«, fragte Jon, und ich suchte nach einer passenden Antwort, doch dann wurden wir von Mum abgelenkt.

Sie hatte währenddessen ihr Glas von der Bar genommen und wollte es zum Tisch tragen, als es herunterfiel. Das Glas zersprang, und der Wein ergoss sich auf den Fußboden der Bar. »Oh, das tut mir leid«, sagte sie zu dem Barkeeper.

»Schon in Ordnung.«

»Wie ist das passiert?« Dad sah auf die kleine Pfütze.

»Es ist mir aus der Hand gerutscht.« Mum schien verwirrt.

»Aber wie?«

»Es war ein Unfall.«

Doch da war noch etwas anderes. Etwas an der Art, wie sie einander anblickten.

»Aber wie ist es passiert? Hat dich jemand gestoßen?«

»Nein, Richard. Es ist einfach passiert.«

Der Barkeeper begann, den Boden zu wischen, während Dad Mum zum Tisch schob.

»Ich war nur ungeschickt.«

»Bist du dir sicher, dass das alles ist?«

Es folgte bedrückendes Schweigen. Keiner von uns wusste, was er sagen sollte. Ich war die Erste, die das Schweigen brach, ich wollte irgendwie helfen. »Soll ich den Barmann um ein neues Glas für dich bitten, Mum?«

»Halt dich da raus, Ivy«, stieß Dad hervor, und das bedrückende Schweigen dehnte sich, bis Cathy verkündete, dass sie sich ein Paar Espadrilles kaufen wollte.

»Was ist das?«

»Schuhe mit Bastsohle.«

Solche Schuhe hatte sie beim Einkaufen vorhin nicht erwähnt.

»Das hört sich komisch an. Ich wette, die sind unbequem.«

Unbequeme Schuhe waren als Thema deutlich bequemer.

Danach schien es mit Dads überschwänglicher Laune vorbei zu sein, und Mum war ruhig und seltsam verschlossen.

»Ivy.« Ich erkannte Abes Stimme, als ich später in der Woche in den Speisesaal kam.

»Hallo.« Ich versuchte, mich locker zu geben.

»Ich habe dich in den letzten Tagen gar nicht gesehen.«

»Wir waren auf dem Mont Saint Michel. Wart ihr da auch schon?«

»Wir wollten gestern hinfahren, aber Mum fand es zu heiß, darum sind wir stattdessen an einen Strand gefahren. Der war aber nicht so toll wie der, an dem wir sonst waren.«

»Wie war euer Picknick?«, fragte ich.

»Gut. Vielleicht fahren wir morgen wieder an denselben Strand.«

»Oh.« Die Chance, noch etwas Zeit mit ihm zu verbringen, schien zu schwinden.

»Bist du heute hier?« Es schien, als dächte er gerade dasselbe. »Kommst du später an den Pool?«

»Wahrscheinlich nach dem Mittagessen. Heute Morgen gehen wir vielleicht ins Museum.«

»Gut«, raunte er.

Und dann:

»Wir fahren ja morgen wieder an den Strand, an dem wir am Mittwoch gewesen sind. Es ist unser letzter Tag. Ich dachte, vielleicht hast du Lust mitzukommen. Jackie und Tessa bleiben hier, darum haben wir Platz im Auto.«

Der Strand lag eine halbe Autostunde entfernt. Ich saß zwischen Kirsty und Abe auf der Rückbank. Sein Vater trug beim Fahren eine schwarze Kappe, die wie eine Fischermütze aussah. Seine Mutter saß neben ihm, drehte sich jedoch hin und wieder zu uns um.

»Du bist also zum ersten Mal im Ausland, Ivy?«

»Ja.«

»Machst du nächstes Jahr die mittlere Reife?«

»Ja.«

»Abe auch.«

Sie richtete den Blick wieder nach vorn und sprach mit Mr. McFadden, als ein Laster mit Heuballen aus einer Seitenstraße kam und vor uns in die Straße bog.

»Fahr nicht zu dicht auf, bitte. Ich finde, die sehen immer gefährlich aus.«

Kirsty zog die Augenbrauen hoch. »Mum wittert überall Gefahr.«

»Besser, man geht auf Nummer sicher«, betonte Mrs. McFadden.

»Wenn etwas passieren soll, passiert es.« Mr. McFadden blickte in den Rückspiegel. »Murphys Gesetz.«

»Ich dachte, Murphys Gesetz heißt, dass alles schiefläuft, was schieflaufen kann«, bemerkte Kirsty.

»Das ist die Interpretation der Pessimisten«, erwiderte Mr. McFadden. »Ich glaube, es heißt einfach, was passieren soll, passiert.

Du kannst nichts dagegen tun. Es heißt nicht zwangsläufig, dass es dir passiert. Dein Brot muss nicht unbedingt mit der Butterseite nach unten landen, aber bei jemand anderem tut es das.«

»Seht mal da draußen das Feld mit dem Esel. Ich glaube, die Abzweigung zum Strand kam kurz danach«, unterbrach Mrs. McFadden ihn.

Wir bogen von der Hauptstraße ab und fuhren einen kleinen Weg hinunter, bis eine Kette aus Sanddünen vor uns auftauchte. Darüber war ein Streifen graublauen Meeres zu sehen.

»Bist du schon mal in Cornwall gewesen, Ivy?«, fragte Mr. McFadden, als er einparkte.

»Wir waren ein paarmal in Devon, aber nicht in Cornwall.«

»Die Strände dort sind denen hier ziemlich ähnlich.« Er öffnete die Wagentür. »Die beiden Landmassen waren vor Tausenden von Jahren verbunden, und man hat den Eindruck, dass ein Strand beginnt, wo der andere aufhört.«

»Los, lass uns gehen, Dad!« Kirsty trat ungeduldig von einem Fuß auf den anderen.

»Ja, entschuldigt.«

Ihre Mutter stieg aus, öffnete den Kofferraum und holte eine gestreifte Segeltuchtasche mit zwei Plastikgriffen heraus, die sie Kirsty reichte. Abe gab sie eine große karierte Decke.

»Greg, kannst du das hier nehmen? Da sind die Getränke drin. Und Ivy, könntest du das Brot tragen?«

Ich nahm die in Papier eingewickelten Baguettes unter den Arm. »Kann ich noch etwas tun?«

»Nein danke.«

Mr. McFadden schritt bereits entschieden voran und suchte einen Platz zum Picknicken. Wir folgten ihm.

»Was haltet ihr hiervon?« Abes Mum deutete auf eine halbrunde geschützte Stelle am Fuß der Dünen.

»Kommt, wir machen ein Foto von euch beiden«, sagte Mr. McFadden, als Abe und ich auf einer Decke lagen, die wir mit Steinen beschwert hatten. Er streifte die Schuhe ab, holte eine Kamera heraus und bedeutete mir, mich neben Abe zu stellen. »Bitte lächeln!«

Schüchtern blickte ich in seine Richtung und war überrascht, als er mir bereits wenig später das Foto überreichte.

»Ein Andenken.«

»Aber wie …« Ich hatte noch nie eine Polaroidkamera gesehen. »Warum mussten Sie das Bild nicht erst entwickeln lassen?«

»Moderne Technik.« Er lachte. »Wollt ihr vor dem Essen schwimmen?«

Wir gingen zwar vor dem Mittagessen ins Meer, aber richtiges Schwimmen war das nicht.

»Schwimmt nicht zu weit hinaus, ja?«, mahnte Mrs. McFadden, als wir uns auf den Weg zum Wasser machten.

»Mum, uns passiert schon nichts.« Kirsty grinste ihre Mutter an.

Das Meer war rau, und als uns das Wasser bis zur Taille reichte, blieben wir stehen und sprangen über die Wellen.

»Kommt, wir machen Body Surfing.« Kirsty versuchte, Abe und mir zu erklären, an welchem Punkt wir uns mit nach vorn geneigten Körpern auf die heranrollenden Wellen stürzen sollten. »Das habe ich mit Tante Katrina in Pease Bay gemacht. Versucht es mal mit der«, drängte sie uns, als wenige Meter vor uns eine Welle brach. Wir warfen uns hinein und ließen sie über uns hinwegrauschen, doch unsere Versuche im Body Surfing waren nicht gerade von Erfolg gekrönt.

»Das war nicht gut«, tadelte Kirsty. »Lasst es uns noch ein paarmal versuchen, und dann gehen wir raus, etwas essen.«

Immer wieder versanken wir in den Wellen und gingen unter, bis ich endlich eine im richtigen Moment erwischte. Ich streckte die Arme nach vorne, so wie Kirsty es mir gezeigt hatte, und die Welle trug mich fast bis an die Küste. Es war ein fantastisches Gefühl.

»Gut gemacht«, rief Kirsty mir zu.

»Das war toll«, freute ich mich, als ich wieder zu den beiden hinauskam.

»Mann, ich gehe immer nur unter«, beklagte sich Abe nach ein paar weiteren Versuchen.

»Noch eine Welle, okay?«, schlug Kirsty vor.

Und ich ritt auch auf der nächsten Welle. Es war aufregend.

»Ivy, du bist wie ein Fisch.« Abes Mutter reichte mir ein Baguette und deutete auf das Picknick. »Lang zu.«

»Mum und ich könnten ein kleines Nickerchen vertragen«, gähnte Mr. McFadden, als wir fertig waren und den restlichen Käse und Schinken einpackten und zurück in die Tasche legten. »Warum macht ihr zwei nicht eine kleine Entdeckungstour?«

»Ich lese.« Kirsty schnappte ihr Buch und zog sich zurück.

»Wollen wir da oben zu dem Wald gehen?« Abe zeigte auf ein Pinienwäldchen, das ungefähr eine Meile entfernt lag.

»Okay.«

Wir erklommen den Weg, der sich die Dünen hinaufwand.

»Es ist nett von deinen Eltern, dass ich mitkommen durfte«, sagte ich. Dabei überlegte ich, ob meine Eltern ebenso bereitwillig jemanden aufgenommen hätten, und fühlte mich ein wenig befangen in Abes Gesellschaft, nachdem wir nun allein waren.

»Sie haben gern Gesellschaft. Wollen wir den nehmen?« Abe zeigte auf einen Pfad, der sich um den Rand der Düne zu winden schien.

Er übernahm die Führung. Zunächst plauderten wir über alles Mögliche: Schule, Freunde, Familie, Haustiere (Abe besaß eine Schildkröte mit Namen Fred), die Musik, die wir mochten, frühere Ferien, bis wir in Schweigen verfielen, was sich überraschenderweise nicht unangenehm anfühlte.

Plötzlich wurde die Stille durch merkwürdige menschliche Laute durchbrochen. Weder Stimmen noch Lachen, aber es klang seltsam und zugleich vertraut.

Als der Pfad in eine Kuhle zwischen den Dünen führte, entdeckten wir ein Mädchen und einen Jungen, die von den Überresten eines Picknicks umgeben waren – einer Flasche Wasser, einem halb gegessenen Baguette und ein paar Äpfeln. Verlassene Schuhe lagen im Sand – solche mit Bastsohle, wie Cathy sie gerne haben wollte –, ein Bikini hing zum Trocknen auf einem Büschel Dünengras, und auf dem Boden war ein Handtuch ausgebreitet. Daneben lagen deutlich sichtbar ein Slip und ein zerknittertes T-Shirt, die eigentlich ordentlich zusammengefaltet in eine Tasche gehört hätten. All diese unwichtigen Details sprangen mir plötzlich ins Auge. Die beiden hatten ein Picknick gemacht und waren schwimmen gewesen. Das sagte ich mir, als könnte es das, was eigentlich passierte, verdrängen.

Der Junge, der kaum älter als Abe und ich sein konnte, trug verwaschene blaue Jeansshorts, die ihm jedoch um die Knöchel hingen. Sein weißes Hinterteil, das im Kontrast zu seinem gebräunten Rücken und den dunklen Haaren an seinen Beinen stand, bewegte sich engagiert auf einem unter ihm liegenden Mädchen auf und ab. Ihr Kleid war nach oben um ihre Taille geschoben, mit den gebräunten Beinen umklammerte sie den Körper des Jungen.

Der unerwartete Anblick ließ uns einen kurzen Moment wie

angewurzelt stehen bleiben, und wir wussten nicht, ob wir vorbeigehen und sie ignorieren oder umdrehen und uns einen anderen Weg suchen sollten. Doch in diesen Sekunden war ich seltsam fasziniert von der Bewegung ihrer Körper, den Geräuschen, die sie von sich gaben, und ihrer Selbstvergessenheit.

Dann drehte das Mädchen den Kopf, sah uns und wedelte mit der Hand, damit wir verschwanden, was eher gereizt als beschämt wirkte. Ihre Geste weckte die Aufmerksamkeit des Jungen, der daraufhin ebenfalls den Kopf drehte und grinste.

Scham empfanden nur Abe und ich, als wir umdrehten und den Rückzug antraten. Wir wussten nicht, was wir sagen sollten, und jetzt fühlte sich das Schweigen unangenehm an.

»Typisch Franzosen«, brach Abe als Erster das Schweigen und schüttelte den Kopf, als würde er ständig über französische Paare stolpern, die in den Dünen Sex hatten.

»Ja.« Ich versuchte, lässig zu wirken.

Als wir das Wäldchen erreichten, war es eingezäunt.

»Oh, da kommen wir gar nicht rein.« Abe blickte auf seine Uhr. »Wahrscheinlich sollten wir sowieso zurückgehen.«

»Ja.«

»Wollen wir an der Küste entlanggehen?«

»Ja, vielleicht.«

»Ich glaube, ich ziehe meine Schuhe aus und nehme sie in die Hand.« Abe setzte sich und löste die Schnürsenkel an den Turnschuhen.

Ich ließ mich neben ihm nieder, und Abe rückte ein Stück näher zu mir, sodass sich unsere Arme berührten.

»Cathy will sich solche Schuhe mit Bastsohlen kaufen«, sagte ich, während ich mich vorbeugte, um auch meine Schnürsenkel zu öffnen. Dann kickte ich die Schuhe weg, wie Abe es bereits getan hatte.

»Espadrilles?«, fragte er, als ich mich wieder aufrichtete. »Kirsty hat sich neulich welche gekauft. Blaue. Aus einer Art Jeansstoff.«

Sein Geplapper über Schuhe ließ die Tatsache, dass er vorsichtig den Arm um meine Schulter legte, normal erscheinen.

»Sie hat sie nicht getragen, weil sie dachte, sie könnten nass werden.«

»Oh.« Sein Arm um mich herum fühlte sich herrlich an. Ich wollte an ihn sinken, den Kopf an seine Schulter lehnen, doch stattdessen saß ich ganz still da.

»Alles okay?«

Ich nickte. »Es ist so ein wunderschöner Ort.« Und ich fragte mich: *Was jetzt?*

»Ivy, darf ich dich etwas fragen?«

»Ja.« Ich blickte Abe erwartungsvoll an, ohne zu wissen, was ich eigentlich erwartete.

Er wirkte ein wenig ängstlich.

»Was ist los?«

»Darf ich … Darf ich dich küssen?«

»Ja.« Das war alles.

Anfangs rührte sich keiner von uns. Dann beugte sich Abe zu mir herüber, legte die Arme um mich und zog mich an sich. Er drückte seine Lippen auf meine, zunächst behutsam, doch ich merkte, wie ich meinen Körper dichter an seinen drängte, damit meine Brüste seinen Oberkörper berührten und ich mich mit den Händen an seinen Rücken klammern konnte.

Es war nicht das erste Mal, dass ich einen Jungen richtig küsste. Es hatte bereits ungelenke Versuche auf Schulpartys gegeben. Hinterher Scham. Aber mit Abe gefiel es mir, sehr sogar. Es gefiel mir, dass es sich so anfühlte, als würde er von mir kosten, und ich wollte, dass es weiterging und sich noch etwas mehr daraus entwickelte – nicht dieses beängstigende Stoßen, das wir in der Düne gesehen hatten.

Abes Hand glitt an meiner Seite hinunter und berührte fast meine Brust. Das löste ein neues Gefühl in mir aus, es war stark und etwas beängstigend. Ich veränderte leicht meine Haltung und spürte, wie seine Hand durch den Stoff meines Shirts meine Brust berührte und dort verharrte.

Ich trug keinen BH. Normalerweise hatte ich einen hauchdünnen Teenie-BH an – mehr als Zeichen dafür, dass ich jetzt in der Pubertät war, als dass er mir tatsächlich Halt bot –, doch es war zu kompliziert gewesen, ihn wieder anzuziehen, als wir uns nach dem Schwimmen umzogen.

Abe küsste mich erneut, und seine warme Hand ruhte fest auf meiner Brust.

»Danke.« Er hielt inne und blickte mich an.

Ich errötete. »Wir sollten wohl lieber zurückgehen.« Ich griff nach meinen Schuhen und zog sie wieder an, wobei ich es vermied, Abe anzusehen.

Dann gingen wir zum Strand hinunter – wir waren dieselben, die vor weniger als einer Stunde das Familienpicknick verlassen hatten, doch wir hatten uns ein kleines bisschen verändert, ebenso wie die Beziehung zwischen uns.

Bevor Abes Familie wieder nach Hause fuhr, tauschten wir Adressen aus, doch er schrieb mir nur einen einzigen Brief, den ich eine Weile zusammen mit dem Polaroidfoto von uns beiden in einer Kiste unter meinem Bett aufbewahrte. Obwohl ich auf mehr hoffte, war der Brief nichtssagend. Ich suchte zwischen den Zeilen nach etwas und wollte glauben, dass mir Abe mehr mitteilte als nur, dass Fred, seine Schildkröte, bei seiner Heimkehr verschwunden gewesen, schließlich aber in einem Blumenbeet wieder aufgetaucht war.

Obwohl ich es mir eigentlich vorgenommen hatte, schrieb ich ihm nie zurück. Ein paarmal begann ich einen Brief, doch jedes Mal hielt mich etwas zurück.

SUSSEX, 1965

Philosophisch gesehen hat das Universum nie etwas
nur ein Mal geschaffen. Die Erde ist etwas Besonderes,
mit nichts zu vergleichen? Nein, es gibt noch sieben andere
Planeten. Die Sonne? Nein, die Sonne bildet nur
einen der Punkte am Nachthimmel. Die Milchstraße?
Nein, sie ist eine von hundert Milliarden Galaxien.
Und das Universum – vielleicht gibt es
unzählige andere Universen.

NEIL DEGRASSE TYSON

ICH FREUTE MICH SO FÜR IHN, dass ich darüber meine eigene Enttäuschung ganz vergaß.

»Du hast gewonnen? Wie toll!«

»Ja.« Abe wirkte eher besorgt als erfreut. »Macht es dir gar nichts aus?«

»Warum soll es mir etwas ausmachen? Das ist genial!« Ich wollte ihn umarmen, doch etwas an seinem Verhalten hielt mich zurück. »Ich fasse es nicht, dass du vor allen anderen gewonnen hast!«

Cathy hatte uns auf den Wettbewerb »Entwirf ein Blumenbeet« in der Lokalzeitung aufmerksam gemacht.

»Aber mit Blumen kenne ich mich nicht aus, und Zeichnen kann ich auch nicht gut.«

Zuerst war ich nicht begeistert gewesen, aber man konnte einen Büchergutschein im Wert von zehn Pfund gewinnen, und im Buchladen in der Stadt gab es ein Buch, das ich mehr als alles andere begehrte: eine Ausgabe von *Gullivers Reisen* mit einem roten Ledereinband und goldenem Prägedruck. Die Seiten waren dick und cremefarben und an den Rändern ebenfalls rot. Es war das schönste Buch, das ich je gesehen hatte.

»Wir haben bestimmt noch irgendwo eine Ausgabe.« Mum hatte nicht verstanden, dass ich genau dieses Buch mit dem weichen Ledereinband haben wollte.

An einem Regentag, an dem wir im Haus festsaßen, entschieden Abe und ich, beide an dem Wettbewerb teilzunehmen. Wir hockten am Küchentisch, die kubanische Zigarrenkiste mit Buntstiften zwischen uns, und zeichneten unsere Blumenbeete. Sobald Abe anfing, war mir klar, dass ich kaum eine Chance hatte. Meine skizzenhaft hingeworfenen Farbflächen konnten nicht mit seinen fließenden Strichen mithalten.

Er hatte aus einem Buch echte Pflanzen herausgesucht und eine Kaskade aus Blumen verschiedener Höhe und Farbe entworfen. Meine ordentlichen, aber undefinierten Reihen in Rosa und Rot waren hübsch, aber Abes Blumenbeet wurde auf dem Papier geradezu lebendig.

»Du hast es dir verdient«, lobte ich ihn. »Dein Bild war das beste. Es ist so genial.«

Ich kriegte mich kaum ein, so freute ich mich für ihn. Die Stadt würde das Beet neben der Ampel am Stadtrand anlegen. Jeder, der vorbeikam, würde dort anhalten und es sehen. Und es war Abes Kreation.

»Aber es war deine Idee teilzunehmen, und …«

»Es war Cathys Idee, und das ist doch auch egal.«

Ich hatte nie wirklich daran geglaubt zu gewinnen, und bei Abe hatte ich eigentlich auch nicht damit gerechnet. An dem Wettbewerb konnten so viele Leute teilnehmen. Ganz East und West Sussex. Wie sollten zwei Zehnjährige mit all den Künstlern und Gärtnern in beiden Bezirken konkurrieren?

Der Buchgutschein war vollkommen vergessen. Ich hatte mir das Buch ohnehin zum Geburtstag gewünscht.

»Ich freue mich so sehr für dich«, sagte ich, und auf seinem Gesicht erschien ein breites Grinsen, das bis zu seinen Augen reichte.

Ich hatte ihn an meinem ersten Schultag bemerkt, als er sich allein auf der anderen Seite des Schulhofs an dem Drahtzaun herumdrückte, der das Gelände umgab, als ob er dachte, wenn er sich nur weit genug in die Maschen schöbe, könnte er vielleicht in ihnen verschwinden.

Er trug eine enorm dicke Brille, seltsam schlecht sitzende Kleidung und war gut eine Handbreit größer als die anderen Vierjährigen auf dem Schulhof. Seine gesamte Haltung drückte Unbehagen aus, die Art von Unbeholfenheit, die andere Kinder auf Abstand gehen lässt, auch wenn sie gar nicht gemein sein wollen. Bei mir löste es das Gegenteil aus.

Ich hatte eine Mandarine in der Tasche.

»Sei brav.« Mum hatte sie mir wie einen Glücksbringer in die Hand gedrückt.

Ich konzentrierte mich darauf, sie zu schälen, als ich auf den Jungen zuging, und versuchte, die Schale in einer durchgehenden langen Schlange abzuziehen.

Er blickte auf und lächelte etwas unsicher.

»Willst du ein Ferkel?« Ich bot ihm ein Stück an.

»Ein Ferkel?« Er schien verwirrt.

»Ein Stück Mandarine.«

»Warum soll das ein Ferkel sein?«

»Weil das ein Ferkel ist.«

Später fand ich heraus, dass das Wort ein Relikt der irischen Wurzeln meiner Mutter war, ein Begriff, der nur in ihrer Familie existierte. Jeder außer ihr bezeichnete Teile von Zitrusfrüchten als Schnitze.

»Danke.«

»Hast du Lust, da runterzuspringen?« Ich deutete mit dem Kopf zu einer Ecke auf dem Schulhof, in der ein Blumenbeet von verschiedenen kleineren Felsen begrenzt war, die am Rand vom nüchternen Asphalt des Schulhofs eine Reihe bildeten, auf der man entlangbalancieren konnte.

»Warum?« Noch immer unsicher, aber bereit, mir zu folgen, trat er ein kleines Stück vor.

»Aus Spaß.« Ich brachte ihn dazu, es zu versuchen.

»Aus Spaß«, wiederholte er ernst, folgte mir jedoch, als ich auf den ersten Stein stieg und von dort zurück auf den Asphalt sprang. Lächelnd blickte ich mich nach ihm um und ermunterte ihn, es mir gleichzutun.

Die nächsten Minuten sprangen wir von Stein zu Stein, von Stein zu Boden, Runde um Runde, lächelnd, ohne etwas zu sagen.

»Das macht Spaß.« Er lachte.

»Mir ist heiß.« Ich zog den Mantel aus und hängte ihn an dem eingenähten Namensschild am Zaun auf.

Wie aufs Stichwort fragte er mich nach meinem Namen.

Ich zögerte. »Da steht TRENT.«

»Ist das dein Nachname?«

»Ja. Auf den Namensschildern steht Jon Trent Catherine. Jon und Cathy sind mein Bruder und meine Schwester. Meine Mum näht die Schilder ein. Ich habe nur Trent bekommen.«

»Ich bekomme nur alte Sachen«, antwortete er, zog seinen Mantel aus und trat einen Schritt näher. »Wie heißt du richtig?«

»Ivy.«

Ich hasste meinen Namen. Ich war nach meiner Großmutter mütterlicherseits benannt, einer der vielen Verwandten meiner Mutter, die schon vor meiner Geburt gestorben waren. Es war der Name älterer Menschen und einer giftigen Pflanze. Man konnte ihn nicht verkürzen oder verlängern, nur kommentieren.

»Das ist ein schöner Name.«

Erleichterung, Wärme durchströmte mich.

»Und wie heißt du?«

»Abraham.« Er trat verlegen von einem Fuß auf den anderen, als wäre ihm sein Name genauso peinlich wie mir meiner. »Aber alle nennen mich Abe.«

»Ivy und Abe.« Das klang gut, es gefiel mir.

Als es geschah, hatte ich mich daran gewöhnt, dass unsere Namen in einem Atemzug genannt wurden: »IvyundAbe«.

An der Art, wie Mum und Dad redeten, merkte ich, dass etwas Schlimmes passiert war.

Sie sprachen nicht viel miteinander. Nicht, dass sie sich bewusst ignoriert hätten, es lag eher daran, dass das Familienleben ihnen nicht viel Zeit für sich ließ. Es war ungewöhnlich, wenn einer von ihnen den anderen auf ein Wort bat. Sie brachten uns auch nie zusammen ins Bett. Erst kam Dad, wechselte ein paar Worte mit uns und gab uns einen flüchtigen Kuss. Danach Mum.

Dad saß auf meiner Bettkante und berichtete von seinem Tag, was für mich so exotisch war, als lese er mir aus dem Hobbit vor.

»Du rätst nie, was Mr. Piper heute gemacht hat!« Er verlieh seinem Chef die geheimnisvolle Aura von Gandalf aus *Herr der Ringe*.

»Was?«

»Er hat an seinem Schreibtisch einen Joghurt gegessen!«

»Er hat an seinem Schreibtisch einen Joghurt gegessen?« Ich war entzückt. Das war das Albernste, das jemand tun konnte. Dass ein erwachsener Mann, der in einem Büro arbeitete, einen Joghurt an seinem Schreibtisch aß. Wer aß überhaupt Joghurt? Niemand.

Ich hörte das Telefon klingeln, was zu dieser Abendstunde ungewöhnlich war, aber Dad achtete nicht darauf.

»Doch, das hat er! Eigens zu diesem Zweck verwahrt er einen Löffel in seiner Schublade!«

»Eigens zu diesem Zweck!«

Wenn ich das Abe erzählte! Bestimmt würde er genauso darüber lachen wie ich.

Dann kam Mum herein. »Kann ich dich kurz sprechen?«

»Aber er hat mir noch nicht richtig Gute Nacht gesagt. Und du hast mir noch keinen Kuss gegeben.«

Mum kam an mein Bett und gab mir einen Kuss. Das war alles. Das abendliche Ritual war völlig durcheinandergeraten. Mr. Piper aß Joghurt an seinem Schreibtisch mit einem Löffel, den er »eigens zu diesem Zweck« verwahrte – auf einmal war das nicht mehr lustig, aber ich wusste nicht, warum.

Ich lauschte auf ihre Schritte draußen auf der Treppe, hörte die Türen und das Murmeln direkt unter meinem Zimmer, verstand jedoch nicht, was sie sagten.

Vielleicht zehn Minuten, vielleicht eine Dreiviertelstunde später, kam Mum wieder nach oben. Ich tat, als würde ich schlafen, als sie sich über mich beugte, mir übers Haar strich und mich auf die Wange küsste. Ihr Gesicht war nass.

»Mum?«

»Ich dachte, du würdest schlafen.« Ihre Stimme klang ganz falsch.

»Was musstest du mit Dad besprechen?«

»Ach, Ivy.« Sie holte tief Luft. »Das erzähle ich dir morgen. Du musst jetzt schlafen.«

»Aber ...«

»Schlaf jetzt. Mach dir keine Sorgen. Bis morgen, Schätzchen.«

Das Kosewort war verräterisch. Liebevolle Kosenamen waren so selten wie Mars-Riegel und Schimpfwörter. Und wenn einem jemand nicht sagt, was los ist, stellt man sich sofort das Schlimmste vor.

Am nächsten Tag schickten mich Mum und Dad zur Schule und versicherten mir, dass alles »in Ordnung« sei, doch sobald ich dort war, wusste ich, dass das nicht stimmte.

Und Abe war nicht in der Schule.

Ich brauchte seine Gegenwart. Sie beruhigte mich. Ich wollte ihm von Mr. Piper erzählen, der Joghurt an seinem Schreibtisch aß. Ihn zum Lachen bringen. Ich hätte ihm vielleicht sogar erzählt, dass Mum und Dad sich merkwürdig verhielten, und vielleicht hätte er mir erzählt, dass seine Eltern sich auch wegen etwas sorgten.

Abes Tisch war leer, und unsere Lehrerin benahm sich merkwürdig. Sie las Abes Namen aus dem Klassenbuch nicht vor, wie sie es sonst tat, auch wenn sie bereits wusste, dass ein Kind fehlte.

»William?«, pflegte sie dann zu sagen. »Ach nein, William ist heute krank.«

Als sie die Stelle im Klassenbuch erreichte, an der normalerweise Abes Name folgte, kam kein »Abe?«. Keine Pause und dann: »Ach, Abe kommt heute nicht, weil …«

Sie übersprang den Namen einfach und machte gleich mit Rachel und Stephen weiter.

Ich hob die Hand.

»Ja, Ivy?« Sie beschäftigte sich mit etwas auf ihrem Schreibtisch.

»Sie haben Abes Namen nicht aufgerufen. Er ist heute nicht da.«

»Ich weiß, Ivy«, sagte sie mit einer Stimme, die ich noch nie gehört hatte.

Die Lehrerin, die auf dem Schulhof Aufsicht führte, entdeckte mich, als ich weinte.

»Ach, Ivy. Armes Ding.«

»Warum?«

»Du musst ja durcheinander sein«, sagte sie freundlich und bedeutete mir, mich neben sie auf die Mauer zu setzen, die den Schulhof umschloss.

»Ist Abe etwas zugestoßen?«

»Ich dachte, du wüsstest es, Schätzchen. Abe geht es gut, Ivy. In ein paar Tagen kommt er wieder zur Schule. Du musst dir seinetwegen keine Sorgen machen. Vielleicht sollten wir deine Mum bitten, dich abzuholen und mit nach Hause zu nehmen?«

»Ivy, komm zu uns«, rief mich ein Mädchen zu einer spielenden Gruppe.

Und ich gesellte mich zu ihnen.

»Ich habe Donuts mitgebracht«, sagte Mum, als sie mich von der Schule abholte.

»Zum Tee?« Bei uns gab es nie Donuts zum Tee.

»Ja.«

Sie setzte ein Lächeln auf, doch der Rest ihres Gesichts blieb davon unberührt. Ihre Augen strahlten nicht, und um ihre Augen bildeten sich keine Fältchen.

»Was ist passiert?«

»Beim Tee.«

Schweigend gingen wir nach Hause.

Abe war der Jüngste von fünf Geschwistern. Alan war drei Jahre älter als mein Bruder Jon, Jackie in dem Jahrgang über ihm. Kirsty in der Stufe zwischen Jackie und meiner Schwester Cathy und Tessa eine Stufe darunter. Sie wohnten in einem alten Bauernhaus auf dem Land, das von unserer Schule ebenso weit entfernt war wie von einer anderen.

»Wenn du nicht auf diese Schule gegangen wärst, hätten wir uns nie getroffen«, sagte ich immer zu ihm.

Manchmal holte Abes Mum die Kinder mit dem Auto von der Schule ab. Wenn das Wetter gut war, gingen sie normalerweise zu Fuß. Hin und wieder, wenn einer der Älteren mit dem Fahrrad fuhr, durfte Abe auch mit dem Fahrrad fahren.

Wenn ich im Sommer nach der Schule manchmal mit zu Abe fuhr, um in dem großen Garten oder in den ungenutzten Ställen zu spielen, hing seine Mum mit ihrem Wagen oft hinter Lastwagen mit Heuballen fest. Sie kamen nur langsam voran, und Mrs. McFadden fuhr noch langsamer, um Abstand zu halten.

»Ivy, es ist etwas Schlimmes passiert.« Mum saß neben mir am Küchentisch. »Du weißt doch, dass Mrs. McFadden immer großen Abstand zu diesen Lastern mit den Heuballen gehalten hat?«

Ich nickte.

»Ich dachte immer, sie wäre ein bisschen überängstlich.« Mum trank einen Schluck von ihrem Tee. »Vorvorgestern war einer auf der Straße unterwegs, und die Ballen waren nicht richtig gesichert. Überhaupt nicht.« Sie zögerte. »Kirsty ist mit dem Rad von der Schule nach Hause gefahren.« Sie holte tief Luft.

»Wäre sie nur eine oder zwei Sekunden später gekommen, wäre alles okay gewesen. Aber sie ist hinter dem Laster hergeradelt, und als die Ballen herunterfielen, hat einer sie erwischt und vom Fahrrad geworfen.«

»Ist sie verletzt?«

»Ivy.« Mum nahm meine Hand. »Ich glaube, weil sie aus einer solchen Höhe heruntergefallen sind, haben sie sie mit der Wucht eines riesigen Felsblocks getroffen. Und sie ist auf die Straße gestürzt.«

Ich sagte nichts.

»Sie hatte einen Schädelbruch, Ivy«, sagte Mum.

»Aber sie kommt wieder in Ordnung?«

»Nein. Nein, es tut mir so leid, Schatz. Der Rettungswagen hat sie ins Krankenhaus gebracht, aber man hat nichts mehr für sie tun können.«

»Du meinst …?« Ich konnte es nicht aussprechen.

»Sie ist tot, Ivy. Sie ist auf dem Weg ins Krankenhaus gestorben.«

Ich nickte und kämpfte mit den Tränen.

»Sollen wir mit dem Hund spazieren gehen, Süße?«

Eine dieser unlogischen Schlussfolgerungen, die damals völlig normal schienen.

Als Abe nach dem Wochenende wieder zur Schule kam, wollte ich etwas zu ihm sagen, wusste aber nicht, was.

Nicht nur ich sagte nichts. Auf unsere Schule gingen knapp hundert Schüler. Alle kannten Abe und Tessa, und alle wussten, dass Kirsty gestorben war, aber ich glaube nicht, dass irgendjemand jemals etwas zu einem von beiden gesagt hat.

»Abe, würdest du mir helfen, die Bücher wegzuräumen?«, kam unsere Lehrerin am Ende des morgendlichen Unterrichts an dem Tag, als er zurück war, auf Abe zu. Es war eine fürsorgliche Geste, und ich tat es ihr gleich, als ich in der Pause meine Mandarine herausholte.

»Willst du ein Ferkel?«, war wohl das, was einer Beileidsbekundung von meiner Seite am nächsten kam.

Auch vor Kirstys Tod hatten die McFaddens nie Urlaub gemacht. Mr. McFadden war ab und an beruflich unterwegs. Er war in Berlin und an der Mauer gewesen und in Washington und New York, wo es ihm sehr gut gefallen hatte. Er brachte

Schallplatten von Bands mit, von denen ich noch nie gehört hatte: Little Richard, The Mamas and The Papas und Woodie Guthrie, der auf dem Plattencover unter einer Mütze hervorblickte, wie er auch eine besaß.

»Ich würde gern mal mit der Familie nach Amerika reisen«, sagte er. »Aber das ist teuer. Wir müssen warten, bis ich im *Toto* gewinne.«

»Und das kann noch lange dauern, weil du eigentlich nie spielst«, erwiderte seine Frau.

Sie schienen sich keine Gedanken über Urlaub zu machen. Stattdessen hatten sie ein riesiges Zelt für zehn Personen, das sie den ganzen Sommer über hinten im Garten aufgebaut hatten. Darin zeltete ich.

»Darf Ivy über Nacht bleiben?«

»Natürlich«, antwortete Mrs. McFadden, während sie uns beiden ein Stück Kuchen abschnitt. »Wie viele Minuten, Ivy?«

Abes Mum unterteilte runde Kuchen und Torten in Minuten anstatt in ungefähre Größen oder Bruchzahlen.

»Vier, bitte! Ist es auch wirklich okay, wenn ich bleibe?«

»Natürlich. Du musst nicht fragen. Du gehörst zur Familie.«

Ich mochte es, wenn sie das sagte, und die Nächte im Garten der McFaddens gefielen mir besser als die Ferien, die wir in einem Wohnwagen in Wales verbracht hatten. Es waren immer so viele Leute da.

»Abe, du und Ivy, ihr sucht Holz.« Glücklich nahmen wir Jackies Anweisungen entgegen, wenn er die Vorbereitungen für ein Lagerfeuer überwachte.

»Seid mal ruhig. Jetzt ist Ivy dran«, hatte Tessa immer alle zum Zuhören ermahnt, wenn wir reihum am Feuer eine Geschichte erzählten.

»Beweg das Messer von deinem Körper weg, Ivy.« Alan brachte

mir bei, wie man einen Stock schnitzte und damit Marshmallows grillte.

Sie alle gaben mir das Gefühl, zur Familie zu gehören, und ich war gern bei ihnen. Aber ich freute mich auch darauf, wenn alle zu zweit oder zu dritt in ihren Zimmern verschwanden und ich mich neben Abe in meinen Schlafsack kuscheln konnte.

Morgens weckte uns Fred, Abes Schildkröte, deren Namen wir, für den Fall, dass Fred verloren gehen sollte, in großen weißen Buchstaben auf den Panzer gemalt hatten. Abe ließ ihn im Vorzelt, wo er Gras fressen konnte, und wenn die Sonne aufging, hörten wir, wie er mit der Nase die Wand von unserem Schlafzelt erforschte und lautstark schnaufte, als bitte er um Einlass.

Doch in dem Sommer nach Kirstys Tod wurde das Zelt nicht aufgebaut. Es zu montieren war eine riesige Gemeinschaftsaktion. So viele Stangen mussten zum richtigen Zeitpunkt in die richtigen Öffnungen des Zeltes geschoben werden. Alle McFaddens brauchten gemeinsam einen ganzen Tag, um es aufzubauen. Es war, als würde man ein riesiges Gebäude aus Meccano bauen und es mit komplizierten Zeltplanen überziehen – es war eins der Rituale des Sommers, die Abe am meisten liebte. Zuzusehen, wie das Stahlgerüst des Zeltes Gestalt annahm, machte ihm ebenso viel Spaß wie die Gebäude, die er in seinem Zimmer zusammenschraubte.

Doch zwei Wochen nach Kirstys Beerdigung, als die Sommerferien begannen, blieb das Zelt in seiner Verpackung im Stall.

Ich ging noch immer zu den McFaddens, spielte mit Abe – doch er war stiller, gedämpft.

Wir redeten nicht über Kirsty. Ich wollte ihn fragen, ob er sie vermisste, aber ich fand nie den richtigen Moment oder die passenden Worte.

»Schade, dass ihr dieses Jahr nicht das Zelt aufbaut.« Wir saßen auf einem Baumstumpf am Fluss, der durch den Wald hinter McFaddens Garten floss.

»Ich weiß.« Abe hob Baumrinde auf und warf sie gedankenverloren in den Fluss.

»Wollte es dein Vater nicht aufbauen?«

»Ich weiß nicht.«

»Wahrscheinlich nicht.«

»Ich glaube nicht, dass er überhaupt daran gedacht hat.«

»Stimmt.« Ich nickte. »Schade, dass es so groß ist.«

»Warum das?«

»Na ja, es ist zu groß, um es ohne deinen Dad oder die Hilfe von allen anderen aufzustellen«, meinte ich. »Und ich weiß, dass sie nicht können.«

»Wir haben noch ein Zelt.« Abe sah mich auf einmal an.

»Wirklich?«

»Ja, ein kleines. Jackie hat es einmal für ein Pfadfinderlager gebraucht.«

»Und es ist deins?«

»Ja, ich glaube, es ist in der Garage.«

»Der Garage?«

»Ja. Wir könnten es ganz leicht aufbauen.«

»Vielleicht sollten wir deine Eltern fragen, ob sie es erlauben?«

»Die haben nichts dagegen.« Abe sprang von dem Baumstumpf.

»Ich glaube, es ist besser, wenn wir sie fragen. Vielleicht wollen sie nicht, dass jemand zeltet.«

»Warum denn nicht?«

»Vielleicht wollen sie es einfach nicht.«

»Okay. Aber ich glaube nicht, dass sie etwas dagegen haben, nicht, wenn wir es allein aufbauen können.«

Er hatte recht.

»Klar« war alles, was Mrs. McFadden über die Lippen brachte. Sie wirkte desinteressiert, auch als Abe fragte: »Darf Ivy heute über Nacht bleiben, wenn wir es aufbauen? Rufst du ihre Mum an?«

»Meinetwegen, Abe.«

»Ich muss nicht bleiben, wenn es zu viele Umstände macht«, beteuerte ich. »Es war nur so eine Idee.«

Sie lächelte ein kleines trauriges Lächeln. »Ach, Ivy, du bist süß.« Sie stand vom Küchentisch auf und strich mir kurz über den Kopf, wobei sie so etwas wie »Tizian« murmelte, während sie Richtung Flur davonging. »Ich rufe deine Mum an.«

Als meine Mutter später mit einem Schlafsack und meiner Übernachtungstasche auftauchte, waren wir im Garten, und das Zelt war schon fast aufgebaut.

»Ich begrüße nur kurz Mrs. McFadden. Ich verabschiede mich von dir, bevor ich nach Hause fahre.«

Als wir fertig waren, war sie noch nicht da gewesen, darum gingen wir ins Haus, wo wir sie in der Küche entdeckten. Abe blieb vor mir stehen. »Lass uns nach oben gehen und Kopfkissen holen.«

»Aber …«, hob ich an, doch dann sah ich, was er bereits durch die Küchentür gesehen hatte: Mrs. McFadden saß am Tisch, den Kopf in den Armen vergraben, ihr Körper bebte sacht. Mum saß schweigend neben ihr und hatte den Arm um ihre Schultern gelegt.

Als sie später herauskam, sah sie traurig aus, gab sich jedoch besonders fröhlich. »Tschüs, Ivy.« Sie steckte den Kopf durch die Zeltöffnung. »Mensch, das ist ja gemütlich hier drin. Mach mir keine Scherereien, ja?«

»Nein.«

Als die Zeit zum Abendessen gekommen war, hatte Abes Mum sich wieder gefasst.

»Es gibt Schinken und Salat«, sagte sie.

Alles wirkte normal und war gerade deshalb so eigenartig.

Als wir im Dunkeln im Zelt lagen, fragte ich Abe: »Geht es deiner Mum gut?«

»Ich habe die Taschenlampe in die Tasche neben der Tür gesteckt«, erwiderte er.

»Okay.«

Ich beließ es dabei und wechselte das Thema. »Das Zelt gefällt mir. Komisch, dass es die ganze Zeit in der Garage gelegen hat.«

»Was ist daran komisch?«

»Nur, dass ich es nicht wusste.«

»Es gibt noch mehr, was du nicht weißt.«

Ich wusste nicht, ob er sauer war.

»Mum soll diese Pillen nehmen, aber das macht sie nicht immer. Dad hat die Schachtel heute Morgen im Badezimmerschrank gefunden, und da waren noch zu viele drin. Daran hat er es gemerkt.«

»Oh.« Es war mir peinlich, weil ich schon einmal Pillen im Bad gefunden hatte. Ich war nach der Schule hier gewesen, und Abe hatte Kopfschmerzen. Er hatte seine Brille in der Schule vergessen, und Mrs. McFadden meinte, es könne daran liegen. Sie sagte, ich solle im Badezimmerschrank nach Aspirin sehen.

»Da sind keine«, erklärte ich, als ich zurückkam, und hielt die einzige Tablettenschachtel in der Hand, die ich hatte finden können. »Ich habe nur die hier entdeckt.«

Es waren winzige Pillen, kleiner als Aspirin, die in einem Alustreifen steckten und jede mit einem Wochentag beschriftet waren. Die Hälfte fehlte bereits.

»Gib sie mir.« Sie hatte mir die Schachtel weggenommen, und Jackie hatte gelacht. »Das reicht, Jackie.«

»Es tut mir leid«, sagte ich, unsicher, was ich falsch gemacht hatte.

»Ich sehe selbst nach.« Sie nahm die Schachtel mit nach oben, und Jackie grinste.

»Was ist los?«

»Das sind Mums Antibabypillen, Ivy.« Jackie sah mich an, als würde er eine Reaktion erwarten, doch ich war lediglich verwirrt.

»Ach ja.«

»Damit sie nicht schwanger wird, du Dummerchen.«

Er grinste, und ich merkte, wie ich rot anlief.

Ich wusste, was passieren musste, damit eine Frau schwanger wurde. Ich wusste nicht, dass Leute das auch noch machten, nachdem sie schon fünf Kinder hatten. Hatte mir Abe erzählt, dass seine Mum noch ein Baby bekommen würde? Ich traute mich nicht zu fragen.

»Ist es wegen Kirsty?«, fragte ich stattdessen in dem dunklen Zelt.

»Ja. Irgendwie schon. Ich schlafe jetzt.«

Er drehte sich um und zog den Schlafsack bis ans Kinn nach oben.

»Nacht, Abe.« Ich tat, als würde ich schlafen. Keine Ahnung, wie lange wir da lagen, bevor Abe zu weinen begann. »Abe?«, flüsterte ich, weil es Nacht und so ruhig war. Ich hatte ihn noch nie weinen sehen. Niemals.

»Tut mir leid.« Das leise Schluchzen verstärkte sich.

»Weshalb?«

Er antwortete nicht. Ich sah die Umrisse seines Rückens, der sich unter dem Schlafsack hob und senkte. Vorsichtig schob ich einen Arm aus dem Schlafsack und legte ihn auf seine Schulter. »Was ist denn los, Abe?«

Er drehte sich zu mir um, und sogar in der Dunkelheit konnte ich sehen, dass sein Gesicht tränenüberströmt war. »Manchmal halte ich es einfach nicht mehr aus.« Er schob den Schlafsack ein Stück nach unten und rückte zu mir herüber, sodass ich ihn jetzt richtig im Arm hielt.

»Schon gut«, tröstete ich ihn, wie meine Mutter mich tröstete, wenn ich aufgelöst war. »Ist ja gut.« Ich rückte näher und strich ihm übers Haar.

Schließlich beruhigte sich sein Atem, und als ich dachte, er wäre eingeschlafen, löste ich meinen Arm, um mich wieder auf meine Seite des Zelts zu legen.

Doch er schlief nicht. »Bleib«, bat er. »Ich will nicht allein sein.«

Ich rückte mein Kopfkissen dichter an seins und kuschelte mich in seine Armbeuge, dann schliefen wir ein.

So lag ich noch, als ich davon erwachte, dass Mrs. McFadden die Zeltklappe beiseite zog und durch die Öffnung hereinspähte.

»Oh«, sagte sie, als sie uns entdeckte. Das war alles.

Sie ließ die Zeltklappe offen und ging weg.

Abe schlief noch, als ich mich aus seiner Umarmung löste und auf meine Seite des Zelts zurückkroch. Ich war mir nicht sicher, wie viel von der vorherigen Nacht in seinem Gedächtnis geblieben war, aber ich fühlte mich seltsam, als wir zum Frühstück hineingingen und seine Mum fragte, ob wir Toast und Cornflakes wollten.

»Ich muss nach dem Frühstück in die Stadt und bringe Ivy bei der Gelegenheit nach Hause«, fügte sie hinzu.

Auch als ich im Auto neben ihr saß, kam ich mir ein bisschen seltsam vor. Ich war mir nicht sicher, warum. Ich wusste nicht, was ich falsch gemacht hatte oder ob ich überhaupt etwas falsch gemacht hatte.

Bald darauf erfolgte ein weiterer Anruf.

Ich nahm das Gespräch am frühen Abend an.

»Bist du das, Ivy?« Es war Abes Dad.

»Ja.«

»Kann ich bitte deine Mutter sprechen?«

Er rief nie an. Ebenso wenig wie mein Vater zu Hause telefonierte, nicht privat. Im Büro führte er Geschäftsgespräche, Mr. McFadden manchmal auch zu Hause. Aber er hatte noch niemals hier angerufen. Mrs. McFadden telefonierte mit meiner Mutter, um zu plaudern oder wegen irgendwelcher Verabredungen zwischen Abe und mir.

»Ich gehe sie holen.«

Ich drückte mich in der Nähe herum, weil ich wissen wollte, worum es ging, doch Mum wedelte mit der Hand und scheuchte mich hinaus in den Flur.

»Was wollte er?«

»Abe übernachtet heute hier.« Keine weitere Erklärung. »Ich hole ihn ab.« Sie suchte nach ihren Autoschlüsseln.

»Darf ich mitkommen?«

»Nein, Ivy. Du bleibst hier. Es dauert nicht lange.«

Es dauerte eine halbe Stunde.

Abe wirkte durcheinander, als er ohne Übernachtungssachen bei uns eintraf, und Mum war etwas zu sehr um sein Wohlergehen besorgt.

»Möchtest du eine Tasse Tee? Oder willst du etwas essen? Soll Ivy deine Sachen nach oben bringen? Ich suche dir einen alten Pyjama von Jon heraus. Möchtest du ein bisschen fernsehen? Ivy setzt sich zu dir.«

»Ist etwas passiert?«, fragte ich Abe, als wir allein waren.

»Mum ist im Krankenhaus«, sagte er, ohne mich anzusehen.

»Oh. Ist sie krank?«

»Jackie musste den Rettungswagen rufen. Er hat sie im Auto in der Garage gefunden.«

»Oh«, sagte ich, als würde ich verstehen. Was jedoch nicht stimmte.

Ein Jahr später herrschte beinahe wieder Normalität bei den McFaddens, und das Haus füllte sich wieder mit Bekannten und Freunden.

Die große Neuigkeit war, dass Peter Van der Zee, der fast als Prominenter galt, das benachbarte Bauernhaus gekauft hatte. Ihm gehörte die gleichnamige Kette für Herrenbekleidung mit Filialen in Surrey, Sussex und Kent.

Damals gab es fast in jedem Ort ein Geschäft von Van der Zee. Dort kaufte jeder Mann, der einer Arbeit nachging, Anzug, Hemden und Krawatten. Ich war mit meiner Mutter in der nächsten Filiale gewesen, um Anzüge abzuholen, die Dad gekauft und noch hatte ändern lassen. Einmal musste ich eine Krawatte zurückbringen, die Dad gefiel, bis er herausfand, dass Mr. Piper die gleiche besaß.

»Dad hat letzte Woche eine neue Krawatte bei Van der Zees gekauft«, berichtete ich Abe. »Sie war blau mit einem roten Wirbelmuster, sodass sie von Weitem mehr rot als blau wirkte.«

»Psychedelisch«, erwiderte Abe und öffnete dabei weit die Augen.

Ich hatte das Wort noch nie zuvor gehört und keine Ahnung,

was es bedeutete. »Jetzt musste ich sie zurückbringen. Und du rätst nicht, warum.«

»Warum?«

»Mr. Piper hat genau die gleiche Krawatte!«

»Oh.« Abe malte mit der Schuhspitze Wirbel in die Erde, und ich fragte mich, ob meine Geschichten von Mr. Piper ihn allmählich langweilten oder ob es ihn nur einfach mehr interessierte, dass Mr. Van der Zee das Bauernhaus nebenan gekauft hatte.

Wenn wir von der bevorstehenden Ankunft von Peter Van der Zee sprachen, erschufen Abe und ich eine Fantasiegestalt, die wenig Ähnlichkeit mit dem Menschen hatte, der tatsächlich in das Haus einzog. Dass er Läden für Herrenbekleidung besaß, verlieh ihm in unserer Vorstellung einen Hauch von Exotik – ebenso wie der Name. Wenn man aus Zee war, hätte man genauso gut aus Samarkand oder aus dem Weltall stammen können.

Als schließlich der Umzugswagen zusammen mit dem Auto der Familie eintraf, erwarteten wir eine »psychedelische« Gestalt in einem Samtanzug, der Zigarre rauchte und spitze Schuhe trug.

Stattdessen stieg ein ganz normal aussehender Mann mittleren Alters mit einer netten Frau und zwei Kindern aus dem Wagen. Mit den Kindern konnten wir altersmäßig nicht viel anfangen. Der eine studierte bereits Mandarin in Oxford – ein Fach, das auf uns ebenso exotisch wirkte wie unsere ursprüngliche Vorstellung von Mr. Van der Zee. Die jüngere Tochter machte ihr Abitur an der Boarding School in Dorset. Von daher waren Mr. und Mrs. Van der Zee quasi kinderlos und schon halb im Ruhestand.

Sie steckten ihre gesamte Energie in das neue Haus, renovierten Küche und Badezimmer, errichteten Gewächshäuser und Gartenpavillons und waren dazu auch noch freundlich. Sie führten ihre Hunde spazieren und grüßten etwas lauter als alle anderen. Sie hielten den Wagen an und kurbelten das Fenster herunter, um ein Schwätzchen zu halten, und Mrs. Van der Zee, die mit Vornamen Barbara hieß, lud Frauen zum Kaffeekränzchen und Paare zum Cocktail ein.

Pam McFadden gehörte zu den Ersten und, weil sie nebenan wohnte, auch zu denjenigen, die sie am häufigsten auf eine Tasse Instantkaffee einlud. Darum brachte auch sie die Nachricht von dem Swimmingpool mit. Die Van der Zees würden einen bauen. Einen richtigen, in die Erde eingelassenen Außenpool, nicht einen von diesen Metallgestellen, für die in der Sonntagsbeilage geworben wurde.

»Der Pool ist fast fertig.« Mrs. Van der Zee hielt mit dem Wagen vor dem Haus der McFaddens. »Wollt ihr mitkommen und ihn euch ansehen?«

»Ja, bitte.«

Es war ein Wunder. Ein großes Loch mit unzähligen blauen Kacheln und ein paar Arbeitern darin.

»Sie versiegeln ihn gerade«, erklärte sie. »Aber nächste Woche sollte man ihn benutzen können. Das Wasser wird anfangs noch ein bisschen kalt sein, aber kommt vorbei und weiht ihn mit uns ein, ja?«

»Wirklich?«

»Na klar. Wozu denn das alles, wenn sich keine Kinder darin vergnügen? Kann ich euch etwas zu trinken oder zu essen anbieten, bevor ihr wieder nach Hause geht? Im Kühlschrank ist Coca-Cola.«

»Ja, gerne.«

»Ja, vielen Dank.«

Ich hatte noch nie Coca-Cola getrunken und war auch noch nie in einem Außenpool geschwommen.

Anfang Mai war es dann so weit. Das Wasser war zwar noch kalt, aber das störte zwei Zehnjährige nicht.

»Ihr könnt euch im Badehaus umziehen, wenn ihr wollt«, bot Mrs. Van der Zee an, als wir das erste Mal zum Schwimmen kamen.

Ich trug meinen Badeanzug schon unter meinen anderen Sachen und wurschtelte unter meinem Handtuch herum. Ein Badehaus zum Umziehen war überflüssig. Bis ein paar Wochen später das Wetter und das Wasser wärmer waren und plötzlich ein Sturm aufkam. Mrs. McFadden und Mrs. Van der Zee saßen an einem Tisch am Pool, tranken Instantkaffee und plauderten. Während Abe und ich Brustschwimmen übten, blickten sie immer wieder zum Himmel hinauf.

»Du musst den Kopf eintauchen und Arme und Beine gleichzeitig bewegen, wie ein Frosch«, erklärte ich bestimmt. Eigentlich hatte ich keine Ahnung, aber ich liebte das Gefühl, im Wasser zu sein. Und ich wollte, dass Abe es auch liebte.

»Es steigt mir immer in die Nase«, beklagte er sich.

»Du musst ausatmen, wenn dein Kopf unter Wasser ist, sodass du direkt wieder einatmen kannst, wenn du hochkommst.«

Ich holte tief Luft und tauchte mein Gesicht unter Wasser, um es ihm zu demonstrieren. Auf meinem Rücken landeten ein paar Wassertropfen.

»Hör auf herumzuspritzen und probiere es«, keuchte ich, als ich zum Luftholen auftauchte.

»Ich habe nicht herumgespritzt. Es regnet.«

Abe hatte recht. Dicke fette Regentropfen prasselten auf die

Wasseroberfläche nieder. Seine Mum und Mrs. Van der Zee sammelten ihre Kaffeetassen ein und liefen zum Haus.

»Dürfen wir im Pool bleiben?«, fragte Abe. »Wir sind ja schon nass.«

»Okay, meinetwegen schon. Ich lege eure Kleider und die Handtücher ins Badehaus.« Mrs. Van der Zee nahm unsere Sachen mit.

»Danke«, riefen wir, während sie zu dem Holzhäuschen lief, in dem die Reinigungsmittel aufbewahrt wurden.

»Das hört gleich wieder auf.« Abe blickte zuversichtlich zum Himmel.

Das tat es nicht. Der Regen nahm zu, und die Oberfläche des Pools begann, unter dem Druck zu wogen. Es war fast wie eine kabbelige See.

»Ich glaube, ich gehe jetzt lieber raus.«

»Ich auch.« Abe folgte mir die Leiter hinauf, und wir liefen das kurze Stück über die Steinplatten zum Badehäuschen.

Abe nahm sein Handtuch und trocknete sich ab, doch meins fehlte in dem Stapel, den Mrs. Van der Zee auf die Holzbank auf der einen Seite der Hütte gelegt hatte.

»Mein Handtuch ist nicht da.«

»O nein! Du kannst gleich meins haben.« Abe schlang es um seine Hüfte und fummelte darunter herum, zog die Badehose aus und die Unterhose an. »Hier.« Er reichte mir das nasse Handtuch, und ich vollführte ebenfalls einen Handtuchtanz, wand mich darunter aus meinem nassen Badeanzug und zog trockene Unterwäsche an.

»Wenn wir wieder rausgehen, werden wir ganz nass.« Abe blickte aus dem Fenster. »Was wollen wir tun?«

»Meinst du, Mrs. Van der Zee hat was dagegen, wenn wir die Matten benutzen?«

An der Wand lehnten die Schaumstoffmatten, auf denen die Van der Zees gern am Pool lagen.

»Wir stellen sie wieder zurück.« Abe zog die Matten heraus und legte sie nebeneinander, lehnte sie aber gegen die Bank, sodass daraus ein bequemes Sofabett wurde.

»Au.« Ich zerrte an dem Gummiband, mit dem ich mir auf Anweisung meiner Mutter beim Schwimmen die Haare zu einem Zopf zusammenbinden musste. »Das ziept.«

»Dreh dich um«, forderte Abe mich auf, und ich wandte ihm den Rücken zu, sodass er vorsichtig den Rest meiner Haare von dem Gummiband befreien und die drei geflochtenen Strähnen voneinander lösen konnte, damit sie trockneten.

»Dein Haar ist so dunkel, wenn es nass ist«, stellte er fest. »Es ist wie …«

»Nicht so fuchsrot?« Ich fand es schrecklich, wenn mich in der Schule jemand Füchschen nannte, doch es Abe gegenüber selbst so zu bezeichnen fand ich nicht schlimm.

»Es ist gar nicht fuchsfarben. Es ist rot.«

»Ich mag es trotzdem nicht«, erklärte ich, was stimmte, jedoch eigentlich weniger das Haar an sich betraf als die Kommentare, die ich mir anhören musste.

»Ich schon.« Abe löste das letzte Stück von meinem Zopf. »Es hat so viele verschiedene Farben. Fertig!« Er strich die losen Strähnen mit der Hand glatt, und ich drehte mich um.

»Danke.«

Die Köpfe an die Bank gelehnt, saßen wir auf den Matten, unsere Arme berührten einander.

»Habe ich dir schon erzählt, dass die Schwester meiner Mutter uns vielleicht besucht?«, fragte Abe.

»Nein. Welche Schwester? Wann?«

»Tante Katrina. Sie lebt in Schottland.«

»Dann siehst du sie nicht sehr oft?«

»Nein. Sie kommt mit dem Schlafwagen.«

»Damit würde ich auch gern mal fahren. Ich würde zu gerne im Zug ins Bett gehen und woanders aufwachen.«

»Meinst du, man kann dort gut schlafen?«

»Ich weiß nicht.«

Und ich weiß nicht, ob es an der schwülen Luft in dem Badehäuschen und dem Regen draußen lag oder dass ich müde vom Schwimmen war oder dass wir vom Schlafen sprachen, jedenfalls döste ich während unseres Gesprächs ein.

Ich wachte davon auf, dass Abes Mum in der Tür stand. »Hier sind sie.«

Ich öffnete die Augen und spürte, dass mein Arm eingeschlafen war.

»Oh! Ja.« Mrs. Van der Zee tauchte hinter ihr auf, und die Sonne, die wieder herausgekommen war, betonte die Konturen ihres Kopfes.

»Es hat aufgehört zu regnen«, sagte Abes Mum. »Zeit, nach Hause zu gehen.«

Wir standen auf, stellten die Matten dorthin zurück, wo wir sie gefunden hatten, und sammelten unsere nassen Sachen ein, während die beiden Frauen draußen warteten.

Ich hörte nicht, was Mrs. Van der Zee zu Abes Mutter sagte, aber ich hörte deren Antwort. »Ich weiß. Sie waren von Anfang an so. Sie sind wie ein altes Ehepaar.«

Ich war mir nicht ganz sicher, wen sie meinte.

»Das gehört zu den Dingen, um die ich mir Sorgen mache.« Sie senkte die Stimme. »Er wird sie vermissen.«

Ein paar Monate später fielen mir diese Gesprächsfetzen wieder ein.

Ich erfuhr es von meiner Mum, und es fühlte sich wie ein Riesenverrat an. Ich konnte ihr wegen der Nachricht, die sie mir überbringen musste, keine Vorwürfe machen, ebenso wenig war sie für die Folge von Ereignissen verantwortlich, die dazu geführt hatten. Mein kindlicher Verstand gab ihr dennoch die Schuld.

Das Abendessen war normal verlaufen – Schweinekoteletts, Kartoffelbrei, Kraut und Fragen.

»Was willst du an deinem Geburtstag machen, Ivy?«

»Ich möchte die Delfine im Aquarium besuchen. Die singen *Happy Birthday to you,* wenn man an seinem Geburtstag hingeht!«

»Delfine singen nicht.« Dad, dieser Spielverderber.

»Doch, das können sie«, sprang Cathy mir zur Seite. »Ich war letztes Jahr mit Jenny da, als jemand Geburtstag hatte. Sie singen tatsächlich.«

»Wie?«

»Sie grunzen.« Cathy demonstrierte es mit einem melodischen Räuspern.

Alle lachten, bis auf Mum, die den Kopf schüttelte, wie sie es oft tat, wenn sie das Gefühl hatte, sie hätte ein Gespräch oder eine Situation schon einmal erlebt. »Déjà-vu«, lachte sie halbherzig – zu spät. Nichts an dem Essen brachte mich auf den Gedanken, dass jemand schlechte Nachrichten überbringen würde. Erst als wir fertig waren, ahnte ich, dass etwas nicht stimmte.

»Ivy, du musst heute nicht beim Abwasch helfen.«

»Warum nicht?« Ich hatte nicht Geburtstag. Ich hatte keine besonders gute Note bekommen. Ich war nicht krank.

Ich hatte aufgehört zu fragen, ob ich von der Aufgabe befreit werden könnte, weil ich adoptiert sei, denn es machte mir Angst, wenn meine Eltern auf das Spiel einstiegen. Ich war eindeutig nicht adoptiert. Abgesehen von meinem roten Haar sah ich meinen Eltern und Geschwistern viel zu ähnlich, als dass ich nicht zur Familie gehören konnte.

Adoption war nur ein Gedankenspiel, das ich zu meinem Vorteil nutzen wollte. »Muss ich abwaschen? Ich bin adoptiert.« Manchmal, wenn meine Eltern gutmütig gestimmt waren, ließen sie mich entkommen, auch wenn Jon und Cathy protestierten.

»Du bist nicht adoptiert.«

»Wie kommt es dann, dass ich rote Haare habe und ihr nicht?«

»Weil das ein rezessives Gen ist. Unser Großvater hatte rotes Haar. Bei uns hat es sich nur nicht durchgesetzt.« Jon wusste alles über Mendel und seine Erbsen. »Du bist nur faul. Und die Jüngste – darum wirst du verwöhnt.«

Aber heute wollte ich nicht verwöhnt werden.

»Das macht mir nichts aus, ich trockne ab.« Ich sprang auf, erpicht darauf, die schlechte Nachricht hinauszuzögern, die mich von meinen Pflichten befreite.

»Nein, Ivy, setz dich.« Mum zeigte sich unnachgiebig. »Ich fürchte, wir haben traurige Nachrichten für dich.«

Das war mir schon klar.

Mum hatte nicht ihren Blancmanger-serviert-man-am-besten-kalt-Scherz gemacht, den sie jedes Mal zum Besten gab, wenn es Blancmanger als Pudding gab. Alle lachten dann, als hörten sie ihn zum ersten Mal, und ich lachte auch, obwohl ich ihn nicht verstand. Der Scherz, bei dem Jon nie den Kopf schüttelte und »Déjà-vu« sagte, wie er es bei Dad machte.

Ich schwieg.

»Ich weiß, du wirst sehr traurig sein. Das bin ich auch«, begann Mum. »Aber ich habe heute Pam McFadden getroffen. Sieh mich nicht so ängstlich an, Liebling.« Das Kosewort schon wieder. »Das ist nicht das Ende der Welt.«

Ich erschauderte. Vor ein paar Tagen waren die Zeugen Jehovas vorbeigekommen und hatten den Weltuntergang für ein bestimmtes Datum vorhergesagt. Dad bestand darauf, sie auf einen Kaffee hereinzubitten. Er meinte, es tue ihm um die Kinder leid. »Sie werden samstagmorgens herumgezerrt, um den Untergang der Welt zu prophezeien, während du zum Schwimmen gehst.«

»Und die Wiederauferstehung«, scherzte Jon. »Wenn du das nicht mitbekommen hast, hast du eine Stunde und eine halbe Packung Schokodoppelkekse umsonst geopfert.« Noch mehr als den drohenden Weltuntergang verurteilte Jon das freizügige Anbieten seiner Lieblingskekse, da wir jeder nur drei zum Tee haben durften.

Eigentlich gefiel ihm die Vorstellung eines Armageddons in der ein oder anderen Form. Vier Jahre älter als ich, erinnerte sich Jon gut an die Kubakrise. Damals war er zehn gewesen und verzweifelt auf der Suche nach Was-Wenns, die die Welt wirklich veränderten, und nicht nach kleinen, die anscheinend folgenlos blieben.

»Wenn Hitler nicht geboren wäre, hätte jemand anders die Partei der Nazis angeführt«, hatte er zu mir gesagt. »Wenn ein Komet die Erde treffen würde, hättest du nur zwei Sekunden, dann wäre alles zu Ende.«

Doch die Welt würde nicht untergehen, jedenfalls nicht die große weite Welt, nur meine.

»Die McFaddens haben beschlossen umzuziehen«, verkündete Mum jetzt.

»In ein anderes Haus?«

»Ja. Aber auch, nun ja, in ein anderes Land.«

»Wohin?«

»Nach Schottland. In die Nähe von Edinburgh. Mr. McFadden hat eine neue Stelle, und Mrs. McFadden wollte näher bei ihrer

Schwester sein, nachdem ...« Sie verstummte, sie konnte noch immer nicht über das Ereignis reden, das in der Welt der McFaddens alles in ein Vorher und ein Nachher eingeteilt hatte. »Nun ja, sie braucht ihre Familie.«

»Und was ist mit ihren Freunden?« Wenn sie nach Schottland zogen, würde ich Abe vielleicht nie wiedersehen.

»Das ist nicht dasselbe«, erklärte Mum sanft. »Wenn so etwas passiert, braucht man seine Familie um sich. Ich bin mir sicher, die Lage wäre anders, wenn das nicht passiert wäre mit ...« Wieder sprach sie es nicht aus. »Na ja, du weißt schon. Das ist sehr schwer für Mrs. McFadden.«

»Wann ziehen sie um?« Ich versuchte, neutral zu klingen, doch ich hörte die Abwehr in meiner Stimme.

»Zu Beginn der Sommerferien. Vielleicht können wir sie ja mal besuchen. Nicht diesen Sommer, aber vielleicht in einem anderen. Wir könnten dort Ferien machen.«

Ich wollte keine Ferien machen. Ich wollte, dass die McFaddens hier in Sussex blieben. Ich wollte nicht, dass Abe wegging. Nächstes Jahr würden wir auf die weiterführende Schule kommen, und davor lagen die Sommerferien. Wir hatten geplant, den ganzen Sommer über draußen zu zelten. Ich konnte mir nicht vorstellen, die nächsten Monate ohne Abe zu überstehen, geschweige denn ein ganzes Leben.

»Ich gehe auf mein Zimmer.« Ich wusste nicht, was ich sonst sagen sollte.

»Liebling.« Ich drängte mich an Mum vorbei und ging nach oben.

Später kam Jon in mein Zimmer. Ich hatte Karten vor mir auf dem Teppich ausgelegt, um eine Patience zu spielen. Ich versuchte, nicht an das zu denken, was ich gerade erfahren hatte, nicht an die Folgen. Ich wollte, dass die Gefühle, die in mir aufstiegen, wieder verschwanden. Wenn ich nicht über alles nachdachte, gingen sie vielleicht wieder weg.

»Hier. Dein Anteil.« Jon kam mit einer Untertasse herein, in deren Mitte das Fünftel eines Mars-Riegels lag.

Das war eine Leckerei. Laut Werbung half einem ein Mars am Tag bei »Arbeit, Sport und Spiel«, aber in unserem Haus hatte noch niemand einen ganzen Mars-Riegel gegessen. Hin und wieder kaufte Mum einen und schnitt ihn in fünf gleiche Teile, manchmal vergaß sie sich selbst und teilte ihn in Viertel. Auf einer Untertasse serviert, war es ein Vorläufer der Nouvelle Cuisine.

»Ihr wisst doch, dass der nicht nach dem Planeten benannt ist, nicht?«

Ja, weil es Dad jedes Mal sagte.

»Alle meinen, der Name sei Teil des allgemeinen Schokoladenwettbewerbs ums All. Ihr wisst schon – Milky Way, Galaxy et cetera. Aber eigentlich ist es der Name des Herstellers, Forrest Mars.«

»Ach, im Ernst?« Wir heuchelten Interesse, aber eigentlich waren wir mehr an dem Häppchen Schokolade interessiert als an dem Häppchen Information.

»Und Trebor, wie Trebor Mints, ist der Name Robert rückwärts buchstabiert.«

»Wirklich?« Das hatten wir auch schon öfter gehört.

Manchmal äffte Jon Mum nach.

»Déjà-vu.« Er schüttelte den Kopf, um das Gefühl loszuwerden, wie sie es tat. »Das ist Pech!« Jon setzte sich neben mich und legte das Stück Schokolade zwischen uns.

»Du klingst wie Mum.« Das war bei ihr die höchste Form von Mitgefühl. Abe hatte mich vor ein paar Jahren darauf gebracht, als er nach der Schule zum Spielen vorbeigekommen war und beim Rollschuhfahren hinfiel. Er hatte die Hände ausgestreckt, um den Sturz abzufangen, und sie bluteten entsetzlich.

»Abe hat sich die Hände verletzt.« Ich fand meine Mutter am Spülbecken vor, wo sie Kartoffeln schälte.

»So ein Pech!« Sie hatte sich kurz umgedreht, um einen Blick darauf zu werfen. »Am besten wäschst du sie dir im unteren Bad.« Meine Mutter sagte nie »Klo«. Sie fand das gewöhnlich.

»Deine Mum ist komisch.« Abe ließ das Waschbecken volllaufen und wusch sich das Blut von den Händen.

»Ich weiß.«

»Meine Mum wäre angelaufen gekommen und hätte so etwas gesagt wie: ›Ach, Liebling, ach, Schatz.‹« Er hob die Stimme, um mehr wie eine Frau zu klingen. »Aber deine sagt nur: ›Pech!‹«

»Ich weiß«, erwiderte ich auf den Pechkommentar meines Bruders und fing an, die Spielkarten herumzuschieben.

»Es hat mit dem zu tun, was passiert ist«, sagte Jon.

»Ich weiß.«

Er wollte nett sein und mich aufbauen, aber ich wollte nur in Ruhe gelassen werden.

»Mum sagt, Mrs. McFadden wird nie darüber hinwegkommen«, fuhr er fort. »Sie meint, über so etwas kommt man nicht hinweg.«

Ich ignorierte ihn, deckte Karten auf und legte sie an, sodass sich manche Reihen verkürzten und andere verlängerten.

»Du wirst darüber hinwegkommen«, fügte er hinzu.

»Verfluchter Mist!« Ich hob wütend die Stimme, als ich die schlimmsten Worte benutzte, die ich kannte.

Damals fluchten die Leute noch nicht so wie heute. Sie schimpften mehr, als dass sie fluchten, normalerweise leise –

ein »Verflixt und zugenäht« oder ein »Verdammt«. Sehr selten verlor ein Elternteil bei uns die Fassung und sagte: »Verfluchter Mist!«

Es genügte, um Jon zu erschrecken.

»Ivy!«

»Lass mich einfach allein. Lass mich allein«, schrie ich, wischte mit dem Arm über die Karten und zerstörte das Spiel, das ich gerade erst begonnen hatte.

»Ich wollte nur sichergehen, dass alles okay ist.«

»Verfluchter Mist!«, sagte ich zu mir selbst, als er aufstand und das Zimmer verließ.

Ich fühlte mich nicht okay. So fühlte sich Verlust an. Es war normal. Die Zeit heilte Wunden. Abe würde zu einer fernen Erinnerung verblassen. Einer schönen, aber fernen Erinnerung.

Ich lag auf meinem Bett und blickte in den Spiegel an der gegenüberliegenden Wand. Auch an der Innenseite des Kleiderschranks hing ein Spiegel. Die Tür stand offen, der Spiegel bildete eine Linie mit dem an der Wand und ließ eine Serie endloser Spiegelbilder von meinem Schreibtisch entstehen – von der in rotes Leder gebundenen Ausgabe von *Gullivers Reisen*, die mir Abe in der Stadt gekauft hatte, dem Stuhl, über dessen Lehne ein Haufen Kleider hingen, und dem Puppenhaus, für das ich zu alt war, von dem ich mich jedoch nicht trennen wollte.

Ich mochte diesen Anblick. Ich lag oft hier, fasziniert von den unzähligen Bildern, die hinter dem eigentlichen Spiegel lagen – endlose Kopien meines Zimmers, so weit das Auge reichte. Ich stellte mir gern vor, dass diese Zimmer von einer leicht anderen Version von mir bewohnt wurden. Von einer Ivy mit anderen Eltern, anderen Brüdern und Schwestern, die auf andere Schulen gingen und andere Freunde hatten.

Und jetzt, als die Tränen, die ich vor meiner Mutter unterdrückt hatte, zu fließen begannen, versuchte ich, mir vorzustellen, dass ich in einer dieser Spiegelwelten Abe zu einem anderen Zeitpunkt treffen und die Dinge anders sein würden.

Epilog

LONDON, 2032

Lass deine Seele kühl und gelassen
vor einer Million von Welten stehen.

WALT WHITMAN, *GESANG VON MIR SELBST*

ICH WARTETE AUF LOTTIE, Jon und Abe. Wir wollten uns am Granary Square zum Mittagessen treffen. Bei dem sonnigen Wetter war viel los, dennoch hatte ich draußen einen Tisch ergattert, aber sie kamen zu spät.

Ich war eine ganze Weile nicht hier gewesen und erstaunt, wie hoch die Bäume auf dem Weg zum Platz gewachsen waren. Ich erinnerte mich noch daran, wie die Gegend neu erschlossen wurde und dort, wo jetzt Bäume die Straße säumten, Plakate mit gemalten Bäumen gestanden hatten. Es freute mich, dass aus den winzigen Setzlingen riesige Bäume geworden waren. Von meinem Tisch aus konnte ich sehen, wie die Kronen sanft im Wind wogten, der hin und wieder Wassertropfen von dem Springbrunnen in meine Richtung wehte und mein Gesicht mit einem feinen Nebel überzog.

Dass Lottie zu spät kam, entschuldigte ich damit, dass sie zwei kleine Kinder hatte. Jon war erst drei und Abe noch nicht einmal ein Jahr alt. Ich weiß noch, wie schwer es war, aus dem Haus zu kommen, als Max und sie so klein waren.

»Du hast doch nichts dagegen, oder?«, hatte Lottie besorgt gefragt, als Jon zur Welt kam. »Dass wir ihn nach Onkel Jon nennen.«

»Warum sollte ich etwas dagegen haben? Ich finde das sehr schön.«

»Ich dachte nur, es würde dich vielleicht zu sehr aufwühlen, wenn du immer seinen Namen benutzen musst. Bist du dir sicher, dass es okay ist?«

»Es macht mich froh«, erklärte ich ihr. »Es führt die Familie fort. In dem kleinen Jon sind winzige Teile von seinem Onkel Jon.«

»Du bist dir ganz sicher?«

»Natürlich.«

Ich fragte mich, ob ich es merkwürdig gefunden hätte, wenn das nächste Kind ein Mädchen gewesen wäre und sie es Janet genannt hätten.

Vielleicht wäre es mir zu viel gewesen, wenn die beiden Namen wieder zusammengekommen wären. Doch Lottie bekam noch einen Jungen mit rötlich blondem Haar. Auf seinem Köpfchen fand sich ein Hauch meiner Haarfarbe, aber er war kein richtiger Rotschopf wie ich oder wie Connor, Max' ältester Sohn und mein erstes Enkelkind.

»Wir werden ihn Abe nennen«, sagte Lottie, als ich sie im Krankenhaus besuchte.

»Das ist die Abkürzung für Abraham«, hatte Tim stolz verkündet.

»Das ist hübsch. Ich bin noch nie einem Abe begegnet – oder einem Abraham. Nur in der Bibel.«

»Wir haben nach einem einfachen Namen gesucht, der aber nicht zu bekannt ist«, erklärte Lottie. »Ich weiß, er ist schlicht, aber wir mögen ihn.« Sie blickte mich wieder besorgt an, als ob es wichtig wäre, dass mir auch dieser Name gefiel.

»Das ist ein hübscher Name. Ein hübscher Name für ein reizendes Baby.«

Ich stellte mir vor, dass das reizende Baby sie heute aufgehalten hatte, weil es gefüttert oder umgezogen werden musste oder aufgewacht war, als sie gerade das Haus verlassen wollte, um sich mit mir zu treffen.

Richards Todestag jährte sich, und Lottie hatte vorgeschlagen, hier gemeinsam zu Mittag zu essen. »Jon spielt gern am Brunnen, und da draußen ist jede Menge Platz für den Buggy«, waren ihre Worte am Telefon gewesen. »Lass uns dorthin gehen, ich lade dich ein.«

»Das musst du nicht«, erwiderte ich. Und das stimmte.

Meine Kinder und Enkelkinder zu verwöhnen gehörte zu den größten Freuden in meinem Leben. Langsam fragte ich mich allerdings, wo sie blieben, als der Kellner bereits zum zweiten Mal zu mir kam, um mich nach meinen Wünschen zu fragen.

Noch einmal versicherte ich ihm, dass ich noch auf meine Tochter und ihre Kinder warten wolle.

Und dann sah ich sie über den Platz heraneilen, sie wirkte leicht aufgelöst. Jon hielt sich am Griff des Kinderwagens fest, sodass er halb mitgerissen wurde, so schnell, wie sie ihn schob.

Abe machte große Augen und lächelte allen und jedem zu – erst recht, als er mich sah. Er war eines der glücklichsten Kinder, denen ich je begegnet war.

»Es tut mir leid, dass ich zu spät bin«, keuchte Lottie etwas atemlos. »Anscheinend habe ich mein Telefon verloren. Als ich aus der U-Bahn kam, hatte ich es noch, doch als Jon sich vor dem Brunnen fotografieren wollte, war es weg.«

»Willst du zurückgehen und noch einmal danach suchen? Ich passe auf die Jungs auf.«

»Das habe ich schon gemacht. Darum bin ich zu spät. Ich war sowieso schon etwas im Verzug, aber ich bin noch einmal denselben Weg zurückgegangen und konnte es nicht finden. Das ist wirklich ärgerlich.«

»Jetzt setz dich erst mal«, beruhigte ich sie. »Jon, soll ich für dich nach einem Hochstuhl fragen, oder setzt du dich auf einen großen Stuhl?«

»Ich spiele am Brunnen«, erwiderte er.

»Bleib ein bisschen, Süßer«, sagte Lottie. »Wir wollen Oma begrüßen und etwas zu essen bestellen. Nachher kannst du ein bisschen planschen.«

Er kletterte auf den Stuhl neben mir und kniete sich hin, damit er besser an den Tisch herankam, während Lottie Abe abschnallte und aus dem Buggy hob. »Herrje, er ist nass. Tut mir leid, Mum. Aber ich glaube, ich wechsle lieber schnell seine Windel.«

»Kein Problem«, entgegnete ich. »Ich amüsiere mich hier mit Jon.«

»Da war heute Morgen ein toter Vogel in der Küche«, erzählte mir Jon mit glänzenden Augen und wichtiger Miene.

»O Gott. Hat die Katze ihn angeschleppt?«

»Nein. Er ist ins Fenster geflogen und …« Jon verstummte, als er das Telefon in meiner Tasche klingeln hörte.

Er konnte besser hören als ich. »Oma, ist das dein Telefon?«

»O ja, aber das ist bestimmt nicht wichtig.« Dennoch nahm ich es heraus und sah nach, wer mich anrief. Es war Lotties Nummer, aber ganz offensichtlich war es nicht sie, die anrief.

»Hallo, hier spricht Ivy«, meldete ich mich.

»Oh, hallo, Ivy«, meldete sich ein Mann mit einer Stimme, die mir auffällig vertraut vorkam.

»Wer ist da?«

»Es tut mir leid, Sie kennen mich nicht, aber ich habe gerade vor der U-Bahn-Station ein Handy gefunden. Es war nicht gesperrt, darum habe ich *Mum* gewählt. Ich nehme an, es gehört einem Ihrer Kinder?«

»Ja. Es gehört meiner Tochter. Sie dachte sich schon, dass sie es verloren hat. Sie wird erleichtert sein. Wo sind Sie jetzt?«

»Ich stehe vor dem U-Bahnhof.«

»Meine Tochter ist gerade kurz mit ihrem Sohn weg, und ich warte hier mit meinem anderen Enkel auf sie. Aber sie kommt gleich zurück. Können Sie noch so lange warten? Es ist wahrscheinlich der schnellste Weg, wenn sie dann zu Ihnen kommt. Oder können Sie es vielleicht am Bahnhof abgeben?«

»Wo sind Sie?«

»Wir sind am Granary Square.«

»Ich bringe es vorbei.«

»Ich möchte Ihnen keine Umstände machen.«

»Kein Problem. Ich wollte mir dort sowieso etwas ansehen. Ich rufe Sie wieder an, wenn ich da bin, damit ich Sie finde.«

»Oh, das ist sehr nett.«

»Ein netter Mann hat Mummys Telefon gefunden«, erklärte ich Jon.

»Gut. Ich möchte ein Foto machen.« Er streckte die Hand aus und tat, als würde er ein Selfie machen, als Lottie mit einem lächelnden Abe zurückkehrte.

»Gute Nachrichten«, berichtete ich ihr. »Jemand hat dein Telefon gefunden.«

»Ach, das ist ja toll. Soll ich ihn anrufen?«

»Er bringt es hier vorbei«, erwiderte ich und bemerkte aus dem Augenwinkel, dass ein älterer, aber lebhaft wirkender Mann mit dichtem, noch nicht ganz ergrautem Haar auf uns zukam.

»Ivy?«

»Ja?« Ich war ein wenig verwirrt.

»Das dachte ich mir«, erklärte er. »Sie sagten, Sie hätten zwei Enkelkinder dabei.«

»Ah, verstehe. Aber woher wissen Sie meinen Namen?«

»Sie haben ihn genannt, als Sie sich am Telefon gemeldet haben.« Er lächelte und reichte uns Lotties Handy.

»Ach, natürlich«, bestätigte ich, während Lottie ihm das Telefon abnahm.

»Vielen Dank! Ich glaube, es ist mir aus der Tasche gefallen, als ich den Buggy die Treppe hinaufgetragen habe.«

»Nun ja, ich bin froh, dass Sie es jetzt wiederhaben.« Er nickte, als wollte er das Gespräch beenden.

Ich wusste nicht, was es war, aber etwas an ihm bewirkte, dass ich ihn noch ein bisschen aufhalten wollte. »Ja, vielen Dank«, wiederholte ich. »Es war wirklich sehr nett von Ihnen, dass Sie es auch noch hergebracht haben. Was wollten Sie sich hier ansehen?«

»Nur den Springbrunnen.« Er deutete auf die Wasserstrahlen, die in der Sonne funkelten.

»Ich mag den Brunnen«, verkündete Jon.

»Ach was, junger Mann?« Er hob eine Braue und lächelte. »Da bin ich aber froh.« Dann trat er ein Stück näher und beugte sich hinunter, sodass er auf einer Höhe mit Jon war, und zeigte auf das Granary-Gebäude. »Weißt du, dass die vier Blöcke mit den Wasserstrahlern so angebracht sind, dass es aussieht, als würden sich die vier großen Fenster dieses Gebäudes auf dem Boden spiegeln?«

Jon wirkte etwas perplex, und der nette ältere Herr blickte schulterzuckend zu mir. »Ich war Brunnendesigner«, erklärte er.

»Wirklich? Wie interessant.« Ich blickte zu dem Brunnen und dann wieder zu dem Mann, der so viel darüber zu wissen schien. »Ich bin noch nie einem Brunnendesigner begegnet.«

»Es gibt nicht so viele von uns.« Er lächelte und deutete auf die Wasserfontänen. »Historisch gesehen stehen Brunnen für das Leben.«

»Ach ja?«

»Entschuldigen Sie, ich könnte stundenlang darüber dozieren, aber ich lasse Sie jetzt mittagessen.« Und an Lottie gewandt: »Ich bin froh, dass ich Ihnen Ihr Telefon wiederbringen konnte.«

»Warum setzen Sie sich nicht zu uns und essen mit uns? Als Dankeschön.«

»Ich möchte nicht stören.«

»Das tun Sie nicht. Wir würden uns freuen, nicht, Mum?«

»Ja«, bestätigte ich und dachte, wie sehr ich mich freuen würde, wenn er sich zu uns gesellte.

»Sicher?«

»Ich bestehe darauf.« Ich zog einen Stuhl für ihn heraus, damit er sich setzte. »Ich bin Ivy, wie Sie wissen, und das ist Lottie, meine Tochter, und das sind Jon und Abe.«

»Abe? Das ist ein ungewöhnlicher Name.« Er blickte ihn an. »Hallo, kleiner Freund.«

Abe grinste den Fremden an.

»Das ist die Abkürzung für Abraham«, erklärte Lottie.

»Ich weiß«, erwiderte er. »Ich habe nur noch nie einen anderen Abe getroffen.«

Lottie und ich blickten einander an, wir verstanden nicht ganz, was er meinte.

»Das ist wieder typisch für mich«, entschuldigte er sich. »Ich habe mich ja noch gar nicht vorgestellt. Ich heiße auch Abe. Abe McFadden.«

Danksagung

Vorweg möchte ich ganz allgemein, aber aus tiefstem Herzen den vielen Menschen aus meinen verschiedenen Leben danken, die auf unterschiedliche Weise zum Entstehen dieses Buches beigetragen haben.

Ein riesiges Dankeschön gilt meiner wunderbaren Agentin Sheila Crowley, Tessa Richie und dem ganzen Team bei Curtis Brown. Ebenso meiner genialen Lektorin Jilian Taylor und allen bei Michael Joseph. Und ich danke der großartigen Britta Hansen und ihren Kollegen vom Diana Verlag.

Einigen frühen und sehr genauen Lesern bin ich ebenfalls zu Dank verpflichtet: Araminta Hall, Imogen Lycett Green, Mick Finlay und Caroline Hume. Und Ian Kirkpatrick für seine unschätzbare Beratung in Sachen Brunnendesign.

Wie immer möchte ich meinen Freunden danken, die es mit mir aushalten und mich vor der Einsamkeit des Schreibens bewahren, sowie meiner Familie, der Konstante in einem ständig sich verändernden Universum.

Zitatnachweis

Seite 7: Stephen W. Hawking, Leonard Mlodinow, *Der Große Entwurf. Eine neue Erklärung des Universums.* Deutsche Übersetzung von Hainer Kober. © 2010 Rowohlt Verlag GmbH, Reinbek bei Hamburg

Seite 9: Frank Capra, *Ist das Leben nicht schön.* Dialogbuch der deutschen Filmfassung 1961 von Rosemarie Riegner. Abdruck mit freundlicher Genehmigung der BetaFilm GmbH, München

Seite 53: Andrew Zimmerman Jones, *String Theory for Dummies®*. © 2010 Wiley Publishing Inc., Indianapolis, USA. Zitatübersetzung von Babette Schröder.

Seite 117: Philip Pullman, *Der Goldene Kompass.* Deutsche Übersetzung von Wolfram Ströle & Andrea Kann. © 1996 Carlsen Verlag GmbH, Hamburg

Seite 137: Salman Rushdie, *Der Boden unter ihren Füßen.* Deutsche Übersetzung von Gisela Stege. © 1999 Kindler Verlag GmbH, München

Seite 209: Platon, *The Symposium.* Zitatübersetzung von Babette Schröder.

Seite 283: Carl Sagan, *Contact.* Deutsche Übersetzung von Meike Werner. © 1997 Droemer Knaur Verlag, München

Seite 291: Paul McAuley, *Evening's Empires. The Quiet War 4.* © 2013 by Paul McAuley. Published by Gollancz, Orion Publishing Group, Hachette UK, London. Zitatübersetzung von Babette Schröder.

Seite 337: Emily St. John Mandel, *Das Licht der letzten Tage.* Deutsche Übersetzung von Wibke Kuhn. © 2015 Piper Verlag GmbH, München

Seite 365: Jorge Luis Borges, *Der Garten der Pfade, die sich verzweigen,* aus: *Gesammelte Werke in zwölf Bänden.* Herausgegeben und ins Deutsche übertragen von Gisbert Haefs. © 2009 Carl Hanser Verlag München

Seite 395: Zitat von Neil deGrasse Tyson, aus: Frank Johnson, *In the Words of Neil deGrasse Tyson: The Inspiring Voice of Science.* © 2014 CreateSpace Independent Publishing Platform. Zitatübersetzung von Babette Schröder.

Seite 431: Walt Whitman: *Gesang von mir selbst,* aus: *Grashalme.* Deutsche Übersetzung von Wilhelm Schölermann. © 2015 Jazzybee Verlag

Elizabeth Enfield im Gespräch

»Ivy und Abe« *ist eine Liebesgeschichte. Zwei Menschen, die füreinander bestimmt sind, begegnen sich zu verschiedenen Zeiten in ihrem Leben. Wie kamen Sie auf die Idee, die Protagonisten in ganz unterschiedlichen Konstellationen zu porträtieren?*

Die Frage, die im Mittelpunkt des Romans steht, lautet: »Gibt es den Richtigen oder nur den richtigen Zeitpunkt?« Ich hatte dabei zwei Menschen im Kopf, die sich stark zueinander hingezogen fühlen, die Umstände jedoch verhindern, dass sie zusammenbleiben. Die einzelnen Episoden erzählen, was passiert wäre, wenn sie sich beispielsweise 2015 oder 1996 kennengelernt hätten. Ich glaube, darin kann sich jeder wiederfinden. Wir alle haben Beziehungen zu Menschen erlebt, die zu einem anderen Zeitpunkt oder unter anderen Umständen anders verlaufen wären.

Als sich Ivy und Abe zu Beginn begegnen, sind sie siebzig. Dann erzählen Sie deren Geschichte rückwärts, mit jeder Begegnung werden die beiden jünger, bis sie am Ende des Buches Kinder sind. Warum haben Sie sich für diese umgekehrte Chronologie entschieden?

Diese Erzählweise spiegelt wider, wie wir Menschen normalerweise kennenlernen. Wenn wir jemand Neuem begegnen, fragen wir zunächst nach seiner gegenwärtigen Situation, bevor wir nach und nach etwas über die Vergangenheit erfahren.

So finden wir auch über Ivy und Abe heraus, was sie zu den Menschen gemacht hat, die sie am Ende ihres Lebens sind.

Im ersten Kapitel unterhalten sich Ivy und Abe über das Verhalten kleiner Teilchen wie Elektronen, die in der Vergangenheit miteinander interagiert und sich dann voneinander entfernt haben. Was hat die Quantenphysik mit Ihrem Roman zu tun?

Als ich mich mit der Struktur des Romans beschäftigte, stieß ich auf die Quantenphysik und erkannte Parallelen zu menschlichen Beziehungen. So können zwei Teilchen eng miteinander verbunden sein, auch wenn sie getrennt werden. Eine Veränderung bei einem Teilchen wirkt sich auf das andere aus.

Im Buch stelle ich die Analogie her, dass zwei Menschen, die einander einmal sehr nah waren, oft noch Einfluss auf das Leben des anderen haben. Auch wenn sie getrennt sind, tragen sie ihr Leben lang etwas von dem anderen in sich.

Ivy weiß nicht, ob die Huntington-Krankheit bei ihr ausbrechen wird. Die Chancen, dass sie den dafür verantwortlichen Gendefekt von ihrer Mutter geerbt hat, stehen fünfzig zu fünfzig. Eine schwere Last für eine Frau, die selbst Kinder hat. Welche Idee steht dahinter?

Ein zentrales Thema des Buches ist die Zufälligkeit des Lebens. In Abes Vergangenheit gibt es einen Unfall, der sich in den verschiedenen Konstellationen wiederholt. Dazu suchte ich ein Gegenstück in Ivys Familie – etwas, das geschehen kann oder auch nicht, unabhängig davon, was sich sonst noch ereignet. Ich entschied mich für einen Gendefekt, der, trägt man ihn in sich, unweigerlich irgendwann zum Ausbruch kommt. Diese Möglichkeit kann Ivy durch nichts beeinflussen. Es ist ihr Schicksal.

An einer Stelle sagt Ivy zu Abe: »Jemanden zu lieben, heißt, sich zu öffnen. Man nimmt in Kauf, dass der andere einen verletzen kann. Jeder hat Angst, einen anderen Menschen zu lieben, weil er weiß, dass mit der Liebe Verlust, Angst und Schmerz einhergehen – all das gehört dazu.« Meinen Sie, dass das eine Lektion ist, die wir alle lernen müssen?

Ja, ich glaube, das ist die realistische Kehrseite des »Glücklich bis ans Ende aller Tage«. Davor fürchten wir uns häufig, wenn wir jünger sind. Wir wollen bis in alle Ewigkeit glücklich sein, aber das ist ein unrealistischer Traum. Jeder von uns wird Kummer und Sorgen, aber auch Glück und Freude erleben. Es ist unmöglich, das eine ohne das andere zu bekommen. So ist das Leben, und wir alle hoffen, dass wir, genau wie Ivy und Abe, viele innige Momente mit einem anderen Menschen erleben, für die sich all das lohnt – innige Momente in unglücklichen Zeiten ebenso wie in der Liebe.

Love to share – diesen Roman muss man einfach teilen!

Beth O'Leary, *Love to Share*

ISBN 978-3-453-36035-8 · Auch als E-Book

Not macht erfinderisch: Tiffy braucht eine günstige Bleibe, Leon braucht Geld. Warum nicht ein Zimmer teilen, auch wenn sie einander noch nie begegnet sind? Eigentlich kein Problem, denn Tiffy arbeitet tagsüber, Leon nachts. Die Uhrzeiten sind festgelegt, die Regeln eindeutig. Doch viele in der Küche hinterlassene Post-its später wird klar: Liebe hält sich nicht an Regeln ...

Leseprobe unter diana-verlag.de

DIANA